Mariée par vengeance

*

L'enfant d'Alekos Demetriou

*

L'odyssée d'une princesse

W0407442

CLARE CONNELLY

Mariée par vengeance

Traduction française de
CATHERINE BENAZERAF

AZUR

HARLEQUIN

Collection : Azur

Titre original :
BOUGHT FOR THE BILLIONAIRE'S REVENGE

Ce roman a déjà été publié en 2018

© 2017, Clare Connelly.
© 2018, 2023, HarperCollins France pour la traduction française.

Ce livre est publié avec l'autorisation de HARLEQUIN BOOKS S.A.

Tous droits réservés, y compris le droit de reproduction de tout ou partie de l'ouvrage, sous quelque forme que ce soit.
Toute représentation ou reproduction, par quelque procédé que ce soit, constituerait une contrefaçon sanctionnée par les articles 425 et suivants du Code pénal.

Si vous achetez ce livre privé de tout ou partie de sa couverture, nous vous signalons qu'il est en vente irrégulière. Il est considéré comme « invendu » et l'éditeur comme l'auteur n'ont reçu aucun paiement pour ce livre « détérioré ».

Cette œuvre est une œuvre de fiction. Les noms propres, les personnages, les lieux, les intrigues sont soit le fruit de l'imagination de l'auteur, soit utilisés dans le cadre d'une œuvre de fiction. Toute ressemblance avec des personnes réelles, vivantes ou décédées, des entreprises, des événements ou des lieux serait une pure coïncidence.

Le visuel de couverture est reproduit avec l'autorisation de :

© 2018 IULIIA KHABIBULLINA/SHUTTERSTOCK

Tous droits réservés.

HARPERCOLLINS FRANCE
83-85, boulevard Vincent-Auriol, 75646 PARIS CEDEX 13
Service Lectrices — Tél. : 01 45 82 47 47 - www.harlequin.fr
ISBN 978-2-2804-8938-6 — ISSN 0993-4448

Composé et édité par HarperCollins France.
Imprimé en février 2023 par CPI Black Print (Barcelone)
en utilisant 100% d'électricité renouvelable.
Dépôt légal : mars 2023.

FSC
www.fsc.org
MIXTE
Papier issu de sources responsables
FSC® C159065

Pour limiter l'empreinte environnementale de ses livres, HarperCollins France s'engage à n'utiliser que du papier fabriqué à partir de bois provenant de forêts gérées durablement et de manière responsable.

Prologue

La Ferrari avalait les kilomètres, comme si le puissant véhicule percevait son impatience.

Nikos quitta l'autoroute, se répétant ce que lui avait annoncé son ami Anderson, au téléphone, le matin même :

« Arthur est foutu, Nikos. Il est au bord de la faillite. Les banques ne lui prêteront plus rien. C'est la ruine à courte échéance. »

À cette nouvelle, Nikos aurait dû être transporté de joie. Curieusement, il ne parvenait pas à se réjouir vraiment, et il s'en étonnait.

Car Arthur Kenington — l'homme qu'il détestait le plus au monde — n'avait que ce qu'il méritait !

N'était-ce pas un juste retour des choses ?

Quoi qu'il en soit, la perspective de mettre à profit la situation, pour prendre sa revanche sur le passé, ne manquait pas d'attraits à ses yeux.

Cela faisait six ans qu'il gardait sur le cœur d'insurmontables griefs à l'égard d'Arthur Kenington.

Oh ! bien sûr, celui-ci n'était pas le premier snob élitiste à avoir méprisé le jeune Grec sans le sou qu'il était en ce temps-là. Élève boursier dans l'une des plus prestigieuses écoles du Royaume-Uni, il avait eu son content de brimades.

Toutefois, le traitement que lui avait infligé Arthur était bien pire. L'homme ne l'avait-il pas grassement rétribué pour l'écarter de Marnie, sa très chère fille ? Au prétexte que Nikos ne serait jamais un parti acceptable.

Marnie !

Plus connue sous le surnom de « Princesse héritière », dont l'avait affublée la presse people.

La ravissante, à la voix douce, avait tenu son cœur entre ses longs doigts aristocratiques, avant de le poignarder sans pitié.

À la demande expresse de son père !

Ce dont Nikos avait cru ne jamais se remettre, tant il avait souffert.

Quand bien même — il se devait de l'admettre, aujourd'hui — ce rejet était probablement à l'origine de sa réussite fulgurante dans le monde des affaires.

Un sourire amer incurva ses lèvres tandis qu'il conduisait machinalement la voiture de sport dans le labyrinthe des quartiers chics de Londres.

Il semblait bien que la roue ait enfin tourné.

C'était lui, désormais, qui détenait le pouvoir.

Et il ne détesterait pas en user de telle manière que Marnie se rende compte de l'erreur qu'elle avait commise autrefois.

Nikos avait les moyens de tirer d'embarras le père de celle qui l'avait traité comme un pestiféré.

C'était maintenant à son tour de tenir le cœur de la très gracieuse jeune femme entre ses griffes. Et de décider du sort qu'il lui ferait subir…

1.

Elle n'aurait jamais dû accepter ce rendez-vous.

Tout au long du chemin, Marnie n'avait cessé de se répéter qu'il était encore temps de faire demi-tour.

Pourtant, à l'instant même où elle avait entendu la voix de Nikos, les dés étaient jetés.

Le lac paisible de sa solitude s'était transformé en un océan furieux.

Nikos était de retour dans sa vie. Il demandait à la voir.

« Il faut que je te parle. C'est très important. »

L'intonation était toujours aussi assurée.

Même à vingt et un ans, le jeune homme sans le sou qu'était alors Nikos Kyriazis avait montré l'arrogance qui était aujourd'hui sa marque de fabrique. Certes, il disposait désormais de la fortune qui lui permettait cet aplomb.

Un bref instant, Marnie avait été tentée de refuser. À quoi bon rallumer les braises du passé ? Surtout dans la mesure où elle se savait toujours vulnérable, s'agissant de Nikos.

« C'est au sujet de ton père. »

Son père ?

Marnie fronça les sourcils. À vrai dire, cela faisait quelque temps que celui-ci paraissait préoccupé. Il avait même perdu du poids. L'appel, tout à fait inattendu, de Nikos, n'avait fait que mettre le doigt sur le souci qu'Arthur lui inspirait.

Dans un chuintement discret, les portes de l'ascenseur coulissèrent, s'ouvrant sur le dernier étage du monolithe de verre et d'acier dominant la Tamise.

Marnie frémit en découvrant l'énorme logo qui ornait le mur : KYRIAZIS.

— Seigneur ! murmura-t-elle, en marquant une pause pour calmer ses nerfs.

Sa légendaire capacité à dissimuler ses émotions semblait lui faire cruellement défaut en cet instant. Car Marnie ne doutait pas d'être mortellement pâle, et ses mains étaient agitées d'un tremblement incontrôlable.

— Puis-je faire quelque chose pour vous, madame ?

Affichant un sourire forcé, Marnie traversa d'un pas décidé le hall d'entrée de la société Kyriazis.

La réceptionniste la reconnut instantanément, et Marnie maudit son encombrante notoriété.

— Lady Kenington ?

Inclinant la tête, l'hôtesse la jaugeait du regard, comme si elle essayait de faire correspondre la personne qui se trouvait devant elle avec l'image que les tabloïdes se plaisaient à véhiculer.

Celle d'une riche héritière au tempérament froid et réservé, au regard hautain dans un visage délicat, sous le casque de cheveux châtains aux reflets naturellement dorés.

Ce personnage de « Princesse héritière » au cœur de pierre que les journalistes avaient construit.

— J'ai rendez-vous avec… Nikos Kyriazis.

Il lui avait fallu un effort de volonté pour prononcer ce nom à haute voix.

— Bien sûr. M. Kyriazis ne va pas tarder. Asseyez-vous, je vous en prie.

De la tête, la jeune femme avait désigné une rangée de sièges, puis s'était replongée dans ses dossiers.

Les circonstances eussent-elles été différentes, Marnie aurait pu sourire à l'idée que Nikos allait la faire attendre, alors qu'elle s'était préparée toute la matinée à cette rencontre.

Dire qu'elle avait mobilisé toutes ses forces, toute son énergie, à cette fin, et qu'il ne se donnait même pas la peine d'être ponctuel !

Pinçant les lèvres en signe de désapprobation, Marnie

s'installa face à la somptueuse vue sur Londres qu'offrait la paroi entièrement vitrée.

C'était dans la presse qu'elle avait suivi l'ascension fulgurante de Nikos jusqu'aux plus hautes sphères de la finance internationale.

Tout ce qu'il touchait se transformait en or !

Cependant, Marnie trouvait terriblement douloureux de contempler ces photos sur papier glacé, où il apparaissait toujours avec une nouvelle — et interchangeable — conquête à son bras.

Ces beautés se ressemblaient toutes. Grandes, de préférence blondes, dotées d'une opulente poitrine, elles affichaient une inaltérable confiance en leur pouvoir de séduction. Ce qui ne pouvait que la laisser complètement pantoise.

Car jamais au grand jamais, quoi qu'elle fasse, elle ne parviendrait à atteindre leur décontraction teintée de sensualité naturelle et joyeuse, presque animale.

Il ne s'écoula pas loin de vingt minutes avant que la réceptionniste ne se dirige vers elle d'un air résolu.

— Lady Kenington ? M. Kyriazis est prêt à vous recevoir. Si vous voulez bien me suivre.

Oh ! vraiment ? s'irrita Marnie *in petto*, emboîtant le pas à l'employée.

— Lady Kenington, monsieur, annonça cette dernière en ouvrant une porte en verre dépoli, à travers laquelle Marnie aperçut une silhouette aisément reconnaissable.

À l'instant de vivre ce qu'elle avait si souvent imaginé au cours des années passées, elle se figea, rassemblant tout son courage. Puis, les jambes tremblantes, elle s'avança dans le bureau aux dimensions impressionnantes.

Allait-elle retrouver cette étincelle qu'il y avait entre eux, six ans auparavant ? Ou bien le temps en avait-il érodé l'éclat ?

— Nikos.

En dépit de la façon dont son cœur tambourinait follement, Marnie avait réussi à adopter un ton détaché.

Planté devant l'immense baie vitrée, Nikos fit lentement volte-face, auréolé de la pâle lumière de la fin d'après-midi.

Ces six années, depuis leur dernière rencontre, s'étaient montrées fort peu cruelles avec lui, constata Marnie. Son beau visage était pratiquement intact.

Elle retrouvait les grands yeux sombres, plutôt écartés, frangés d'épais cils noirs ; le nez légèrement busqué, suite à un accident de vélo lorsque Nikos était enfant ; la bouche large, au-dessus d'un menton marqué d'une profonde fossette. Les hautes pommettes étaient toujours aussi saillantes, comme sculptées dans le marbre depuis la nuit des temps. C'était un visage qui exprimait la force, et l'autorité — un visage que Marnie avait éperdument aimé.

Elle nota que, bien que plus courts qu'autrefois, ses cheveux, d'un noir d'ébène, effleuraient toujours le col de sa chemise. Ils avaient gardé l'épaisseur dans laquelle elle avait tant pris plaisir à glisser les doigts.

Néanmoins, dans les prunelles sombres, elle s'étonna de voir briller une lueur presque moqueuse.

Avec toute l'arrogance indolente dont il était capable, Nikos laissait son regard errer sur elle, de haut en bas, et Marnie sentit s'allumer en elle une flamme dont elle pensait avoir oublié la délicieuse morsure.

C'était comme si chacune des parcelles de sa peau, où les yeux de Nikos se posaient paresseusement, était tout à coup en éveil. Elle avait aussi chaud que s'il l'avait touchée, que si ses doigts s'étaient promenés sur son corps, lui promettant l'euphorie du plaisir.

— Marnie.

La façon dont Nikos prononçait son prénom — en accentuant la deuxième syllabe, comme l'on scande une note de musique — l'avait toujours enchantée, et cette fois encore Marnie frémit. Elle eut toutes les peines du monde à ne pas laisser paraître son émotion.

Habituellement, elle ne perdait jamais contenance, quelle que soit la situation. Cependant, cette rencontre n'avait rien de banal. Un petit sourire crispé fut la seule concession aux règles de la bienséance, à laquelle Marnie parvint à se forcer.

— Eh bien, Nikos, dit-elle, je suppose que si tu m'as convoquée, c'est parce que tu as des choses importantes à me dire.

Nikos haussa un sourcil, ce qui ne fit qu'accentuer le trouble qu'elle ressentait.

Comment avait-elle pu oublier à quel point l'extraordinaire beauté de cet homme se doublait d'un irrésistible charisme ? Qu'il fronce les sourcils ou qu'il sourie, quelque chose de terriblement envoûtant émanait de tout son être.

Marnie percevait clairement la fébrilité qui habitait ce grand corps puissant, et un frémissement réveilla son cœur anesthésié par la fin brutale de leur relation, six années plus tôt.

— Que puis-je t'offrir à boire ?

L'intonation suave, relevée d'une pointe d'accent étranger accéléra son pouls.

— À cette heure-ci ? Rien, je te remercie.

Nikos eut un haussement d'épaules qui tendit l'étoffe de son élégant costume sur sa musculature d'airain. Marnie détourna les yeux tandis qu'une onde de chaleur se propageait en elle. Lorsqu'il s'approcha, elle demeura clouée au sol.

S'immobilisant tout juste à deux pas, Nikos la contempla avec une expression indéchiffrable. Les effluves de son eau de toilette assaillirent ses sens. Pour un peu, ses genoux se seraient dérobés. Cependant, elle demeura impassible — seul le tremblement de ses doigts trahissant son agitation —, fixant sur Nikos un regard de défi.

— Tu as dit que tu avais besoin de me parler, insista-t-elle. J'attends.

— Oui, murmura Nikos.

Il continuait à la dévisager. À croire qu'il essayait de déchiffrer, à travers l'examen de ses traits, l'histoire des années qu'elle avait vécues loin de lui.

Quels changements remarquait-il ? s'interrogea Marnie.

Elle avait opté pour une couleur de cheveux un peu plus sombre que par le passé, peut-être…

Autrefois, elle ne se maquillait jamais. Mais, aujourd'hui, elle évitait de sortir visage nu, habituée qu'elle était à être traquée par les paparazzis, friands de clichés peu flatteurs.

— Eh bien ? relança-t-elle d'une voix voilée.

— Pourquoi es-tu si pressée, *agape mou* ?

Le terme affectueux la fit sursauter. Elle avait l'impression qu'un poignard venait de lui être planté dans la poitrine. Elle se contint. Il lui fallait conserver son flegme, si elle tenait à sortir de cette confrontation sans trop de dommages.

— Tu m'as fait attendre vingt minutes, et j'ai un autre rendez-vous, dit-elle. Je n'ai pas beaucoup de temps devant moi. Alors viens-en au fait, veux-tu ?

De nouveau, Nikos haussa un sourcil, manifestant une réprobation agacée qui ne manqua pas de la réjouir, et lui permit d'oublier un instant des pensées plus importunes.

— Quel que soit ce *rendez-vous*, rétorqua Nikos, je te conseille vivement de l'annuler.

— À ce que je vois, tu es toujours aussi tyrannique.

L'éclat de rire qui accueillit cette remarque la frappa en plein cœur.

— Si je me souviens bien, objecta Nikos, c'était un trait de ma personnalité que tu ne détestais pas, autrefois…

Croisant les bras sur sa poitrine, dans l'espoir de dissimuler sa nervosité, Marnie se récria :

— Je ne pense pas que tu m'aies fait venir pour raviver de vieux souvenirs.

— Tu n'as aucune idée des raisons qui m'ont poussé à t'appeler.

— Effectivement !

Pendant quelques secondes, ils se mesurèrent du regard, et Marnie crut voir des étincelles fuser.

Elle aurait dû suivre son instinct et refuser cet entretien, songea-t-elle en commençant à se diriger vers la porte. Il était préférable que certaines histoires s'enfoncent définitivement dans l'oubli — et tel était le cas de leur relation.

Marnie secoua la tête, et une boucle s'échappa de son chignon, retombant sur sa joue.

— Je n'aurais pas dû accepter cette rencontre, ajouta-t-elle.

En quelques enjambées, Nikos la précéda à la porte, sur laquelle il posa la main à plat.

— Arrête ! lui intima-t-il.

Lorsqu'elle sursauta, Nikos se rendit compte que Marnie était terriblement nerveuse. Pourtant, elle lui opposait une façade de parfaite maîtrise — froide, imperturbable. Sauf que, de toute évidence, elle était bien plus bouleversée qu'elle ne le laissait paraître. Elle leva vers lui ses grands yeux en amande, d'un brun pailleté d'or, où il lut sa confusion, avant qu'elle ne retrouve son calme et n'adopte une expression impatientée.

Néanmoins, il était clair que l'agacement n'était pas le seul sentiment qui l'agitait en cet instant. Comment aurait-il pu en être autrement, quand elle se retrouvait brusquement confrontée à son passé ?

Conscient du trouble de Marnie, Nikos choisit d'aller droit au but.

— Ton père est au bord de la faillite, dit-il d'un ton ferme. Si tu ne m'écoutes pas, il sera totalement ruiné dans moins d'un mois.

Marnie se figea, et toute couleur quitta son visage. Lentement, elle secoua la tête de droite à gauche, marmonnant des phrases sans suite, dans lesquelles Nikos l'entendit protester qu'elle n'en croyait rien.

Pour autant qu'elle se défende d'admettre ce que Nikos venait de lui assener, Marnie sentait s'insinuer peu à peu en elle un soupçon que confirmait un faisceau d'indices.

N'avait-elle pas remarqué des changements incontestables dans l'attitude de son père ? Son irritabilité ; la façon dont il s'était mis à boire plus que de raison ; le stress qui ne le quittait pas ; cette perte de poids distinctement visible…

— Je n'ai aucun intérêt à te mentir, Marnie, ajouta Nikos. Viens t'asseoir.

Opinant du chef, la gorge nouée, Marnie se dirigea vers la table de conférences, et prit un siège. Nikos la rejoignit. Sans la quitter des yeux, il leur servit un verre d'eau à chacun, en fit glisser un vers elle, puis se laissa tomber sur la chaise placée juste en face.

Lorsqu'il effleura son pied en s'asseyant, Marnie sursauta. La nouvelle qu'elle venait d'apprendre lui avait fait perdre son self-control habituel.

Nikos afficha un petit sourire narquois, mais elle n'en avait cure tant elle était anéantie. Posant les mains à plat sur la table, pour les empêcher de trembler, elle s'efforça de rassembler ses idées.

— Mon père… ? balbutia-t-elle. C'est impossible…

— Le marché a été très instable récemment, expliqua Nikos. Comme nombre d'investisseurs, ton père n'a pas fait preuve d'une prudence suffisante. Tant pis pour lui !

Nikos avait parlé avec un manque de respect évident. En d'autres temps, Marnie aurait volé au secours de son père sans hésiter.

Sauf que cela aussi avait changé, chez elle — davantage que quelques détails de son apparence. Quand bien même elle continuait à aimer ses parents, elle avait renoncé à leur témoigner l'indéfectible loyauté dans laquelle l'avait plongée le décès de Libby, sa sœur aînée.

À l'époque, Marnie était prête à n'importe quoi pour leur épargner un surcroît de souffrance, et pour maintenir les liens familiaux. Il lui était inconcevable de s'aliéner l'affection des deux êtres avec lesquels elle partageait ce drame. Aussi avait-elle accepté de sacrifier le jeune homme qu'elle aimait, pour ne pas encourir leur désaveu.

Elle posa un regard embrumé sur la large carrure de Nikos. Les souvenirs affluèrent, et Marnie s'efforça rageusement de les repousser dans les compartiments fermés à double tour de sa mémoire, où elle les avait consignés à jamais.

Le passé était le passé !

— Sans une aide financière immédiate, enchaîna Nikos, il perdra le peu qu'il lui reste encore.

Le fin visage de Marnie, à la beauté éthérée, s'était crispé en une mimique douloureuse, et Nikos fut titillé par une pointe de pitié.

Dire qu'autrefois il aurait été absolument incapable de lui faire le moindre mal. En ce temps-là, ne s'était-il pas engagé à la chérir à tout jamais ?

Or, elle avait répondu à cette promesse en lui assenant qu'il ne serait jamais digne d'elle !

Nikos se redressa sur sa chaise, affermissant sa détermination.

Avant qu'il n'ait le temps de poursuivre, Marnie riposta d'une voix doucement insistante :

— Père a de nombreux associés. Ils ont de l'argent.

— Il va lui en falloir beaucoup.

Marnie ne baissa pas la garde.

— Je suis certaine qu'il trouvera ce dont il a besoin.

Le sourire de Nikos se fit carnassier.

— Cent millions de livres, d'ici à la fin du mois ?

— Cent millions…

Les longs cils de Marnie s'abaissèrent, dissimulant le choc enregistré. Nikos ne chercha pas à la pousser dans ses retranchements. C'était inutile.

Il attendit qu'elle lève à nouveau son regard vers lui, pour ajouter :

— Et ce n'est qu'un début.

S'interrompant, il désigna la porte d'un geste nonchalant.

— Maintenant, si tu préfères partir…

Pendant quelques secondes, Marnie joua avec la bague qui ornait toujours son annulaire, semblant s'absorber dans la perfection de la ciselure. Puis elle reporta son attention sur lui.

— En quoi es-tu concerné par les affaires de mon père ? s'enquit-elle.

Il laissa échapper un petit rire sans joie.

— En rien, à vrai dire.

Le front de Marnie se plissa sous l'effet de l'incompréhension. Nikos ne put s'empêcher d'observer que ses mains parfaitement manucurées, ses ongles délicatement peints, son maquillage subtil étaient le reflet exact des valeurs que lui avaient inculquées ses parents.

Elle planta dans les siens ses beaux yeux noisette où scintillaient des paillettes d'or, le prenant au piège de ce regard fascinant.

— Alors, pourquoi m'as-tu fait venir ? questionna-t-elle. Cesse de tergiverser, s'il te plaît.

— Permets-moi de te dire que tu n'es pas en position de me donner des ordres !

Marnie se troubla. Elle secoua la tête d'un air embarrassé.

— Excuse-moi… Je voulais juste que… tu m'expliques ce qu'il en est.

Se reculant sur sa chaise, Nikos fit la moue.

— Ton père a enchaîné les mauvaises décisions, les investissements hasardeux. Peu importent les raisons de sa chute.

Le regard farouche dont il la fusillait la mettait au supplice.

— Il m'importe à moi, de les connaître, protesta-t-elle.

Comme s'il ne l'avait pas entendue, Nikos enchaîna sans la quitter des yeux :

— Je suis certain qu'il n'existe même pas dix personnes au monde qui soient en position d'aider ton père. Plus rares encore sont celles qui seraient prêtes à se mettre en peine de le faire.

Marnie se mordit la lèvre. Le seul individu disposant de suffisamment de liquidités pour soutenir l'empire chancelant de son père n'était-il pas précisément assis en face d'elle ?

Incapable de rester en place, elle se leva pour aller se planter devant la baie vitrée, observant la fourmilière qu'était Londres depuis ces hauteurs. Elle avait l'impression qu'une main immense l'en avait extraite pour la précipiter dans quelque asile de fous.

— Tu ne portes pas mon père dans ton cœur, dit-elle doucement. Comment puis-je être certaine que tu n'inventes pas toute cette histoire pour lui nuire ?

— La chute de l'empire Kenington n'est un secret pour personne, *matakia mou*. C'est Anderson qui m'en a informé. Nous sommes toujours en contact.

— Anderson ?

En entendant mentionner le fiancé de sa sœur défunte, Marnie avait senti un coup de poignard transpercer sa poitrine. Comme à chaque fois que quelque chose réveillait en elle le souvenir de Libby.

Un instant, un espoir fou se fit jour dans son esprit. La famille d'Anderson Holt possédait une confortable fortune. Ne pourraient-ils renflouer son père ?

Non, c'était impossible ! Qui donc pouvait mobiliser, en un claquement de doigts, une somme aussi importante que celle qu'il faudrait pour sauver Arthur Kenington ? Hormis Nikos Kyriazis…

Marnie redressa les épaules. Les larmes lui montèrent aux yeux à la pensée de l'humiliation qu'allaient connaître ses parents. Elle se domina. Pas question de se montrer aussi faible devant qui que ce soit ! Surtout pas devant Nikos.

— Il est vrai que mon père a eu l'air particulièrement tendu, ces derniers temps, admit-elle avec réticence, en continuant à s'absorber dans la contemplation de la ville.

— Cela ne m'étonne pas. L'idée de perdre jusqu'au dernier sou une fortune amassée par ses ancêtres doit peser lourdement sur sa conscience. Et sur son ego surdimensionné.

Se refusant à relever cette pique, Marnie s'efforçait de comprendre les tenants et les aboutissants de ce qui lui paraissait une situation insensée.

— Ce que je ne saisis pas, c'est pourquoi mon père ne m'a pas informée de tout cela.

Au souvenir de la dernière conversation qu'il avait eue avec Lord Kenington, Nikos ne put contenir sa colère et son ressentiment.

— Vraiment ? lança-t-il d'un ton amer. Tu sembles oublier qu'il se fait fort de te garder dans une tour d'ivoire. À l'écart des douloureuses réalités auxquelles sont confrontés les pauvres mortels de mon espèce.

— Tu veux dire... ce genre de *douloureuses réalités* ? railla Marnie en désignant d'un geste de la main le vaste bureau décoré de tableaux et de meubles qui n'auraient pas déparé dans une galerie d'art moderne.

Un muscle tressaillit le long de la mâchoire de Nikos, et Marnie se reprocha instantanément ses paroles. De quel droit se permettait-elle de juger avec mépris les signes extérieurs de sa réussite ? Elle en connaissait assez sur Nikos pour savoir qu'il n'ignorait pas la dureté de la vie.

— Excuse-moi, dit-elle. Rien de tout cela n'est ta faute.

Malgré lui, Nikos sentit monter une bouffée d'un sentiment qui ressemblait à de la compassion. Il se raidit à l'idée que Marnie fût encore capable de l'émouvoir, et repoussa toute tentation de se radoucir.

— Ton père est au bout du rouleau, renchérit-il. Même Kenington Hall devra être vendu. Quant à sa réputation... Il va être la risée de toute la bonne société londonienne. Certaines de ses initiatives peuvent même être jugées comme étant à la limite de la légalité.

— Je t'en prie..., souffla Marnie en frissonnant.

Ses parents avaient déjà si cruellement souffert, songea-t-elle. La perspective de les voir subir une nouvelle tragédie pesait d'un tel poids sur sa poitrine que c'était à peine si elle parvenait à respirer.

— Je mentirais, reprit Nikos, si je n'avouais pas être tenté de me désintéresser du sort d'Arthur Kenington. À vrai dire, sa situation évoque assez précisément celle à laquelle il m'avait condamné.

— Est-ce pour cela que tu as demandé à me voir ? questionna Marnie. Pour que je constate à quel point tu triomphes ?

Le sourire dont Nikos la gratifia avait réellement quelque chose de carnassier.

— Certainement pas ! Simplement, il se trouve que je suis

le seul à être en mesure d'alléger le fardeau qui pèse sur ton père. Comme tu dois le savoir, je suis très riche.

Marnie écarquilla les yeux.

— Vraiment, Nikos, tu ferais cela ? Je ne sais comment te remercier.

— Ne te réjouis pas trop vite. Attends d'avoir entendu les termes du marché que je t'offre.

— Que veux-tu dire ?

— Eh bien, j'ai les moyens d'aider ton père, mais encore va-t-il falloir que je trouve la motivation nécessaire.

— La *motivation* ?

Marnie sentait son cœur battre tellement fort qu'il semblait sur le point d'échapper à sa cage thoracique. Sur des charbons ardents, elle attendit que Nikos en vienne au fait. Lorsqu'il le fit, ce fut avec toute l'arrogance dont elle le savait capable :

— Oui, Marnie, la motivation que toi seule peux me fournir. En acceptant de devenir ma femme ! C'est uniquement à cette condition que je tendrai la main à ce cher Arthur Kenington.

2.

Jusqu'à cet instant, Marnie n'avait jamais éprouvé ce que cela signifiait de sentir le silence vibrer. Or, l'air s'était, tout à coup, chargé d'électricité. Pour un peu, elle aurait entendu des crépitements autour d'elle.

Les paroles que venait de prononcer Nikos étaient comme autant de petites flèches qui venaient se ficher dans son cœur, son âme, son cerveau.

« La motivation que toi seule peux me fournir. »

Éprouvant le besoin de s'appuyer à quelque chose, elle s'adossa à la baie vitrée encore chaude du soleil de l'après-midi.

— Je ne comprends pas, murmura-t-elle en fermant les yeux.

Chacune des fibres de son être rejetait la proposition insensée de Nikos.

En tout cas, c'était ce dont elle cherchait à se persuader. Car Marnie ne parvenait pas à empêcher des images chimériques de s'imposer à son esprit — des rêves de petite fille, jadis caressés avec délectation.

Quelques secondes plus tard, elle rouvrit les yeux pour se rendre compte que Nikos était juste devant elle, et lui tendait un verre d'eau. Elle le prit, et but avec gratitude. Sa gorge était épouvantablement sèche.

— Ce n'est pas bien compliqué, rétorqua Nikos. Tu m'épouses, en échange de quoi je donne à ton père les fonds qui lui permettront de rembourser ses dettes.

— Cela n'a pas de sens, protesta Marnie d'une voix blanche.

Ce scénario était effectivement absurde, songea-t-elle.

D'ailleurs, comment était-il possible que cette perspective ne la plonge pas dans la plus totale panique ?

Or, l'angoisse et la méfiance ne constituaient qu'une infime partie de l'écheveau d'émotions confuses qui enserrait son cœur. Il s'y mêlait un espoir déraisonnable, et le feu ardent des échos passionnés du passé.

Car l'homme qui lui faisait face avait disparu de sa vie depuis de longues années, sans jamais quitter son esprit.

Elle murmura d'une voix à peine audible :

— C'est par amour qu'on se marie, Nikos. Nous ne nous aimons pas. Comment peux-tu prendre le mariage à la légère ?

Avançant d'un pas, Nikos tendit la main comme pour lui prendre le verre. Il n'en fit rien, se contentant d'enserrer les doigts dans les siens. Elle eut l'impression qu'un courant électrique circulait le long de son bras, avant de se propager à tout son corps.

— Disons que j'ai à m'acquitter d'une dette, répliqua Nikos d'une voix sourde. Ton père m'avait fait cadeau d'une importante somme d'argent pour me convaincre de renoncer à toi, il y a six ans.

À voir s'arrondir la jolie bouche de Marnie, Nikos comprit qu'elle n'avait jamais eu vent de cette tractation. Il ne put s'empêcher de se réjouir en lisant sur le visage de la noble héritière des Kenington l'indignation dans laquelle la plongeait la découverte de cette bassesse. Néanmoins, elle ne tarda pas à remettre son masque d'impassibilité.

Comme il aurait aimé le faire tomber !

Du pouce, il lui caressa la lèvre inférieure. Nikos n'avait pas oublié la douceur de cette bouche sensuelle.

— Je n'étais pas au courant, souffla-t-elle.

Il y avait une telle candeur dans le regard levé vers lui qu'il ne lui vint même pas à l'idée de mettre en doute cet aveu.

— Il n'était pas utile que tu le sois. L'ironie de l'histoire, c'est que ton père aurait pu faire une substantielle économie ! De toute évidence, il ignorait que tu avais déjà mis un terme à notre relation. *Définitivement.*

Marnie sentit son cœur se serrer.

— Je n'avais pas le choix, dit-elle.

— Bien sûr que si, tu l'avais ! Tu aurais pu lui dire que tu te moquais de ses préjugés, et de ce qu'il pensait de moi. Tu aurais pu te battre pour nous. *Moi*, je l'aurais fait.

Sous le choc de ces paroles amères, Marnie prit une profonde inspiration. Tout à coup, elle revivait — avec la même acuité — la souffrance éprouvée six ans plus tôt.

— Tu sais très bien quelle tragédie ma famille avait connue. Je ne pouvais pas lui imposer une nouvelle épreuve. Il me fallait choisir entre mon père et... ce que j'éprouvais pour toi.

— Et c'est *lui* que tu as choisi. Tu as renoncé à moi en un éclair. D'un seul coup, tout était terminé entre nous.

Il y avait tant de rancune dans le regard de Nikos que Marnie déglutit avec peine.

Croyait-il vraiment qu'il lui avait été aussi facile de rompre ?

Prendre cette décision avait été un véritable calvaire.

Elle avait vainement essayé d'expliquer à ses parents qu'elle se moquait bien que Nikos ne soit pas riche, ou qu'il ne soit pas issu de la meilleure société.

Chaque discussion se terminait de la même insupportable manière : sa mère pleurait toutes les larmes de son corps, et son père tempêtait avant de s'enfermer dans un mutisme obstiné. Marnie avait l'insupportable certitude qu'ils n'auraient voulu qu'une seule chose : que ce soit elle-même qui ait disparu, à la place de Libby !

La parfaite Libby, dont ils étaient si fiers, et qui ne leur aurait jamais infligé de tels désagréments.

— J'ai fini par accepter l'argent qu'il m'offrait, reprit Nikos. Au début, je ne voulais pas. Puis je me suis dit que j'allais m'en servir pour prouver ce dont j'étais capable. J'étais tellement en colère contre lui. Contre *toi* !

Marnie serrait les poings.

Ainsi Arthur avait cru bon de payer Nikos pour qu'il sorte de sa vie ? Elle sentit un frisson glacé courir le long de son dos. Franchement, de quel droit son père s'était-il immiscé de la sorte dans son histoire ? C'était une chose de la pousser à rompre, c'en était une tout autre que de contraindre Nikos à s'éloigner en le soudoyant.

— Je suis désolée qu'il se soit permis une telle initiative, dit-elle. Il n'avait pas à… t'acheter.

— Surtout quand tu avais déjà pris les devants ! Il aurait pourtant dû savoir que tu lui obéirais sans discuter, comme la gentille Princesse héritière que tu as toujours été.

— Ne m'appelle pas comme cela ! protesta Manie avec véhémence.

Elle détestait ce surnom que lui avait donné la presse people. Car les journalistes se méprenaient sur son attitude naturellement réservée. Ils y voyaient un snobisme et une prétention qui étaient à mille lieues de ce qu'elle était réellement.

— Ainsi, murmura-t-elle en plantant un regard farouche dans celui de Nikos, tout ce que tu cherches, c'est la vengeance ? Un plat qui se mange froid, dit-on. Plutôt glacé, en l'occurrence. Tu auras attendu six longues années pour cela…

— Oui.

Nikos se rapprocha, jusqu'à venir se plaquer — cuisses musclées, torse puissant — contre elle.

— Laisse-moi te dire que notre mariage n'aura rien de *glacé*, enchaîna-t-il.

Une bouffée de désir la submergea. Autour d'elle, tout tournait dans un tourbillon infernal.

— Ce mariage ne se fera jamais, affirma-t-elle avec une assurance qu'elle était loin de ressentir. Et il ne se passera rien de… de ce que tu laisses entendre.

— Que t'arrive-t-il, *agape mou* ? Craindrais-tu que nous ne retrouvions pas les émotions de notre jeunesse ?

Il se frotta contre elle, et Marnie gémit en sentant se rallumer en elle des sensations qu'elle avait cru éteintes depuis longtemps. Malgré elle, ses doigts se cramponnèrent à la chemise de Nikos. La chaleur qui émanait de lui était comme un baume pour ses nerfs tendus à craquer.

— Te souviens-tu que j'avais tenu à respecter ton innocence ? murmura Nikos à son oreille. Je disais que nous devions attendre d'être mariés. Ou, tout au moins, fiancés. Tu te rappelles ?

Un mélange de honte, de désir et de désespoir s'insinua en elle. C'était comme si un serpent se glissait sournoisement dans son cœur. Mordant sa lèvre inférieure, elle opina du chef.

Ce fut contre sa bouche que Nikos poursuivit, caressant ses lèvres d'un souffle chaud :

— Même lorsque tu me suppliais de te prendre, je répétais que je préférais attendre. Parce que je t'aimais suffisamment pour cela.

Il la prit par les hanches, l'immobilisant pour souder plus étroitement leurs corps. Marnie recula la tête autant qu'elle le pouvait, mais elle était retenue par la vitre.

— Aurais-tu oublié comment, ensuite, tu m'as ri au nez, en disant que tu n'épouserais jamais un garçon tel que moi ?

Marnie ferma les yeux. Pourquoi fallait-il que Nikos lui rappelle ces épouvantables paroles ?

Comme elles lui avaient coûté !

Combien de fois n'avait-elle pas dû s'entraîner à les prononcer, pour être sûre d'y parvenir ? Le moment venu, c'était seulement la certitude de faire ce qui était le mieux pour sa famille qui l'avait soutenue.

C'était la chose la plus difficile qu'il lui ait jamais été donné de faire.

— Alors, insista Nikos, tu n'as quand même pas oublié, non ?

Il ponctua cette implacable question d'un fugace baiser dans son cou, faisant furieusement caracoler son pouls.

— Non, souffla-t-elle, luttant pour ne pas défaillir sous l'assaut du désir et des souvenirs.

— J'aurais dû savoir que tu ne valais pas mieux que tous les snobs qui t'entouraient, poursuivit Nikos inexorablement. Tu as rompu avec moi, parce que tu ne voulais pas épouser un garçon qui n'appartenait pas à ton clan. Tu tenais par-dessus tout à l'approbation de tes parents.

Il se détourna avec une moue sardonique.

Accablée, Marnie était incapable de supporter tant d'injuste cruauté de la part de celui qui l'avait pourtant connue mieux que personne au monde.

— Tu te trompes, Nikos ! essaya-t-elle de se défendre. Le seul que je voulais, à cette époque, c'était *toi*. Mais nous venions à peine d'enterrer Libby. À ce moment-là, je ne pouvais pas leur désobéir. Je t'interdis de penser, ne serait-ce qu'une seconde, que je ne te jugeais pas assez bien pour moi.

Un haussement d'épaules repoussa cette tentative de justification.

— Tu aurais pu t'opposer à tes parents. Sauf que tu pensais exactement comme eux. Quoi qu'il en soit, ils ne vont pas tarder à découvrir qu'il existe quelque chose de bien plus important que la naissance ou l'éducation. *L'argent !*

Nikos s'interrompit en plantant dans le sien un regard scrutateur. Comme s'il voulait s'assurer qu'elle prenait bien toute la mesure de ses paroles. Puis il poursuivit :

— Désormais, le très distingué Arthur Kenington devra vivre, jusqu'à son dernier jour, en sachant que c'est *à moi* qu'il doit son salut. Moi, dont il ne voulait pour rien au monde ! Car tu vas m'épouser, Marnie.

Il y avait tant de fureur dans ces propos que Marnie eut l'impression d'avoir été souffletée. Toutefois, ce fut avec le plus grand calme qu'elle rétorqua :

— Mon père n'aurait jamais dû t'humilier ainsi.

— Je me souciais comme d'une guigne de l'opinion de ton cher géniteur, *agape*. C'est de *toi* que j'espérais davantage.

Marnie déglutit péniblement. N'était-ce pas là l'histoire de sa vie ? Elle avait, sans jamais faillir, répondu aux espérances de tous : celles de ses parents, de sa sœur…

— Tu vas m'épouser, Marnie, répéta Nikos.

À cette perspective, Marnie avait l'impression de basculer, tout à coup, dans un précipice sans fin. Elle secoua la tête, en un signe de vaine dénégation.

— Et sans plus attendre ! martela Nikos d'un air sombre

avant de s'emparer de ses lèvres, lui coupant le souffle, mettant le feu à son imagination.

La langue de Nikos vint chercher la sienne avec une exigence farouche, comme pour la défier, la mettre à sa merci. En une fraction de seconde, il fit tomber les maigres défenses que Marnie tentait de lui opposer.

Car son corps n'avait pas oublié l'ascendant que cet homme avait sur lui. Il avait toujours suffi d'un simple regard de Nikos pour que le désir fasse sourdre en elle une moiteur brûlante.

Elle murmura contre sa bouche :

— Je ne peux pas croire que tu me désires encore. Tu n'as pas mené une vie monacale depuis notre séparation. Je m'étonne que tu éprouves toujours un quelconque intérêt pour ma personne.

Nikos laissa glisser les lèvres le long de son cou, avant de mordiller la naissance de son épaule.

— Disons que je déteste laisser une entreprise inachevée, souffla-t-il.

En un mouvement instinctif, Marnie bascula le bassin en avant pour se plaquer contre Nikos. Malgré elle, il lui fallait davantage.

Dans son esprit embrumé, les questions se bousculaient.

— Mais cela fait six ans…, lui opposa-t-elle.

— Je sais. Il n'empêche que tu es la seule femme dont j'aie jamais été amoureux. La seule avec laquelle j'aie pu imaginer un avenir. Autrefois, c'était par amour.

— Et aujourd'hui ?

— Pour des raisons moins nobles, je te l'accorde.

À l'instant où il mit fin à leur étreinte — apparemment, sans le moindre regret —, Marnie sentit la tête lui tourner.

— C'est-à-dire ?

— Ton père n'est pas la seule personne à qui j'entends donner une leçon, vois-tu. Tu te rappelles m'avoir dit que je ne représentais rien pour toi ? Hormis une distraction qui t'aidait à surmonter la mort de ta sœur…

De nouveau, il approcha son[2] visage du sien. Si près qu'elle pouvait voir la myriade de points lumineux qui dansaient dans ses prunelles de jais.

— Tu prétendais que tu ne me désirais plus, enchaîna-t-il. Eh bien, ce sera pour moi une indicible satisfaction, que d'exposer ton mensonge.

Cette fois, Nikos s'écarta de quelques pas, la laissant en proie à un tourbillon d'émotions confuses. Elle s'efforça de retrouver son calme avant de parler.

— Tu ne vas pas me faire croire que tu as passé ces six années à te morfondre. Ce dont je me souviens clairement, c'est la hâte avec laquelle tu as tourné la page. Ce n'est pas très honnête de jouer les amoureux inconsolables.

— Ne te trompe pas, *agape*. Loin de moi l'idée de jouer les cœurs brisés. Je fais juste preuve d'opportunisme. La situation de ton père me tend une perche que je ne saurais négliger.

Pendant quelques secondes, Marnie demeura muette, jouant avec sa bague tout en cherchant désespérément à mettre de l'ordre dans ses pensées.

Nikos sembla prendre ce silence pour un acquiescement.

— La publication des bans exige seulement un délai de deux semaines. J'ai engagé une organisatrice de mariage, pour veiller à tous les préparatifs. Sa carte est sur mon bureau. N'oublie pas de la prendre en partant.

Marnie secoua la tête, comme pour échapper à cette avalanche de paroles incompréhensibles.

— Attends un peu, se rebella-t-elle. Tu vas trop vite. C'est trop tôt.

— La situation de ton père nécessite une intervention rapide. Sinon, ce sera trop tard pour que je l'aide.

— Tu veux dire que tu exiges que nous soyons mariés avant de lui donner l'argent dont il a besoin ?

Le sourire dont Nikos la gratifia était un modèle de cynisme.

— Imagines-tu que je puisse lui apporter mon concours, avant même d'avoir eu le plaisir de faire de toi… *ma femme* ?

L'entendre suspendre sa phrase un bref instant leva tous les doutes qu'elle avait encore. En fait, Nikos était fermement décidé à la mettre dans son lit, avant que l'argent ne change de main. Cette idée lui parut tellement ignoble qu'elle croisa les bras sur sa poitrine comme pour contenir la souffrance qui la transperçait.

— Si je comprends bien, tu me juges capable de manquer à mon engagement, observa-t-elle, tout en réalisant que sa remarque signifiait qu'elle acceptait le marché.

Or, elle n'y était pas encore prête. *Pas tout à fait.*

— Chat échaudé craint l'eau froide, dit-on ! Grâce à toi, j'ai appris à ne faire confiance à personne. Désormais, je préfère un solide contrat aux plus belles promesses.

— C'est certainement une bonne chose en affaires. Cependant, un mariage n'est pas une transaction.

— Un *vrai* mariage, certes !

— Est-ce à dire que le nôtre ne serait rien de tel ?

Nikos éclata d'un rire qui la fit frissonner des pieds à la tête.

— Oh ! sois rassurée ! Ce sera un mariage au plein sens du terme. Je ne compte pas me délester de cent millions de livres au seul bénéfice de la vengeance. J'attends d'autres avantages.

Marnie sentit son cœur se mettre à battre la chamade.

— Je… je…, balbutia-t-elle.

Cependant, elle n'alla pas plus loin, préférant se taire. Qu'allait-elle avouer ? Qu'elle était encore vierge, parce qu'elle n'avait jamais rencontré un homme dont elle soit tombée amoureuse autant qu'elle l'avait été de Nikos ?

— N'imagine pas que je suis prête à coucher avec toi juste parce que tu as brusquement refait surface dans ma vie.

— Bien sûr que non ! Ce n'est pas pour cette unique raison que tu vas coucher avec moi, *agape mou.*

L'arrogance de Nikos était vraiment exaspérante ! s'indigna Marnie *in petto.* Cependant, il n'avait pas tort. Le temps n'y avait rien changé. Elle désirait cet homme aussi intensément que par le passé.

Avec l'impression de se noyer dans un océan d'interrogations, d'aspirations, de craintes…, elle chercha à gagner un peu de temps.

— Quand bien même je souscrirais à ce projet insensé — et je n'ai pas dit que c'était le cas ! —, il y aurait quantité de dispositions à envisager.

— Lesquelles ?

— Eh bien, en premier lieu, où habiterions-nous ?

— Chez moi, à Athènes, évidemment.

— Mais j'ai toujours vécu en Angleterre. Je ne peux pas tout quitter comme cela, du jour au lendemain !

Un instant, ils se mesurèrent du regard, chacun s'efforçant de soumettre l'autre à sa volonté.

Lorsque Nikos reprit la parole, ce fut sur un ton qui disait assez combien il était certain d'obtenir sa reddition complète.

— Je suis disposé à dépenser une fortune considérable au profit de ton père. Ne crois-tu pas qu'en contrepartie, il serait bon que tu acceptes quelques concessions ? Que suggères-tu ? Que nous restions dans le giron de cet homme que je méprise plus que personne au monde ?

— Comment puis-je t'épouser, en sachant qu'il t'inspire ce genre de sentiment ?

Nikos lui opposa une expression intraitable.

— Tu n'as pas le choix. C'est la seule solution dont tu disposes pour épargner à tes parents une cuisante disgrâce.

— C'est donc ainsi que tu vois les choses ? Tu fixes les règles, et je n'ai plus qu'à me soumettre ?

— Crois bien que je tiendrai compte de tes requêtes, à chaque fois qu'elles me paraîtront raisonnables. Mais, en l'occurrence, il est hors de question que je reste trop longtemps éloigné de Grèce. C'est dc là que je mène l'essentiel de mes affaires. Tu n'as pas ce genre de contraintes.

Aux tréfonds d'elle-même, Marnie avait beau convenir que le raisonnement de Nikos se justifiait pleinement, elle n'en restait pas moins heurtée par son attitude dictatoriale.

— Eh bien ? relança-t-il. Que décides-tu ?

Marnie tritura davantage sa bague, avant de répondre ce qui résonnait à ses oreilles comme un consentement :

— Je préférerais une cérémonie discrète. Sans tambours ni trompettes. Seulement nous deux et…

Nikos ne la laissa pas poursuivre.

— Hors de question ! J'entends que le monde entier sache que tu es revenue sur ton opinion, après m'avoir jugé indigne de toi. Je veux absolument obliger ton père à se tenir à nos côtés, sur les photos, souriant comme s'il n'avait jamais pu rêver meilleur parti pour sa fille chérie.

À entendre Nikos exprimer, une nouvelle fois, tout son ressentiment, Marnie se reprocha encore de n'avoir pas eu la force de caractère suffisante pour tenir tête à son père, six ans plus tôt.

Ne pouvait-elle faire comprendre à Nikos pourquoi elle n'avait pas lutté pour défendre ce à quoi elle aspirait tant ? Fronçant les sourcils, elle se lança dans une explication :

— Il faut que tu saches pourquoi j'ai agi comme je l'ai fait, Nikos. Pour mes parents, je n'ai jamais été que le pâle reflet de Libby. Après sa mort, leur seul souhait était que je calque mon comportement sur le sien, en épousant un riche héritier du genre d'Anderson. Or, j'avais un terrible besoin qu'ils m'acceptent. D'être à leurs yeux à la hauteur de la fille qu'ils venaient de perdre. J'aurais fait n'importe quoi pour mériter leur approbation.

Lorsque Nikos approcha son visage du sien, Marnie y lut les signes manifestes d'une rancœur indéfectible.

— Tu m'as tourné le dos comme si je ne représentais rien pour toi. Peu importe que la faute en incombe à ta sœur ou à tes parents. C'est toi, en dernier ressort, qui m'as rejeté. Et tu as eu tort !

Oh oui, elle avait eu tort, songea Marnie. Car elle n'avait plus jamais rencontré un homme qui fasse naître en elle ne serait-ce qu'un dixième des émotions que Nikos lui inspirait. Surtout pas parmi les prétendants que ses parents lui présentaient les uns après les autres.

Nikos était le seul qu'elle eût aimé. Et elle l'avait blessé d'une manière qu'il ne lui avait jamais pardonnée.

Ce fut lui qui ramena la discussion sur le sujet du mariage.

— Nous aurons de très nombreux invités, et je tiens à une couverture médiatique tout à fait…

— Non, Nikos ! Pas ça, je t'en prie !

C'était d'une voix blanche que Marnie l'avait interrompu. Quelque chose, dans sa pâleur et son visage crispé, disait tellement la force de son désespoir que Nikos la contempla quelques secondes sans un mot. Puis il se risqua à demander :

— Dois-je comprendre que tu acceptes ce mariage ?

Marnie opina du chef, et lui lança un regard éperdu à travers la frange épaisse de ses cils.

— Je veux bien t'épouser. Mais sans tapage, s'il te plaît. Tu connais le mauvais esprit dont les journalistes sont capables à mon égard…

Pour un peu, Nikos l'aurait poussée hors de sa zone de confort en lui imposant des noces fastueuses. Même en cet instant, l'émotion ne venait pas altérer cet air d'indifférence glaciale qui lui avait valu le surnom de « Princesse Héritière ». Cette gravité compassée, dont l'élégance confinait au dédain, était le bouclier auquel elle se cramponnait pour ne pas céder à la panique, certainement.

Nikos en était pleinement conscient, cependant il espérait bien l'en dépouiller au plus vite, et la pousser à afficher ses véritables sentiments.

— Tu n'as pas plus de sympathie que moi pour la presse, enchaîna-t-elle. Tu n'es pas assez mesquin pour m'imposer cela juste par pure malveillance, n'est-ce pas, Nikos ?

Nikos sentit se fissurer sa détermination. Marnie avait su toucher un point sensible. À vrai dire, peu lui importait de donner un quelconque retentissement à leur mariage. Hormis Marnie, il y avait une seule personne dont la présence lui était indispensable.

— Très bien, dit-il en haussant les épaules. Comme tu voudras. Pourvu que ton père soit là, le reste m'est égal.

— Je n'imaginais pas un document d'une telle longueur, déclara Marnie en feuilletant l'épaisse liasse posée devant elle.

Nikos lui avait donné rendez-vous dans un café bondé, et il était assis en face d'elle.

Levant les yeux, elle vit qu'il la contemplait d'un regard lourd.

— Il ne contient rien qui ne soit absolument indispensable, précisa-t-il d'une voix où, curieusement, son accent étranger était encore plus marqué que la veille.

Marnie fut frappée par son expression implacable. La lumière accusait les méplats et les saillies de son visage fermé.

Un visage incroyablement dur.

Par le passé, elle avait eu vaguement conscience que Nikos était capable de dureté, sans imaginer jusqu'à quel point. Mais, en ce temps-là, elle était éperdument amoureuse. Sa vie, croyait-elle, serait indissolublement liée à celle de Nikos. Sans lui, elle n'existerait pas.

Stupidement, elle avait supposé qu'il éprouvait pour elle des sentiments identiques. Ce qui avait été clairement démenti par la manière dont il avait tourné la page sans la moindre hésitation, après leur rupture.

Il avait beau protester de son indéfectible amour, les conquêtes s'étaient succédé dans son lit à un rythme tel qu'il aurait pu figurer sur le site de TripAdvisor !

— Est-ce que je peux faire lire tout cela à mon avocat ? questionna-t-elle.

Nikos haussa les épaules.

— Si tu le souhaites. Cependant, cela risque de nous faire prendre un retard dommageable pour les affaires de ton père. Car je n'entends pas faire publier les bans tant que tu n'auras pas signé ce contrat de mariage.

Marnie laissa échapper un profond soupir, et tapota le bord de la table avec son stylo.

Nikos tressaillit. Ce simple geste faisait remonter à sa mémoire des souvenirs qu'il pensait profondément enfouis. C'était quelque chose qu'il lui avait vu faire lorsqu'elle révisait ses examens. Quand elle s'interrompait pour trouver la solution d'un problème particulièrement ardu…

Il préféra renvoyer ces images dans les limbes d'un passé révolu.

— Tu dois apposer ta signature à la fin de chacune des quatre parties, dit-il d'un ton sévère.

Elle leva vers lui un regard soucieux.

— Nikos…, souffla-t-elle. Est-ce que tu te rends compte que tout ceci est complètement déraisonnable ? Nous ne nous connaissons plus vraiment, et…

Nikos lui coupa la parole.

— Détrompe-toi, Marnie. Je te connais parfaitement. Tout autant que par le passé.

— Mais pourquoi une telle précipitation ?

— C'est la situation de ton père qui nous y oblige.

Lorsqu'il se pencha en travers de la table pour presser sa main dans la sienne, Marnie sentit son cœur faire un bond dans sa poitrine. Une vague de chaleur la submergea. Néanmoins elle se contraignit à dissimuler la réaction instinctive de son corps. Furieuse contre elle-même, ce fut avec un regard glacial qu'elle rétorqua :

— Si tu tiens à ce que je signe sur-le-champ, il va falloir que tu m'éclaires un peu plus sur la teneur de ce document.

— Très bien, acquiesça Nikos, après un regard à sa montre en or.

— Désolée si je t'oblige à sacrifier un peu de ton temps si précieux ! s'écria-t-elle vertement.

Elle avait eu beau se vouloir mordante, son expression n'en avait pas moins trahi le tumulte de sentiments qui l'agitait. Nikos ne pouvait s'y tromper. Marnie était en proie à un mélange complexe d'émotions : terreur, incertitude, stress, inquiétude…

Cependant, il n'avait aucunement l'intention de se laisser attendrir. D'un bref signe de tête, il consentit à expliquer :

— La première partie traite de nos avoirs respectifs. Il est précisé que tout ce que tu apportes en mariage restera ta propriété inaliénable. Je n'ai que faire de tes possessions.

Il avait dit cela avec une telle mimique de dégoût que Marnie frissonna.

— Tout comme je me moque de ton argent, répliqua-t-elle.

— Hormis les cent millions de livres que je donne à ton père, tu veux dire ?

Marnie sentit son visage s'embraser. Elle n'osa pas regarder Nikos en face, de peur qu'il ne perçoive les larmes qui lui étaient montées aux yeux.

— Oui, se contenta-t-elle de murmurer.

D'une main impatiente, Nikos fit tourner quelques pages jusqu'à la fin de la première série d'articles.

— Signe ici, lui intima-t-il.

Les lèvres serrées, Marnie griffonna sa signature à l'endroit que Nikos lui indiquait du doigt. Clignant des paupières pour refouler ses larmes, elle releva la tête.

— Ensuite ? interrogea-t-elle.

— La deuxième partie, répondit-il d'un air imperturbable, concerne les obligations morales auxquelles nous engage notre union. Toute infidélité y mettra un terme immédiat, et ton père devra rembourser la moitié de ce que je lui aurai donné jusque-là.

Rouge de confusion, Marnie protesta avec véhémence.

— Ne me dis pas que tu me crois capable de te tromper !

Un instant, Nikos pinça les lèvres, et Marnie se demanda quel sentiment l'animait.

— Pour plus de sécurité, je préfère prendre les devants, répliqua-t-il en ponctuant sa réponse d'un sourire carnassier.

— Et que se passera-t-il, si c'est toi qui m'es infidèle ?

— Moi ?

Le rire sonore de Nikos fit se retourner une femme qui lisait à une table voisine.

— Pourquoi pas ? rétorqua Marnie. Tu es réputé pour ta propension à papillonner. Que se passera-t-il si tu finis par t'ennuyer avec moi ?

— Ce sera à toi de faire que je ne m'ennuie pas, *agape mou* !

Marnie sentit la respiration lui manquer. Il y avait dans

cette repartie tant de sous-entendus que son pouls se mit à battre avec une intensité presque douloureuse.

— Quand donc es-tu devenu aussi cynique ? interrogea-t-elle.

— À ton avis ?

Entre ses paupières mi-closes, il posait sur elle un regard incandescent. Marnie secoua la tête. L'idée que Nikos puisse la rendre responsable de la transformation de son caractère lui était odieuse.

— Nikos…, commença-t-elle, avant de décider qu'il valait mieux qu'elle se taise.

Qu'aurait-elle pu ajouter à ce qu'elle avait vainement tenté d'expliquer ? Nikos se moquait comme d'une guigne des raisons qui l'avaient poussée à satisfaire ses parents. D'ailleurs, il continuait à feuilleter la liasse de documents, sans se soucier le moins du monde de ce qu'elle avait bien pu chercher à dire.

— La troisième partie a trait aux enfants, déclara-t-il. Il y est stipulé que nous n'en aurons pas avant que cinq années se soient écoulées.

En proie aux sentiments les plus contradictoires, Marnie était incapable de parler. C'était comme si elle était emportée dans un tourbillon où le feu le disputait à la glace. Elle battit des paupières, essayant de mettre un peu d'ordre dans ses pensées, puis se risqua à questionner d'une voix blanche :

— Tu veux des enfants ?

Nikos haussa les épaules.

— Pourquoi pas ? Un jour, certainement. Pour l'instant, j'ai un peu de mal à imaginer cela… Surtout avec toi !

Levant les yeux au ciel, Marnie affecta une moue offusquée afin de masquer à quel point elle était heurtée.

— Trop aimable ! lança-t-elle. Ce que je ne comprends pas, c'est comment tu peux inclure le fait d'avoir ou non des enfants dans un contrat de mariage.

— Cela n'a rien de saugrenu.

— Mais un bébé, ce n'est pas un alinéa dans un acte notarié, que je sache. Tu n'as pas le droit de régler comme une vulgaire transaction ce qui devrait être… magique, merveilleux…

Se mordant la lèvre, Marnie s'efforça de chasser de son esprit les images qui l'assaillaient — celles d'un bambin potelé qui aurait les mêmes yeux sombres que Nikos, et la même énergie. Malgré elle, son cœur se gonfla d'un semblant d'espoir. Un sentiment que Nikos ne tarda pas à doucher.

— Notre mariage n'est qu'un simple accord commercial. Si nous avions un enfant, cela n'aurait rien de magique ou de merveilleux. Ce serait la pire des erreurs.

— Alors pourquoi envisager que cela soit possible dans cinq ans ?

— D'ici là, j'ose espérer que nous serons parvenus à une forme de… *modus vivendi*. Une harmonie relative. Sinon, nous aurons divorcé. Cela laisse le temps d'y voir plus clair.

Nikos n'avait pas tort, songea Marnie en signant d'une main tremblante la ligne de pointillés au bas de cette section.

— Il y a encore autre chose ? s'informa-t-elle en voyant qu'il restait quelques pages.

— Une clause de confidentialité. Notre accord doit rester un secret que seuls nous deux partagerons. Je sais que tes moindres faits et gestes fascinent la presse. Il est hors de question que les journalistes soient au courant.

— Tu ne risques pas que ce soit moi qui les renseigne ! Depuis la mort de Libby, je n'ai cessé de fuir leur curiosité malsaine.

Pendant quelques secondes, Marnie demeura tête baissée, se remémorant l'enfer vécu après la disparition de sa sœur. Les pages des magazines étaient pleines de comparaisons humiliantes entre elle-même et Libby — la ravissante, la très populaire, la charismatique Lady Elizabeth Kenington. C'était en réaction, face à l'insistance avec laquelle les paparazzis démontraient combien elle n'arrivait pas à la cheville de son aînée, que Marnie s'était enfermée dans la froideur inaccessible qui lui avait valu le ridicule surnom de « Princesse héritière ».

— Il est évident que tes parents non plus ne doivent rien connaître de notre transaction, reprit Nikos. À leurs yeux, notre union est un mariage d'amour.

— Ah bon ? Je pensais que tu te ferais un plaisir de lancer la vérité au visage de mon père. Juste pour le mortifier.

Un sourire indéfinissable flotta sur les lèvres de Nikos.

— Un jour, peut-être. Mais ce sera à moi de décider du moment. Seulement à *moi*.

Marnie fronça les sourcils.

— Est-ce à dire que les termes de ce contrat ne s'appliquent qu'à moi ?

— Effectivement. Il est essentiel que tu saches ce que j'attends de ta part.

— Mais c'est totalement injuste !

Nikos éclata de rire.

— Je ne le nie pas. Mais libre à toi de me planter là.

De nouveau Marnie sentit les larmes mouiller ses yeux. Elle baissa la tête pour que Nikos n'en sache rien.

Sauf que, lorsqu'elle apposa sa signature au bas de la dernière page, une larme roula le long de sa joue, et alla s'écraser précisément au-dessus du « i » de « Marnie ».

Elle ne put s'empêcher d'y voir la ponctuation idéale du marché qu'ils venaient de conclure — comme un pacte est scellé d'une goutte de sang.

Refermant le dossier, elle le poussa vers Nikos.

Le sort en était jeté. Maintenant il ne lui restait plus qu'à annoncer la nouvelle à ses parents.

3.

— Tu n'es pas sérieuse ?

Les yeux injectés de sang, le visage en feu, Arthur Kenington semblait au bord de l'apoplexie.

Marnie dévisagea son père avec un mélange de tristesse et d'indifférence. Assise en face de ses parents, dans le cadre enchanteur du grand salon de Kenington Hall, elle ne pouvait s'empêcher d'éprouver une irritation que ne parvenait pas à dissiper l'amour qu'elle leur portait.

Levant la main, elle exposa à leurs regards l'énorme solitaire : l'irréfutable témoignage qu'elle était désormais liée par serment à l'homme qu'ils avaient rejeté six ans auparavant.

Anne Kenington était bien trop distinguée pour montrer ses sentiments. Seul le pli amer de ses lèvres trahissait son émotion.

— Depuis quand ? se contenta-t-elle de questionner.

« Reste vague sur les détails. »

Telle était la recommandation que Nikos lui avait faite au téléphone, le matin même.

— Nous nous sommes revus il y a peu. Tout est allé très vite.

— C'est le moins que l'on puisse dire !

Alors Marnie vit les yeux d'Anne — tellement semblables à ceux de Libby, mais sans la même gaieté — se porter sur son ventre.

— Ce n'est pas ça, la rassura-t-elle. Je ne suis pas enceinte.

Laissant échapper un profond soupir, Arthur se leva et alla se servir une généreuse rasade de sherry.

— Alors, pourquoi une telle précipitation ? demanda Anne.

Marnie haussa les épaules, affectant une nonchalance qu'elle était loin de ressentir.

— Pourquoi attendre ? murmura-t-elle. Ni l'un ni l'autre ne souhaitons un grand mariage, qui demanderait des mois d'organisation.

— Mais enfin, ma chérie, cela ne se fait pas ! protesta Anne en secouant vigoureusement la tête.

Bien qu'elle se refusât à laisser paraître son agacement, Marnie ne put s'empêcher de contracter imperceptiblement les épaules.

— J'ai bien conscience que vous auriez préféré quelque chose de beaucoup plus mondain, mère. Mais je ne veux ni d'une robe de mariée haute couture ni de centaines d'invités. Encore moins d'un régiment de photographes.

Haussant un sourcil parfaitement dessiné, Anne serra étroitement les mains sur ses genoux.

Il n'y a pas encore si longtemps, Marnie aurait accordé la plus grande importance à de telles manifestations de mécontentement. Cela aurait probablement suffi à la détourner de son projet. Sauf que les enjeux étaient bien trop importants, désormais.

Si seulement ses parents savaient que ce mariage qu'ils désapprouvaient aussi farouchement était leur seul espoir d'éviter la ruine et le déshonneur !

— Mais enfin... qu'en est-il de nos amis ? De notre famille ? De ta marraine ?

Marnie ne se laissa pas fléchir. Ce fut en plantant un regard ferme dans celui de sa mère qu'elle répondit :

— Nous ne voulons personne d'autre que vous-même, et père.

— Et... Nikos ? Lesquels des membres de sa famille seront-ils conviés ?

Anne n'avait pas réussi à gommer la pointe de mépris dans sa voix.

— Vous n'ignorez pas qu'il n'a d'autre famille que moi.

Comme il était étrange de dire cela ! songea Marnie. Quand

bien même c'était l'exacte vérité, cela ne reflétait que très imparfaitement la situation.

— Tout cela ne me plaît guère.

Arthur avait terminé son verre de sherry, et se mêlait à nouveau à la conversation.

Marnie n'aurait pu dire qu'elle était surprise de cette objection !

— Pourquoi donc ? interrogea-t-elle d'un ton posé.

— J'ai toujours pensé que ce garçon ne convenait pas pour toi. Et je n'ai pas changé d'opinion.

La formulation avait beau n'être pas particulièrement offensante, Marnie savait trop bien tout ce qu'elle sous-entendait pour ne pas en prendre ombrage. Six ans auparavant, elle n'avait pas osé demander à son père de s'expliquer. Aujourd'hui elle se souciait bien moins de le contrarier.

— Pour quelle raison, père ? lança-t-elle.

De nouveau il prit la carafe de sherry, apparemment indifférernt au regard désapprobateur de son épouse.

— Il n'a rien de commun avec toi. Avec nous.

— Parce qu'il est grec ?

— Ne fais pas semblant de ne pas comprendre, tempêta son père.

Comme si elle en avait assez entendu, Anne se leva et alla se planter face à l'étendue de pelouses sur lesquelles ouvraient les hautes portes-fenêtres.

— Faut-il vraiment que nous ayons cette discussion ? interrogea-t-elle d'une voix lasse.

— Que voulez-vous dire, mère ?

Lorsque celle-ci lui opposa un visage de marbre — en dépit du tumulte de sentiments qui faisait nécessairement rage en elle —, Marnie se demanda si, au fond, ce n'était pas là le seul trait de caractère qu'elles avaient en commun : cette capacité à ne rien trahir de leurs émotions les plus violentes, à se garder des regards indiscrets.

— Qu'il ne sert à rien d'argumenter puisque ta décision semble fermement arrêtée, répondit Anne.

Marnie reporta son attention sur son père. Il avait englouti sa deuxième rasade de sherry, et semblait encore plus sur le point d'exploser.

— C'est effectivement le cas, déclara Marnie. J'espère que vous saurez oublier le passé, et vous réjouir pour moi.

La profonde inspiration que prit Arthur pouvait laisser supposer qu'il était prêt à renchérir, mais Anne s'interposa :

— Tu n'es plus une enfant, ma chérie. C'est à toi de choisir celui que tu veux épouser.

— Exactement, mère, souffla Marnie en se levant.

Mieux valait mettre un terme à un échange sans issue, se dit-elle en quittant la pièce, poursuivie par le son étouffé des voix de ses parents.

Gagnant l'entrée principale du vaste manoir, elle s'immobilisa en haut du perron pour inspirer profondément.

Puis, en bas des marches, elle se déchaussa et fit ce dont elle avait eu envie depuis l'instant où elle avait retrouvé Nikos.

Pieds nus dans l'herbe, elle courut aussi vite qu'elle le pouvait jusqu'à l'extrémité du parc. Comme si les fantômes du passé avaient pris forme animale et la pourchassaient — de féroces tigres et lions, qui la faisaient trembler de terreur.

« Ma fille n'épousera jamais un tel bon à rien ! J'exige que tu rompes immédiatement, Marnie. Sinon, compte sur moi pour te chasser de cette maison à tout jamais. Et sans un sou ! »

Dans un sanglot, elle se remémora ses efforts désespérés pour faire comprendre à ses parents qu'ils se trompaient sur le compte de Nikos.

« Je me moque de votre argent. J'aime Nikos ! »

Ce qu'Arthur et Anne rejetaient, ce n'était pas tant ce qu'était Nikos que ce qu'il n'était pas.

« Pour l'amour du ciel, nous avons suffisamment connu d'épreuves cette année ! » avait tonné Arthur. « Nous avons déjà perdu une fille. Faut-il vraiment que nous perdions aussi la seconde ? »

Ce qui, pour elle, avait sonné le glas de son histoire avec Nikos.

S'arrêtant pour reprendre son souffle et effacer les larmes qui troublaient sa vision, elle contempla Kenington Hall, au loin.

C'était entre ces murs qu'elle avait passé toute sa vie — là qu'elle avait appris à marcher ; qu'elle avait joué à chat avec sa sœur, et dévoré les livres de la bibliothèque. Comme une petite princesse dans son château enchanté.

La disparition de Libby l'avait dissuadée de quitter les lieux pour s'installer seule à Londres, comme le faisaient tous ses amis.

Comment aurait-elle eu le cœur d'abandonner ses parents ?

La mort de leur fille aînée les avait profondément changés. Certes, eût-elle vécu qu'ils n'en auraient pas moins été figés dans leurs préjugés d'aristocrates. Mais le chagrin n'avait fait qu'aggraver les choses.

Marnie n'en avait été que plus encline à faire preuve d'indulgence avec eux. Aussi avait-elle mis sa vie personnelle entre parenthèses. Elle était restée sous leur toit, s'occupant des jardins et du parc, s'aménageant un bureau dans une aile de la demeure, se persuadant qu'il lui fallait pardonner la part qu'ils avaient prise dans la fin d'une relation qui avait tant compté pour elle.

Devait-elle voir dans ce mariage avec Nikos une seconde chance ? Était-il envisageable qu'ils retombent amoureux l'un de l'autre ?

Le cœur battant, elle se remémora ses sentiments pour lui lorsqu'elle n'était encore qu'une adolescente. Elle l'avait aimé passionnément.

Pourtant, son amour n'avait pas été assez fort pour qu'elle tienne tête à ses parents. À cela elle ne pouvait rien changer.

— C'est magnifique !

La maison, accrochée à une colline des environs d'Athènes était splendide.

D'un blanc immaculé, la construction moderne se détachait sur l'azur du ciel. Les seules notes de couleur étaient les cascades de géraniums dans les jardinières, et les massifs de lavande. Les orangers et les jasmins embaumaient l'air.

— Nous visiterons la propriété demain, annonça Nikos. Et je te présenterai le personnel.

— Ah bon, tu as du personnel ?

Nikos posa une main au creux de son dos, la poussant doucement vers l'entrée.

— Oui. Il y a Éléni, la gouvernante, et son mari, Andréas. Ainsi que deux jardiniers. Espérais-tu te retrouver seule avec moi ?

Marnie ne put retenir une moue révélatrice.

Nikos était tellement près qu'elle voyait une myriade de points lumineux briller dans le noir d'encre de ses pupilles. Lorsqu'il parla, elle sentit son souffle sur sa joue.

— Ne t'inquiète pas, *agape mou*, fit-il. Ils sauront être discrets. Après tout, n'est-ce pas notre lune de miel ?

Marnie frémit. Tout son corps fut parcouru par une onde de désir, et son pouls se mit à battre follement. Une moiteur ardente se répandit jusqu'aux tréfonds de son être. Cela faisait une éternité qu'elle attendait d'appartenir à cet homme. Ce moment n'était plus très éloigné, et l'anticipation faisait courir d'exquis frissons le long de ses nerfs.

Nikos poussa la porte d'entrée, qui s'ouvrit sur un long couloir dallé. À son extrémité, une immense baie vitrée offrait une vue imprenable sur la mer Égée, miroitant au loin sous les reflets de la lune.

— Tu as faim ?

Marnie n'avait pu avaler que quelques bouchées du gâteau de mariage, à l'issue de la cérémonie. Après une coupe de champagne, Nikos l'avait emportée loin des sourires crispés auxquels se forçaient Arthur et Anne.

Lorsqu'un léger grognement monta de son estomac, elle eut une mimique contrite.

— On dirait bien que oui.

— Suis-moi. Il y a de quoi nous restaurer dans le réfrigérateur.

Emboîtant le pas à Nikos, Marnie jeta un coup d'œil de-ci

de-là. Tout n'était que murs blancs et parois de verre, que venaient ponctuer les touches vives d'œuvres d'art. C'était somptueusement minimaliste. Un peu trop froid à son goût, cependant.

Dans la cuisine, l'immense réfrigérateur en inox révéla des trésors de nourriture déposée là à leur intention : olives, fromage, tomates, viandes froides, poissons fumés… Sur la table étaient disposés une variété de pains.

— Un peu de vin, madame Kyriazis ? interrogea Nikos.

S'entendre interpeller ainsi enfonça une écharde dans son cœur.

— *Madame Kyriazis ?* répéta-t-elle d'un air songeur. J'avais pensé garder mon nom de jeune fille…

— Vraiment ? questionna Nikos, le regard indéchiffrable, en lui tendant un verre d'un vin couleur paille.

— C'est très courant aujourd'hui. Nombreuses sont les femmes mariées qui le font.

Nikos hocha pensivement la tête.

— Mais tu n'es pas n'importe quelle femme mariée, corrigea-t-il. Tu es *mon* épouse. Je veux que le monde entier en soit informé.

L'expression terriblement possessive avec laquelle il avait prononcé cette phrase lui fit peur. Elle n'aurait su dire ce qui l'offusquait le plus : entendre parler d'elle comme de quelque objet ou, suite à la ferveur de cette déclaration, sentir monter en elle une vague de désir.

Elle prit une gorgée de vin, dans l'espoir de calmer l'incendie qui ravageait son système nerveux. Ce fut sans résultat. Il lui fallut quelques secondes pour retrouver l'usage de la parole.

— Je n'ai pas l'intention de cacher mon identité, dit-elle.

Attrapant un cube de feta, Nikos le lui glissa entre les lèvres. Il sembla satisfait lorsqu'il la vit mâcher. Pendant quelques interminables secondes, il soutint son regard.

— Je tiens à ce que mon épouse porte mon nom, rétorqua-t-il.

Une nouvelle fois, cette déclaration la transperça d'une décharge de plaisir. Le besoin qu'exprimait Nikos de la posséder, de la soumettre à sa volonté, l'emplissait à la fois du sentiment que c'était ainsi que les choses devaient être et d'une terreur irrépressible. Elle se cabrait à cette idée, tout en mourant d'envie de se jeter dans ses bras, en un acte de complète soumission.

— C'est non négociable, apparemment ? souffla-t-elle.

— Il n'est pas trop tard pour que tu fasses machine arrière, *agape mou*. Notre mariage pourrait être annulé sans difficulté, et je ne me suis pas encore entretenu avec ton père au sujet de ses problèmes financiers.

Marnie eut l'impression qu'un régiment de papillons battait des ailes dans son estomac. Une nouvelle fois, elle avala un peu de vin, pour se donner du courage.

— Dois-je m'attendre à ce que tu me menaces à chaque fois que je ne céderai pas à tes injonctions ?

Nikos laissa échapper un rire sans joie.

— Ce n'était pas une menace, madame Kyriazis. Plutôt, un simple constat.

— Si je comprends bien, tu serais prêt à demander le divorce dans l'hypothèse où je refuserais de porter ton patronyme ?

Un sourire crispé déforma les traits de Nikos.

— À ce stade, il nous suffirait de déposer une requête en annulation.

La colère la submergea.

— Tu aurais dû préciser cela, dans ton fichu contrat de mariage !

— C'est ce que j'aurais fait, si j'avais imaginé que tu te montres aussi irrationnelle pour des vétilles.

— Ce n'est rien de tel !

Vidant son verre d'un trait, Marnie se demanda comment faire comprendre à Nikos que renoncer à porter le nom de ses parents équivaudrait pour elle à abdiquer son identité.

Ne devinait-il pas qu'elle était terrifiée d'avoir épousé un homme qui la méprisait, et se servait d'elle pour laver un affront ? Un homme farouchement déterminé à lui fermer son cœur. Un homme qu'elle n'avait pourtant jamais cessé d'aimer…

— Tu es *ma femme,* martela-t-il.

— Et la seule manière de l'être vraiment, c'est de porter ton patronyme ?

— Pas la seule, non…

Le sourire qui découvrait la dentition parfaite de Nikos fit courir un frisson le long de son échine. Le désir la transperça comme une décharge électrique, mais elle le réprima de toutes ses forces.

Mieux valait mettre un terme à une discussion qui s'engageait sur un terrain glissant.

— Je ferai comme tu le voudras, dit-elle. Cela ne mérite pas de se chamailler…

Si cette reddition étonna Nikos par sa soudaineté, il ne fit pas état de sa surprise.

— C'est parfait, approuva-t-il. Maintenant, viens que je te fasse découvrir ta nouvelle demeure.

La villa était immense, et d'un modernisme achevé — vastes couloirs, murs immaculés, sublimes œuvres contemporaines, éclairages étudiés…

On aurait facilement pu se croire dans une galerie d'art, songea Marnie en suivant Nikos dans l'escalier qui montait vers les étages.

— Voici notre chambre, annonça-t-il en se plantant sur le seuil, et en l'invitant à y entrer d'un geste de la main.

Notre chambre.

S'attendait-il à ce qu'elle proteste ? Marnie était bien décidée à ne pas lui faire ce plaisir.

— Elle est très agréable, se borna-t-elle à observer en parcourant la pièce du regard.

L'aménagement était des plus luxueux. Un lit gigantesque trônait au centre. Sous la vaste fenêtre, une banquette permettait de profiter de la vue sur les jardins et la mer. Le sol était couvert d'épais tapis de couleur crème. Une porte devait conduire à ce que Marnie imagina être un dressing.

Lorsqu'elle pivota sur ses talons, ce fut pour se rendre compte que Nikos était juste derrière elle. Ils étaient si près l'un de l'autre qu'elle l'effleura involontairement de son bras.

D'un bond, elle recula.

— Il va me falloir un bureau, dit-elle, cherchant à masquer son trouble.

— Un bureau ? Pour quoi faire ?

— Ce qu'on y fait habituellement, non ? Travailler.

— Tu travailles, *toi* ?

Cela ne lui était même pas venu à l'idée, Nikos se devait de l'admettre. Il lui avait paru évident que Lady Marnie Kenington ne pouvait avoir d'autre occupation, dans la vie, que de faire honneur au titre hérité de ses ancêtres.

— Est-ce vraiment si surprenant ? Tu n'imaginais quand même pas que j'avais passé ces six années terrassée par le chagrin de notre rupture.

L'indignation qu'elle avait manifestement du mal à contenir avait avivé son teint, et son regard étincelait d'une lueur frondeuse.

Surpris de la voir renoncer à son flegme habituel, Nikos ne put s'empêcher de songer qu'il ne détesterait pas lui voir exprimer une telle ardeur en certaines circonstances.

En tout cas, il préférait cela à la soumission qu'elle avait montrée quelques instants plus tôt, dans la cuisine, lorsqu'elle avait renoncé aussi facilement à lui tenir tête au sujet de son nom.

Cette fois, ce fut à son tour de céder.

— Comme tu voudras, fit-il avec un haussement d'épaules. Je ferai libérer une pièce, et je demanderai à Bart, mon secrétaire, de te procurer ce dont tu as besoin.

— Tu as *un* secrétaire ?

Laissant échapper un petit rire, Marnie secoua la tête, puis elle reprit :

— Je suppose que tu as épuisé tout ce que la profession comprenait de représentantes de la gent féminine. Avec ta propension à mettre dans ton lit toute femme digne de ce nom…

— Serais-tu jalouse, *agape* ?

Comment ne l'aurait-elle pas été ? se révolta secrètement Marnie. Pendant toutes ces années, elle avait été incapable d'ignorer les prouesses amoureuses de Nikos, étalées à la une des magazines.

Son imagination fertile lui faisait se représenter le couple qu'il formait avec telle ou telle vedette du show-business, ou de la mode, dans les situations les plus osées. Tandis qu'elle-même était seule dans son lit, pure, et rêvant de Nikos au lieu de sentir ses mains sur elle…

— Bien sûr ! minauda-t-elle avec une feinte candeur. Cela fait six ans que j'attends désespérément que tu resurgisses dans ma vie, pour me contraindre à t'épouser par un odieux chantage. Ne vois-tu pas que je suis enfin comblée ?

— Et nous n'avons pas encore couché ensemble !

Marnie sentit la respiration lui manquer, et elle se détourna.

La prenant aux épaules, Nikos l'obligea à lui faire face de nouveau.

— Que se passe-t-il, *agape* ? demanda-t-il. Pourquoi cet air soucieux ? C'est notre nuit de noces qui t'inquiète ? Tu trembles comme une feuille.

La chaleur qui émanait de lui avait quelque chose de merveilleusement réconfortant, et Marnie se redressa.

— Non… Bien sûr que non…, balbutia-t-elle.

N'avait-elle pas rêvé de cela depuis l'instant où elle avait rencontré Nikos ? Elle ferma les yeux.

Dis-lui la vérité !

Nikos passa un doigt sous son menton pour lui relever le visage. Lorsqu'elle se risqua à ouvrir les yeux, elle lut un trouble inhabituel dans son regard.

— Est-ce que tu as… peur de moi ?

Il avait dit cela avec une inquiétude qui lui ressemblait tellement peu que Marnie se hâta de le rassurer :

— Pas du tout !

Elle prit une profonde inspiration, et les effluves épicés de l'eau de toilette de Nikos assaillirent ses sens.

— C'est plutôt de moi que j'ai peur, enchaîna-t-elle, l'air

pensif. Et puis… je sais que tu détestes mon père. Peut-être me détestes-tu aussi ?

Nikos allait répondre, mais Marnie le fit taire d'un index posé sur ses lèvres. Elle planta dans le sien un regard où elle savait qu'il percevrait le mélange de crainte et de désir qui la dévorait.

— Mais, moi, je n'éprouve rien de tel…, souffla-t-elle. Je ne te hais pas…

Elle dessina du doigt les contours de la bouche de Nikos tandis qu'elle le dévisageait avec fascination.

Il était clair qu'il allait l'embrasser. Marnie n'avait qu'à sentir toute la tension qui habitait son grand corps pour en être certaine.

Elle aurait pu se reculer, demander qu'il lui accorde encore un peu de temps. Elle n'en fit rien.

Se hissant sur la pointe des pieds, elle écrasa sa bouche sur celle de Nikos.

En cet instant où la douceur le disputait à l'amertume, Marnie n'avait qu'une certitude : elle voulait corriger la pire erreur qu'elle ait faite dans le passé.

Elle désirait Nikos, et quelles que puissent en être les conséquences, elle allait se donner à lui.

Peu lui importait ce qu'il adviendrait ensuite…

4.

Marnie sentit tout son corps s'embraser comme un fétu de paille, car Nikos répondit à son baiser avec une intensité qui témoignait d'un désir top longtemps frustré.

Emportée par un flot tumultueux, elle était incapable de résister à ce besoin fou qui la jetait contre Nikos. Le voulait-elle seulement ?

Le cœur de sa féminité ruisselait d'un feu liquide. Des pulsions instinctives — telles qu'elle n'en avait jamais connues jusqu'à ce jour — lui dictaient ses réactions. Fébrilement, elle glissa les mains sous la chemise de Nikos, cherchant le contact de sa peau brûlante. Les doigts écartés, elle s'immisça dans la toison qui couvrait ses pectoraux, et s'étonna de sentir son cœur battre aussi furieusement que le sien.

S'appuyant de tout son poids contre elle, Nikos l'entraîna au sol où il la fit s'agenouiller. Il tomba à genoux à ses côtés, sans cesser de l'embrasser, nouant les doigts dans ses cheveux pour mieux retenir sa bouche. Marnie gémit sous ses baisers, se livrant tout entière à cette passion furieuse qui la marquait comme au fer rouge — comme si son épiderme allait désormais porter un tatouage ineffaçable.

Nikos la fit tomber à plat dos sur l'épais tapis, et vint s'allonger sur elle. Le sentir peser de tout son poids était une sensation absolument divine.

Cramponnée à son dos, Marnie y enfonça les ongles lorsqu'elle perçut toute la force de son érection, à travers les épaisseurs de vêtements. Tout son corps vibrant d'un irrépressible besoin, elle arqua les hanches en une invite implicite. Pour qu'il la prenne. La fasse sienne, enfin.

— Nikos ! s'écria-t-elle. S'il te plaît !

Il répondit par une plainte rauque.

N'y tenant plus, Marnie glissa les mains sous la ceinture du jean de Nikos. Elle les referma sur ses fesses pour souder plus étroitement leurs deux bassins tandis qu'elle ondulait furieusement contre sa virilité.

Il laissa échapper un rire de gorge.

— C'est cela que tu veux, hein ? grommela-t-il.

De nouveau Nikos s'empara de sa bouche, la dévorant avec avidité, avant de s'en écarter pour descendre plus bas, jusqu'à ses mamelons dressés qu'il aspira l'un après l'autre à travers l'étoffe de la robe et du soutien-gorge. En dépit de ces obstacles, la chaleur et la pression des lèvres de Nikos envoyaient de minuscules flèches incandescentes dans tout son corps.

— Oui ! siffla-t-elle, entre ses dents serrées. S'il te plaît. Oh ! s'il te plaît…

Les reins cambrés, elle réclamait davantage.

— Patience !

Nikos sourit puis, de sa bouche, il fit remonter sa robe pour découvrir le triangle de dentelle, au sommet des cuisses. Désormais il n'y avait plus que ce frêle rempart entre lui et la fleur secrète de Marnie.

Un bref instant, Nikos contempla son visage rosi, ses prunelles brillantes de fièvre. Malgré l'envie qui le taraudait de hâter les choses, il prit son temps, la débarrassant du slip arachnéen en le faisant glisser le long des jambes fuselées. Savourant la douceur de la peau, il dessina des arabesques sur les cuisses de Marnie. C'était un délice de la sentir vibrer sous ses caresses, elle réagissait au moindre effleurement.

Du bout des doigts, il honora sa féminité de caresses légères, l'explorant, la taquinant, tout en contenant le désir qui le taraudait.

Jamais Nikos n'aurait imaginé être capable d'une telle retenue. Mais il craignait trop que Marnie ne regrette sa décision.

Les phrases que Nikos murmurait, d'une voix rauque, dans une langue que Marnie ne pouvait comprendre, tourbillonnaient autour d'elle, emplissant l'air de sonorités mélodieuses, l'enveloppant dans la magie de mythes très anciens.

Lorsqu'il glissa un doigt puis un autre dans le cœur ruisselant de son intimité, elle se cabra violemment. C'était un seuil qu'il n'avait jamais franchi autrefois, même lorsque la passion les emportait. Pour elle, c'était totalement nouveau — une découverte extraordinaire.

Des décharges de volupté parcouraient son corps, et rendaient son esprit incapable de la moindre pensée rationnelle. Lentement, délicatement, Nikos caressait sa chair intime, tout en l'observant avec attention, comme pour mieux découvrir ce qui la rendait folle de désir.

Ce fut avec un hoquet de douloureuse surprise que Marnie le sentit retirer sa main. Ce brusque abandon la mettait au supplice. Heureusement, cela ne dura pas. Car les lèvres de Nikos vinrent remplacer ses doigts. Sa langue la transforma instantanément en un brasier ardent.

Jamais elle n'avait éprouvé pareilles sensations. Marnie était complètement prise de cours par la folie dans laquelle la plongeaient ces caresses. Les ongles plantés dans l'épaisseur du tapis, elle hissait les genoux vers le plafond tandis que ses orteils se recroquevillaient et que tout son corps était secoué de tremblements spasmodiques.

L'orgasme fut incroyablement long et intense. Elle cria sous l'assaut des vagues successives de plaisir qui inondaient tout son être.

Des gouttes de transpiration mouillaient son front. Marnie avait l'impression que la quasi-totalité de son corps était en ébullition — son visage, ses bras, sa gorge… Pantelante, elle entendait sa respiration résonner dans la pièce.

Elle n'était pas redescendue des nuées célestes vers lesquelles la jouissance l'avait emportée que Nikos s'installait à califourchon sur elle, plaquant son érection contre sa féminité encore palpitante.

Marnie leva les yeux vers lui, en songeant que la vie ne pourrait être plus parfaite.

Tout en déboutonnant sa chemise, il ne la quitta pas du regard, la maintenant prisonnière de ce faisceau ténébreux. Pointant la langue entre ses lèvres sèches, Marnie les humecta.

Nikos lui décocha un sourire d'un érotisme torride. L'impatience la fit gémir plaintivement. Lorsqu'il écarta les pans de sa chemise, elle n'y tint plus et tendit la main vers lui.

Elle promena les doigts sur les pectoraux musclés, se repaissant de la vision qui lui était offerte. Ce fut avec fierté qu'elle entendit Nikos retenir sa respiration tandis qu'elle caressait ses mamelons de la pointe de l'index.

Reprenant l'initiative, il se mit à faire pivoter son bassin de droite à gauche, l'amenant au bord du vertige à l'idée de ce qu'il promettait ainsi.

Ne pouvant plus attendre, elle lui arracha sa chemise. Leurs mains se rencontrèrent comme elle en descendait les manches. Marnie prit les doigts de Nikos, et les porta à ses lèvres pour y déposer un baiser.

Ce bref instant de tendresse faillit les aspirer dans le vortex des souvenirs de leurs étreintes passées. Leurs regards se vrillèrent l'un à l'autre.

— Cela m'a coûté une petite fortune, mais tu vas enfin être à moi.

La lueur farouche qui illuminait les pupilles de Nikos renvoya cruellement cet attendrissement éphémère dans les limbes d'un passé révolu. Marnie se mordit la lèvre pour ne pas laisser l'amertume la submerger, et gâcher ce qu'ils partageaient.

D'ailleurs, Nikos ne lui donna pas le temps de ressasser cette phrase. Car il bascula sur le côté, pour ôter son pantalon et son boxer en un seul et même mouvement. Il se redressa, offrant sa glorieuse nudité à son regard fasciné.

Bouche bée, elle s'absorba dans la contemplation de cet homme qui était son mari, et l'incarnation de la plus somptueuse masculinité.

Laissant échapper une plainte sourde, Marnie porta une

main au buisson de boucles souples qui marquait le triangle entre ses cuisses. Ses doigts effleurèrent sa fleur humide. Elle vit Nikos prendre une inspiration qui gonfla son torse.

Dominant de toute sa hauteur Marnie allongée à ses pieds, Nikos était incapable de détacher les yeux de cette main délicate. Il était pétrifié. Puis, soudain, il fut foudroyé par le désir impérieux de la posséder.

— Tu prends la pilule, hein ?

Ce n'était pas une question. Plutôt une affirmation. Nikos n'aurait pu imaginer qu'il en fût autrement.

Marnie opina du chef, se sentant rougir. C'était la première chose qu'elle avait faite après avoir signé le contrat de mariage. Pour être prête pour lui.

— Tu n'as rien à craindre, souffla-t-elle.

Déjà il l'enfourchait, lui emprisonnant presque les bras entre ses jambes. Mais Marnie se dégagea. Nerveusement — comme si elle n'était pas certaine d'y être autorisée —, elle tendit une main timide qu'elle referma sur le fourreau soyeux de son sexe durci. Nikos sursauta, et elle ne put retenir un sourire qui disait la conscience instinctive de son pouvoir de femme.

Il laissa échapper un rire de gorge.

— C'est parfait, *agape mou*. Parce que j'ai envie de te sentir. *Vraiment*.

Dégageant son membre de la main de Marnie, Nikos se positionna à l'orée de son sexe, comme pour attiser davantage son désir. Puis il s'écarta brusquement. Des deux mains, il repoussa la robe de Marnie de plus en plus haut, jusqu'à la faire passer par-dessus sa tête. Elle se redressa le temps de l'y aider. Et de se débarrasser de son soutien-gorge.

N'était-ce pas le moment de lui révéler qu'elle était vierge ?

Marnie n'avait aucune expérience en matière de sexualité. Cependant, elle ne doutait pas que les convenances exigent de ne pas laisser son partenaire dans l'ignorance d'un tel fait.

Sauf qu'elle n'en eut pas le temps. Car Nikos reprenait sa bouche, l'empêchant de parler. Mais, surtout, la privant de toute capacité de raisonnement. La conviction qu'elle aurait dû informer Nikos s'évapora de son esprit. Plus rien n'existait, hormis les prodigieuses sensations qu'il lui faisait éprouver.

Les grandes mains chaudes enserraient ses seins, les pétrissant avec insistance. Puis il en fit rouler les pointes dressées entre pouce et index, avant d'emprisonner dans sa bouche toute une aréole. Lorsqu'il y promena la langue, Marnie ne put refréner un long gémissement tant elle sentait le plaisir monter en elle comme un tsunami.

Son cœur battait tellement fort, tellement vite, qu'elle l'entendait résonner à ses oreilles.

Elle noua les jambes autour des hanches de Nikos, l'attirant plus près. Avec une plainte rauque, il passa d'un sein à l'autre, laissant sur la peau tendre la caresse cuisante de son ombre de barbe. Il entoura de cercles invisibles le bourgeon turgescent, jusqu'à ce qu'elle n'en puisse plus.

— Nikos ! s'écria-t-elle, resserrant son étreinte autour de sa taille. Je t'en prie, viens… Maintenant…

En dépit de son innocence, et de l'impressionnante virilité de Nikos, Marnie n'avait pas peur. D'une certaine façon, leur union était dans l'ordre des choses. Cela faisait si longtemps qu'elle l'attendait ! Elle n'allait pas laisser des craintes stupides gâcher ce moment…

Pourtant… ne lui devait-elle pas une explication ?

— Nikos…, il faut que je te dise…

— Pas maintenant !

En appui sur les avant-bras, il plantait dans le sien un regard impérieux.

— Mais, Nikos…

— Trêve de bavardages !

Et avant qu'elle n'ait le temps de décider si elle devait insister, il lui écarta largement les jambes d'une main ferme, et la pénétra d'une seule poussée.

Sans s'embarrasser de précautions qui lui semblaient inutiles.

N'étaient-ils pas, tous deux, fous de désir ?

Comment aurait-il pu supposer que ce qu'ils étaient en

train de faire, était une expérience nouvelle — potentiellement douloureuse — pour elle ?

Elle ferma les yeux, plissant les paupières, lorsqu'il déchira l'invisible barrière de son innocence — en lâchant une bordée d'imprécations en grec.

Bien que vive, la douleur ne dura qu'un bref instant. Elle s'évanouit aussi vite que la vague se retire du rivage, ne laissant dans son sillage qu'abandon et délices.

En gémissant, Marnie sentit ses muscles se dilater pour accueillir tant de puissance virile au plus profond d'elle-même.

Nikos laissa encore échapper un juron, puis il se mit en mouvement, très doucement cette fois, lentement, sans la quitter des yeux, cherchant manifestement sur son visage d'éventuelles manifestations d'inconfort.

Mais les longues plaintes modulées de Marnie ne traduisaient rien d'autre que l'inexorable montée du plaisir.

Il reprit possession de sa bouche avec une ardeur renouvelée. À chacun de ses coups de reins, Nikos approfondissait son baiser, mêlant sa langue à la sienne en une joute sensuelle. Elle ne tarda pas à être à nouveau près d'exploser. Plantant les orteils dans l'épaisseur du tapis, elle poussa un cri, étouffé par la bouche de Nikos.

Marnie était incapable de contrôler les sensations qui déferlaient en elle. Une tempête se déchaînait dans son corps, la traversant de part en part, par tous ses pores, toutes ses terminaisons nerveuses. La bulle de volupté enfla, jusqu'à éclater en une infinité de fragments étincelants. La jouissance l'emporta dans un désordre de cris et de halètements, qui emplirent la pièce.

Lorsqu'elle cambra les reins — dans une impulsion venue du fond des âges —, Nikos agrippa ses flancs, la maintenant étroitement contre lui. Il appuya son front au sien, et leurs transpirations se mêlèrent.

Mais il ne lui laissa guère le temps de reprendre son souffle, avant de la soumettre encore à la plus divine des tortures. Déjà

Marnie sentait toutes les cellules de son corps se remettre à vibrer, et des spasmes incoercibles la parcouraient.

Des gémissements éperdus s'échappèrent de sa gorge quand un orgasme encore plus fabuleux — plus apocalyptique — chassa les derniers vestiges du précédent.

Cette fois, cependant, sa voix ne fut pas la seule à résonner dans la pièce. Celle de Nikos s'y joignit comme le flot torrentueux du plaisir les emportait tous deux.

La perfection de ce moment était inouïe, et Marnie s'efforça d'en extraire la quintessence — s'appliquant à garder en mémoire l'odeur de la peau de Nikos, le goût de ses baisers, les sensations qu'elle éprouvait — pour être sûre de pouvoir s'en nourrir interminablement, à l'avenir.

Cela lui fut presque douloureux d'être subitement privée du poids de Nikos sur elle. Sans crier gare, il s'était mis debout d'un bond.

Dans toute sa glorieuse nudité, il se dirigea vers la porte que Marnie avait repérée en entrant. Manifestement, ce n'était pas un dressing-room comme elle l'avait pensé, mais une salle de bains. Car le ruissellement d'un jet d'eau ne tarda pas à se faire entendre.

Nikos n'allait quand même pas se doucher sur le champ !?

Malgré son peu d'expérience, Marnie devinait qu'un tel comportement était des plus humiliants pour elle.

Outrée, elle se leva aussi rapidement que le lui permettaient ses muscles endoloris — des muscles dont elle n'avait jamais soupçonné l'existence. Sans plus réfléchir, elle le rejoignit.

Nikos n'était pas sous la douche. Les deux mains appuyées sur le meuble du lavabo, tête baissée, il ne laissait voir que son dos. Toute son attitude exprimait une tension extrême.

Marnie se figea.

Avait-elle fait quelque chose qui lui avait déplu ?

Elle s'éclaircit la gorge pour manifester sa présence, sans trop savoir ce qu'elle espérait l'entendre dire. Peut-être quelque parole de réconfort. Un mot gentil. Mais, au moins, quelque chose.

Nikos releva la tête. Dans le miroir, Marnie le vit darder son regard sur elle. Les traits tirés, il affichait une expression indéchiffrable. Il scruta son visage, avec l'air d'émerger de ses réflexions. Puis il se tourna vers elle.

— Est-ce que je t'ai fait mal ? demanda-t-il.

Marnie s'était attendue à tout sauf à cela, et le soulagement s'empara d'elle. Sans un mot, elle fit non de la tête.

Ce à quoi Nikos réagit en lui tendant la main.

Lorsqu'elle plaça la sienne dans sa paume ouverte, Marnie songea que cela avait quelque chose de symbolique.

Il la dévisageait d'un air préoccupé, un pli soucieux entre ses sourcils froncés.

— Je n'imaginais pas que…, commença-t-il, avant de s'interrompre en secouant la tête.

L'attirant à lui, il l'enlaça. Très doucement, précautionneusement, il promena les mains le long de son dos.

— Viens, finit-il par dire, sans lui lâcher la main jusqu'à ce qu'ils fussent dans la cabine de douche.

Ce fut avec un petit cri de surprise que Marnie reçut le jet puissant. Puis, lorsqu'elle y fut habituée, la chaleur de l'eau lui procura une extraordinaire sensation de bien-être.

Elle vit Nikos prendre une éponge souple et y verser du gel douche. Il la dévorait des yeux.

— Je ne comprends pas, lâcha-t-il en commençant à lui savonner les épaules.

— Je suis désolée. J'aurais dû t'avertir.

Un sourire fugace étira les lèvres de Nikos.

— Je n'avais pas besoin d'être *averti,* corrigea-t-il. C'est juste que j'aimerais comprendre. Comment est-ce possible ?

Marnie se sentit devenir écarlate.

— Il n'y a rien à comprendre ! Je me suis seulement abstenue de toute relation sexuelle. C'est aussi simple que ça.

Le rire de gorge avec lequel fut accueillie cette défense embarrassée réveilla le désir au plus profond d'elle. Marnie leva les yeux vers Nikos en battant des paupières. L'atmosphère, entre eux, était chargée d'une tension presque palpable.

Nikos fit descendre l'éponge sur sa gorge. Ce fut un tourment exquis de le sentir décrire des cercles sur ses seins hyper-sensibles.

— Était-ce un choix, de ta part, de rester vierge ? questionna-t-il.

Comment répondre à cette épineuse question ? s'interrogea Marnie *in petto.* Dire la vérité aurait été révéler bien davantage qu'elle ne le souhaitait.

— Mais bien sûr, lança-t-elle d'un ton sarcastique. J'avais établi une sorte de contrat avec moi-même.

L'éponge allait d'un sein à l'autre, et Nikos concentrait son attention sur les cernes bruns au centre desquels les pointes rosies se dressaient, réclamant ses caresses.

— Je n'ai pourtant pas oublié combien, autrefois, tu insistais pour que je te fasse l'amour.

Bien que son cœur battît la chamade, Marnie haussa les épaules, affectant la désinvolture. Comment avait-elle pu ne pas prévoir que Nikos ne manquerait pas d'évoquer cela ?

— Est-ce qu'on pourrait éviter ce genre de discussion ? dit-elle.

Nikos sembla prêt à rétorquer, mais il se contenta d'acquiescer d'un signe de tête.

— Cela m'a étonné, c'est tout. Tu n'as pas eu de petits amis ?

— Bien sûr que si !

Une poignée de jeunes gens avec lesquels ses parents essayaient désespérément de la caser. De beaux partis, qui la laissaient complètement froide.

— Mais alors pourquoi… ?

— Je croyais que tu étais d'accord pour abandonner le sujet.

De nouveau, Nikos opina du chef. Pourtant son sentiment de frustration était manifeste.

— Tu avoueras que c'est peu commun, ne put-il s'empêcher d'ajouter. Tu as vingt-trois ans.

Marnie se contenta de concéder ce point, d'un hochement de tête. Il lui devenait extrêmement difficile de parler, car

Nikos promenait maintenant l'éponge sur son ventre, de plus en plus bas, vers le delta entre ses cuisses.

Elle étouffa une plainte lorsque sa main remplaça l'éponge, et se referma sur sa féminité.

Un instant Marnie se demanda si elle aurait dû avoir honte de tant le désirer à nouveau. Puis elle repoussa cette idée, avançant son bassin pour mieux se plaquer contre la paume de Nikos, en une muette sollicitation.

Il l'observa tandis que le désir montait irrépressiblement en elle. Marnie eut un hoquet de surprise ravie lorsqu'il vint taquiner d'un doigt la perle engorgée cachée entre ses pétales moites.

— J'étais persuadé que tu avais eu de nombreux amants, reprit-il. Pour autant que je me souvienne, tu laissais supposer que tu serais dotée d'un solide appétit sexuel.

C'étaient là des pensées qui l'avaient si souvent torturé !

— Tout le monde n'est pas… aussi libidineux que toi, haleta Marnie, tout en ondulant des hanches, réclamant davantage.

— *Toi*, si !

Sans interrompre ses caresses — émerveillé de la sentir serrer les jambes pour retenir ses doigts —, Nikos déposa une pluie de baisers le long du cou de Marnie. Puis il captura un lobe d'oreille entre ses dents, et le mordilla. Aussitôt, Marnie se frotta convulsivement contre lui.

— Je te referais volontiers l'amour, souffla-t-il, mais je crains de te faire mal.

Elle leva vers lui de grands yeux suppliants.

— Je n'aurai pas mal, l'assura-t-elle dans un souffle. Prends-moi. *Maintenant.*

Nikos haussa un sourcil interrogateur, puis il sembla se plier à cette injonction. Il se pencha pour cueillir l'un de ses seins entre ses lèvres. Un spasme secoua Marnie.

— Nik ! cria-t-elle en plantant les ongles dans ses épaules. *Non !*

S'entendre appeler par le diminutif dont Marnie avait toujours usé par le passé, le bouleversa.

Soudain, il fut submergé par une colère aveugle, aussi inopportune qu'insurmontable.

Comment pouvait-elle l'appeler ainsi ? À croire qu'elle voulait effacer sa trahison.

Il souleva Marnie, en la plaquant contre le mur carrelé. D'une main, il lui ordonna de nouer les jambes autour de sa taille. Puis il plongea en elle, avec une énergie farouche. Comme si sa vie même en dépendait. Car il ne devait pas oublier qu'il ne pouvait partager rien d'autre avec cette femme qu'une relation sexuelle.

Qu'aurait-il pu attendre d'autre de la part de celle qui l'avait autrefois abandonné sans états d'âme ?

Lady Marnie Kenington était un cœur sec. Il ferait mieux de s'en souvenir.

Elle n'avait rien à donner.

À part son corps !

5.

Un peu éblouie par la luminosité et la blancheur des murs de la villa, Marnie descendit l'escalier d'un pas aussi alerte que le lui permettaient les petites douleurs que sa nuit avec Nikos lui avait laissées.

Il faisait déjà chaud bien qu'une brise légère vienne soulever les pans de sa robe Donna Karan.

Nul bruit ne troublait le calme de la maison, et Marnie se dirigea vers la cuisine, car son estomac émettait un petit grognement caractéristique.

Elle s'était levée tard. Mais, aussi, elle n'avait guère dormi.

Au souvenir de la façon dont Nikos lui avait fait l'amour dans la douche, elle sentit le rouge lui monter aux joues. Après cela, lorsqu'ils avaient gagné le grand lit, il ne l'avait pas laissée glisser dans le sommeil, comme elle était sur le point de le faire. Sans répit, il lui avait prodigué d'ineffables délices.

À la vue de Nikos penché sur le plan de travail, Marnie sentit son cœur faire un bond. Déglutissant avec peine, elle détailla sa silhouette d'un regard avide. Sans qu'elle n'y puisse rien, le désir la submergea. Son… époux avait passé une chemise, dont les manches roulées jusqu'aux coudes révélaient ses avant-bras puissants. Les pans en étaient glissés dans le pantalon, ce qui ne laissait rien ignorer de son ventre plat et de ses hanches étroites. Une montée d'adrénaline la traversa.

Elle mordit sa lèvre inférieure pour retenir le sourire béat qu'elle sentait monter à ses lèvres.

— Bonjour, murmura-t-elle, et elle se sentit rougir de plus belle au souvenir de ce qu'ils avaient vécu pendant la nuit.

Nikos lui adressa un rapide coup d'œil, avant de reporter son attention sur le journal étalé devant lui.

— Tu veux du café ?

La froideur du ton la désarçonna.

— Hum, oui.

L'avait-il seulement entendue ? s'interrogea-t-elle.

Absolument immobile, Nikos poursuivait sa lecture. Plusieurs interminables secondes s'écoulèrent, avant qu'il ne prenne une gorgée de café, puis repose son mug sur le comptoir et se dirige vers la cafetière, posée à l'autre extrémité.

Ce fut seulement en le voyant remplir un autre mug pour elle que Marnie se rappela que Nikos aimait un café horriblement fort.

— Je ferais peut-être mieux de prendre un thé, dit-elle.

— Cela m'étonnerait que tu en trouves ici. Je n'en bois jamais.

Après avoir déposé le mug près d'elle, Nikos enchaîna :

— Tu n'auras qu'à informer Éléni de ce dont tu as besoin. Elle se charge des courses.

Le café était aussi amer que Marnie l'avait supposé. Elle en avala une gorgée en faisant la grimace, puis reposa le mug.

Il n'était pas dans ses intentions de laisser la gouvernante s'occuper de tout ce qui concernait leur vie quotidienne.

— C'est un sujet dont j'aimerais discuter, dit-elle.

Encore une fois, elle se demanda si Nikos l'avait entendue. Était-il à ce point passionné par sa lecture ? Ou cherchait-il à la fuir comme la peste ? Sauf que cela n'avait pas de sens après ce qu'ils avaient partagé au cours de la nuit.

— Nik ? murmura Marnie, venant se planter à côté de lui.

Nikos se raidit, s'efforçant de contenir les émotions qui l'assaillaient.

Décidément, il ne supportait pas d'entendre Marnie l'appeler ainsi.

Il recevait ce petit nom — autrefois source de bonheur — comme un coup de poing. Cela lui rappelait trop ce qu'ils avaient été l'un pour l'autre, par le passé — ou, plus exactement, ce qu'il avait *cru* être leur relation.

Le contraste était trop criant avec la situation qu'ils vivaient aujourd'hui — cette union établie sur le ressentiment et le désir de vengeance.

Levant les yeux vers Marnie, Nikos prit bien garde à ne pas laisser voir son trouble.

— Je préférerais que tu t'en tiennes à « Nikos », dit-il.

La cruauté de cette rebuffade la frappa au cœur. Elle sentit une part d'elle-même se flétrir comme une fleur privée d'eau. Plissant les yeux, elle s'efforça d'ignorer les sanglots qui lui montaient à la gorge.

— Si tu veux, je peux aussi t'appeler « monsieur Kyriazis ».

Elle vit un muscle tressaillir le long de la mâchoire de Nikos. Cependant, il s'absorba de nouveau dans son journal. Il finit par le replier, et pivota pour appuyer les fesses sur le bord du plan de travail. Son regard se vrilla au sien.

— De quoi donc aimerais-tu discuter, madame Kyriazis ? interrogea-t-il.

Marnie déglutit. Le désarroi s'empara d'elle, érodant le peu de confiance qu'elle avait cru avoir. Cependant, elle ne voulait pas passer aux yeux de Nikos pour une écervelée incapable d'aller au bout de ses pensées.

— Des fonctions de la gouvernante, dit-elle. Je ne vois pas pourquoi je ne m'acquitterais pas de certaines tâches domestiques à sa place. À Kenington Hall, je vivais dans mon propre appartement, et je faisais mes courses et la cuisine.

— Éléni travaille pour moi depuis de longues années. Je ne souhaite pas l'offenser. Il y a peu de chances qu'elle soit prête à partager ses responsabilités.

Marnie ouvrit de grands yeux incrédules.

— Même avec ton *épouse* ? fit-elle.

Le sourire de Nikos avait quelque chose de glaçant.

— J'attends de mon épouse qu'elle se consacre à d'autres devoirs…

Les sous-entendus de cette repartie étaient suffisamment clairs, et Marnie ne put s'empêcher de grimacer. Pour se donner un peu de courage, elle reprit un peu de café malgré l'épaisseur presque visqueuse du breuvage.

— Que t'arrive-t-il ? demanda-t-elle lorsqu'elle reposa le mug. Tu te comportes avec moi comme si…

Incapable de finir sa phrase, elle laissa le silence s'installer, jusqu'à ce que Nikos la relance d'un air impatient :

— Eh bien, comme quoi ?

Voilà qu'il la traitait comme une enfant rétive ! s'indigna intérieurement Marnie. L'irritation lui donna la force d'ajouter :

— Comme si tu me haïssais.

Elle vit frémir les narines de Nikos, et il exhala un profond soupir.

— Je te laisse la responsabilité de cette opinion, *agape*, fit-il en s'écartant du plan de travail. Je serai là pour dîner.

— Tu t'en vas ? s'écria Marnie médusée.

Nikos partit d'un grand rire.

— Que crois-tu, Marnie ? Il faut que j'aille *travailler.* Si tu as besoin de moi, le numéro de téléphone de mon assistant est sur le réfrigérateur.

Et sans même lui donner un baiser sur la joue, Nikos sortit de la cuisine.

Bouche bée, Marnie le suivit des yeux. En elle, la colère le disputait au chagrin. Comment Nikos pouvait-il se montrer aussi cruel ?

À peine quelques heures plus tôt, ils avaient partagé la plus merveilleuse intimité. Cette communion avait changé bien des choses pour elle. Désormais, elle n'était plus la même que quelques jours auparavant. Plus la même, surtout, que lorsqu'ils avaient conclu cet abominable marché.

Apparemment, en revanche, rien n'avait changé pour Nikos. *Rien.*

Elle comptait tellement peu à ses yeux, qu'elle avait ordre de passer par son assistant s'il lui falait le joindre.

Eh bien, il allait voir ce qu'il allait voir !

Mais, en attendant, elle ferait mieux de manger quelque

chose, si elle voulait que son estomac se remette de l'absorption de cet épouvantable café.

Quelqu'un avait replacé sur les rayonnages du réfrigérateur les plats de nourriture qui avaient été préparés pour eux la veille. Marnie prit une feuille de vigne farcie, et la grignota pensivement.

C'était délicieux, et le goût lui rappela celles dont elle s'était tant régalée, enfant, lorsque sa famille faisait le tour des îles grecques, avec leur yacht, pendant l'été.

Libby la taquinait toujours sur le fait qu'elle pouvait avaler n'importe quoi sans prendre un seul gramme.

C'était bien la seule véritable faveur que la génétique lui avait octroyée, songea Marnie. Tout le reste était allé à sa sœur aînée : la crinière blonde ondoyant jusqu'au bas du dos ; les immenses yeux bleu azur ; le sourire éblouissant… Jusqu'au tempérament d'un optimisme inaltérable.

Ce n'était pas le moment de se plonger dans des réflexions qui ne pouvaient qu'accentuer son malaise. Aussi, Marnie se dirigea-t-elle vers la large baie, attirée par la vue. Au loin, la mer brillait sous le soleil resplendissant. Ce fut avec une petite exclamation ravie qu'elle aperçut une piscine à débordement, dont le bleu azur semblait se fondre dans celui de la mer Égée. Elle avait toujours adoré nager.

Faisant glisser le panneau vitré, elle sortit sur la terrasse, inspirant profondément la brise parfumée. Sous ses pieds nus, les dalles étaient déjà chaudes.

Pour l'instant, mieux valait essayer de chasser Nikos de son esprit, résolut-elle. Allant se planter au bord du bassin, elle y trempa d'abord un orteil, puis le pied.

Un délice !

Se sachant seule, elle se réjouit de n'avoir pas à se soucier de ce qu'on pourrait penser d'elle — ni de l'objectif de quelque photographe mal intentionné. Sa robe de lin ne tarda pas à atterrir sur les dalles de marbre, puis elle plongea en sous-vêtements. Peu lui importait de ruiner le maquillage qu'elle avait mis tant de soin à appliquer. Nikos n'avait-il pas dit qu'il ne rentrerait pas avant le soir ?

Nager était un bonheur, et Marnie ne compta pas les longueurs qu'elle enchaînait. Lorsqu'elle s'arrêta pour reprendre son souffle, s'appuyant à la margelle du bassin, la fatigue faisait trembler ses bras.

— Vous nager vite. Comme dauphin !

La voix féminine était marquée d'un fort accent, et Marnie sursauta de s'entendre ainsi interpeller.

Elle fit volte-face, pour découvrir une femme qui lui souriait, un balai à la main. La gouvernante. Comment Nikos avait-il dit qu'elle se prénommait ? Marnie se reprocha de ne pas avoir été plus attentive.

— Merci, dit-elle en rendant son sourire à la femme. Je suis Marnie.

— Madame Kyriazis, je sais.

Appuyant le balai contre le mur, la gouvernante prit un panier d'osier posé près de la piscine.

— Vous vouloir serviette ? Toujours serviettes propres, dans panier. M. Kyriazis aime baignade, après travail.

Marnie visualisa Nikos torse nu, l'eau ruisselant sur son ventre plat et ses bras musclés, et le désir noua aussitôt ses entrailles.

Sans attendre sa réponse, la gouvernante dépliait un drap de bain et le déposait sur une chaise, près du bassin. Machinalement, elle ramassa la robe abandonnée sur les dalles, et la plia sur le dossier.

— Nikos ne m'a pas dit votre nom, prétendit Marnie.

— Moi, Mme Adona. Mais vous m'appelez Éléni, comme M. Kyriazis.

— Enchantée, Éléni. Je suis ravie de faire votre connaissance.

— Moi aussi. Heureuse pour M. Kyriazis. Il travaille dur. C'est bien pour lui, femme à la maison.

L'optimisme que manifestait Éléni était peut-être excessif, songea Marnie, mais elle ne se voyait pas la décourager.

— Peut-être, se borna-t-elle à marmonner.

Tout à coup, une idée lui traversa l'esprit, et elle rappela la gouvernante qui s'éloignait :

— Éléni ? Est-ce que cela vous dérangerait, si je me chargeais des courses et que je faisais un peu de cuisine ? Nikos a peur que je n'empiète sur vos prérogatives, mais je vais avoir besoin de m'occuper un peu. J'espère que vous ne le prendrez pas mal…

Elle observa attentivement le visage de la gouvernante, y cherchant un signe éventuel de vexation, et fut rassurée lorsque retentit un grand rire communicatif.

Retrouvant son calme, Éléni se frotta un instant le menton, comme si elle cherchait ses mots en anglais.

— Moi pas savoir si M. Kyriazis aime femme qui fait cuisine, finit-elle par dire.

Malgré le fort accent, et la formulation maladroite, le sens de la phrase était très clair.

Les conquêtes que Nikos ramenait chez lui avaient d'autres talents que culinaires.

C'était une information dont Marnie se serait bien passée.

Avec l'aide d'Éléni, Marnie sortit une table sur la terrasse, et la dressa avec soin. Une nappe immaculée tombait jusqu'au sol. En son centre, un bouquet de géraniums rouges et de fleurs d'oranger ajoutait une note éclatante et parfumée.

Elle achevait juste de préparer les coquilles Saint-Jacques à la sauce Mornay lorsque Nikos franchit le seuil de la cuisine. Manifestement, il ne s'attendait pas à trouver son épouse pieds nus devant les fourneaux, un tablier ceint autour de la taille, une main protégée par un gant isotherme — la seule touche de sophistication dans sa toilette était le vernis écarlate, à ses orteils.

Néanmoins, il ne fut pas le seul à être déstabilisé, car Marnie dut s'appuyer au plan de travail tant son émotion était vive.

Déposant sa serviette sur le sol, Nikos croisa les bras.

— Je croyais t'avoir donné mon opinion sur le sujet, lança-t-il.

Marnie avait escompté qu'il serait de meilleure humeur, mais il était clair que ses espoirs avaient été vains.

S'efforçant de ne pas montrer sa déception, elle alla prendre une bouteille de champagne dans le réfrigérateur et vint la mettre dans les mains de Nikos, avant de répliquer :

— Absolument ! Tu m'as aussi fait savoir qu'en tant qu'épouse soumise je devais me consacrer à d'autres devoirs.

Si, le matin même, Nikos avait enregistré avec une petite satisfaction la réaction choquée de Marnie, l'entendre répéter son propos ne laissa pas de susciter en lui une gêne fugace. Cette fois, ce fut à son tour d'esquisser une infime grimace.

Comme si elle ne s'en apercevait pas, Marnie enchaîna :

— Éléni est enchantée que tu aies épousé une femme qui aime cuisiner.

Elle battit des cils un bref instant, et ajouta :

— Apparemment, elle me trouve curieusement conformiste, comparée à tes habituelles… *compagnes*.

— Vous vous êtes parlé ?

— Oui. Mais tu n'as pas à t'en faire. Elle n'est pas en train de pleurer dans sa chambre, si tu veux le savoir.

Nikos entreprit d'enlever le papier métallisé sur le goulot de la bouteille, tout en dévisageant Marnie. De la natte châtain clair, enroulée autour de sa tête, s'échappaient quelques boucles qui venaient caresser ses tempes. Elle était impeccablement maquillée. Sous le tablier de cuisine, Nikos devina une robe très simple qu'il était impatient de lui ôter.

— Tu as quelque chose sur la joue, dit-il.

C'était pure invention, mais cela lui permit d'effleurer le visage de Marnie d'un doigt au préalable mouillé de salive. À sa grande satisfaction, il la vit battre des paupières, et ses lèvres s'entrouvrirent pour exhaler un léger soupir. De toute évidence, elle était taraudée par le même désir que celui qui l'avait tenaillé tout au long de la journée.

Comme pour briser la tension qui se nouait entre eux, Marnie recula.

— Ouvre ça, veux-tu ! lança-t-elle.

— À vos ordres, madame Kyriazis.

Lorsque le bouchon sauta, ce fut dans un même geste qu'ils attrapèrent les flûtes disposées sur le plan de travail. Leurs doigts se frôlèrent, et Marnie s'écarta vivement.

— Je te laisse faire, dit-elle. Je m'occupe du plat d'entrée. Saint-Jacques à la Mornay, cela t'ira ?

— Hum, je ne te savais pas fine cuisinière. Depuis quand ?

— Peu de temps après que nous avons rompu, expliqua Marnie en s'affairant à disposer les coquilles sur deux assiettes. J'ai découvert que c'est un passe-temps qui me plaît beaucoup.

Lorsqu'elle eut fini de répartir la sauce, elle lui tendit la cuillère pour le faire goûter.

— C'est délicieux, s'extasia-t-il. Tu es très douée !

— Merci.

Marnie sourit. Dans la confusion de leur relation, ce compliment était un cadeau qui lui allait droit au cœur.

— Nous pouvons y aller, ajouta-t-elle.

Se saisissant des flûtes et de la bouteille, Nikos se dirigea vers la porte de la cuisine, mais elle le héla :

— Non, pas dans la salle à manger. Sur la terrasse.

Faisant volte-face, Nikos découvrit la table scintillant de la lumière des chandeliers, avec le soleil couchant en toile de fond.

C'est à peine s'il parvint à contenir son émotion.

— C'est toi qui as fait cela ? interrogea-t-il.

— Avec l'aide d'Éléni.

L'air du soir était divinement doux. Marnie installa les assiettes sur la table, et passa les bras derrière son dos pour dénouer son tablier.

— Laisse-moi faire, décréta Nikos.

Il détacha les liens, et prit Marnie par la taille. Ensuite, il lui fit faire demi-tour pour observer son visage.

Dans la semi-pénombre, elle était d'une beauté à couper le souffle. Mais il émanait d'elle une fragilité qui le terrifia. Il était sans protection contre une telle vulnérabilité, et n'était pas prêt à y faire face.

Laissant retomber ses mains, il tira une chaise pour Marnie.

Sans se soucier le moins du monde de se décoiffer, elle fit passer par-dessus sa tête le tablier, qu'elle abandonna sur le dossier de la chaise où elle prit place.

Nikos l'aida à se rapprocher de la table, puis il posa les mains sur ses épaules nues pendant quelques secondes, avant d'aller s'asseoir à son tour.

Pour un autre couple, songea Marnie, le moment aurait été des plus romantiques. Elle savait qu'il ne pouvait en être ainsi pour eux. Cependant, le décor avait quelque chose de magique. Au point qu'elle en oublia la tension qui régnait entre eux, le chantage auquel Nikos l'avait soumise, tous les ressentiments et les regrets exprimés depuis leurs retrouvailles.

— Tu te souviens de ce pique-nique que nous avions fait à Brighton ? lança-t-elle.

Revisiter le passé était une tentation dont Nikos aurait préféré se garder. Il se recula sur sa chaise, détaillant ce ravissant visage qui était exactement le même que celui que Marnie lui avait montré ce soir-là. C'était à peine quelques semaines avant qu'il ne lui dise qu'il l'épouserait un jour. Quelques semaines avant qu'elle ne lui fasse savoir que cela n'arriverait jamais.

— Oui, dit-il, je me souviens.

— Le soleil descendait à l'horizon, comme ce soir, observa-t-elle, apparemment indifférente à son ton crispé.

Un instant, elle se tut, regardant le ciel où le rose pâle se mêlait au pourpre comme le soleil s'abîmait dans la mer.

— C'est mon spectacle préféré, ajouta-t-elle. D'une certaine façon, je trouve rassurant de savoir qu'il se produira quoi qu'il ait pu se passer dans la journée.

Nikos haussa un sourcil. Cette idée le troublait par ce qu'elle contenait de poésie mélancolique.

— Je préfère l'aube, dit-il après quelques secondes.

Avec un large sourire, Marnie choisit d'insuffler à ce moment le caractère de normalité qu'elle avait espéré lorsqu'ils s'étaient retrouvés dans la cuisine, au matin.

— Je sais, dit-elle. Tu te lèves toujours très tôt. Tu as besoin de moins de sommeil que moi.

Elle ne put s'empêcher de rougir, car cette constatation évoquait la manière dont Nikos n'avait cessé de la solliciter pendant la nuit, alors même qu'elle était prête à s'endormir.

Le silence qui s'installa était lourd de non-dits. Il fallait le rompre, se dit-elle.

— Tu as passé une bonne journée ?

— J'ai parlé à ton père, si c'est ce que tu veux savoir.

Marnie reposa sa fourchette sur l'assiette. Soudain, elle n'avait plus faim.

Elle s'efforça néanmoins de dissimuler combien cette repartie la blessait.

— Pas du tout. Je cherchais juste à être aimable.

— Inutile de jouer la comédie, Marnie. Nous sommes seuls.

6.

Il était clair que Nikos était à cran. Lui eût-il opposé une expression moins sévère que Marnie aurait cherché à se défendre. Mais cela aurait été manifestement inutile.

Aussi fit-elle l'effort de retrouver son calme, avant de rétorquer :

— Je ne jouais pas la comédie.

— Bien sûr que si. Tu essaies de me faire croire que tu as accepté de m'épouser pour autre chose que le seul intérêt de ton père.

Avait-elle d'autre choix que de corroborer cette assertion ? s'interrogea Marnie. Sinon, elle courait le risque qu'il ne tire avantage de la confusion de ses sentiments pour asseoir son pouvoir sur elle. Ou pire : qu'il ne la fuie !

— Enfin, Nikos, tu peux difficilement être surpris que le sort de mon père me préoccupe autant, objecta-t-elle en s'étonnant de parvenir à insuffler une telle condescendance dans sa voix. Dois-je te rappeler qu'il était l'objet du chantage que tu as exercé sur moi ?

— Je ne suis pas surpris. Simplement, je tenais à souligner l'absolue futilité de tes simagrées.

— Quelle méchanceté !

Pour se donner une contenance, Marnie prit la flûte de champagne et en avala plusieurs gorgées. L'explosion des bulles dans sa gorge serrée était presque douloureuse.

— Peut-être…, rétorqua Nikos avec un haussement d'épaules insensible. Quoi qu'il en soit, sache que ton père s'est montré à la fois reconnaissant et réticent à l'idée d'accepter ma proposition.

Inquiète, Marnie ouvrit de grands yeux.

— Ne me dis pas qu'il l'a rejetée ?

— Non, mais il ne veut que le minimum nécessaire pour éviter la saisie pure et simple. Cela lui permettra de gagner un mois, tout au plus. C'est un homme obstiné.

— Il est très fier.

C'était quelque chose que Nikos aurait dû comprendre, se dit Marnie. Lui-même ne l'était-il pas à l'extrême ?

Six ans auparavant, elle l'avait blessé dans sa fierté, et il avait remué ciel et terre pour lui faire payer cette erreur.

— Un homme dans sa situation ne devrait pas refuser la main tendue.

— En tout cas, je te remercie de lui avoir parlé.

Marnie était sincère. Sans l'aide de Nikos, son père n'aurait pu éviter la ruine et le déshonneur.

— Ne te donne pas cette peine ! Je ne fais que respecter les termes de notre contrat.

Ce fichu contrat ! s'indigna Marnie, en son for intérieur. Allait-il encore longtemps le lui envoyer à la figure ?

Mais, aussi, n'était-elle pas stupide d'imaginer que les choses avaient changé entre eux ? Tout cela parce qu'ils avaient fait l'amour !

— Quand bien même ! protesta-t-elle. Tu aurais pu te contenter de le regarder s'enfoncer.

Posant les coudes sur la table, Nikos planta dans le sien un regard qui la cloua sur sa chaise aussi sûrement que s'il avait appuyé les mains sur ses épaules.

— Cela aurait été beaucoup moins divertissant, fit-il.

La véhémence qu'il avait mise dans cette affirmation sembla faire vibrer l'air, autour d'eux.

— Parce que la situation te paraît *divertissante* ? s'offusqua Marnie.

Un sourire enjôleur accueillit son exclamation — c'était aussi suave que s'il avait versé sur elle du chocolat fondu.

— La nuit dernière était plutôt réjouissante, non ?

Tourmentée par des images torrides, Marnie changea de

position sur sa chaise. Dans sa poitrine, son cœur s'affola comme un papillon pris au piège derrière une vitre.

— Si tu le dis…

Cette fois, c'était pure arrogance que Marnie décela dans le sourire de Nikos.

— Tu n'es pas d'accord ? questionna-t-il. J'aurais pourtant juré que tu y trouvais du plaisir.

Lui prenant la main, il la retourna et entreprit de dessiner des cercles caressants sur sa paume.

— Qui est-ce qui joue la comédie, cette fois ?

Marnie n'avait pu empêcher sa voix haletante de trahir son trouble.

— S'agissant du désir que tu m'inspires, siffla Nikos entre ses dents, sache que je n'ai nul besoin de simuler.

— Dois-je considérer cela comme une chance ? lança-t-elle en retirant sa main.

Elle avait eu beau vouloir faire preuve d'impertinence, Marnie se rendit compte qu'elle avait manqué son but.

— J'espère que tu ne crains pas d'avoir été exagérément mise à contribution, rétorqua Nikos. Jugerais-tu que le don de ta virginité valait bien davantage que les cent millions que j'offre à ton père ?

— Oh ! Comment *oses*-tu ? s'indigna Marnie.

En assimilant leur mariage à une forme de prostitution, Nikos avait conscience d'être allé beaucoup trop loin. Mais il n'était pas dans ses habitudes de s'excuser. Aussi se contenta-t-il de revenir au sujet initial de leur conversation.

— Ne t'inquiète pas pour l'avenir de ton père, Marnie, dit-il d'une voix qui se voulait apaisante. Je veillerai à ce qu'il évite la faillite.

Par crainte de réagir trop impulsivement, Marnie se mordit la lèvre inférieure.

Elle était si profondément heurtée par l'insultante sortie de Nikos qu'elle avait toutes les peines du monde à retenir les sanglots qui lui montaient à la gorge.

Mais elle se refusait absolument à laisser couler ses larmes devant lui. En même temps, elle ne pouvait s'empêcher d'éprouver de la gratitude à son égard car il était le seul à tendre une perche à ses parents. En dépit de tout, elle lui faisait confiance pour ne pas les laisser sombrer.

Semblant se désintéresser de ce qu'elle ressentait, Nikos dégustait les coquilles Saint-Jacques avec un ravissement manifeste. Lorsqu'il eut terminé, il reposa sa fourchette, et planta son regard dans le sien.

— Arthur a exprimé le souhait que nous retournions en Angleterre pour son anniversaire.

Marnie hocha la tête d'un air entendu.

— Ma mère insiste toujours pour que nous le fêtions en famille. Mon père s'en passerait volontiers.

— À toi de voir si cela te fait plaisir, ou pas, de rentrer chez toi.

« Chez toi. »

Ces deux mots la firent se raidir.

Quand donc Nikos considérerait-il que chez elle, c'était ici ? En Grèce. Avec lui.

— C'est un peu tôt, dit-elle. Je ne pensais pas retourner en Angleterre aussi vite…

— Je te laisse juge. Cependant il me semble que, si nous pouvions discuter face à face, j'aurais moins de difficultés à convaincre Arthur de se montrer raisonnable. N'est-ce pas ce que tu souhaites ?

C'était de plus en plus dur, pour elle, de lutter contre les larmes qu'elle sentait monter. Aussi choisit-elle de se cramponner à sa capacité — acquise depuis si longtemps ! — de dissimuler ses sentiments sous une affectation de froideur.

— Oublierais-tu que c'est la seule raison pour laquelle j'ai accepté de t'épouser ?

— Voilà qui est mieux ! s'exclama Nikos. Je préfère l'honnêteté aux singeries.

À quoi bon essayer de démontrer à Nikos que ce n'était pas en disant cela, qu'elle faisait preuve d'honnêteté ? se désola Marnie *in petto*. Elle reporta son attention sur la vue, et s'éclaircit la voix.

— C'est d'accord, dit-elle. Nous irons y passer un week-end, le mois prochain.

D'ici là, peut-être les choses se seraient-elles apaisées entre eux deux ? ne pouvait s'empêcher d'espérer Marnie. Pourquoi ne finiraient-ils pas par retrouver la complicité qu'ils avaient connue autrefois ?

Elle posa un regard scrutateur sur l'homme assis en face d'elle. Le connaissait-elle vraiment ?

Il avait beau être son époux, il lui était pourtant étranger.

— Si tu continues à me regarder ainsi, madame Kyriazis, je vais te déshabiller sans attendre…

Marnie sursauta. Ce fut d'une voix voilée par le désir — ce désir que Nikos faisait si aisément naître en elle — qu'elle expliqua :

— Je réfléchissais… Il fut un temps où je pensais te connaître mieux que quiconque. Or, je me rends compte que je ne sais rien de toi.

— Bien sûr que si !

— Non, insista-t-elle. Par exemple, quand je t'ai connu, tu débutais à peine dans la finance. Comment as-tu réussi si vite ?

Nikos se leva et rapporta à la cuisine les assiettes qui avaient contenu les hors-d'œuvre. Marnie lui emboîta le pas. Elle dut attendre qu'il ait déposé son chargement dans le lave-vaisselle — avec un soin rappelant qu'il s'était certainement chargé de nombreuses tâches ménagères, au cours de son enfance — pour avoir la réponse à sa question :

— Quand quelqu'un te martèle que tu n'arriveras jamais à rien, c'est la meilleure des motivations. Tu n'as de cesse de vouloir faire la preuve du contraire.

— Mon père n'aurait jamais dû te dire cela.

Le regard dont Nikos la fusilla étincelait d'hostilité.

— Les gens de ta classe sociale se croient forcément supérieurs à quelqu'un comme moi, tout simplement parce qu'ils peuvent retracer leur généalogie sur des siècles.

— Ne me mets pas dans le même sac qu'eux, veux-tu ? Quoi qu'il en soit, je comprends que tu aies voulu démontrer combien mon père avait tort. La façon dont tu as réussi est admirable. Comment as-tu construit tout cela ?

D'un geste large de la main, Marnie engloba la villa, le jardin avec la piscine, la vue sur la mer…

— En travaillant encore plus dur que n'importe qui, expliqua Nikos. Comme lorsque j'ai obtenu une bourse à Eton, puis à l'université de Cambridge. Et toi ? Comment es-tu devenue cette cuisinière hors pair ?

Pour essayer d'oublier à quel point tu me manquais !

Marnie préféra couper court.

— Retourne t'asseoir. Je vais servir le plat principal.

Lorsque Nikos traversa la cuisine pour venir se planter devant elle, Marnie eut instantanément la chair de poule.

— J'ai une meilleure idée, dit-il.

Lentement, elle leva les yeux vers lui. Soudain, il lui devenait difficile de respirer. La proximité de Nikos mettait tous ses sens en éveil.

— Laquelle ?

— Il est tôt. Nous ne sommes pas pressés. Pourquoi ne pas piquer une tête dans la piscine ? C'est ce que je fais habituellement en rentrant du travail. Cela m'aide à décompresser. Viens te baigner avec moi.

Était-ce un ordre, ou une invitation ? Marnie n'aurait su le dire. Sentant que Nikos nouait ses doigts aux siens, elle ne s'interrogea pas plus avant, et opina du chef.

— D'accord. Laisse-moi le temps d'aller me changer.

Nikos eut un rire de gorge.

— Te changer ? Pourquoi ?

Écarquillant les yeux, Marnie le vit déboutonner sa chemise et en écarter les pans. Puis il l'ôta et la laissa tomber au sol, avant de se débarrasser de ses chaussures et de son pantalon. N'ayant plus sur lui qu'un boxer, il lui prit la main pour y déposer un baiser.

Cela suffit à ce qu'une nuée de papillons prenne son envol dans son estomac.

Avec un gémissement sourd, elle se dégagea pour chercher maladroitement la fermeture Éclair de sa robe, dans son dos. La voyant tâtonner, Nikos passa les mains derrière elle. Très progressivement, dans un geste d'une sensualité troublante, il fit descendre la glissière. Marnie fut secouée d'un frisson quand il effleura le creux de ses reins.

De nouveau, elle leva les yeux, scrutant le sublime visage, dans l'espoir d'y lire… Quoi ? De la tendresse ? De l'affection ?

Non, elle ne put y déceler autre chose que l'expression d'un désir impérieux.

Après tout, c'était mieux que rien.

Exhalant un bref soupir, Marnie se recula.

— Accorde-moi un instant, dit-elle. Je te rejoins.

Haussant nonchalamment les épaules, Nikos se dirigea vers la porte vitrée de son pas félin. Marnie le suivit du regard, attendant avec impatience de le voir plonger. Lorsque, d'une impulsion sur le bord du bassin, il s'élança dans l'eau, elle vit ses muscles se tendre. Inconsciemment, elle retint son souffle jusqu'à ce qu'il émerge à l'autre extrémité.

D'un pas rapide, elle gagna leur chambre. Il n'était pas question qu'elle se transforme en panda sous le regard de Nikos, comme le matin même devant Éléni. Aussi se démaquilla-t-elle soigneusement, avant d'enfiler un maillot de bain. Profondément échancré, il était à la fois élégant et sexy.

Lorsqu'elle retrouva Nikos, il enchaînait les longueurs. Son corps puissant glissait dans l'eau, sans qu'il ne paraisse fournir d'effort. À chaque mouvement de ses bras hâlés, on aurait cru voir émerger quelque splendide exemplaire de la statuaire antique. Marnie ne tarda pas à se rendre compte qu'il était nu. Son caleçon gisait sur les dalles.

À son tour, elle plongea et réapparut à côté de lui. Il tourna la tête dans sa direction. Dans la lueur dorée des spots encastrés dans les parois de la piscine, leurs regards se vrillèrent l'un à l'autre. Marnie en fut si émue qu'elle faillit perdre pied.

Pourtant, elle eut tôt fait de reprendre son souffle, et se lança dans une course effrénée avec Nikos. Ils touchèrent le bord ensemble. Dans un grand éclat de rire, Marnie se mit debout en même temps que lui. L'excitation emplissait son corps d'une merveilleuse euphorie.

En proie à la plus extrême confusion, Nikos ne pouvait détacher son regard de Marnie.

Son rire. Ce rire délicieux.

Tout à coup, c'était comme si elle avait réussi à s'infiltrer dans les interstices de sa mémoire. Il retrouvait tout ce qu'elle avait représenté pour lui.

Ce n'était pas seulement les sonorités cristallines de son rire. C'était son visage. Sans fard, déjà légèrement doré par la journée passée au grand air, il rayonnait de bonheur.

Nikos déglutit avec peine, et se détourna.

— Il y a des années que je n'avais pas nagé comme ça, s'exclama Marnie joyeusement, inconsciente de la tempête qui faisait rage en lui.

Cependant, lorsqu'il lui fit face, elle s'alarma de son expression figée. Il dardait sur elle un regard indéchiffrable. Elle sentit son sourire s'évanouir, et plongea de nouveau pour gagner l'autre extrémité du bassin, s'appuyant à la margelle de pierre encore chaude.

Savoir que l'homme qu'elle avait épousé — et, autrefois, aimé — la méprisait autant, était un calvaire !

Pivotant sur elle-même, Marnie vit Nikos qui s'avançait, depuis l'endroit où il avait repris pied.

Se préparait-il à l'embrasser ? À cette idée, elle sentit son pouls battre frénétiquement à la base de son cou.

N'aurait-elle pas dû se hisser hors du bassin et partir ? Ou lui parler, peut-être ? Essayer de comprendre ce qu'il avait en tête ? Ce qu'il attendait d'elle, à part la satisfaction d'un besoin physique, presque animal.

— Nikos, murmura-t-elle, implorant du regard qu'il l'aide à comprendre un peu mieux ce qu'il leur arrivait à tous les deux.

L'agrippant aux hanches, il la plaqua contre lui. Leurs deux corps ne firent plus qu'un. Mordant sa lèvre inférieure, Marnie fit taire la voix qui la mettait en garde, et elle noua les bras autour du cou de Nikos.

— Je sais, souffla-t-il.

Que devait-elle en conclure ? Que Nikos était tout aussi déstabilisé qu'elle par la puissance de ce maelström qui les jetait dans les bras l'un de l'autre ? Après une séparation de six longues années…

Pour le moment, elle se contenterait de cela.

Nikos prit sa bouche en un baiser passionné. Elle y répondit avec la même fougue, emmêlant sa langue à la sienne, s'enroulant autour de lui. La sensation de son sexe en érection plaqué contre son ventre, la tiédeur de l'eau dans laquelle ils baignaient, tout cela était à la limite du supportable.

Marnie sentit l'impatience croître en elle, tel le bouillonnement d'un geyser prêt à jaillir.

Avec un gémissement fiévreux, elle s'écarta pour tenter de faire glisser les bretelles de son maillot le long de ses bras. Sans succès. L'excitation rendait ses gestes malhabiles, et le lycra mouillé lui collait au corps comme une seconde peau.

Nikos eut moins de mal. D'une main énergique, il la dénuda jusqu'à la taille. Pendant quelques instants, il contempla sa poitrine, baignée d'or pâle par l'éclairage du bassin. Puis il poursuivit son œuvre, et Marnie l'aida à la dévêtir, levant une jambe après l'autre.

Enfin nue, il lui vint à l'esprit qu'elle allait mourir de frustration s'il ne la prenait pas sans plus attendre. Qu'il change d'avis, tout à coup, et elle ne s'en remettrait pas.

Eût-elle été en mesure d'analyser la situation, ce besoin désespéré qu'il la possède, l'aurait plongée dans la plus totale terreur. Sauf que toute capacité de jugement l'avait abandonnée.

Nikos lui fit nouer les jambes autour de sa taille. Dans son regard se lisait une tension extrême. Son sexe dur et tendu vint se nicher entre ses cuisses, sans envahir encore sa féminité.

— Tu n'étais pas trop endolorie, aujourd'hui ? demanda-t-il.

Elle fit non de la tête.

— Il faut que tu me le dises, sinon.

N'y tenant plus, Marnie vint elle-même s'empaler sur lui, l'attirant jusqu'au plus profond de son être, sans se soucier de l'expression de surprise qui se peignait sur le visage de Nikos.

Un intense soulagement l'envahit, la plongeant dans un curieux état où se mêlaient force et faiblesse.

Les doigts plantés dans ses flancs, Nikos reprit ses lèvres. Sa langue habile se fit plus exigeante, accompagnant les vigoureux coups de reins par lesquels il la faisait sienne.

Un orgasme foudroyant la projeta dans une autre dimension, sans qu'elle n'ait eu le temps de s'y préparer.

Mais tous les instants de la journée n'avaient été qu'une longue succession de préliminaires — la mettant, en permanence, au bord de la jouissance — tant son esprit était hanté par les souvenirs de la nuit précédente ; tant chaque parcelle de son corps en gardait l'empreinte grisante.

Nikos la regarda chevaucher la crête d'un plaisir si intense qu'il faisait vibrer toutes les minuscules terminaisons nerveuses de son visage. La manière dont son propre cœur se gonfla en réaction était quelque chose qu'il préférait ignorer.

Ce n'était rien d'autre qu'un sentiment de soulagement, se dit-il. Celui de découvrir que leur entente sexuelle était prodigieuse.

Tout en s'enfonçant de nouveau en elle, il referma les mains sur la douce rondeur des fesses fermes de Marnie, pour mieux la posséder.

Abandonnant sa bouche, il promena les lèvres le long du cou gracile, jusqu'au point où il pouvait sentir les battements effrénés propulsant le sang dans les veines de Marnie. Puis, la soulevant un petit peu pour atteindre sa poitrine, il aspira goulûment la pointe frémissante d'un sein.

Marnie cria, rejetant la tête en arrière. Ses cheveux dénoués tombèrent jusqu'à l'eau en un lourd rideau. Nikos la soutint d'une main tandis qu'il la soumettait à des assauts de plus en plus furieux.

Lui-même commençait à perdre le contrôle. Des spasmes

contractaient les muscles internes de Marnie autour de son membre. Lorsqu'il la sentit trembler, il sut qu'elle allait, une nouvelle fois, être propulsée au paroxysme de l'extase. Alors, il l'accompagna, la tenant étroitement enlacée, et ils jouirent ensemble dans une fabuleuse apothéose qui les laissa pantelants, ruisselants de sueur et d'eau.

Comblée, Marnie reprit lentement ses esprits, rassurée par le message que lui envoyait son corps : rien de mal ne pourrait advenir tant que Nikos et elle connaîtraient un désir aussi incontrôlable.

Ce fut seulement à cet instant qu'elle se rappela le poisson en croûte de sel qui devait être carbonisé dans le four.

S'il ne devait pas y avoir d'autre victime collatérale de leur insatiable appétit de jouissance, eh bien, c'était un moindre mal.

Au petit matin, leurs corps repus emmêlés entre les draps, Marnie et Nikos se laissèrent glisser doucement vers le sommeil, éreintés et ravis.

— Comment peux-tu appeler cela des « simagrées ? » murmura Marnie.

La réponse de Nikos la glaça :

— Ce n'est que l'assouvissement d'un besoin purement physique, Marnie. Rien de plus profond. Ne t'y méprends pas, ou tu risques de souffrir.

7.

Bien que deux semaines se soient écoulées, Marnie n'avait pas oublié la mise en garde de Nikos.

« Ce n'est que l'assouvissement d'un besoin purement physique, Marnie... Tu risques de souffrir. »

C'était une blessure qui n'avait pas cicatrisé.

Elle laissa son regard errer par-delà la fenêtre de son petit bureau. La pièce qu'elle avait choisie n'ouvrait pas sur la mer Égée, mais sur la ville. Au loin, elle apercevait l'Acropole baignée de la lumière de fin d'après-midi.

De là où elle était, elle pouvait surveiller le portail d'entrée sans bouger de sa chaise.

À la seconde où la voiture de Nikos s'engageait dans l'allée, elle était prévenue de son retour. Ce qui lui laissait le temps de remettre le masque d'impassibilité nécessaire pour affronter son époux.

Ils partageaient les repas en échangeant des propos insignifiants. Mais, sous la courtoisie de leurs conversations, affleurait un torrent d'émotions intenses. Ce n'était que lorsqu'ils se retrouvaient dans leur chambre que Marnie se permettait d'y laisser libre cours. Leur relation sexuelle, tumultueuse, passionnelle, était un exutoire dont elle ne pouvait plus se passer. Le corps de Nikos, les sensations qu'il savait éveiller en elle étaient de véritables drogues.

Heureusement, ses journées consacrées à collecter des fonds pour l'organisation caritative qu'elle avait créée en Angleterre étaient un dérivatif bienvenu. Sans cela, Marnie aurait explosé avec la violence du Vésuve !

Elle jeta un bref coup d'œil à la pendule. Nikos était en retard.

Néanmoins, ce n'était pas la cause de sa nervosité, toute particulière aujourd'hui.

Deux jours auparavant, Nikos lui avait annoncé qu'ils devaient se rendre à une soirée. Ce serait leur première sortie, depuis leur mariage. Jusque-là, Marnie avait pratiquement vécu en recluse. À part de rares excursions au marché, en compagnie d'Éléni, elle ne quittait pas la villa.

Ce soir, elle serait Mme Kyriazis aux yeux de tous. L'épouse d'un multimilliardaire connu dans le monde entier.

Quelle ironie !

Elle allait jouer le rôle d'une jeune épouse énamourée, quand leur union ne reposait que sur la vengeance et le sexe.

Entendant la Ferrari, elle se leva sans attendre. Nikos ne venait jamais jusqu'à son bureau. Depuis leur discussion, le soir de son arrivée en Grèce, il semblait tenir pour acquis que les occupations auxquelles elle se livrait étaient son jardin secret.

Elle aurait pu tout aussi bien diriger un réseau international de trafic de drogue ! songea-t-elle en refermant la porte de son antre.

Bien qu'elle n'aimât guère porter des talons hauts, Marnie se doutait bien qu'un tel accessoire était impératif pour la soirée à laquelle ils se rendaient. Passant devant le miroir, en haut de l'escalier, elle ne put s'empêcher d'être satisfaite de son élégance.

Elle avait consacré le plus grand soin à sa coiffure et à son maquillage, et n'était pas mécontente du résultat. Anne Kenington n'avait peut-être pas fait preuve d'un grand sens maternel avec ses filles, mais elle avait su faire d'elles de véritables ladies.

Atteignant le hall à l'instant même où Nikos y entrait, Marnie attendit son commentaire avec un petit sourire.

Sauf que l'expression qu'elle vit se peindre sur ses traits était loin de refléter l'approbation qu'elle avait espérée.

Pendant quelques secondes, il demeura figé, la détaillant des pieds à la tête d'un air stupéfait. Retenant son souffle,

Marnie était à l'affût d'une observation, d'un mot d'explication sur son attitude…

— Tu es…

Nikos se passa une main sur les yeux, et secoua la tête.

— Oui ? l'encouragea Marnie, accentuant son sourire bien que son cœur soit en train de dégringoler en chute libre.

— Non, rien, répondit Nikos. Aucune importance.

Il se tourna pour déposer ses clés sur la console. Sa respiration irrégulière disait assez qu'il était sous le coup d'une violente émotion.

— Je serai vite prêt, reprit-il. Sers-toi quelque chose à boire, pour patienter.

Le front barré d'un pli soucieux, Marnie préféra ne pas montrer qu'il l'avait froissée.

— Très bien, dit-elle d'un ton glacial. Mais ne traîne pas. Tu as dit qu'il nous fallait y être à 20 heures.

Sans lui répondre, Nikos monta l'escalier quatre à quatre. Consternée, Marnie se dirigea vers la cuisine. Elle remplit la bouilloire pour se faire un thé, puis réalisa qu'un breuvage plus fort s'imposait. Se servant une coupe de champagne, elle gagna la terrasse.

Plantée au bord de la piscine, Marnie observa son reflet dans l'eau en s'interrogeant sur ce qui avait bien pu déplaire à Nikos. Sa robe sortait d'une grande maison de couture, ses chaussures étaient parfaitement assorties à sa tenue…

Elle était exactement ce que l'on pouvait attendre de l'épouse de Nikos Kyriazis.

Lorsqu'elle se retourna, il s'encadrait dans la porte-fenêtre. Ses cheveux, encore humides de la douche, lissés en arrière, révélaient son front immense et la beauté de son visage aux traits fermes, à la mâchoire volontaire. Un smoking noir épousait, comme une seconde peau, sa large carrure et sa taille étroite.

Marnie sentit un vol de papillons battre des ailes dans son estomac. Le désir pulsa dans ses veines. Lorsqu'elle s'approcha, la brise porta jusqu'à elle un parfum typiquement masculin — effluves d'épices et d'agrumes mêlés.

Elle marqua une pause pour laisser le temps à Nikos de se racheter. N'importe laquelle des petites attentions qu'un homme prodigue à son épouse, au retour du travail, lui suffirait : un sourire, un compliment sur sa toilette, un mot pour s'enquérir de la façon dont s'était déroulée sa journée...

Mais Nikos se contenta de jeter un coup d'œil à sa montre.

— Tu es prête ? lui lança-t-il.

— Pourquoi ? Je n'en ai pas l'air ?

Tête haute, elle passa devant lui en faisant claquer ses talons.

— Si, lâcha Nikos, en lui emboîtant le pas.

Pour rien au monde, Marnie n'aurait laissé transparaître combien un tel manque de tact lui déchirait le cœur. D'un pas décidé, elle le précéda jusqu'à la Ferrari.

Nikos lui tint la portière, et elle se glissa dans le luxueux habitacle en prenant bien garde de ne pas même le frôler. Instinctivement, elle se rapprocha de la vitre lorsqu'il s'assit au volant. Obstinément tournée vers le paysage, elle n'en percevait pas moins le moindre de ses mouvements.

Ce fut dans un silence complet que Nikos les conduisit à destination. Ils ne tardèrent pas à se garer le long d'un quai, auquel était amarré un immense yacht scintillant de lumières.

Avant même que Nikos n'ait le temps d'en faire le tour, Marnie fut hors de la voiture. Après tout, elle avait toujours ouvert sa portière elle-même, et ne voyait pas pourquoi cela ne continuerait pas ainsi !

La foule des invités se pressait déjà sur le pont, et ils s'engagèrent sur la passerelle pour les rejoindre.

— Quel est l'objet de cette réception ? s'enquit Marnie.

— C'est la banque avec laquelle je travaille qui l'organise chaque année. Opération promotionnelle en direction de ses plus gros clients.

À la façon dont Nikos fut accueilli par ceux qu'il lui présenta comme étant les grands manitous du puissant établissement bancaire, Marnie comprit qu'il n'était pas un client ordinaire.

Il ne lui lâchait pas la main, mais se souciait d'elle comme d'une guigne. Peu à peu, elle sentit la moutarde lui monter au nez.

Que diable avait-elle pu faire pour qu'il se comporte comme si elle venait de crever les pneus de sa voiture, ou — pire — avait vendu à un tabloïde les détails de leur mariage ?

Profitant d'une pause dans la conversation, elle se tourna vers Nikos avec un large sourire — lui seul était à même de déceler les ombres qui s'y dissimulaient.

— Excuse-moi un instant, veux-tu ? dit-elle en lui retirant sa main. Je reviens.

Puis, souriant à la ronde, elle s'éloigna d'un pas qu'elle voulait léger. Nikos la suivait des yeux, elle en était sûre. Aussi tenait-elle à affecter la plus totale insouciance.

Se frayant un chemin à travers la masse compacte des convives, Marnie alla se poster à l'arrière du navire. Il lui fallait un moment de calme et de solitude. La nuit était encore chaude, et la brise délicieusement rafraîchissante. Perdue dans ses pensées, elle demeura un long moment dans sa bulle. Jusqu'à ce qu'une main se pose sur son épaule. S'attendant à se retrouver face à Nikos, Marnie pivota lentement sur ses talons, plaquant sur son visage un air d'indifférence.

Mais à la vue de l'homme qui se tenait devant elle l'émotion l'étreignit, et les larmes lui montèrent aux yeux.

— Anderson ! Quelle surprise ! s'exclama-t-elle en le serrant dans ses bras.

La surprise n'était pas si grande que cela. Car Marnie n'ignorait pas que son époux et le fiancé de Libby étaient restés très liés.

Attrapant deux flûtes sur le plateau d'un serveur qui passait par là, Anderson lui en tendit une et leva son verre.

— Félicitations pour ton mariage ! dit-il avec un grand sourire. À la santé des jeunes mariés !

— Merci, souffla Marnie en observant le visage affable de celui qui avait failli être son beau-frère.

Connaissait-il les dessous de son union avec Nikos ? se demanda-t-elle. Savait-il qu'il ne s'agissait que d'une mascarade ?

— J'aurais aimé être des vôtres, dit-il.

— Oui, cela m'aurait fait plaisir.

Il partit d'un grand rire.

— Tu es sûre ? On ne peut pas dire que tu as l'air très enthousiaste.

À son tour, Marnie laissa échapper un rire perlé.

— Pardonne-moi, fit-elle. C'est juste que je suis surprise de te voir. J'oublie que Nikos et toi êtes très proches.

— C'est mon plus vieil ami !

Le cœur serré, Marnie préféra changer de sujet.

— Cela fait tellement longtemps que je ne t'ai pas vu, dit-elle. Tu te faisais rare, à Kenington Hall.

Il eut une moue contrite.

— Je sais. Mais ce n'est pas facile de rencontrer tes parents. À chaque fois, j'ai l'impression que c'est Libby qu'ils voient quand ils me regardent. Tu connais ça, non ?

Marnie prit le temps de s'accorder une gorgée de champagne, pour se composer une contenance.

— Ce n'est pas tout à fait pareil pour moi, rectifia-t-elle d'une voix blanche. Quand ils me regardent, ce sont mes défauts qu'ils voient, en comparaison de la perfection de Libby.

— C'est stupide ! Vous étiez aussi différentes que le jour et la nuit.

— Oui. Elle était lumineuse comme le jour, et moi…

— Arrête ! Elle détesterait t'entendre parler comme cela. Libby t'adorait, et t'admirait. Je sais qu'Arthur et Anne t'ont toujours donné le sentiment que tu étais moins parfaite qu'elle. Mais c'est ridicule !

Marnie se mordit la lèvre. Anderson ne pouvait pas comprendre ce qu'elle avait vécu. Et elle n'allait pas se disputer avec lui.

— Je suis heureuse de te voir, dit-elle.

— Et moi, ravi que Nikos et toi vous soyez retrouvés. Il n'a jamais surmonté votre rupture, tu sais.

Marnie ne put empêcher son expression de trahir son étonnement.

— Si, si, reprit Anderson entre deux gorgées. Il avait beau

jouer les célibataires endurcis, il n'a pas cessé de penser à toi un seul instant.

Devait-elle vraiment le croire ? s'interrogea Marnie en secouant la tête d'un air perplexe. Mais déjà Anderson ajoutait :

— Un soir où il avait bu plus que de raison, il m'a confié que s'il voulait faire fortune, c'était dans l'espoir de te reconquérir.

— Ce n'est pas pour une question d'argent que j'avais rompu…

— Oh ! je sais ! Je le lui ai maintes fois répété. Mais il ne me croyait pas. Il faut avoir été témoin des dégâts considérables qu'Anne et Arthur vous ont causés à Libby et à toi, pour vraiment comprendre la situation.

Marnie écoutait en laissant son regard errer sur la mer, mais la surprise lui fit faire brusquement volte-face. Elle cherchait ses mots quand Anderson enchaîna :

— Ne pense pas que tu sois la seule à avoir souffert de leur comportement. Libby ne supportait pas leur façon de faire. Pour un peu, elle aurait renoncé à m'épouser tant elle trouvait sordide leur satisfaction à la voir choisir un beau parti. Elle n'en pouvait plus de devoir être à la hauteur de leurs attentes.

— Je n'arrive pas à y croire, souffla Marnie. Ils la portaient aux nues, et je n'ai jamais imaginé que cela lui pesait.

— C'était un fardeau terriblement lourd !

Marnie laissa échapper un long soupir, et détourna le regard.

— Elle me manque tellement, murmura-t-elle.

Le silence qui suivit ses paroles se prolongea tant qu'elle finit par se demander si Anderson l'avait seulement entendue. Puis il hocha la tête, et sa voix se brisa lorsqu'il conclut :

— À moi aussi.

Instinctivement, Marnie l'entoura de ses bras. Tous deux partageaient le même chagrin. Même des années après avoir perdu Libby, Anderson était toujours en deuil.

De loin, ils avaient tout du couple idéal, songea Nikos. L'union parfaite de deux rejetons de familles de sang bleu.

Dans sa robe haute couture, son long cou de cygne incliné vers Anderson, Marnie était incroyablement belle. Et parfaitement à son aise au sein de l'élite financière européenne. Tandis que lui-même aurait toujours le sentiment d'être un intrus au milieu de tout ce faste.

— Si je ne te faisais pas entièrement confiance, vieux frère, je pourrais prendre ombrage de ce que je vois.

Nikos s'était exprimé avec un accent encore plus marqué qu'à son habitude, et Marnie sentit un frisson de volupté lui parcourir l'échine à cette évocation des moments où l'émoi le faisait retourner à sa langue maternelle.

Elle s'écarta d'Anderson, sans parvenir à dissimuler que son regard était humide. Nikos fronça les sourcils.

— Qu'y a-t-il ? questionna-t-il. Tu as l'air triste.

— Pas du tout ! N'ai-je pas toutes les raisons d'être la femme la plus heureuse du monde ?

Le regard que Nikos lui décocha contenait un rappel à l'ordre manifeste. Cependant, la rigueur en fut atténuée par le geste qu'il fit, en extirpant un mouchoir de sa poche et en le lui tendant. Cette prévenance la déconcerta. Elle prit le carré de tissu et s'en tamponna les yeux pour ne pas abîmer son maquillage.

— Nous évoquions de vieux souvenirs, se contenta d'expliquer Anderson. Mais je vais vous laisser. Les amoureux préfèrent être seuls au monde, non ?

Marnie le retint par le bras.

— Tu restes quelques jours à Athènes ? s'informa-t-elle. Viendrais-tu dîner chez nous ?

— Ce serait avec plaisir, mais je regagne Londres demain. Une autre fois, j'en serai ravi.

Il l'embrassa sur la joue, et gratifia Nikos d'une tape amicale sur l'épaule.

Seule avec son mari, Marnie sentit l'atmosphère se tendre. Elle se cramponna au bastingage jusqu'à en avoir les jointures blanches.

— Tu passes une bonne soirée ? demanda-t-elle.

— C'est plutôt le genre d'obligations auxquelles me contraignent mes affaires. Je les apprécie moyennement…

Marnie hocha la tête, se remémorant ce qu'Anderson lui avait confié.

À qui Nikos s'efforçait-il d'apporter la preuve de ses talents ? Au monde entier ? Ou seulement à elle ? Cherchait-il vraiment à lui prouver qu'il était digne d'elle ?

Plissant les yeux, Marnie se tourna vers son époux et observa son profil. Il fixait un point sur le rivage, et semblait avoir oublié jusqu'à sa présence.

Ce fut d'une voix voilée qu'il demanda tout à trac :

— Tu vois cette lumière, là-bas, sur la plage ?

— Devant la petite baraque ?

Il planta un regard dur dans le sien, avant de répondre :

— Oui. La *baraque*, comme tu dis. Celle où j'ai passé les huit premières années de ma vie.

— Oh !

Jamais Nikos n'avait abordé le sujet de son enfance. Même à l'époque où ils étaient follement amoureux. Dévorée de surprise, Marnie ne savait trop quoi dire pour ne pas le faire rentrer dans sa coquille.

— Tu y as été heureux ? finit-elle par oser questionner.

— J'étais très libre, et j'aimais ça. Mon père avait un chalutier. Il m'emmenait parfois pêcher avec lui.

— Mais cela n'a duré que huit ans ? Pourquoi ?

— Parce qu'il y a eu une tempête, et qu'il est mort.

— *Nikos !*

Marnie posa la main sur le bras de son mari, mais il s'écarta. Manifestement, il n'avait que faire de sa compassion.

— J'aurais dû te prévenir de sa présence, fit-il.

Déstabilisée, Marnie le regarda sans comprendre.

— De qui parles-tu ?

— D'Anderson… Je n'avais pas imaginé que le revoir te bouleverserait autant.

— Que me vaut cette sollicitude soudaine ? De la part de

l'homme qui n'a de cesse de me manifester son mépris, c'est à n'y rien comprendre !

— Je ne cherche pas à te faire du mal, Marnie, crois-moi.

Marnie hocha la tête. Savoir que la cruauté de Nikos n'était pas intentionnelle était presque plus douloureux.

— Est-ce que nous allons rester encore longtemps ? s'enquit-elle, en se contraignant à cacher son désespoir.

— Non. Viens, allons-nous-en.

L'attrapant par la main, Nikos l'entraîna à sa suite jusqu'à la passerelle, puis jusqu'à la Ferrari.

Là, sans se soucier de déranger l'agencement de sa coiffure, il lui prit la tête entre ses mains, et vrilla au sien un regard qui la transperça jusqu'à l'âme.

— Pardonne-moi, dit-il, j'ai été désagréable, ce soir. J'étais en colère après toi.

Marnie sentit un sanglot monter dans sa gorge, mais se refusa à y céder.

— Pourquoi ? lança-t-elle. Qu'ai-je fait pour que tu m'en veuilles autant ?

Nikos se recula, secouant la tête comme s'il cherchait à échapper à la tempête d'émotions dont il semblait être la proie. Ouvrant la portière, il la dévisagea d'un air farouche.

Tout cela, dit-il avec un geste large. *Toi !*

— Je ne comprends pas. Qu'est-ce que j'ai fait ?

— Rien ! C'est cette robe, ce maquillage, cette soirée… Tu seras toujours Lady Marnie Kenington. Froide, délicieusement intouchable. La fille que j'ai aimée, il y a longtemps, n'a jamais existé…

8.

Pour la première fois depuis que Marnie était en Grèce, l'orage cinglait les vitres. Contemplant la mer démontée et les lourds nuages noirs qui défilaient, elle songea que ce déchaînement lui apportait presque une forme de réconfort.

Son cerveau, épuisé d'essayer de mettre du sens dans les événements de la veille, trouvait une consolation dans le désordre des éléments.

Malgré tout, en temps voulu — peut-être même plus tard dans l'après-midi —, le ciel s'éclaircirait, le soleil brillerait, et tout redeviendrait comme avant.

Finirait-il par en être de même dans le couple qu'elle formait avec Nikos ?

La tourmente s'apaiserait-elle ? Discussion après discussion, parviendraient-ils à vider les vieilles querelles ?

Tristement, elle secoua la tête, assaillie une nouvelle fois par la question qui l'avait hantée toute la nuit : pourquoi Nikos l'avait-il épousée ?

Posant les yeux sur l'énorme diamant qui brillait à son annulaire, elle songea qu'ils avaient beau être mariés, ils ne se connaissaient pas. Une boule se forma dans sa gorge.

Nikos ne l'avait pas rejointe dans leur lit, à leur retour de la réception. Marnie s'était douchée, et l'avait vainement attendu. Pourtant, elle était certaine que les seuls moments où leur vie commune avait un sens, c'était lorsqu'ils faisaient l'amour.

Sauf qu'elle n'avait guère d'expérience en la matière. Était-ce, comme le disait Nikos, la pure et simple satisfaction d'un besoin physique ? Ou serait-ce de l'amour ? À moins que ce ne soit que les souvenirs d'une éphémère passion, comme les fragments d'un rêve…

Le trajet du retour s'était effectué dans un silence pesant. Perdu dans ses pensées, Nikos n'avait pas cherché à donner plus d'explications sur son jugement sibyllin. Et Marnie n'avait pas osé le questionner davantage.

Peut-être, ce matin, parviendraient-ils à s'expliquer ?

L'envie d'une reconstituante tasse de thé l'entraîna jusqu'à la cuisine. Elle se figea en y découvrant Nikos.

C'était comme un flash-back de la première matinée, après leur arrivée à la villa. Dans son impeccable costume, il était appuyé au plan de travail, la tête inclinée sur le journal ouvert, une tasse posée à côté. Marnie savait qu'elle contenait ce café épais, très noir, qu'il affectionnait.

— Bonjour, fit-elle d'une voix enrouée.

Il lui lança un bref coup d'œil, la dévisageant quelques secondes pendant lesquelles elle crut que son cœur s'arrêtait de battre. Puis il lui adressa un petit sourire pincé, et reporta son attention sur la page.

Marnie n'avait nulle intention que les choses se passent ainsi. Redressant les épaules, elle s'approcha, le menton pointé d'un air de défi.

— Tu as bien dormi ? lança-t-elle.

Sans même lever les yeux, Nikos répondit :

— Très bien. Et toi ?

Il n'avait pas hésité à mentir effrontément. Car il n'avait presque pas fermé l'œil de la nuit.

— Pas très bien, répondit Marnie.

C'était un aveu qui lui coûtait, mais elle y voyait une main tendue, en quelque sorte — l'acceptation de leur relation bancale.

— Où as-tu passé la nuit ? ajouta-t-elle, déterminée à briser l'armure dans laquelle Nikos s'enfermait.

— Dans une chambre d'amis répondit-il sans abandonner la lecture de son fichu journal.

Cela ne pouvait durer, songea Marnie. Elle posa une main à plat, en travers de l'article.

— Nikos, il faut que nous parlions.

Avec un profond soupir, il lança un coup d'œil à sa montre.

— Vraiment ? Je ne vois pas de quoi.

— De ce que tu as dit hier soir. À t'entendre, nous ne nous sommes jamais aimés.

— Ce que j'ai dit, c'est que je me suis trompé sur celle que tu étais il y a six ans. Si tu n'as pas été capable de te battre pour défendre notre amour, c'est parce que tu étais le pur produit de l'éducation que tes parents t'ont donnée. En te voyant dans ta tenue d'une élégance si parfaite, j'ai compris que tu étais à leur image !

— Si tu me détestes à ce point, Nikos, pourquoi m'as-tu épousée ?

Refermant le journal, Nikos avala les dernières gouttes de café, et alla poser la tasse sur le rebord de l'évier. Dans le silence lourd, la pendule égrenait les secondes.

— À ton avis ? finit-il par dire en se tournant vers elle.

Une infinité de possibilités surgirent à son esprit. Certaines parlaient d'espoir ; d'autres de désolation.

— Je ne sais pas, répondit-elle avec méfiance.

— Tout simplement pour faire la démonstration que tu pouvais être à moi, si je le voulais.

La souffrance que Nikos vit se peindre sur le ravissant visage tourné vers lui était telle qu'il regretta instantanément ses paroles. S'il l'avait pu, il aurait retiré ce qu'il venait de dire. Pour voir Marnie sourire ; pour entendre son rire perlé — ce rire délicieux qui n'appartenait qu'à elle.

Marnie n'avait pas envie de rire, loin de là. La tête lui tournait, et elle avait peine à respirer.

— Tu es sérieux ? lança-t-elle. C'est juste une question d'ego, alors ? Je t'ai blessé dans ton orgueil, et tu me le fais payer. C'est seulement pour avoir le plaisir de m'humilier que tu m'as forcée à t'épouser, c'est cela ?

Nikos leva une main, comme pour l'empêcher de poursuivre.

— Je t'ai dit, hier soir, que je n'ai jamais eu la moindre intention de te faire du mal.

Déglutissant difficilement, Marnie posa une main sur sa gorge pour en dissimuler les mouvements convulsifs.

— Eh bien, voyons ! dit-elle. Tu voudrais me faire croire qu'il ne t'est pas venu à l'idée que cette situation me rendrait malheureuse ?

Elle vit palpiter la joue de Nikos.

— Aurais-tu des regrets ? interrogea-t-il.

— Comment n'en aurais-je pas ?

Faisant volte-face, elle tourna le dos à Nikos, et fixa le jardin balayé par les intempéries.

Marnie avait distinctement le sentiment de se trouver à la croisée des chemins. Soit elle avouait la vérité : il lui était insurmontable d'être mariée à un homme qui ne l'aimerait jamais. Soit elle acceptait la situation, telle qu'elle était.

Le pire était qu'elle ne pouvait imaginer sa vie loin de cet homme. Même ce simulacre de relation valait mieux que rien.

D'expérience, elle savait ce qu'était la vie sans Nikos. Un pâle ersatz, sans relief ! Elle s'était perdue dans le travail, avait accepté de sortir avec les ennuyeux prétendants adoubés par ses parents. Et c'était seulement lorsqu'elle avait revu Nikos que la vie avait retrouvé tout son sel.

Lentement, Marnie pivota, plaquant sur son visage un masque de froideur.

— Je n'attendais pas grand-chose de toi, Nikos, reprit-elle. Mais j'espérais, au moins, ton respect. Tu me reproches d'être Lady Marnie Kenington. Mais je l'ai toujours été, Nikos. Le problème, ce ne sont pas mes parents ni les valeurs qu'ils m'ont communiquées. Le problème vient de *toi*, Nikos. Tu veux, à tout prix, que je sois différente de ce que je suis en réalité.

Chacune des phrases de Marnie se plantait en lui comme autant de petites flèches acérées. Car elle avait entièrement raison.

En prendre conscience ne fit qu'aggraver sa mauvaise humeur.

Comment expliquer à Marnie qu'il détestait les snobs que l'on côtoyait dans le genre de réception de la veille, et qu'il n'avait pu s'empêcher de voir en elle le pur produit de cette classe de privilégiés ?

Jamais l'un et l'autre ne contempleraient le monde avec les mêmes yeux, avait-il pensé.

Longuement, Nikos dévisagea son épouse d'un regard sombre. Aux yeux de tous, elle donnait une image de sang-froid et de réserve hautaine. Il était le seul à savoir qu'elle pouvait être bien autre chose.

Mais qui était-elle vraiment ? s'interrogea-t-il avec un intense sentiment de frustration.

De nouveau il regarda sa montre, puis il poussa un soupir agacé.

— Maintenant, je suis en retard, marmonna-t-il.

En quelques enjambées, il eut gagné la porte. Il se retourna au moment de sortir. Marnie gardait le regard obstinément fixé sur le jardin. Il était clair qu'elle luttait pour retrouver son calme. Un malaise confus lui noua l'estomac.

Que pouvait-il lui offrir ?

— Marnie…, dit-il. Je suis sûr que nous finirons par trouver un accommodement. Il suffit de voir comment ça fonctionne, entre nous, au lit, pour…

— « Ce n'est que l'assouvissement d'un besoin physique », lança Marnie, en se détestant de lui renvoyer cette phrase au visage.

Un instant, Nikos demeura interdit.

Non, ce n'était pas juste cela pour Marnie, il en était certain. Quand elle se laissait aller dans ses bras, elle devenait la femme dont il rêvait : naturelle, débordante de désir et d'émotion. Une créature de chair et de sang, et non la princesse lointaine qu'elle donnait à voir en public.

— Peut-être, finit-il par acquiescer. Mais nombre de mariages sont construits sur bien moins que cela.

Marnie tourna vers lui un visage de marbre.

— Tu vas finir par être irrémédiablement en retard, dit-elle.

Ce fut le cœur lourd que Nikos se décida à franchir le seuil. Cette angoisse diffuse ne le quitta pas de toute la journée. Incapable de se concentrer, il accumula étourderies et bévues.

Finalement, il renonça à travailler dès le début de l'après-midi.

De retour à la villa, il en fit le tour sans trouver trace de Marnie. Ce fut seulement en s'approchant du sanctuaire qu'elle avait fait de son bureau que la voix de sa femme lui parvint à travers la porte. Elle était au téléphone.

— Les essais des nouveaux traitements sont très prometteurs, l'entendit-il dire. Chaque jour nous rapproche d'un résultat concluant. Vous êtes très généreuse, madame Finley-Jones. Je ne vous remercierai jamais assez.

Lorsqu'il fut clair qu'elle avait raccroché, Nikos se risqua à pousser la porte.

Assise à son bureau, ses boucles couleur miel relevées en un chignon noué à la hâte, Marnie était penchée sur le clavier de son ordinateur.

Nikos avait escompté que la voir suffise à dissiper le tourment qui l'avait possédé toute la journée. Il n'en fut rien.

Car, à l'instant où Marnie réalisa qu'elle n'était plus seule dans la pièce, ce fut un visage grave qu'elle tourna vers lui. Non le sourire qu'il avait espéré et dont il attendait qu'il desserre l'étau qui lui comprimait la poitrine. Elle jeta même un coup d'œil agacé vers la pendule.

— Tu rentres bien tôt, commenta-t-elle. Quelque chose ne va pas ?

Nikos eut l'impression que le sol se dérobait sous ses pieds.

— J'ai pu libérer mon après-midi, expliqua-t-il. Ce matin, tu voulais discuter. J'étais pressé, et ne t'en ai pas laissé le temps. Que dirais-tu si nous sortions dîner quelque part ? Nous en profiterions pour parler.

Marnie haussa un sourcil dubitatif. À quoi servirait-il qu'ils reprennent la discussion ébauchée quelques heures plus tôt ? semblait-elle penser.

— Ne l'avons-nous pas déjà fait ce matin ? dit-elle en haussant les épaules.

Passant une main nerveuse dans ses cheveux, Nikos répliqua d'un ton bourru :

— Pas suffisamment. Allons au restaurant, et essayons de nous comporter en personnes civilisées.

— Je n'ai pas fini mon travail. De plus, je ne suis pas certaine que le fait de passer la soirée dehors serve à grand-chose.

Les bras croisés, Nikos se pencha vers son ordinateur, avec un sourire qui se voulait bienveillant.

— En quoi consiste ton travail ? s'enquit-il. Ou bien suis-je trop curieux ?

— Cela n'a rien de secret. J'ai créé une fondation qui aide à la recherche sur la leucémie. Je m'emploie à lever des fonds.

Nikos se frotta le menton d'un air étonné. De toute évidence, songea Marnie, il ne s'attendait pas à ce qu'elle ait des occupations aussi sérieuses.

Fixant son attention sur la liste de noms affichée sur l'écran, avec les chiffres en regard, il commenta :

— Tu te débrouilles très bien, manifestement.

Son grand corps la dominait, et Marnie était incapable de penser à autre chose qu'au désir qu'il faisait naître en elle.

— Merci, souffla-t-elle, malgré tout heureuse de ce compliment. Je suppose que c'est parce que le sujet me passionne tout particulièrement.

Nikos se redressa.

— Je m'étonne que tu ne m'aies pas sollicité, dit-il.

— Tu ne crois pas que je t'ai suffisamment mis à contribution ?

— Cela n'a rien à voir. Pourquoi n'acceptes-tu pas que nous sortions dîner ? Tu me parleras en détail de cette fondation ?

Mordant sa lèvre inférieure, Marnie leva les yeux vers le beau visage penché sur elle.

À quoi bon s'acharner à mettre un peu d'ordre dans les sentiments que Nikos lui inspirait ? songea-t-elle. Cette manière qu'il avait de balayer d'un revers de main leurs querelles — comme s'il oubliait les paroles blessantes qu'il avait eues à son encontre — la laissait complètement désorientée, incapable de savoir où elle en était avec lui.

— Très bien, acquiesça-t-elle, exhalant un soupir. Nous discuterons au dîner.

9.

En Angleterre, Marnie était accoutumée à susciter la curiosité partout où elle passait. Mais, à Athènes, c'était Nikos qui attirait tous les regards, et toutes les attentions.

C'était un répit agréable, pour elle, de jouir d'un relatif anonymat. Elle n'avait jamais apprécié la célébrité. Aussi ne put-elle se retenir de sourire en voyant le personnel faire des ronds de jambe devant Nikos, dans le restaurant huppé où il l'avait entraînée.

Il ne manqua pas de remarquer son amusement.

— Qu'y a-t-il, Marnie ? demanda-t-il en se penchant par-dessus la table.

Les effluves d'eau de toilette masculine réveillèrent le brasier couvant dans ses entrailles. S'efforçant de l'ignorer, elle haussa les épaules.

— Rien, fit-elle. Je pensais seulement qu'il est très agréable de passer inaperçue. Ici, c'est toi qui es…

Une jeune serveuse l'interrompit, en déposant une bouteille de champagne sur la table.

— Avec les compliments de la maison, dit-elle en se penchant pour remplir deux flûtes, révélant plus qu'il ne semblait nécessaire son profond décolleté.

— Merci, murmura Nikos, la congédiant d'un geste.

Marnie attendit que l'employée se soit éloignée pour reprendre :

— Ici, c'est toi le phénix !

Le grand rire dont partit Nikos la surprit. Il était plein de joie et de chaleur. Cela faisait tellement longtemps qu'elle ne l'avait pas entendu rire de la sorte...

— Le phénix ! Voyez-vous ça !

La confusion fit rosir ses joues, et elle s'absorba dans le menu.

— Que me conseilles-tu ? dit-elle.

— Tout est excellent. Si tu veux, je peux choisir pour toi.

— Non, je te remercie.

Même cet infime renoncement aurait signifié accorder à Nikos un pouvoir sur elle, ce à quoi Marnie se refusait. De plus, elle n'avait pas très faim. L'essaim de papillons qui avait élu domicile dans son estomac ne laisserait guère de place à la nourriture, si délicieuse soit-elle.

— Comme tu voudras.

Nikos posa la carte sur la table, avec l'air d'avoir arrêté son choix. Marnie en poursuivit la lecture, sans véritablement y voir autre chose que d'indéchiffrables gribouillis, quand bien même le nom des plats était traduit en anglais.

— Quand as-tu créé cette fondation ?

La question la fit sursauter. Elle avait presque oublié le prétexte de cette invitation au restaurant.

— Il y a environ quatre ans, répondit-elle en se saisissant de la flûte posée devant elle, pour se donner une contenance.

— Mais ne devais-tu pas entamer des études universitaires ?

— Ce n'était pas le bon moment.

Une moue perplexe altéra le beau visage de Nikos.

— Pourquoi cela ? interrogea-t-il.

Marnie se mit à mordiller sa lèvre inférieure, et sa surprise fut grande lorsque Nikos tendit le bras en travers de la table pour, de son pouce sur sa bouche, interrompre son geste.

— Dispense-toi de réfléchir, lui intima-t-il. Tu le fais trop souvent.

— J'ignorais qu'il fût interdit de penser !

— Ça l'est lorsque tu pèses tes mots pour répondre à ton mari. Contente-toi de me répondre sans détour. Pourquoi n'était-ce pas le bon moment ?

Nikos avait vu juste, songea Marnie. Car elle se disposait

à trouver les mots qui lui permettraient de répondre à sa question sans mettre en cause qui que ce soit — ni ses parents ni elle-même.

— Je n'étais pas prête à quitter la maison, c'est tout, se justifia-t-elle.

Cette explication ne leurra pas Nikos.

— Tu veux dire que tes parents n'étaient pas disposés à te laisser partir ?

La serveuse réapparut, souriant largement, et Marnie décida qu'elle préférait ne pas prêter attention au fait que la jeune femme se postait un peu trop près de Nikos à son goût.

Celui-ci ne sembla guère apprécier cette interruption. Marnie s'en réjouit secrètement, et se hâta de faire son choix. Mettant un terme à ses hésitations, elle opta pour des scampis et du poulet.

Quelques phrases laconiques en grec suffirent à Nikos pour congédier la serveuse au plus vite, puis il revint à leur conversation :

— Est-ce qu'ils t'ont interdit de t'inscrire à l'université ? Je me souviens que tu voulais faire du droit. Cela te passionnait.

— C'est plus compliqué que cela…

— En définitive, tu es restée auprès de tes parents. Et tu travailles à récolter des fonds pour aider à la recherche sur la maladie qui a emporté ta sœur.

— Quel mal y a-t-il à cela ?

Se penchant en travers de la table, Nikos posa la main sur la sienne.

— Il ne faudrait pas que tu oublies de vivre pour toi-même, Marnie. Tu es un individu à part entière. Pas seulement la sœur de Libby, et la fille d'Anne et Arthur.

Lèvres pincées, Marnie dégagea sa main de celle de Nikos.

— Je trouve assez ironique que tu oses me donner ce conseil, après m'avoir forcée à t'épouser par un odieux chantage.

Les yeux dans le vague, Marnie suivit d'un doigt le bord de son verre. Étrangement, l'agitation des bulles lui évoquait la confusion dans laquelle Nikos et elle-même se trouvaient.

— Au départ, j'avais pensé ne faire cela qu'un an, reprit-elle. Puis, je me suis découvert des talents dans la collecte de fonds. Le sujet de la leucémie me touche particulièrement. J'espère qu'à l'avenir, les jeunes qui en sont victimes échapperont au sort de Libby…

— Est-ce que tu regrettes d'avoir renoncé à des études de droit ?

Un instant, Marnie fut tentée de nier, puis elle préféra être sincère :

— Parfois, oui. Néanmoins, si la profession d'avocate me tentait, c'était dans l'idée d'aider autrui. Je le fais d'une manière différente.

Pendant quelques secondes, Nikos contempla pensivement le ravissant visage de Marnie. N'était-ce pas aussi ce dévouement aux autres qui l'avait poussée à accepter ce mariage ?

— Et cela ne t'a pas dérangée de ne pas avoir un lieu à toi, loin de tes parents ? interrogea-t-il.

— Tu sais, Kenington Hall est vaste. J'avais une aile à ma disposition.

— Avec tes parents pour voisins…

— En quelque sorte. Malgré tout, je n'ai pas été une voisine très à l'écoute, puisque je ne me suis pas doutée des problèmes de mon père. J'aurais dû être plus attentive. Il était tout le temps stressé. En colère, même.

Du bout de sa fourchette, Marnie jouait avec la nourriture avec une mine tellement décomposée que Nikos en fut attristé. Décidément, songea-t-il, voir souffrir Marnie lui était difficilement supportable. Pourtant, il ne put se retenir de la pousser dans ses retranchements :

— Et toi, as-tu ressenti de la colère après mon départ ? Est-ce que tu en as voulu à tes parents ?

— Je… je…

Les longs cils battirent sur la joue diaphane.

— Réponds sans réfléchir ! lança Nikos, réitérant son injonction.

Ce fut d'une voix presque inaudible que Marnie répondit :

— J'étais furieuse, oui. Mais ce sont mes parents, et ils avaient vécu une telle épreuve. Mon père me menaçait…

Elle s'interrompit, ravalant ses paroles, puis enchaîna :

— Mon père était anéanti par la mort de Libby.

— Et il t'a menacée ?

— Non, ce serait excessif de dire cela. Simplement, ils m'ont demandé de choisir.

— Que veux-tu dire ?

— Mes parents ont déclaré qu'ils n'hésiteraient pas à me renier, si je refusais de rompre avec toi. Je me moquais bien d'être déshéritée. Mais ils affirmaient que je n'aurais pas le droit de revenir à Kenington Hall. Or, c'était mon dernier lien avec Libby. C'est tout ce qu'il me reste d'elle…

Marnie s'éveilla en sursaut. Le jet privé entamait sa descente sur Londres, avec moult secousses. Agrippée aux accoudoirs, elle retrouvait toute sa terreur de l'avion.

Nikos leva la tête du dossier qu'il étudiait.

— Ce n'est rien, dit-il. C'est juste que le temps est couvert.

Hochant la tête, Marnie se tourna vers le hublot, et se concentra sur la perspective du week-end à venir.

Le fragile équilibre auquel Nikos et elle étaient parvenus, après leur discussion au restaurant, résisterait-il à ce séjour à Kenington Hall ?

10.

— J'adorais me promener dans ce verger, autrefois.

Retrouver Kenington Hall, en compagnie de Nikos, était une expérience qui charriait un tombereau d'émotions déstabilisantes, songea Marnie.

Elle cueillit une pomme dans laquelle elle mordit à belles dents. Du jus coula sur son menton, et elle l'essuya d'un doigt.

Fasciné, Nikos restait cloué sur place.

— Oui, je me souviens…, murmura-t-il.

Les souvenirs.

Ils affluaient douloureusement à son esprit. Souvenirs des moments partagés avec Marnie, en ces mêmes lieux, lorsqu'il était jeune et terriblement amoureux.

Elle s'arrêta, et se tourna vers lui.

— Merci d'avoir accepté ce week-end chez mes parents, dit-elle, avant de mordre une nouvelle fois dans la pomme.

Nikos laissa échapper un rire bref.

— J'avais cru comprendre que ma présence était requise, répliqua-t-il.

— Quand vas-tu parler à mon père ?

— Après le déjeuner.

Sans même réfléchir, Marnie tendit la main vers Nikos, et noua les doigts aux siens. Comme s'ils étaient encore le jeune couple amoureux de leur passé. Un sentiment d'intimité et de bien-être l'envahit, repoussant la pénible anxiété qui la taraudait depuis qu'ils avaient atterri à Londres.

— Qu'y a-t-il, *agape* ? s'enquit Nikos d'une voix étrangement voilée.

— Tu sais à quel point il peut être entêté, expliqua-t-elle. Je ne suis même pas sûre qu'il accepte ton aide. Et... ça m'inquiète.

Nikos soutint son regard pendant quelques interminables secondes. Marnie avait presque l'impression qu'il essayait de déchiffrer les secrets de son âme. Il s'approcha, et la prit dans ses bras.

— J'aimerais comprendre, *agape*, dit-il. Pourquoi est-ce que cela te préoccupe autant ?

— C'est mon père !

— Les liens du sang ne sont pas tout. Tes parents ne semblent pas se soucier outre mesure de ton bonheur. Tu n'es pas particulièrement proche d'eux non plus.

Marnie secoua énergiquement la tête.

— Bien sûr que si.

Éclatant de rire, Nikos balaya cette affirmation d'un geste de la main.

— Tu ne leur parles que très rarement. Mais pour leur épargner un sort amplement mérité, tu as accepté d'épouser un homme qui n'a vu en toi qu'un instrument de vengeance.

L'entendre faire ce terrible constat la plongea dans une souffrance qui lui coupa presque le souffle. Cependant, elle se reprit.

— Ce sont *mes parents*. Et je te suis très reconnaissante.

Nikos se recula, en secouant la tête d'un air incrédule.

— Reconnaissante ? Je viens de te dire que je ne vois en toi qu'un instrument de vengeance, et tu me remercies ?

— Tu sais très bien ce que je veux dire.

— Non ! Je ne comprends pas le pourquoi de cette inaltérable bienveillance vis-à-vis des gens qui ne cessent de te maltraiter. Comme tes parents ou moi-même.

Sans trop savoir si elle cherchait à le repousser, ou si elle avait juste besoin de le toucher, Marnie appliqua une main sur le torse de Nikos.

— Est-ce que, pour toi, notre union n'est rien d'autre qu'une vindicte mâtinée de plaisir ? se risqua-t-elle à demander.

— Notre union...

Cherchant ses mots, Nikos se perdit dans la profondeur des prunelles soucieuses levées vers lui.

Comment n'avait-il pas vu plus tôt que les beaux yeux de Marnie ne reflétaient en rien la froideur qu'on lui prêtait ?

Stupidement, il avait gobé les préjugés répandus dans la presse, qui la peignaient comme un parangon d'insensibilité. Il s'était cramponné à cette certitude qui l'arrangeait bien. Or, il se rendait compte que le regard de sa jeune épouse était toujours empreint d'une douceur attentive et indulgente.

— Oui ?

Le voile d'anxiété, dans la voix de Marnie, disait assez ce qu'elle attendait de lui. Qu'il apaise sa douleur en niant l'avoir utilisée à seule fin de laver l'affront qu'il n'avait jamais digéré...

— *Marnie ?*

Lancé à travers la pelouse, l'appel impérieux et strident avait brisé net l'harmonie qui commençait à poindre entre eux.

Une ombre semblait s'être abattue sur Marnie, qui s'écartait déjà. La « Princesse Héritière » était de retour. Seule la lueur dans ses yeux laissait entrevoir que la véritable Marnie se cachait derrière cette façade.

— Peu importe, dit-elle en hâte, car Anne Kenington approchait. Mais, Nikos... ne sois pas trop dur avec mon père. Et s'il te plaît, ne lui parle pas de l'arrangement entre nous deux. Je... je crois que je ne te le pardonnerais pas.

— Rassure-toi. Je n'ai pas l'intention de lui avouer que tu m'as épousé uniquement pour éponger ses dettes.

— Ne dis pas cela !

Manifestement touchée au cœur, Marnie n'avait pu s'empêcher de lâcher cette exclamation à mi-voix. Car sa mère les avait pratiquement rejoints.

Ce fut avec une extrême irritation que Nikos vit Marnie reprendre habilement son masque. Il en avait plus qu'assez des simulations et des faux-semblants.

— C'est pourtant la vérité, non ? ne put-il se retenir de souligner.

Se remémorer la conversation qu'il avait eue avec Marnie, dans le verger, l'avait mis de fort méchante humeur.

À peine avait-il le sentiment de commencer à mieux comprendre sa femme qu'elle se changeait en une autre personne et lui échappait complètement.

Mais le pire était que lui-même voyait progressivement s'évaporer ses certitudes sur Marnie. Peu à peu, il en venait à comprendre ce qu'elle avait dû subir au moment de la mort de sa sœur. Sans parler de ce qu'avait été l'attitude d'Anne et d'Arthur à son égard !

Malgré sa force de caractère, Marnie n'avait pu qu'être bouleversée par leur rejet.

Pour tout dire, Nikos n'était pas dans les meilleures dispositions pour affronter son beau-père. Par-dessus le marché, le lieu de leur rencontre lui était malheureusement trop familier… Il n'avait rien oublié du décor de ce bureau dans lequel Arthur Kenington l'avait congédié comme un bon à rien, six ans plus tôt.

Pendant que celui-ci leur servait un digestif, Nikos s'absorba dans l'observation d'une photo, dans un cadre d'argent posé sur la table de travail.

— Notre dernier portrait de famille, observa Arthur en lui tendant un verre. Nous n'en avons plus fait après la mort de Libby, cela n'aurait pas eu beaucoup de sens.

Les filles étaient au premier plan. Libby posait un bras sur les épaules de sa cadette. On sentait clairement la complicité entre les deux sœurs.

— C'était un ange, reprit Arthur. Personne ne lui arrive à la cheville.

Nikos sentit s'éveiller en lui un farouche instinct de protection. D'accord, Libby était une beauté. Mais une beauté, somme toute, assez banale. Rien à voir avec Marnie, son regard déterminé et son petit menton volontaire.

— Il serait temps que nous parlions affaires, lança-t-il d'un ton sec. Les renseignements qui m'ont été transmis, concernant votre situation, sont passablement… préoccupants.

Arthur Kenington avait pris place dans un fauteuil en cuir, et lui faisait signe d'en faire de même.

— Puis-je savoir ce que l'on vous a dit ?

Assis en face de lui, Nikos se pencha en avant, appuyant les coudes sur ses cuisses.

— Ce qui est de notoriété publique. Que nous avons réussi à vous sortir du danger immédiat, mais seulement de manière temporaire.

— Je n'en crois rien !

— Alors, vous êtes plus stupide qu'il n'y paraît. Tenez-vous vraiment à être ruiné, Arthur ?

— Bien sûr que non ! Mais cela n'arrivera pas.

— Vous êtes pieds et poings liés. Vos capitaux actifs ont fondu comme peau de chagrin. Par conséquent, vous n'avez plus aucune rentrée d'intérêts. De plus, le marché ne cesse de fluctuer. Je suis votre seule chance.

Le silence qui suivit était lourd de ressentiments informulés. L'air en était presque électrique.

— Cela vous fait plaisir, n'est-ce pas ?

Nikos ne fit pas mine de ne pas comprendre. Il ne put réprimer un petit sourire fielleux.

— Mes sentiments n'ont aucune importance, dit-il.

Curieusement, il ne s'amusait pas autant que le supposait son beau-père. Pourtant, cela faisait si longtemps qu'il attendait cette situation. Combien de fois n'avait-il pas imaginé ce moment, où il pourrait envoyer sa réussite au visage d'Arthur Kenington ? Il avait fait tout son possible pour y parvenir — jusqu'à y sacrifier sa conscience, en exerçant sur Marnie un terrible chantage.

Or, il n'éprouvait rien. Sauf, peut-être, une forme de pitié pour cet homme que sa vanité et son arrogance avaient perdu. Lorsque Nikos enchaîna, ce fut d'une voix plus indulgente.

— Vous ne pouvez pas risquer la banqueroute. Cela signifierait perdre cette maison, et Marnie en serait anéantie.

Une expression de surprise, teintée d'ironie, se peignit sur le visage d'Arthur.

— Marnie ? lança-t-il. Elle s'en remettrait. Cette demeure n'a jamais eu pour elle l'importance qu'elle avait pour Libby.

Nikos serra les poings, mais ne laissa rien paraître. Comment était-il possible qu'un père connaisse aussi peu son enfant ? Ne se rendait-il pas compte que la retenue de Marnie ne signifiait nullement qu'elle était dépourvue de cœur ?

— C'est pour Marnie, et elle seule, que je vous apporte mon soutien, dit-il. Alors, ne méprisez pas ses sentiments.

Cette observation contenait une pointe de menace, et Arthur ne s'y méprit pas. Il se passa nerveusement la main dans les cheveux, et murmura :

— Il doit bien y avoir un moyen de…

— Oui, le coupa Nikos. Celui que je vous offre. J'ai l'argent nécessaire. Un simple coup de fil de ma part, et tous vos soucis seront balayés.

Le regard d'Arthur étincela de rage.

— Vous avez l'argent ? aboya-t-il. *Vous !* Un garçon que j'ai chassé de chez moi parce qu'il n'était…

Il marqua une pause, comme s'il cherchait le terme le plus approprié.

— Oui ? l'encouragea Nikos.

— Qu'un *incapable* !

Nikos se leva d'un bond. En quelques enjambées, il gagna la baie vitrée ouvrant sur le jardin dans lequel il pouvait imaginer Marnie, enfant.

— Eh bien, vous aviez tort ! lança-t-il en se tournant vers Arthur pour le fusiller du regard. Acceptez-vous mon aide, oui ou non ?

L'hostilité entre eux ne s'atténuerait jamais, ils pouvaient se permettre de laisser tomber le masque de la courtoisie, songea Nikos.

— Je vous l'offre, à une condition, reprit-il.

— Ah ! Le contraire m'eût étonné.

Nikos lui retourna un regard impitoyable. Il tiendrait bon, car il savait que la condition qu'il prévoyait, mettrait Marnie à l'abri pour le restant de ses jours.

— Grâce à moi, martela-t-il, vous allez échapper au déshonneur. Alors, vous feriez mieux de m'écouter attentivement. Les termes de notre accord devront rester secrets. Pas un mot ne doit parvenir aux oreilles de Marnie. Compris ?

Il n'était guère surprenant que, quelques heures plus tard, parmi les invités en grande tenue, Arthur Kenington se tienne aussi loin qu'il lui était possible de son gendre. Ce n'était pas sans batailler qu'il avait fini par se résoudre au compromis que Nikos lui avait imposé. Son ego n'était pas sorti indemne de l'entreprise.

Nikos ne doutait pas que son beau-père trouve saumâtre de devoir fêter son anniversaire en sa compagnie.

En attendant, songea-t-il, l'affaire avec Arthur était close. Il ne restait qu'un point important à traiter — ce qui demanderait un certain doigté. Marnie lui tiendrait-elle rigueur de la clause dont il avait assorti l'aide apportée à son père ?

Nikos reporta son attention sur sa jeune épouse. Elle bavardait avec des amis de ses parents, avec cette grâce innée qui l'avait tant fasciné lors de leur première rencontre.

Un verre de scotch au creux de la main, Nikos laissa les souvenirs de ce lointain après-midi envahir son esprit.

C'était avec réticence qu'il avait fait le voyage jusqu'à Kenington Hall. L'idée d'être à la remorque d'Anderson et de Libby ne le séduisait pas plus que cela. Cependant, Anderson était le seul de ses compagnons d'étude à ne jamais l'avoir traité avec mépris. Aussi, Nikos lui vouait-il une indéfectible amitié. Par conséquent, il s'était résolu à accompagner son camarade chez les parents de sa fiancée — l'une des familles les plus fortunées de la noblesse anglaise.

Il y avait fait la connaissance de Marnie. À l'époque, elle avait dix-sept ans, et était délicieuse. Sa vitalité et son assurance, autant que sa délicate beauté, l'avaient subjugué.

Était-il tombé amoureux sur-le-champ ? Peut-être bien…

— Nikos ?

La voix de Marnie le fit sursauter, comme si elle lui parvenait d'une contrée lointaine. Encore plongé dans ses souvenirs, il lui sourit instinctivement — sans se demander si une telle réaction était bien raisonnable. Simplement, comme s'ils étaient de retour dans ces temps anciens où ils n'étaient que deux jeunes amoureux insouciants, inconscients de tous les déchirements à venir.

Marnie tressaillit. La candeur du regard que Nikos posait sur elle éveilla un écho attendri jusqu'aux tréfonds de son âme. Mais elle avait passé les deux dernières heures à se ronger les sangs, et il lui fallait savoir.

— Tu lui as parlé ? questionna-t-elle.

Le sourire de Nikos se figea, et il fit oui de la tête.

— Et… ? insista Marnie.

— Et quoi ?

Nouant les bras autour de la taille de son épouse, Nikos l'attira à lui et enfouit son visage dans sa chevelure que le soleil grec avait teintée d'or. Elle sentait délicieusement bon. Un parfum de fruits frais et de désir.

— Est-ce que tu as réglé le problème ? interrogea Marnie.

Elle jeta un regard un peu gêné aux couples, autour d'eux, qui se mettaient à danser aux accents mélodieux des standards de jazz interprétés par l'orchestre, dans la grande salle à manger transformée en salle de bal grâce à une profusion de somptueux arrangements floraux.

— Je n'ai pas le pouvoir de transférer cent millions de livres sur le compte de ton père en quelques heures, *agape mou*. Mais il a accepté mon aide, si c'est ce que tu veux savoir.

Un profond soupir de soulagement s'échappa des lèvres de Marnie, et Nikos planta dans le sien un regard interrogateur.

— Tu croyais vraiment qu'il était en position de refuser ? questionna-t-il.

— Je sais combien il peut être entêté. Et cela n'a pas dû être facile, pour lui, de reconnaître l'état catastrophique de sa situation devant toi.

Nikos se dispensa de faire observer qu'Arthur Kenington

n'avait à s'en prendre qu'à lui-même pour s'être fourré dans ce mauvais pas. Au lieu de cela, il serra Marnie plus étroitement et souffla à son oreille :

— Tu n'as plus à t'inquiéter. Et ne me remercie pas, car mes motivations sont entièrement égoïstes.

Le repoussant d'une main plaquée sur son torse, Marnie lui sourit.

— Je ne vois pas pourquoi je ne te remercierais pas, dit-elle.

Baissant les yeux vers le ravissant visage, si familier, Nikos perdit toute notion du temps. Le passé et le présent ne faisaient plus qu'un.

— Eh bien, si tu tiens vraiment à m'exprimer ta gratitude, répliqua-t-il, la meilleure chose que tu puisses faire est de me permettre d'oublier un moment ta famille, et les raisons de notre mariage. Ce soir, je veux simplement danser avec ma femme. L'embrasser. Sentir son corps contre le mien. Oublions tout pour l'instant. C'est d'accord ?

Le souffle court, Marnie dévisagea intensément Nikos. Un espoir fou l'envahissait. Ne lui offrait-il pas de prendre un nouveau départ ? Pensait-il vraiment que leur couple en valait la peine ?

Pendant quelques interminables secondes, elle ne put détourner le regard du beau visage penché sur elle. Et, peu à peu, avec l'espoir un autre sentiment monta en elle.

L'amour.

Oui, Marnie était submergée par un amour immense, farouche, qui ne devait rien à la gratitude ni aux circonstances. C'était l'amour qu'elle avait éprouvé autrefois pour Nikos — peut-être plus fort encore, car il s'était forgé au feu des épreuves et des désillusions. Et il avait survécu.

Se hissant sur la pointe des pieds, elle effleura de ses lèvres celles de Nikos.

— C'est d'accord, dit-elle.

Cette fois accompagné de la voix caressante d'un chanteur, l'orchestre avait entamé un nouvel air de jazz, et ils se mirent à danser sur ce tempo langoureux au milieu des convives.

Les yeux mi-clos, Marnie respirait en rythme avec son mari, en phase avec lui par toutes les fibres de son être. Aussi, lorsqu'il mit fin à leur danse et l'entraîna à sa suite vers l'une des portes-fenêtres largement ouvertes sur le jardin, il ne lui vint même pas à l'idée de protester.

— Est-ce que tu sais à quoi je pensais tout à l'heure, lorsque tu es venue me rejoindre ? questionna Nikos tandis qu'ils émergeaient sur la terrasse, dans la pâleur argentée de la lune.

— Non. Quoi donc ?

— Je me remémorais la première fois où je t'ai vue. À me retrouver ici, j'ai l'impression que c'était hier.

S'appuyant à la balustrade, il la fixa avec une expression qu'elle était incapable d'interpréter.

— Il me semblait pourtant que tu voulais oublier notre passé, au moins pour ce soir, dit-elle en souriant timidement.

— C'est vrai.

Prenant la main que Nikos lui tendait, Marnie combla la distance qui les séparait, avec l'impression d'être irrésistiblement attirée par un champ magnétique. Le courage lui revint, et elle s'enhardit à vriller à celui de Nikos un regard qui laissait paraître tout son espoir, et son désir.

— Alors, parlons du présent, risqua-t-elle. Est-ce que tu penses vraiment que notre relation ne se résume qu'à une histoire de sexe ?

— Et de vengeance. Tu oublies la vengeance.

Le sourire complice qui jouait sur les lèvres de Nikos ne fit qu'intensifier l'espérance que Marnie avait au cœur.

— Bien sûr, rétorqua-t-elle en imitant l'expression narquoise de Nikos. Mais, tu sais, si tout ce que tu recherches n'est qu'une relation sexuelle sans lendemain, ça ne me gêne pas du tout.

Entendre Nikos éclater d'un rire plein de chaleur, apaisa miraculeusement l'anxiété dont Marnie ne parvenait pas à se départir.

— Je suis heureux de vous l'entendre dire, madame Kyriazis, lâcha-t-il.

Du bout des doigts, il caressa ses bras nus, et elle ne put se retenir de frissonner. Une impatience fébrile la faisait trembler. Lorsqu'il lui prit la main, elle n'aurait su dire si c'était Nikos qui l'entraînait, ou si c'était l'inverse.

Ils gagnèrent sa chambre de jeune fille. Le brouhaha de la fête leur parvenait toujours, mais les rires, les conversations, la musique leur semblaient terriblement distants. Isolés dans leur monde comme dans une bulle, ils n'entendaient véritablement que le bruit de leurs respirations accordées, les échos de leur même désir.

Devançant Nikos dans la pièce, Marnie se tourna juste à temps pour le voir verrouiller la porte, puis défaire sa cravate qu'il laissa pendre sur sa chemise. Elle porta une main tremblante à la fermeture Éclair de sa robe, sous son aisselle, mais il la dissuada d'aller plus loin d'un signe de tête.

— Laisse-moi faire, murmura-t-il en s'avançant.

Son visage avait pris la rigidité d'un masque que Marnie n'aurait su déchiffrer. Pourtant, il y avait quelque chose dans l'expression de Nikos qui faisait battre follement son cœur.

— Laisse-moi faire, répéta-t-il bien qu'elle n'eût pas manifesté la moindre opposition.

Que voulait-il dire ? s'interrogea-t-elle. Demandait-il autre chose ? L'air lui semblait lourd de non-dits. Mais peut-être n'existaient-ils que dans son esprit.

Marnie déglutit péniblement, et la frêle colonne de son cou accompagna le mouvement. Les doigts de Nikos faisaient descendre très doucement la fermeture à glissière de sa robe. Elle frissonna en sentant l'air frais caresser sa peau. Lorsqu'il la débarrassa du vêtement, il mit dans ses gestes une vénération dont elle ne l'aurait pas cru capable, et elle en eut la chair de poule.

Inspirant profondément, elle se tint devant lui, pétrifiée, seulement vêtue du triangle éthéré de son slip de dentelle. Elle tremblait de tous ses membres, à croire qu'ils allaient faire l'amour pour la première fois.

Tout à coup, Marnie trouva la situation ridicule — cela

faisait plus d'un mois qu'ils avaient des relations sexuelles effrénées —, et elle eut un petit rire gêné.

— Qu'est-ce qui t'amuse tant ? interrogea Nikos en passant les mains sous l'élastique de sa culotte, pour les refermer sur ses fesses.

Sauf qu'il l'empêcha de répondre en capturant ses lèvres. Ce fut un baiser très langoureux, qu'il approfondit au fur et à mesure que ses paumes erraient sur le corps de Marnie. Il ne s'interrompit même pas lorsqu'il se dévêtit à la hâte, la poussant progressivement vers le lit, avec des petits mouvements impatients.

Ce n'était pas la première fois qu'ils s'embrassaient dans cette chambre. Cependant, Nikos voulait écarter le souvenir d'un passé qui l'avait hanté trop longtemps.

Aujourd'hui, c'était à sa *femme* qu'il allait faire l'amour. Pas à une apparition surgie de sa mémoire.

Celle qui était entre ses bras était une créature de chair et de sang, prête à se donner à lui dans le présent.

Ses mains fébriles reprirent possession de chaque centimètre carré de ce corps délectable, ouvrant la voie à sa bouche qui ne tarda pas à les remplacer. De ses lèvres, il explora l'épiderme hyper sensible, sous les seins, tandis qu'entre ses doigts il en tourmentait les pointes déjà durcies.

Marnie arqua le dos en un silencieux appel à une communion plus intime. Mais Nikos voulait prendre son temps. Il remonta le long de sa gorge, mordillant délicatement la peau tendre, avant de s'emparer de nouveau des lèvres tendues vers lui.

Il y avait tant de choses qu'il aurait voulu dire, sans y parvenir. Tant de mystères insondables dans leur relation. Perdu dans un maelström d'émotions confuses, Nikos n'avait d'autre choix que de se livrer tout entier à la frénésie de leurs baisers.

— *Nikos*…, gémit Marnie.

Comprenait-elle ce qu'il ressentait ? Était-ce sa manière, à elle, de lui dire qu'elle était prête à enterrer le passé ? À en chasser définitivement les fantômes ?

— S'il te plaît…

Ce murmure implorant, pour aussi peu audible qu'il fût, était l'expression d'un besoin impérieux, irrésistible, que Nikos était prêt à satisfaire toute sa vie durant, si la possibilité lui en était donnée.

Il la pénétra avec une infinie délicatesse, mais Marnie se cambra pour l'attirer plus profondément, laissant échapper une plainte sourde.

Leurs deux corps ne faisaient plus qu'un, une nouvelle fois.

Hypnotisé, Nikos la dévora des yeux tandis qu'elle l'accueillait avec griserie au plus profond d'elle-même, chevauchant les vagues successives du plaisir, belle comme un astre céleste sur la blancheur virginale de ce lit.

Puis il la rejoignit dans une danse d'amour éperdue, atteignant avec elle un paroxysme de jouissance, réponse à toutes leurs questions, à l'un comme à l'autre. Leurs bouches unies étouffèrent leurs gémissements de volupté, de plus en plus forts, de plus en plus insistants.

Peu à peu, Nikos sentit s'apaiser la tempête qui faisait rage en Marnie. Progressivement, les convulsions qui la secouaient s'éteignirent, et le seul vestige de l'ouragan fut son souffle haletant.

Nikos roula sur le lit, l'entraînant avec lui, tenant tendrement sa tête contre son épaule. Un long moment, il demeura ainsi, enlaçant Marnie étroitement, sans chercher à parler — et qu'aurait-il pu dire, de toute façon ?

Puis le silence qu'elle observait, elle aussi, lui fit comprendre qu'elle s'était endormie. Il s'écarta légèrement pour la contempler.

Soudain, un sentiment aigu de culpabilité le transperça.

Celle qui dormait paisiblement à ses côtés était sa femme, son amante — la Marnie qu'il avait aimée, et qu'il avait épousée. Une saveur âcre emplit sa bouche, et Nikos ferma les yeux. Il avait l'impression de se réveiller d'un cauchemar. Comment avait-il pu la *contraindre* à ce mariage ? Il ne lui avait laissé aucun choix, aucune porte de sortie.

Et Marnie avait relevé le défi. Elle avait fait ce qu'il attendait d'elle. Était-ce seulement pour protéger son père ? Ou bien par désir d'aller jusqu'au bout de ce qu'ils avaient été l'un pour l'autre ? Jusqu'à la fin ultime de leur relation.

La fin !

Nikos ne s'était jamais projeté jusque-là. D'un doigt, il traça une ligne le long du bras nu de Marnie. Elle sourit dans son sommeil. Mais ce beau sourire avait, pour lui, la charge d'une accusation.

Bon sang, qu'avait-il fait ? Et pourquoi ?

Les heures s'écoulèrent sans qu'il ne parvienne à trouver le sommeil. Son esprit ne cessait de ressasser le passé. Quant à son corps, il ne trouvait pas l'énergie de s'arracher à la douce tiédeur de celui de Marnie, abandonnée contre lui.

Enfin, peu après que minuit eut sonné, Nikos s'extirpa précautionneusement du lit, prenant bien garde à ne pas déranger Marnie. Enfilant un boxer et une chemise, il se glissa hors de la chambre.

Hormis quelques lampes allumées à intervalles réguliers dans le couloir, la maison était plongée dans l'obscurité.

Nikos était occupé à se faire un café lorsqu'il entendit un bruit et leva la tête vers la porte de la cuisine. Il n'aurait su dire lequel, de lui-même ou d'Anne Kenington, fut le plus surpris. Malgré l'heure tardive, elle portait toujours la robe qu'elle avait à la réception.

— Pas encore couchée ? lui lança-t-il, tout en insérant une capsule dans la machine à café.

Anne eut un petit sourire crispé.

— Vous non plus, à ce que je vois, répliqua-t-elle en s'avançant.

Lorsqu'elle fut près de lui, Nikos sentit distinctement une odeur d'alcool, et il vit que son regard était trouble.

— Je ne pouvais pas dormir, dit-il en haussant les épaules.

— Vous partez vraiment demain ? questionna Anne.

Nikos opina du chef. Un bref séjour lui avait paru la meilleure solution. Et maintenant que Marnie était rassurée sur l'avenir de ses parents, il n'y avait pas de raison pour qu'ils s'attardent à Kenington Hall.

Il suivit du regard sa belle-mère, qui prenait une bouteille de vin blanc dans le réfrigérateur, puis grimaçait en constatant que le placard ne contenait plus de verre propre. Elle attrapa une tasse en porcelaine, et se servit une généreuse rasade de vin.

— Vous ne serez pas restés bien longtemps, observa-t-elle en faisant la moue.

— Auriez-vous préféré qu'il en soit autrement ? interrogea Nikos.

Anne laissa échapper un petit rire amer, auquel Nikos trouva quelque chose de presque pathétique.

— Je ne crois pas, répondit-elle. Votre présence est assez préjudiciable à la tension artérielle de mon mari.

Nikos ne put contenir son hilarité.

— Vraiment ?

— Il n'y avait qu'à voir sa mauvaise humeur après votre entretien, cet après-midi !

— Vous a-t-il dit de quoi nous avons parlé ?

Le visage d'Anne se crispa.

— Il m'a donné quelques indications. Je suppose que je devrais vous remercier.

— Inutile. Ce que j'ai fait, c'est pour Marnie.

— Je sais. Et vous avez raison. Ma fille vous aime. En vérité, elle n'a jamais cessé de vous aimer.

Quelle crédibilité accorder à cette prétendue *vérité* ? s'interrogea Nikos *in petto.* Il préféra corriger :

— Elle m'aimait il y a six ans. Quand vous l'avez obligée à rompre.

C'était à croire que son interlocutrice ne l'avait pas entendu. Figée, telle une statue de marbre, elle semblait revivre le passé.

— Elle a été tellement malheureuse, lâcha-t-elle à mi-voix. Je crois qu'elle ne nous a jamais pardonné.

Ce qu'avaient pu être les sentiments de Marnie à l'époque, Nikos refusait de s'y intéresser. Il eut une moue dubitative.

— Il était pourtant clair qu'elle avait réussi à tourner la page.

Anne vida sa tasse de vin blanc, avant de protester énergiquement.

— Absolument pas ! Elle a seulement fait semblant d'aller de l'avant, mais je voyais bien qu'elle se jetait sur tous les journaux où l'on parlait de vous. Elle avait beau dissimuler ses sentiments, il n'était pas nécessaire d'être grand clerc pour comprendre que vous lui manquiez horriblement. Elle s'étiolait, enfermée dans ses souvenirs. J'avais l'impression de la perdre, à son tour. Après sa sœur…

Nikos serra les points. Tout à coup, le café avait un goût trop amer dans sa bouche, et il se détourna pour vider ce qu'il en restait dans l'évier. Ce témoignage le crucifiait.

Imaginer que Marnie se soit autant languie de lui était inconcevable. Dans son dos, Anne reprenait :

— Nous lui avons présenté quantité de jeunes gens charmants, mais cela n'a jamais marché.

Nikos fit volte-face.

— Des jeunes gens *comme il faut*, vous voulez dire ? siffla-t-il entre ses dents serrées.

Anne balaya son objection d'un revers de main.

— Peu importe ! Tout ce que je sais, c'est qu'elle ne parvenait pas à vous oublier. Elle ne les regardait même pas.

Mais, alors, pourquoi s'était-elle montrée aussi glaciale lorsqu'ils s'étaient retrouvés, dans son bureau ? se demanda Nikos. Était-ce vraiment, pour elle, un mécanisme de défense ? Et devait-il croire que si elle était demeurée vierge, c'était parce que le seul homme qu'elle puisse désirer, c'était lui ?

Absorbé dans ses pensées, il ferma les yeux sans se soucier de ne pas être seul. Car il était en proie aux plus douloureuses spéculations.

Comment Marnie pourrait-elle l'aimer encore, après ce qu'il lui avait fait subir depuis qu'il avait resurgi dans sa vie ? La manière indigne dont il l'avait traitée ne pouvait qu'avoir réduit son amour à néant…

Manifestement, Anne Kenington ne s'était pas rendu compte du trouble de son gendre, car elle reprit :

— Je sais que Marnie nous a détestés, son père et moi, mais nous avons fait ce qui nous semblait être le mieux pour elle.

— En dirigeant sa vie ? En la menaçant de la déshériter si elle ne me quittait pas ?

Anne grimaça, comme s'il venait de la gifler.

— Oui… enfin, c'est Arthur qui l'a menacée. Quoi qu'il en soit, j'ai cherché à me persuader qu'elle ne tenait pas tant que cela à vous. Que, sinon, elle nous aurait tenu tête. Ce n'est que plus tard que j'ai compris qu'elle avait voulu nous épargner. Après la mort de Libby, Arthur et moi étions près de nous effondrer. Marnie en était consciente…

— Et *Marnie* ? Vous avez pensé à elle ? explosa Nikos.

Soudain, sa colère était incommensurable. Cependant, il n'aurait su dire contre qui elle était dirigée. Lord et Lady Kenington ? Ou contre lui-même ?

— Vous savez comment elle est, se récria Anne. C'est *Marnie* ! Elle se comporte comme si tout allait pour le mieux dans le meilleur des mondes, alors qu'elle est anéantie.

Luttant pour surmonter sa fureur, Nikos s'absorba dans le reflet qu'ils formaient dans la vitre de la cuisine. Jusqu'à cet instant, il n'avait pas remarqué à quel point Anne Kenington avait changé. Flétrie, stressée, elle semblait avoir rapetissé.

— Comment avez-vous pu la laisser souffrir ainsi ? s'exclama-t-il.

Mais c'était autant à lui-même qu'il adressait ce reproche.

— J'ai toujours eu du mal avec Marnie, se défendit Anne. Libby était une enfant très facile. Elle me ressemblait, et je la comprenais au premier regard. Marnie est une énigme…

— Marnie est la meilleure personne qui soit au monde ! Elle ne cherche qu'à faire le bien autour d'elle, même à son détriment. Elle n'hésite pas à sacrifier son propre bonheur.

La culpabilité que Nikos ressentait, en lui ayant imposé ce mariage était comme une lame plantée dans son flanc.

— J'en suis consciente, Nikos, soupira sa belle-mère. J'aime ma fille. Simplement, je ne sais pas toujours *comment* l'aimer.

Nikos tressaillit. Ces paroles vinrent se ficher dans son esprit, comme une terrible condamnation. N'avait-il pas, lui aussi, été incapable de donner à Marnie l'amour dont elle avait besoin ? Même par le passé !

Il était tout autant à blâmer qu'Anne et Arthur Kenington.

11.

Depuis que le jet avait décollé de l'aéroport de Londres, les turbulences ne cessaient de secouer l'appareil. Lorsque Marnie se mit debout en titubant, Nikos leva vers elle un regard intrigué. Il ne lui avait pas accordé la moindre attention de tout le vol, et il semblait s'arracher à l'article qu'il avait sous les yeux comme s'il émergeait de quelque songe.

— Le mal des transports, se contenta-t-elle d'expliquer vaguement en se précipitant vers l'arrière de l'avion.

Elle eut tout juste le temps de parvenir aux toilettes. Quand elle se redressa, l'image que lui renvoyait le miroir n'avait rien de réjouissant : le front constellé de gouttes de sueur, les yeux injectés de sang, le visage blême… Avec soulagement, Marnie s'aspergea d'eau fraîche.

Enfant, elle avait été sujette au mal des transports. Ce qui était curieux, c'est que cela ne l'avait pas affectée depuis fort longtemps. Pourtant, qu'est-ce qui aurait pu la mettre dans un tel état, hormis cela ?

Elle était occupée à se tamponner le visage avec une serviette quand elle se figea brusquement. Mentalement, elle compta les jours qui s'étaient écoulés depuis le mariage. Depuis cette nuit de noces où ils avaient fait l'amour pour la première fois. Il y avait un mois.

Un mois au terme duquel elle ne pouvait que constater l'absence criante de ce qui aurait dû survenir de façon naturelle !

Comment serait-ce possible ? N'avait-elle pas commencé à prendre la pilule suffisamment tôt ? Le contraceptif avait-il modifié ses cycles, ou bien portait-elle l'enfant de Nikos ?

L'idée eut tôt fait de prendre racine dans son esprit. Lorsqu'elle revint s'asseoir — après s'être assurée d'avoir retrouvé figure humaine —, Marnie était quasiment persuadée d'être enceinte.

Un test serait nécessaire pour le confirmer, mais elle n'avait guère de doutes.

La fin du voyage se déroula dans un silence presque complet. Marnie était bien trop absorbée dans ses pensées pour se rendre compte que Nikos n'était pas plus loquace qu'elle-même.

La Ferrari les attendait sur le tarmac.

— J'ai des choses à régler, marmonna Nikos, l'air sombre. Je te dépose, et j'irai directement au bureau.

— D'accord.

Marnie n'était pas fâchée de disposer d'un moment de répit qui lui permettrait de vérifier si ses soupçons étaient justifiés.

Ce serait indiscutablement une surprise. Un choc, même.

« Si nous avions un enfant, cela n'aurait rien de magique ou de merveilleux. Ce serait la pire des erreurs. »

Les paroles que Nikos avait prononcées — en lui faisant signer ce maudit contrat de mariage — ne cessaient de tourner dans sa tête.

Marnie attendit fiévreusement l'arrivée d'Éléni, et l'entraîna au marché sous un prétexte fallacieux. Une fois là-bas, il ne lui fut pas difficile de s'éclipser pour se rendre à la pharmacie la plus proche. Fort heureusement, l'anglais de la vendeuse était suffisant pour qu'elle comprenne sa requête.

De retour à la villa, Marnie se hâta de gagner la salle de bains. Quelques instants plus tard, elle avait confirmation de son hypothèse : elle était enceinte de Nikos.

Une joie intense l'envahit. Pour la première fois depuis fort longtemps, les pleurs qui inondaient son visage étaient des larmes de bonheur. Elle débordait d'une euphorie qu'elle aurait voulu crier à tue-tête, et que ne parvenait même pas à atténuer le pressentiment des complications à venir.

Marnie mourait d'impatience à l'idée d'annoncer la nouvelle à

Nikos. Pourtant, cela ne pouvait se faire par téléphone. Lorsqu'il rentrerait, elle saurait lui montrer combien elle accueillait avec enthousiasme cette tournure des événements plutôt inattendue. Car Marnie n'ignorait pas que cette grossesse venait enfreindre la règle cardinale que Nikos avait fixée pour tous les deux…

Les heures s'écoulèrent avec une lenteur qui la mit au supplice. Finalement, elle ne put résister davantage.

Est-ce que tu penses rentrer bientôt ?

Ce fut avec un mélange de crainte et d'exaltation qu'elle envoya le message.

Non, pas tout de suite. N.

Bon, la réponse de Nikos n'était peut-être pas ce qu'elle attendait, cependant il finirait bien par prendre le chemin du retour, se rassura Marnie. Alors, elle n'aurait plus qu'à déposer tous ses espoirs entre ses mains, et à espérer qu'il ne les réduise pas en miettes.

Le premier signe que quelque chose n'allait pas lui apparut lorsque Nikos ne regagna pas la villa par ses propres moyens. De la fenêtre de son bureau, Marnie vit une somptueuse limousine le déposer devant le perron.

Que se passait-il ? se demanda-t-elle en se précipitant dans le hall pour y faire entrer un Nikos à la démarche légèrement chaloupée. L'odeur de scotch qui émanait de lui ne laissait pas place au doute : manifestement, il avait bu. Beaucoup.

Jamais Marnie ne l'avait vu perdre le contrôle de lui-même de cette façon.

— Nik… ? interrogea-t-elle d'un ton incrédule. D'où viens-tu ?

— De mon bureau.

— Mais… tu as bu ?

Nikos eut un soupir exaspéré.

— Comme tu peux le voir.

Incapable de comprendre ce qu'il arrivait à son époux, Marnie demeurait pétrifiée. Un tel comportement était en complète contradiction avec ce qu'elle connaissait de Nikos.

Lui qui faisait de la maîtrise de soi une véritable obsession n'était pas homme à se laisser aller de la sorte.

— Mais, pourquoi ? se décida-t-elle à demander, en le prenant par le coude pour le guider vers la cuisine.

D'un geste brusque, Nikos se dégagea et la précéda d'un pas plus assuré.

Une fois dans la cuisine, elle chercha dans le réfrigérateur de quoi lui préparer un sandwich, lui jetant un coup d'œil de temps à autre tout en s'affairant.

Il la fixait avec une intensité inquiétante. Manifestement, ce n'était guère le moment de lui parler du bébé. Mieux valait attendre qu'il ait repris ses esprits.

— Tu veux vraiment savoir *pourquoi*, Marnie ? finit par lancer Nikos, sur un ton qu'elle ne lui avait pas entendu depuis plusieurs semaines.

Elle retrouvait le mépris et l'hostilité qu'il lui avait manifestés lorsqu'il l'avait pratiquement convoquée à son bureau de Londres. Malgré tous ses efforts, elle ne parvenait pas à surmonter le désespoir qui l'anéantissait.

— Que se passe-t-il ? interrogea-t-elle. Qu'est-ce qui ne va pas ?

Portant la main à la poche intérieure de son veston, Nikos en extirpa une enveloppe.

— À en croire ta mère, siffla-t-il, tu ne te serais jamais remise de notre rupture. Elle est persuadée que tu n'as jamais cessé d'être amoureuse de moi.

Écarquillant les yeux, Marnie dévisagea Nikos sans comprendre.

— Qu'est-ce que ma mère vient faire là-dedans ? Je ne vois pas en quoi ce qu'elle pense nous concerne.

— Bon sang, Marnie, est-ce que je dois croire que tu es restée célibataire parce que tu ne parvenais pas à m'oublier ?

La voix de Nikos résonnait comme l'orage, dans la cuisine silencieuse. Marnie sentit les larmes lui monter aux yeux. Tout le bonheur qu'elle éprouvait depuis la veille s'évanouissait aux souvenirs d'un passé amer.

— Nous étions d'accord pour ne plus parler d'autrefois, non ? souffla-t-elle.

La main de Nikos s'écrasa sur le plan de travail, dans une claque sonore.

— Pourquoi ne m'as-tu pas recontacté quand tu as compris que tu m'aimais toujours ?

— Tu avais tourné la page !

— Mais tu avais été tellement catégorique. Tu disais que je ne représentais rien pour toi. Tu tenais les mêmes propos que ton père, contre les garçons *dans mon genre*.

Il avait craché ces mots avec une telle hargne que Marnie recula comme sous l'effet d'une gifle.

— J'étais *obligée* d'agir comme cela, protesta-t-elle. Il fallait que j'arrive à te convaincre. Sinon, tu ne serais jamais parti.

Secouant la tête, elle laissa ses larmes couler librement.

— J'étais horriblement malheureuse de te dire cela, reprit-elle, alors que je ressentais exactement le contraire. Et…

Nikos ne lui permit pas de poursuivre. Malgré l'alcool qu'il avait ingurgité, il semblait déterminé à ne pas perdre le fil de ses pensées. D'une main levée, il l'interrompit.

— Donc, tu admets que tu n'as jamais cessé de m'aimer ?

C'était à peine si Marnie parvenait à respirer. Incapable de prononcer le moindre mot, elle luttait pour retrouver son souffle. Nikos n'attendit pas.

— Je n'aurais jamais fait ça, si j'avais su, marmonna-t-il.

— Fait quoi ?

Au bord du vertige, Marnie avait posé la question dans un souffle.

— Ce mariage…

Elle eut l'impression que son cœur s'écrasait à ses pieds, tous ses espoirs réduits en miettes.

Déjà Nikos enchaînait :

— Je n'aurais rien pu faire de pire que t'utiliser de la sorte.

— Est-ce vraiment ce que tu voulais ? s'écria Marnie en refoulant un sanglot. *M'utiliser ?*

Le détachement que Nikos mit dans sa réponse la blessa bien davantage que s'il s'était mis en colère.

— Je t'ai contrainte à m'épouser. Exactement comme tes parents t'avaient contrainte à rompre. Je ne vaux pas mieux qu'eux. Mon crime est même bien plus grave que le leur ! Mais, au moins, je peux encore racheter mes fautes.

Nikos sortit un feuillet de l'enveloppe qu'il tenait, et le lui tendit.

En haut de la page, elle lut : « Requête en divorce. »

Au-dessous, son nom était inscrit, à côté de celui de Nikos. Et en bas du document, celui-ci avait déjà apposé une signature rageuse.

Inerte, glacée jusqu'aux os, Marnie se demanda si elle n'allait pas s'évanouir. Laissant tomber le feuillet sur la table, elle alla s'appuyer au plan de travail. La tête lui tournait.

— Tu veux divorcer ? souffla-t-elle.

— Je n'aurais jamais dû échafauder ce projet insensé. Tout ce qu'il me reste à faire, c'est effacer tout cela.

Dans la voix de Nikos, la colère avait fait place à un sombre désespoir. Comme s'il la suppliait de comprendre.

Hébétée, sous le choc, Marnie protesta :

— Mais enfin, Nikos, tu ne peux pas *effacer* ce que nous sommes l'un pour l'autre. Tu veux vraiment que je m'en aille ?

— Je ne veux pas que tu restes avec moi dans ces conditions. J'ai fait annuler l'arrangement prénuptial. Et tu n'as pas besoin de te faire du souci pour ton père. Il n'aura pas à en souffrir.

— Je me moque de ce qu'il peut arriver à mon père !

— Pourtant, c'est bien pour le sauver que tu as accepté de m'épouser, *non* ?

Il y avait une telle insistance dans la question de Nikos que Marnie fut sur le point de lui avouer la vérité : même si ce n'était pas par amour qu'elle lui avait dit oui, ce sentiment avait toujours existé au fond d'elle-même.

Le courage lui manqua. Elle préféra opter pour une autre

manière de pousser Nikos à s'expliquer. Il lui fallait absolument y voir plus clair dans ce qu'il se passait.

— Je ne te comprends plus, Nikos, dit-elle. Hier, nous avons passé une soirée merveilleuse. Nous avons dansé, parlé… À croire que nous avions fait un grand pas l'un vers l'autre. Puis nous avons fait l'amour, comme jamais jusque-là.

Car il ne s'était pas simplement agi de l'assouvissement d'un besoin physique. Pour la première fois, il y avait eu, entre eux, une véritable communion, la tendre intimité d'un incomparable échange amoureux.

— Il vaut mieux que tu t'en ailles, insista Nikos. À mon tour d'être aussi ferme que tu l'as été il y a six ans. Dans notre intérêt à tous les deux. Ce mariage était une aberration. Je n'aurais jamais dû l'envisager. Tout est fini entre nous, et tu devrais me remercier pour ce que je fais là.

Marnie suivit Nikos du regard tandis qu'il sortait de la pièce, partagée entre l'envie de courir après lui et la tentation de lui obéir.

Comme il lui aurait été facile de faire ses bagages et de quitter ce champ de mines pour retrouver la quiétude d'une vie solitaire !

Sauf que Marnie n'ignorait rien du calvaire qui s'ensuivrait pour elle. La souffrance qu'elle avait traversée, lors de leur première rupture, serait forcément dérisoire en comparaison de ce qu'elle aurait à affronter cette fois.

Posant les yeux sur le document abandonné sur la table, elle sentit la moutarde lui monter au nez.

Quand donc son mari et sa mère avaient-ils eu ce tête-à-tête ? Et si Anne n'avait jamais douté des sentiments de sa fille à l'égard de Nikos, pourquoi n'était-elle pas revenue sur son ultimatum ? Pourquoi n'avait-elle pas fléchi Arthur ?

Une protestation inarticulée s'échappa de ses lèvres — un cri étouffé de frustration. Tout à coup, elle prenait conscience d'avoir été tiraillée de toutes parts par ceux-là mêmes qu'elle chérissait le plus.

Sa colère déborda. D'un pas furibond, elle gagna les portes

vitrées qu'elle fit coulisser avec force, puis sortit sur la terrasse. Lorsqu'elle fut au bord de la piscine, elle se débarrassa de ses vêtements et plongea.

L'eau agit comme un baume apaisant sur ses nerfs à vif, et lava les larmes amères qui baignaient son visage.

Divorcer ? Après un mois de mariage ? Alors qu'elle portait l'enfant de l'homme dont elle était éperdument amoureuse ?

Non ! Elle n'allait pas répéter les égarements du passé. Les sentiments qu'elle éprouvait aujourd'hui pour Nikos étaient sans commune mesure avec ceux qu'elle avait éprouvés autrefois. Aujourd'hui, elle était prête à lutter.

D'autant qu'elle ne doutait pas de l'amour que Nikos lui portait.

La fuite n'était pas une option !

À son réveil, le lendemain, Nikos était seul. Il était encore tôt ; le jour n'était pas levé. Une violente migraine le dissuada de se préparer pour son footing matinal habituel.

Soudain, tous les événements de la veille lui revinrent à l'esprit, et il s'assit dans le lit. Serrant les paupières, il revit clairement le visage chiffonné de Marnie, les larmes dans ses yeux, son corps gracile secoué de tremblements, au fur et à mesure qu'elle prenait conscience de la situation.

Jurant à haute voix, Nikos se leva précipitamment, ignorant l'étau qui lui serrait les tempes.

Marnie. Où était-elle ? Avait-elle déjà quitté la villa ?

Une inspection hâtive de la chambre le rassura : aucun de ses effets personnels n'avait disparu.

En hâte, il prit une douche, puis se lava les dents. Comme il avait vidé le tube de dentifrice, il le lança dans la poubelle. Avec une grimace agacée, il constata que son énervement le rendait maladroit : il avait manqué sa cible.

Ce fut lorsqu'il se baissa que son regard fut attiré par un objet inhabituel dans la corbeille. Une boîte.

La boîte en question avait contenu un test de grossesse ; lequel avait disparu.

Au comble de la confusion, Nikos se redressa en retournant l'objet entre ses mains, sans comprendre.

Qu'est-ce que cela voulait dire ? Marnie lui avait affirmé prendre la pilule…

Sans tergiverser davantage, il enfila un short et une chemise et fit le tour de la maison en courant presque.

Les chambres d'amis étaient vides, tout comme le bureau de Marnie et le sien. Personne, non plus, dans le vaste séjour.

Pendant ces vérifications, les pensées se bousculaient dans son esprit. Que se passerait-il si Marnie était effectivement enceinte ? Aurait-il toujours la force de la laisser partir ? Choisirait-elle de divorcer, malgré tout ? Ou bien, resterait-elle avec lui pour le bien de leur enfant ?

Bon sang, ce serait insupportable de savoir qu'elle se sentirait piégée pour la deuxième fois !

Se passant nerveusement la main dans les cheveux, Nikos entra dans la cuisine.

Ce fut là qu'il la découvrit.

Assise à la grande table, face à la baie vitrée, Marnie regardait le soleil monter à l'horizon. Elle était incroyablement pâle, et Nikos vit qu'un maelström d'émotions et de craintes ravageait son adorable visage.

À pas feutrés, il vint s'accroupir auprès d'elle.

— Est-ce que tu as dormi ? s'enquit-il.

Avec l'air de ne pas avoir compris sa question, Marnie lui jeta un rapide coup d'œil puis reporta son attention sur le ciel barbouillé de couleurs.

— Je ne suis pas partie, souffla-t-elle.

— J'en suis heureux.

De nouveau, Marnie se tourna vers lui. Cette fois, elle planta son regard dans le sien. Il y lut un mélange d'incompréhension et de souffrance.

— Pourquoi ? questionna-t-elle en fronçant les sourcils d'un air ombrageux. Pourquoi est-ce que tu m'as donné ce document de divorce, hier soir ? Tu ne veux plus que je sois ta femme, c'est cela ?

— Ce dont je ne veux pas, c'est que tu te sentes *obligée* de le rester. On ne peut pas contraindre quelqu'un au mariage. J'ai cru que c'était possible, mais ça a été la pire erreur de ma vie. Ni toi ni moi n'oublierons jamais les conditions dans lesquelles je t'ai imposé cette décision. Depuis que je l'ai compris, chaque fois que je te regarde, je vois l'homme méprisable que je suis devenu. Un être haïssable !

— Comment pourrais-je te haïr, quand tu as sauvé la vie de mes parents ?

— Non, Marnie ! Cesse de répéter cela. Tu dois nous délivrer, l'un et l'autre, de ce fardeau. Je ne pourrai jamais supporter le mal que je t'ai fait.

Marnie hocha la tête ; des larmes perlaient au bord de ses cils.

— Bien sûr, tu m'as fait du mal, Nikos. Mais je t'en avais fait tout autant.

Se relevant brusquement, Nikos alla se planter devant la vitre.

— Tu n'étais qu'une adolescente. *En deuil*, qui plus est ! C'est ma fierté qui était blessée. J'aurais dû rester au lieu de fuir. Je ne te mérite pas, Marnie. Je n'ai pas eu le courage de me battre pour te garder.

— Cela n'aurait servi à rien. J'aurais refusé de trahir mes parents.

Lentement, Nikos pivota pour faire face à Marnie. De nouveau une souffrance aiguë le prit à la gorge. Il y avait tant de sentiments contradictoires dans le visage qu'elle lui opposait. Un mélange de fragilité et de force, d'accablement et de courage, de détermination et de désillusion.

Elle avait remonté les jambes et posé les talons sur le rebord de la chaise. Le menton sur les genoux, elle semblait se recroqueviller pour lutter contre la douleur. Nikos revint jusqu'à elle.

— C'est *moi* qui ai détruit ce que nous étions l'un pour l'autre, lâcha-t-il d'une voix nouée par le tourment. Tu n'es responsable de rien. Si tu es enceinte, je ferai ce qu'il faut pour prendre soin de toi et de l'enfant. Mais je ne veux pas que tu voies dans cette grossesse l'unique raison de rester avec moi.

Sous le choc, Marnie demeura bouche bée quelques secondes. Si cela était possible, elle avait pâli encore davantage. Elle était blanche comme un linge.

— Le… le bébé ? bredouilla-t-elle. Comment sais-tu ?

— J'ai trouvé la boîte du test.

À quoi bon nier ? songea Marnie. Elle n'avait pas jugé utile de la dissimuler, persuadée qu'elle était d'annoncer l'heureuse nouvelle à Nikos autour d'un bon repas.

L'heureuse nouvelle !

— Tu es enceinte, c'est ça ?

Lentement, Marnie hocha la tête, tout en mordant sa lèvre inférieure.

— *Thee mou !*

Pendant un temps qui lui parut interminable, Nikos resta figé, se passant la main sur les yeux.

À quoi s'était-elle attendue ? À ce qu'il saute de joie ?

— Je suis désolé, marmonna-t-il tout en dardant sur elle un regard consterné.

— Désolé ?

— Oui ! Je t'ai piégée une première fois, avec cet ignoble chantage. Et, maintenant, te voilà enceinte… C'est justement pour cela qu'il faut que tu partes. Je ne veux pas que l'arrivée de cet enfant t'oblige à poursuivre cette pathétique comédie.

En sanglotant, Marnie opina du chef.

Ils restèrent silencieux pendant de longues minutes. Marnie essayait d'imaginer sa vie sans Nikos. Mais tout ce qu'elle voyait devant elle, c'était la désolation et l'ennui qui avaient été les compagnons de ses jours tout au long des six années passées loin de lui.

Appuyant la joue sur ses genoux, elle songea que sa résolution de lutter pour défendre son amour ne s'était guère manifestée de façon concrète jusque-là. Elle s'efforça de mobiliser l'énergie nécessaire dans son cœur, mais il n'était plus que ruines et désolation.

— Il y a autre chose que tu dois savoir, reprit Nikos, l'air sombre. Hier soir, je n'ai pas eu la force de t'en parler.

— Que veux-tu dire ?

— J'ai acheté Kenington Hall, et je l'ai fait mettre à ton nom.

D'un mouvement brusque, Marnie releva la tête.

— Tu as fait *quoi* ?

Dans un long soupir, Nikos s'accroupit devant elle, de sorte que leurs regards étaient au même niveau.

— Je sais combien tu aimes ce lieu, et je voulais que tu saches qu'il ne risquait plus de t'échapper. Quoi qu'il puisse arriver à ton père ou à notre couple, tu jouiras de la sécurité de ta maison de famille.

— Quand est-ce que tu as fait cela ?

— Lorsque j'ai eu cette discussion avec Arthur.

La mine perplexe, Marnie hocha la tête. Tout cela lui paraissait difficilement intelligible.

— Est-ce que tu avais déjà l'intention de divorcer, à ce moment-là ? questionna-t-elle. Était-ce une sorte de lot de consolation ? Un cadeau d'adieu ?

La douleur la transperça avec une telle force qu'elle dût s'interrompre, puis elle reprit d'une voix brisée :

— Qu'est-ce que j'ai fait de mal, Nikos ? J'avais l'impression que nous parvenions, peu à peu, à nous entendre…

— Tu n'as rien fait de mal, Marnie. Hormis tomber amoureuse du sale égoïste arrogant que je suis. Si j'ai acheté cette maison pour toi, c'était pour que tu saches que tu as le choix de me quitter. Que toi et ta famille serez toujours à l'abri. Même avant de parler à ta mère, j'avais compris qu'il fallait que je te rende ta liberté. Parce que je ne pourrai jamais réparer mes torts à ton égard.

Marnie commençait à y voir un peu plus clair. Elle dévisagea Nikos d'un regard scrutateur.

— Si je comprends bien, dit-elle, tu aurais quand même aimé que notre couple finisse par réussir, non ?

Nikos se risqua à glisser les doigts dans les cheveux soyeux de Marnie. Une angoisse atroce le paralysait : il allait perdre irrémédiablement ce qu'il avait de plus cher au monde. Il fallait qu'il parvienne à se faire comprendre de Marnie, pour qu'au moins elle retrouve un peu d'estime pour lui.

— Ce que j'aurais aimé, dit-il, c'est que tu puisses me voir avec les yeux de l'amour, comme par le passé. Que je puisse te sourire avec tout l'amour qu'il y a là-dedans.

Il se frappa la poitrine de son poing fermé, avant de reprendre :

— Mais il vaut mieux que tu t'en ailles, Marnie. Cela ne changera rien à mes sentiments pour toi. Et je serai aussi présent dans la vie de notre enfant que tu le souhaites. Simplement, il faut que tu penses à ton bonheur.

Son bonheur ?

Nikos savait-il seulement de quoi il parlait ?

Soudain, Marnie se dressa. C'était comme si un verrou venait de sauter aux tréfonds d'elle-même. Elle fit volte-face pour affronter Nikos. L'abattement laissait brusquement place à un courroux véhément

— Tu n'es qu'un parfait *idiot* ! s'exclama-t-elle. Je t'ai toujours aimé. *Toujours.* Même pour sauver la mise à mon père, je n'aurais jamais épousé un autre que *toi.* C'est par amour que je l'ai fait, et rien d'autre. Je t'aime, Nikos, et cette fois je suis bien décidée à me battre pour te garder. Même si j'ai du mal à te comprendre.

Déconcerté par cette explosion de colère, Nikos s'approcha d'elle et vint entourer ses épaules d'un bras qui se voulait apaisant. Mais elle se dégagea. Ses yeux lançaient des éclairs.

— Laisse-moi terminer, martela-t-elle. Si tu veux vraiment divorcer, si tu ne veux plus de moi, alors tu dois me le dire clairement. Mais ne prétends pas que c'est dans mon intérêt. Je sais d'expérience ce qu'est ma vie loin de toi. Et il n'y a rien que je désire autant que de vivre ici, avec toi !

Nikos laissa échapper un gémissement sourd, il secoua la tête et se prépara à répliquer, mais Marnie ne lui en laissa pas l'occasion. Elle vint à lui et, d'un doigt posé en travers de ses lèvres, elle le fit taire.

— Je ne t'en voudrai jamais de m'avoir contrainte à

t'épouser. Les motivations que tu avais à ce moment-là me sont indifférentes. Tout ce que je vois, c'est que je me languissais loin de toi et que tu m'as ramenée à la vie. Tu m'as tellement manqué, Nikos ! Et, maintenant, tu es à moi. C'est bien ça ? Je ne me trompe pas ?

La prenant par la taille, Nikos la serra contre lui à l'étouffer.

— Oh non, dit-il, tu ne te trompes pas. Je suis à toi, pour le restant de mes jours. À toi jusqu'au plus profond de mon être. Tu es ce qu'il y a de meilleur en moi, *agape mou.*

Les yeux clos, Marnie sentit un sourire extatique lui monter aux lèvres.

Doucement Nikos s'écarta, puis il posa une main sur son ventre encore plat.

— Nous n'avions pas prévu de faire un bébé aussi vite, dit-il.

— Non, mais cet enfant semble avoir une détermination aussi farouche que son père, répliqua Marnie avec une moue amusée. Manifestement, il était fermement décidé à pointer le bout de son nez.

— Quand as-tu soupçonné être enceinte ?

— Dans l'avion qui nous a ramenés ici.

— Bon sang ! Et c'est ensuite que je t'ai parlé de divorce... Mais je n'ai jamais eu envie de rompre, Marnie. Tu me crois, au moins ? C'était tellement dur !

Marnie acquiesça de la tête.

— Je ne t'avais jamais vu ivre, jusque-là...

— C'est seulement la deuxième fois que cela m'arrivait. La première, c'est lorsque ton père m'a payé pour que je te laisse tranquille. À ce moment-là aussi, j'ai eu le sentiment de n'être que l'ombre de l'homme que je voulais être.

Marnie vint se lover dans ses bras, et Nikos inhala le doux parfum qui émanait d'elle. Une immense gratitude l'envahit.

Dire qu'il avait été sur le point de la chasser définitivement de sa vie !

Au bout d'un moment, il éprouva le besoin de clarifier les choses.

— Tu sais, *agape mou*, dit-il, j'avais toujours imaginé que je prendrais un plaisir immense à jeter ma réussite à la tête de ton père, au moment où lui-même était un homme brisé. Or, rien de tel ne s'est passé. En vérité, c'est *toi* que j'ai vu devant moi. Alors, j'ai compris que je ne pouvais pas t'aimer sans accepter ta famille. Tu dis que tu m'as épousé par amour. Il faut que tu saches que c'est aussi par amour pour toi que j'ai aidé Arthur. Cela n'avait rien d'un dédommagement pour notre union.

Marnie avait écouté ce long plaidoyer avec ravissement. Enfin elle avait la certitude qu'ils étaient parvenus à se rejoindre.

Néanmoins, elle afficha une moue qui se voulait boudeuse.

— Il me semble, malgré tout, que tu négliges honteusement de t'acquitter de l'un des termes de notre contrat.

Voyant qu'elle était d'humeur taquine, Nikos ne se priva pas d'abonder dans son sens.

— Tu as raison ! Comment puis-je me faire pardonner ?

Un doigt appuyé sur son menton, Marnie fit mine de réfléchir.

— Voyons… j'aurais bien une idée…

Sans la laisser terminer, Nikos la prit dans ses bras et l'emporta jusqu'au canapé du salon. Il l'y allongea, en s'emparant de sa bouche avec passion.

— Est-ce que cela convient ? interrogea-t-il en relevant la tête pour vriller au sien un regard de braise.

— C'est un bon début, convint Marnie avec un sourire espiègle. Mais il va falloir beaucoup de temps pour que tu te rachètes.

— Est-ce que le reste de notre vie y suffira ?

Marnie soupira tandis que son corps s'embrasait du désir insatiable qu'elle éprouvait pour son mari.

— Cela fera l'affaire, conclut-elle.

Épilogue

Un an plus tard

Décidément, cette sculpture de glace dépassait la mesure !

Partagée entre amusement et irritation, Marnie se mit en quête de son époux. Il ne reculait vraiment devant aucune extravagance quand il s'agissait de leur petite Élizabeth, surnommée Lulu.

Debout sur la terrasse, les mains sur les hanches, Nikos lui tournait le dos, absorbé par le spectacle de la mer miroitant à l'infini.

Marnie marqua une pause. Cela faisait bientôt un an qu'ils étaient mariés, et Nikos faisait toujours battre son cœur à la folie.

— Non mais tu plaisantes ! finit-elle par lâcher. Qu'est-ce que c'est que ce cygne de glace ?

Nikos lui fit face, avec un sourire qui mit à bas les récriminations qu'elle s'apprêtait à formuler.

— Et alors ? lança-t-il. Notre fille ne mérite-t-elle pas que son baptême soit célébré avec tout le faste possible ?

Incapable de résister à l'attirance qu'elle éprouvait pour lui, Marnie vint l'entourer de ses bras.

— Peut-être, dit-elle en lui souriant. Quoi qu'il en soit, j'ai des doléances supplémentaires.

— Vraiment ? Lesquelles ?

Il déposa sur ses lèvres un fugace baiser.

— On vient de m'appeler de la Fondation, pour m'informer qu'un don d'importance considérable a été fait au nom de Lulu.

— Que puis-je vous offrir, à notre fille et à toi, pour marquer ce jour ? Tu refuses bijoux et vêtements, et tu ne cesses de répéter que Lulu est déjà trop gâtée. Au moins, j'espérais que tu ne repousserais pas cela.

Marnie sentit ses yeux s'embuer.

— C'est beaucoup trop ! protesta-t-elle.

— Tu m'as dit toi-même que l'argent de cette fondation aiderait à guérir des jeunes femmes comme Libby. Aujourd'hui que nous avons notre adorable petite fille, il m'a semblé d'autant plus normal de contribuer à cette œuvre.

— Merci, souffla-t-elle, infiniment reconnaissante.

Se hissant sur la pointe des pieds, elle effleura les lèvres de Nikos, avant de poursuivre :

— Quel dommage que nous ayons invité tous ces gens !

Il l'embrassa avidement, sa langue explorant sa bouche, tandis qu'il la plaquait contre lui de ses mains fébriles.

Ce fut bref, car déjà leurs hôtes s'avançaient.

— Attends qu'ils soient partis, murmura-t-il à son oreille, et je te montrerai l'effet que ta petite robe a sur moi.

Marnie lui sourit avec ravissement.

— J'espère bien, murmura-t-elle.

Main dans la main, ils allèrent à la rencontre des invités. Anne et Arthur Kenington étaient les premiers.

Bien qu'arrivant directement de l'aéroport — où les avait déposés le jet privé de Nikos —, Anne affichait l'élégance soignée qui lui était coutumière. Quant à Arthur, Marnie s'étonna de constater combien son apparence avait changé : jamais elle ne lui avait vu la décontraction dont témoignaient son polo de teinte claire et son pantalon de toile beige.

Elle inhala le parfum des rosiers qu'elle avait fait planter en mémoire de sa sœur — les roses étaient les fleurs préférées de Libby. C'était un peu comme si celle-ci se tenait à ses côtés, pour l'aider à affronter leurs parents.

Après tout, songea-t-elle, ils n'étaient pas parfaits, mais elle avait décidé de s'en accommoder.

— Ma chérie, il semble qu'une flaque soit en train de se former dans le hall, annonça Anne.

— C'est certainement la sculpture de glace, la rassura Marnie en adressant un clin d'œil complice à son mari.

Elle déposa un baiser sur la joue de sa mère et donna l'accolade à son père, avant de venir se replacer aux côtés de Nikos.

— Merci d'être venus, dit-elle.

— C'est bien normal, rétorqua Anne. Où est notre petite-fille ?

— Dans le jardin, avec son oncle. Enfin… son oncle honoraire.

— C'est bien tout ce qu'il y a d'honorable, chez *cet individu*, pouffa Nikos. Il n'a rien de comparable avec la distinction de ma Princesse héritière.

Anderson venait en effet de faire son apparition. Calée contre sa hanche, une fillette potelée aux cheveux de jais tendit les bras vers son père.

Ce fut un merveilleux après-midi, plein de bonheur et de réjouissances. Lorsque les derniers invités furent partis et qu'elle eut réussi à endormir une petite Lulu particulièrement excitée, Marnie alla rejoindre Nikos dans le jardin. La nuit était tombée. La fraîcheur commençait à se faire sentir. En frissonnant, elle serra les bras autour de son buste pour se réchauffer.

Ce geste n'échappa point à Nikos — comme rien de ce qui concernait sa femme, d'ailleurs —, et il enleva sa veste qu'il lui posa sur les épaules.

— Tiens, *agape mou*, dit-il en l'attirant à lui.

— Merci.

Pendant quelques secondes, Marnie se contenta d'inhaler le parfum délicieusement viril de son époux. Puis elle s'écarta un peu, levant les yeux vers lui.

— Tu sais, je n'aime pas beaucoup que tu appelles notre fille par cet affreux surnom de « Princesse héritière » dit-elle.

— Pourquoi ?

— Parce que ça me rappelle l'époque où je désespérais que nous nous retrouvions jamais.

— Est-ce que vous en doutiez *vraiment,* madame Kyriazis ?

Dans le regard qu'il vrillait au sien, Marnie lut une évidence irréfragable. L'assurance qu'ils étaient destinés l'un à l'autre, de toute éternité. Or, n'avait-elle pas toujours abrité ce frêle espoir au fond de son cœur ?

Nikos déposa un baiser sur sa tempe, avant de poursuivre :

— Moi, je n'ai jamais imaginé une seule seconde vivre sans toi.

— Même s'il fallait, pour cela, faire pression sur moi d'une manière horrible ?

— Me le pardonneras-tu un jour, *agape mou* ?

— Hum, je vois bien comment tu pourrais te concilier mon indulgence…

— Vos désirs sont des ordres, madame Kyriazis !

Et avec un grand sourire, Nikos prit Marnie dans ses bras pour l'emporter à l'intérieur de leur maison.

Traversant les pièces jusqu'à la chambre, sa femme tendrement serrée contre lui, il songea que cette demeure abritait, désormais, une famille — Marnie, Lulu et lui.

L'homme sans amour qu'il était par le passé débordait aujourd'hui d'un amour qui ne finirait jamais.

KATE HEWITT

L'enfant d'Alekos Demetriou

Traduction française de
LOUISE LAMBERSON

AZUR

HARLEQUIN

Titre original :
DEMETRIOU DEMANDS HIS CHILD

Ce roman a déjà été publié en 2018.

© 2016, Kate Hewitt.
© 2018, 2023, HarperCollins France pour la traduction française.

1.

Iolanthe contempla son reflet dans la psyché de sa chambre et sourit. Sa robe de satin argenté dont l'étoffe mousseuse froufroutait autour de ses chevilles scintillait au moindre mouvement… Une véritable robe de conte de fées, digne d'une princesse allant à son premier bal !

— Iolanthe ? demanda son père en frappant à la porte. Es-tu prête ?

— Oui, papa.

Jetant un dernier regard dans le miroir, Iolanthe passa la main sur ses cheveux châtain foncé, relevés en un élégant chignon. Puis, le cœur battant à tout rompre, elle prit une inspiration profonde, tourna les talons et alla ouvrir à son père.

Talos Petrakis la contempla en silence tandis qu'elle retenait son souffle dans l'attente du verdict.

— Comment la trouves-tu ? demanda-t-elle d'une voix un peu tremblante. Amara m'a aidée à la choisir…

— Appropriée à la circonstance, répondit-il avec un bref hochement de tête.

Un soulagement immense envahit Iolanthe. Son père n'ayant jamais été enclin aux marques d'affection, ni aux effusions ou aux éloges, elle avait appris à se contenter de peu.

— Je te rappelle que tu dois te conduire décemment en *toutes* circonstances, ajouta-t-il en plissant le front.

— Bien sûr, papa.

Quand s'était-elle permis le moindre écart de conduite ? D'autant qu'elle n'en avait jamais eu l'occasion. Mais peut-être que ce soir, à Athènes…, songea-t-elle en réprimant un sourire malicieux. Un peu d'aventure, de folie…

— Si elle te voyait maintenant, ta mère serait contente, reprit Talos d'un ton bourru.

Iolanthe songea à Althea Petrakis avec un petit pincement au cœur. Elle n'avait que quatre ans lorsque sa mère avait succombé à un cancer, aussi ses quelques souvenirs de celle-ci étaient-ils flous, se résumant à un effluve de parfum, la douceur d'une main… Depuis la mort de sa femme, Talos avait délaissé la vie de famille pour se plonger dans ses affaires. Si Althea avait vécu, s'était souvent demandé Iolanthe, son père aurait-il été différent ? Plus présent, plus affectueux ? Car elle ne le voyait que de temps en temps, même pas une fois par mois, à l'occasion de visites très brèves équivalant plutôt à une sorte d'inspection destinée à vérifier que sa fille filait droit.

— Tu es belle, poursuivit-il sur le même ton. Mais il te manque quelque chose.

Sortant un petit écrin de velours de sa poche de smoking, il le lui tendit.

— Je te l'offre car tu es une jeune femme accomplie, une adulte, prête pour le mariage.

— Le mariage…, murmura Iolanthe.

Elle ne voulait pas penser à cela. Pas maintenant. Elle devrait épouser l'homme choisi par son père, mais ce soir, elle désirait s'amuser et profiter de l'instant présent. Et oui, pourquoi pas, s'offrir un peu de romance…

— Ouvre-le, ordonna Talos.

Emue, elle contempla les boucles d'oreilles en diamants couchées sur un coussinet de satin blanc.

— Elles sont magnifiques.

Elle n'avait jamais eu de bijoux. De toute façon, vu la vie solitaire qu'elle menait, à la campagne, loin de tout, elle n'en avait pas eu besoin.

— Ce n'est pas tout.

D'une autre poche, Talos sortit un collier assorti, où brillaient trois ravissants diamants en poire.

— Cette parure appartenait à ta mère. Elle l'a portée le jour de notre mariage.

Iolanthe prit le collier avec délicatesse et révérence, caressa les pierres étincelantes. Sa mère avait sans doute fait le même geste autrefois…

— Merci, papa, murmura-t-elle, la voix rauque d'émotion.

C'était la première fois que son père lui faisait un cadeau de cette valeur, qu'il lui manifestait autant d'affection.

Les boucles aux oreilles, elle posa le collier sur sa gorge, puis tourna le dos à son père.

— Tu veux bien le fermer, s'il te plaît ?

Après s'être exécuté sans dire un mot, il lui posa légèrement les mains sur les épaules.

— Lukas va t'accompagner et il veillera sur toi. Sois gentille avec lui.

Non, pas Lukas Callos… Iolanthe avait eu plusieurs fois l'occasion de rencontrer l'ingénieur en chef de Petra Innovation et, à la perspective de passer toute la soirée avec ce type coincé et prétentieux, elle bâillait d'ennui.

— Et toi ? Tu ne resteras pas avec moi ? répliqua-t-elle d'un ton faussement détaché.

— J'ai des affaires à régler. Ce genre d'événement mondain est l'occasion de rencontrer des gens, de nouer des contacts.

Il recula d'un pas, l'air de nouveau sévère.

— Si je te permets d'aller à ce bal, c'est parce que tu es en âge de le faire, et qu'il est temps que tu te maries. Lukas serait le candidat idéal.

Elle ? Épouser Lukas ? Iolanthe ne pouvait imaginer pire candidat ! Mais à en juger par le pli amer durcissant la bouche de son père, ce n'était pas le moment de se disputer avec lui. Sans dire un mot, elle hocha docilement la tête alors qu'un vent de rébellion soufflait en elle. C'était son premier bal — et peut-être son *seul* bal —, aussi n'avait-elle pas l'intention de passer toute la soirée, et encore moins le reste de sa vie, avec un type aussi assommant que Lukas Callos.

Alekos Demetriou pénétra dans l'immense salle éclairée par d'énormes lustres de cristal, dont la lumière dorée nimbait les femmes élégantes couvertes de diamants et leurs compagnons en smokings noirs.

Tout le gratin d'Athènes était rassemblé ce soir pour la première manifestation mondaine de la saison et, cette fois, Alekos avait été invité. Après des années de traversée du désert dont le souvenir lui était à peine supportable, il avait enfin réussi à se faire un nom. Aussi avait-il pleinement le droit de se trouver là, parmi les gens riches et célèbres, et il comptait bien jouir au maximum de ce privilège.

Prenant une coupe de champagne sur le plateau d'un serveur qui passait, il regarda autour de lui en plissant les yeux, cherchant à repérer le visage arrogant de son ennemi. Talos Petrakis, l'homme qui lui avait tout pris, le sourire aux lèvres, le salaud qui dissimulait son ignominie sous ses airs trompeurs d'homme d'affaires bienveillant, d'entrepreneur de génie.

Alekos sentit aussitôt son ventre se nouer d'amertume. Dans les premiers temps qui avaient suivi la trahison de celui qu'il considérait alors comme son mentor, il avait lutté contre l'émotion dévastatrice qui l'avait submergé, faite de fureur, de désespoir et de souffrance. Ensuite, il avait réalisé qu'il pouvait canaliser cette émotion et s'en servir à son profit. Aussi avait-il concentré toutes ses forces, toute son énergie dans un seul but : transformer et utiliser ces sentiments délétères pour atteindre son objectif. Et il avait réussi.

À présent, il était enfin parvenu au stade où il pouvait envisager de se venger de Petrakis. Se retrouver face à face avec lui après ces quatre longues années constituerait la première étape. Mais pour l'instant, il ne le voyait nulle part.

Une silhouette attira soudain son attention. Un éclat argenté, qui le fit se tourner vers l'extrémité de l'immense salle où il aperçut une jeune femme adossée au mur. Mince, vêtue d'une robe aux reflets diaprés, elle avait le visage à demi dissimulé sous un loup de satin ivoire, tel qu'en portaient la majorité des femmes ce soir-là. Il s'agissait en effet d'un bal costumé, mais peu d'invités s'étaient déguisés, la plupart se contentant de masques ou demi-masques rehaussés de strass, de plumes et autres ornements.

Lorsque tout à coup la jeune femme bougea légèrement, la lumière joua sur ses cheveux, caressant sa joue, sa gorge tendre. Comparée aux créatures blasées qui évoluaient nonchalamment dans l'immense espace, elle dégageait une aura de pureté et d'innocence. Elle brillait d'un éclat lumineux, telle une perle rare, et regardait autour d'elle comme si elle découvrait un monde nouveau, un océan de possibilités inconnues…

Néanmoins, elle restait collée au mur, trop timide pour se mêler à la foule des invités — ou préférant peut-être contempler la scène en simple spectatrice.

De plus en plus intrigué par cette jeune beauté, Alekos s'avança vers elle, déterminé à faire sa connaissance.

À cet instant, une main se posa sur son épaule.

— Alekos !

— Bonsoir, Spiro, répliqua-t-il en souriant à l'homme au visage rond qui lui tendait la main.

— Je suis ravi de vous voir parmi nous, Alekos.

Le corpulent P-DG avait été l'un des premiers à utiliser son logiciel de gestion de contenu.

— Vous avez décidé de vous amuser un peu, ce soir ? enchaîna celui-ci en lui adressant un clin d'œil. Sofia dit toujours que vous travaillez trop !

— Elle a peut-être bien raison ! acquiesça Alekos en riant.

Durant ces quatre dernières années, il n'avait fait que cela, en effet, travailler, quasiment vingt-quatre heures sur vingt-quatre, ne rentrant chez lui que pour manger et dormir quelques heures. Ce qui lui avait permis, à vingt-six ans, d'être à la tête d'une entreprise en perpétuelle expansion.

— Buvez, mangez, dansez ! insista Spiro, les yeux brillants. Flirtez ! *Amusez-vous*, Alekos !

De toute évidence, il avait lui-même déjà bien suivi le

premier de ses conseils, songea Alekos — sans pour autant envier la décontraction outrancière de Spiro.

— Je vais essayer, murmura-t-il en le saluant brièvement d'un bref hochement de tête.

Puis il s'éloigna en direction de la jeune femme qui avait capté son regard.

Immobile au fond de la vaste salle de bal et tenant précautionneusement son loup devant son visage, Iolanthe préférait ne pas s'aventurer parmi les invités. Profitant que Lukas fût accaparé par un petit groupe d'hommes d'affaires, elle avait réussi à lui échapper et n'avait pas envie qu'il la retrouve. Non seulement elle avait dû danser plusieurs fois avec lui, supporter ses mains moites posées sur elle, ses mouvements mécaniques dénués de toute grâce, mais aussi supporter sa conversation tournant autour d'un seul sujet : l'informatique.

Peut-être que quelqu'un l'inviterait à danser ? Un homme capable de la regarder dans les yeux et ayant de la conversation…

Elle l'imagina venant vers elle d'un pas déterminé, grand, élégant, les yeux brillants et le sourire sensuel aux lèvres… Elle le vit lui tendre la main…

Comme une chaleur délicieuse l'envahissait, Iolanthe se mit à rire doucement, amusée et embarrassée par ce fantasme un peu stupide.

— Bonsoir…

Elle se raidit en voyant une haute silhouette surgir devant elle. Il y avait eu un accent autoritaire dans la voix profonde et étrangement sensuelle.

— Bonsoir, bredouilla-t-elle.

D'instinct, Iolanthe rapprocha son masque de son visage, puis battit des cils derrière les fentes bordées de plumes, pour mieux voir l'homme qui s'était arrêté à deux pas d'elle.

Il était aussi grand et somptueux que celui qu'elle avait imaginé quelques instants plus tôt, constata-t-elle avec un frisson d'excitation. Son corps athlétique était mis en valeur par un smoking qui épousait ses larges épaules et son torse impressionnant. Retenant son souffle, elle vit des reflets topaze luire au fond de son regard perçant. Quant à sa bouche au contour bien dessiné, aux lèvres fermes, elle était l'incarnation même de la beauté virile.

Iolanthe eut l'impression étrange d'être aspirée dans un tourbillon, d'être entraînée dans une autre réalité. Quand elle avait imaginé un scénario semblable à celui-ci, elle n'avait pas pensé une seconde qu'il se réaliserait, et encore moins qu'il se matérialiserait sous les traits d'un homme aussi charismatique que celui qui se tenait devant elle.

— Je vous ai aperçue de loin, dit-il de sa belle voix profonde. Et je n'ai pas pu résister au désir de faire votre connaissance.

— Vraiment ? répliqua-t-elle, sans dissimuler sa surprise.

Alors qu'elle aurait dû feindre l'indifférence et l'assurance qu'affichaient les femmes superbes évoluant autour d'elle…

L'inconnu se contenta de sourire, et la fossette qui se creusa dans sa joue le fit paraître un peu moins redoutable.

— Oui, vraiment. Vous aviez l'air de bien vous amuser toute seule, à observer les autres.

— C'est mon premier bal, avoua Iolanthe.

Avant de se fustiger de nouveau. Elle devait lui paraître si godiche, si puérile… Cet homme somptueux allait vite regretter d'avoir voulu faire sa connaissance.

Et surtout, n'ayant aucune expérience en matière de flirt, elle ne savait pas quoi lui dire…

— Pourrais-je savoir comment vous vous appelez ?

— Bien sûr ! s'exclama-t-elle en rougissant. Iolanthe. Et vous ?

— Alekos. Alekos Demetriou.

Son sourire s'élargit.

— Accepteriez-vous de danser avec moi ?

— Oh… Je…

Abasourdie, ravie, elle le dévisagea quelques instants en silence. *Il l'avait invitée à danser.* Comme dans le rêve éveillé auquel elle s'était laissée aller… Le monde se mit à étinceler autour d'elle, éblouissant de promesses, de possibilités infinies…

— Je…

L'espace d'un bref instant, Iolanthe songea à son père, à ses recommandations sévères. Au fait qu'elle aurait dû rester avec Lukas. Mais quel mal y avait-il à danser avec cet homme qui désirait faire sa connaissance ? Elle était venue au bal pour s'amuser, ensuite elle aurait toute la vie pour redevenir une fille obéissante et se transformer en épouse docile et soumise.

— Eh bien ? fit Alekos en haussant un sourcil.

Il attendait, la main tendue vers elle…

— Oui, j'accepte, répondit Iolanthe d'une voix ferme. Avec grand plaisir.

Lorsque sa paume douce glissa sur la sienne, Alekos sentit le désir flamber en lui avec une intensité déconcertante.

Dès qu'il avait compris qu'elle était très jeune, et innocente, il avait regretté d'avoir engagé la conversation avec la belle inconnue. Mais elle était vraiment ravissante, le loup de satin ivoire faisant ressortir la finesse de ses traits et la pureté de son teint. Quant à ses yeux, visibles par les fentes entourées de plumes, ils avaient la couleur du reflet de la lune sur l'eau, claire, limpide.

Apparemment, Iolanthe n'avait pas encore appris à dissimuler ni à feindre. Mais tout en dégageant une aura de jeunesse rafraîchissante, son corps était celui d'une femme, tout en courbes exquises mises en valeur par une robe aux reflets argentés.

Quand il l'attira contre lui et qu'elle écarquilla ses beaux yeux en retenant son souffle, Alekos comprit qu'elle ressentait elle aussi le désir qui le consumait. Ces derniers mois, son emploi du temps surchargé l'avait privé de toute vie sociale, le contraignant à se contenter d'aventures sans lendemain avec des femmes expérimentées et blasées, qui ne recherchaient comme lui que l'assouvissement de besoins purement sexuels.

Or, de toute évidence, Iolanthe n'appartenait pas à cette

catégorie. *Une seule danse*, décida-t-il en l'entraînant sur la piste. Ensuite, il la quitterait après l'avoir remerciée gentiment.

La tête haute, elle se laissa guider avec grâce, les yeux brillant comme des étoiles. Et lorsque Alekos se mit à tourner en la serrant contre lui, son corps mince s'accorda naturellement au sien, ses seins doux contre son torse ferme, ses hanches collées aux siennes… Sa libido rugit en lui, avec une force qui le surprit de nouveau par son intensité. Jamais il n'avait réagi à la proximité d'une femme de façon aussi immédiate, aussi totale et incontrôlable.

Qu'y avait-il en Iolanthe pour le troubler ainsi ? En plus de sa beauté, elle dégageait un charme puissant en dépit de sa timidité, reconnut-il. Une douceur indéfinissable émanait de ses traits délicats, et la franchise qu'il lisait dans son regard lui plaisait infiniment. Quant à ce petit sourire rêveur ourlant sa bouche pulpeuse, d'un rose corail délicat…

Cette jeune femme était absolument ravissante, c'était incontestable, mais de là à produire un pareil effet sur lui… De lui donner envie d'ôter les épingles retenant ses cheveux pour voir les boucles sombres ruisseler sur ses épaules, de s'imaginer dévorant cette belle bouche avec passion, tandis qu'ils onduleraient des hanches…

Alekos retint un juron. Ce genre de fantasme était exclu. *Interdit.*

— Vivez-vous à Athènes, Iolanthe ? demanda-t-il en lui adressant un sourire poli.

— Mon père y possède une maison, mais je vis principalement à la campagne.

Elle inclina imperceptiblement la tête en arrière, tandis qu'une lueur malicieuse traversait son regard. Elle tenait toujours son demi-masque d'une main, comme pour se protéger, l'autre étant posée sur l'épaule d'Alekos, légère, aérienne. De son côté, il avait refermé la paume sur sa taille fine, ses doigts effleurant sa hanche ronde. Il sentait sa chaleur de femme sous l'étoffe, percevait le moindre frémissement qui la parcourait.

— À la campagne ? répéta-t-il en haussant un sourcil.

— Oui, dans la propriété de mon père, précisa-t-elle en fronçant le nez.

— Ah…

Une jeune héritière fortunée, sans doute, gardée en sûreté avant d'être exhibée pour être admirée et remise à un époux avalisé, voire choisi, par son père.

À cet instant, elle éclata de rire, d'un profond rire de gorge sensuel et vibrant d'humour.

— Oui, c'est aussi barbant que vous pouvez l'imaginer ! J'ai grandi quasiment enveloppée dans un cocon, et maintenant que j'ai l'occasion d'en sortir enfin, je crains d'être empruntée et ennuyeuse…

— Pas du tout, répliqua Alekos d'une voix douce. Je vous trouve rafraîchissante.

— Comme un verre d'eau, c'est cela ?

— Plutôt une coupe du meilleur champagne, frais, pétillant et délicieux.

Lorsque leurs regards se croisèrent, une lueur illumina celui de Iolanthe. Pourquoi flirtait-il avec elle ? Parce qu'il était incapable de résister à son charme, tout simplement.

— Retournerez-vous dans votre cocon, après le bal ?

— Oui, sans doute. Mais je préférerais rester à Athènes.

Un petit soupir lui échappa.

— J'aimerais tellement *faire* quelque chose ! reprit-elle. J'ai l'impression d'avoir passé toute ma vie à attendre. Vous avez déjà ressenti cela ?

Quand elle soutint de nouveau son regard, Alekos fut frappé encore une fois par la franchise qui émanait des beaux yeux gris.

— Oui, parfois, concéda-t-il.

Durant ces quatre dernières années, il avait attendu, en effet. Il fallait du temps pour assouvir une vengeance.

— Qu'attendez-vous ? demanda-t-il.

— De l'exaltation, de l'excitation, répondit-elle aussitôt, les yeux brillants. De l'aventure — même s'il ne s'agit pas de *grande* aventure. Je n'ambitionne pas de gravir de hautes montagnes, ni de… d'accomplir je ne sais quel exploit !

Elle éclata de rire, de ce rire profond et sensuel qui détenait le pouvoir d'incendier la libido d'Alekos.

— Maintenant, vous devez me trouver carrément stupide !

— Pas du tout. Mais dites-moi, quel genre d'aventure recherchez-vous, alors ?

— Je voudrais vivre quelque chose… qui donne un sens à ma vie. Quelque chose d'important.

Quand elle resserra les doigts sur son épaule, il ressentit le besoin inexplicable de la protéger. Qu'avait-il à faire des rêves naïfs d'une jeune héritière fortunée ? Pourquoi frémissait-il à la pensée que ceux-ci s'écrouleraient vite face aux dures réalités de la vie ? Comme lui-même en avait fait autrefois l'expérience en recevant un coup terrible dont il avait mis des années à se remettre.

— Quelque chose *d'important* ?

— Tout le monde désire se sentir important, non ? répliqua-t-elle avec un gracieux haussement d'épaules. Et ce n'est pas que je désire *être* importante… Je m'en fiche, à vrai dire. Mais je voudrais faire quelque chose qui compte, qui soit important pour quelqu'un, même si c'est une toute petite chose. Je veux vivre, pas seulement *regarder* les autres vivre, en spectatrice.

Elle rit de nouveau, mais cette fois son rire prit un accent résigné et amer.

— Mais qu'est-ce que ça peut bien faire ? Je vais me retrouver mariée, voilà tout.

Alekos se raidit, alors que quelques instants plus tôt il en était arrivé à la même conclusion.

— Pourquoi dites-vous cela ?

Quand elle pencha la tête en arrière pour le regarder, ses yeux gris avaient perdu tout éclat.

— J'ai vingt ans et mon père va me choisir un époux, répondit-elle avec mépris. S'il m'a autorisée à venir à ce bal, c'est pour me faire connaître des candidats potentiels.

— A-t-il quelqu'un en vue ? demanda Alekos, crispé.

— Peut-être.

L'air soudain apeuré, elle regarda furtivement alentour.

— Mais j'aimerais avoir mon mot à dire, enchaîna-t-elle.

— C'est tout à fait normal.

— Je ne pense pas que mon père partage votre avis, soupira-t-elle. Mais ne parlons plus de cela. Je préfère ne pas y penser, surtout ce soir, alors que c'est peut-être la seule fois que je peux m'amuser et passer un bon moment avec l'homme le plus charmant de toute l'assistance.

Elle lui sourit d'un air provocant, les yeux pétillants d'humour. Elle flirtait ouvertement avec lui.

— Vous avez bien raison, murmura-t-il en souriant.

— Je dois vous paraître ridicule, répliqua-t-elle avec un petit rire gêné. Avec mes désirs de faire quelque chose d'important, mes rêves d'indépendance…

— Vous n'êtes absolument pas ridicule.

N'avait-il pas été comme elle, plein d'ambition et d'espoirs ? Avant de voir son ambition et ses espoirs piétinés, ne lui laissant qu'un seul désir : celui de se venger.

— Tout le monde veut faire quelque chose de sa vie, Iolanthe.

— Et vous ? demanda-t-elle avec curiosité. Faites-vous quelque chose qui compte à vos yeux ?

Après avoir hésité un instant, il répondit :

— J'œuvre pour que justice soit faite.

C'était l'entière vérité. Il désirait plus que tout voir Talos Petrakis payer pour ses crimes.

— C'est un but honorable, répliqua-t-elle avec un sourire timide. Et c'est plus important que tout ce que je pourrais faire de mon côté, j'en suis certaine.

— Qui sait ce que vous pourriez accomplir ? Vous êtes jeune, vous avez toute la vie devant vous. Et si vous ne le souhaitez pas, vous n'êtes pas obligée de vous marier.

Elle resta silencieuse, comme si elle entrevoyait une perspective à laquelle elle n'avait jamais songé.

— Vous pourriez trouver du travail, et même vous inscrire à l'université. Quelles matières aimiez-vous étudier, à l'école ?

— Je n'y suis pas allée, j'ai été scolarisée à la maison, mais j'ai toujours aimé le dessin et la peinture.

Une lueur malicieuse traversa son regard.

— Attention : je ne me prends pas pour une artiste en herbe ! Je sais que je n'ai pas assez de talent pour cela !

— Qui sait ?

— Vous êtes très optimiste !

— Je n'aime pas vous voir vous fermer d'avance toutes les portes, c'est tout.

— Je dois vous paraître très jeune et très naïve, comparée à la plupart des femmes qui sont ici ce soir…

— La plupart d'entre elles sont blasées. À côté d'elles, vous êtes une bouffée d'air frais.

Il était sincère, réalisa Alekos. Et c'était justement sa fraîcheur, son innocence, qui l'attiraient, le fascinaient et l'intriguaient. Lui-même avait perdu toutes ses illusions, il ne faisait plus confiance à quiconque, ne se souciait plus de personne. Autrefois, il avait éprouvé des émotions, mais son enfance lui paraissait si lointaine qu'il les avait oubliées.

Or face à Iolanthe, à ses espoirs, il réalisait qu'il ne voulait pas qu'elle perde son bel optimisme, même si l'avenir risquait de mettre celui-ci à rude épreuve. Il ne voulait pas que la flamme qui brûlait en elle s'éteigne, ni que la jeune femme sacrifie ses espoirs pour obéir à ses devoirs filiaux.

L'orchestre s'était arrêté de jouer et pourtant Alekos ne ressentait plus le moindre désir de s'éloigner de Iolanthe.

— Voulez-vous aller prendre l'air sur la terrasse ? demanda-t-il sans réfléchir.

— Vous voulez dire : prendre une *vraie* bouffée d'air frais ?

Incapable de réprimer le sourire qui lui venait aux lèvres, il hocha la tête en silence.

Magique. Tout, dans sa rencontre avec Alekos Demetriou, lui paraissait magique, irréel, comme si elle risquait de se réveiller à tout instant et se retrouver dans sa chambre, seule.

Iolanthe avait adoré leur conversation. Non seulement il l'avait écoutée avec attention, mais il avait paru la comprendre, et ses paroles lui avaient fait un bien fou. Pourrait-elle vraiment vivre un autre avenir que celui prévu et organisé pour elle par Talos ? Était-elle obligée d'épouser un homme choisi par lui ? Lukas Callos, ou un autre de la même espèce ?

De toute façon, elle ne voulait pas songer à cela pour l'instant, alors qu'Alekos lui prenait la main et l'entraînait vers une large porte-fenêtre ouverte sur la nuit. Sa chaleur virile irradiait dans ses doigts, sa paume, montait dans son bras… Était-ce normal de réagir ainsi à la proximité d'un homme aussi beau, aussi charismatique ? Elle n'avait jamais éprouvé de réactions pareilles avec Lukas, c'était certain ! En outre, elle connaissait à peine Alekos. Elle ne le connaissait même *pas du tout*.

Et pourtant, son sourire la faisait frémir, la sensation de sa main enserrant la sienne lui faisait battre le cœur, tandis que toutes sortes d'espoirs insensés naissaient en elle…

Ils s'avancèrent sur la terrasse avant de s'arrêter devant la balustrade. Iolanthe posa sa main libre sur le muret, savourant les parfums montant des jardins. Un klaxon se fit entendre au loin, un rire de femme résonna derrière eux, profond et sensuel. Une voix d'homme aux accents rauques lui répondit.

Comme l'épaule d'Alekos frôlait la sienne, Iolanthe sentit un frisson délicieux la parcourir. Superbement éclairé, l'Acropole se découpait sur le ciel sombre, offrant un arrière-plan grandiose aux ruelles qui sinuaient entre les immeubles de la Pláka, en contrebas.

— Je ne sais rien de vous, commença-t-elle avec un petit rire désinvolte. Hormis votre désir de justice.

— Qu'aimeriez-vous savoir ?

Tout. Elle désirait tout savoir de cet homme somptueux.

— Que faites-vous ? Comme travail, je veux dire.

— Je dirige mon entreprise : Demetriou Tech, spécialisée en informatique.

— Oh… Cela doit être très… intéressant.

— Ça l'est, en effet.

Iolanthe crut déceler une petite note amusée dans sa voix.

— Je n'y connais rien, avoua-t-elle.

Alors que, pourtant, son père possédait lui aussi une entreprise spécialisée en informatique. Estimant qu'une femme n'avait pas sa place dans le monde des affaires, Talos l'en avait toujours tenue à l'écart.

— Maintenant que vous envisagez de vous lancer, murmura Alekos, je me demande ce que vous allez faire de votre vie…

Durant quelques secondes enivrantes, elle se permit de croire qu'il y avait vraiment d'autres voies que le mariage. Elle se vit à l'université, travaillant. Voyageant…

— J'aimerais découvrir un peu le monde. Aller à Paris, à New York. Voir, faire des choses… Vivre mes propres expériences…

Elle s'imagina en train de se balader sur les quais de la Seine, ou dans les rues de Greenwich Village, faisant des croquis et s'imprégnant de l'atmosphère des lieux.

— Et en ce moment, avez-vous l'impression de vivre une expérience ? demanda doucement Alekos.

Quand il se tourna vers Iolanthe et lui effleura la joue du bout des doigts, elle frissonna au plus profond d'elle-même.

— Oui…, chuchota-t-elle. Je crois même que c'est la plus excitante que j'aie jamais vécue…

Un éclat sauvage incendia le regard d'Alekos et, quand il contempla sa bouche, Iolanthe se mit à trembler.

— Dans ce cas, nous allons la rendre encore plus *excitante*, murmura-t-il.

Puis, sans lui laisser le temps de réagir, il l'embrassa.

2.

Il avait perdu la tête. Il était complètement fou d'embrasser cette jeune innocente ! Mais dès l'instant où ses lèvres rencontrèrent celles de Iolanthe, Alekos comprit qu'il était perdu. Après s'être raidie brièvement et avoir levé la main pour saisir le revers de sa veste, elle lui ouvrit ses lèvres en laissant échapper un halètement surpris et ravi.

La sentant s'abandonner dans ses bras, il fouilla sa bouche et mêla bientôt sa langue à la sienne, tandis qu'elle creusait les reins et laissait tomber son masque.

À peine conscient de ses actes, Alekos la poussa contre la balustrade en la saisissant par les hanches pour la serrer encore plus étroitement contre lui. Lorsqu'un nouveau halètement le fit redescendre sur terre. Il était prêt à la prendre, bon sang ! réalisa-t-il en écartant sa bouche de la sienne.

— Iolanthe…

Elle le dévisagea en silence, les lèvres gonflées, le regard confus. Sans son masque, elle était encore plus jolie, songea-t-il en contemplant ses pommettes roses, sa peau satinée comme de l'ivoire, ses yeux gris au regard lumineux…

— Je suis désolé. Je n'avais pas l'intention de vous embrasser, poursuivit-il en reculant d'un pas.

Lentement, elle leva la main et se la passa sur les lèvres.

— Vraiment ? demanda-t-elle avec un petit rire doux.

Un soupir de soulagement échappa à Alekos. Dieu merci, elle n'était ni choquée ni horrifiée…

— Ce n'était pas prémédité, reconnut-il en se penchant

pour ramasser le masque. J'avais l'intention de vous quitter aussitôt après notre danse, mais…

Il s'interrompit, réticent à lui dire à quel point il était affecté par sa proximité. À quel point il la désirait.

— Je suis heureuse que vous n'en ayez rien fait, dit-elle avec un sourire timide. C'était mon premier baiser.

Même s'il s'en doutait, cet aveu lui donna encore davantage mauvaise conscience. Il avait été prêt à déflorer cette innocente vierge, bon sang ! Alors que ce n'était pas du tout son style. Il fallait mettre un terme à cette situation absurde. Sur-le-champ.

Alekos lui tendit le loup de satin, qu'elle prit sans le remettre devant son visage, le regard soudé au sien. Elle le contemplait avec un tel désir qu'Alekos tressaillit.

— Je devrais vous ramener à l'intérieur…

— Non, l'interrompit-elle en posant la main sur son torse. Je ne veux pas retourner là-bas.

— Quelqu'un d'autre pourrait vous inviter à danser…

Ses yeux s'assombrirent.

— Je ne veux personne d'autre. Et puis, je me sens déplacée, au milieu de toutes ces femmes sophistiquées.

— Vous avez tort, répliqua-t-il. Vous êtes la plus belle de toutes celles qui sont là ce soir.

— Alors, restez sur la terrasse avec moi ! riposta-t-elle en appuyant légèrement la paume sur sa poitrine. S'il vous plaît.

Qu'est-ce qu'il lui avait pris, de faire des avances à un homme ? s'interrogea Iolanthe. Mais elle ne pouvait supporter la pensée de regagner la salle de bal et de retomber entre les mains de Lukas qui, cette fois, ne la quitterait plus une seule seconde. À moins que ce ne soit le baiser d'Alekos qui lui ait donné du courage. Dès que ses lèvres s'étaient posées sur les siennes, elle s'était embrasée.

À présent, elle n'avait plus qu'un désir : qu'il l'embrasse de nouveau.

— Iolanthe ?

Reconnaissant la voix nasillarde de Lukas, elle se raidit, le cœur battant à tout rompre. Elle ne voulait pas de lui. Pas maintenant. Jamais.

Hélas, il s'avançait déjà sur la terrasse, avant de s'arrêter net en l'apercevant avec Alekos. Iolanthe laissa retomber sa main, mais à sa grande surprise Alekos la prit dans la sienne et la posa sur son torse.

— Oui ? demanda-t-il d'un ton poli en se tournant à moitié vers Lukas.

Ce dernier fronça les sourcils et dit à Iolanthe :

— Votre père m'a demandé de rester avec vous.

En effet. Mais elle *ne souhaitait pas* qu'il reste avec elle.

— Iolanthe ? insista Lukas.

Elle regarda Alekos. Les traits crispés, un pli dur aux lèvres, il lui lâcha la main.

— Vous devriez y aller, dit-il d'un ton neutre.

Blessée, Iolanthe s'efforça de n'en rien montrer.

— Iolanthe…, reprit Lukas, d'une voix plus ferme.

Le cœur battant à se rompre, elle s'écarta d'Alekos. Un bref instant, elle crut voir l'ombre d'un regret traverser ses yeux et sentit sa propre résolution vaciller. S'il lui demandait de rester, elle refuserait de suivre Lukas, sans se soucier des conséquences de son acte.

Mais l'expression d'Alekos se durcit encore davantage, puis il détourna les yeux. La main légèrement tremblante, Iolanthe remit son masque en place et rejoignit Lukas.

Ensuite, elle dut danser trois fois avec lui, et supporter de nouveau la sensation de sa main moite enserrant la sienne tandis qu'il gigotait sans grâce. Mais cette fois, il lui adressa à peine la parole, Dieu merci, tandis qu'elle laissait errer son regard sur les invités, cherchant la haute silhouette d'Alekos. Mais elle ne l'aperçut nulle part…

Quelques heures plus tard, toute excitation avait déserté Iolanthe. Elle avait affreusement mal aux pieds, et se sentait envahie d'une étrange tristesse. Après avoir dansé avec Lukas, elle avait dû rester avec lui tandis qu'il parlait affaires avec différents invités — sans jamais la perdre de vue un seul instant. De son côté, elle ne vit jamais Alekos réapparaître. Après avoir eu sa bouffée de fraîcheur, songea-t-elle amèrement, il avait dû préférer des effluves plus capiteux…

Le bal se terminait, à présent, les invités quittaient peu à peu le prestigieux hôtel et se dirigeaient vers la file de limousines et de luxueux véhicules qui les attendaient.

— Où est mon père ? demanda-t-elle à Lukas.

— Il va bientôt nous rejoindre.

Iolanthe soupira. Maintenant qu'elle avait perdu tout espoir de revoir Alekos, elle ne désirait plus qu'une chose : rentrer se coucher.

Lukas sortit son téléphone de sa poche et fronça les sourcils.

— Votre père est en rendez-vous, il a besoin de moi.

— En rendez-vous ? À 2 heures du matin ?

En réalité, elle n'était pas surprise. Son père travaillait quasiment nuit et jour.

— Je ne serai pas long, répliqua Lukas. Attendez-moi dans le hall.

Totalement découragée, Iolanthe le regarda s'éloigner avant de rentrer dans le hall pavé de marbre. Dans ses nouveaux escarpins, elle souffrait maintenant un véritable martyre.

En proie à un douloureux sentiment d'abandon, elle se dirigea vers l'un des élégants fauteuils disposés autour de petites tables rondes, lorsqu'elle frémit en voyant soudain Alekos sortir du bar. Spontanément, elle s'avança vers lui. Elle brûlait de le rejoindre, de lui parler, de le toucher…

C'était *cela*, qu'elle avait attendu toute sa vie, réalisa brusquement Iolanthe. Une ouverture sur l'inconnu, sur un avenir qui ne ressemblât pas à une prison, mais à une aventure exaltante et passionnée…

Après avoir passé les deux dernières heures au bar, sans être ivre pour autant, Alekos se demanda néanmoins s'il était le jouet d'une hallucination. Il avait tellement pensé à Iolanthe qu'il l'imaginait venant vers lui, la main tendue…

Immobile à l'extrémité de la salle de bal, il l'avait regardée danser avec ce pauvre type gauche, ce rabat-joie sans doute aussi peu doué pour la conversation que pour la danse.

Jusqu'à ce que, incapable de supporter plus longtemps la vue de Iolanthe dans les bras d'un autre, Alekos tourne les talons et se dirige vers le bar. Il ne pouvait chasser l'impression profonde qu'elle lui appartenait, qu'aucun autre homme n'avait le droit de la toucher. Ç'avait été son premier baiser et il brûlait de lui en donner davantage. Sans le savoir, Iolanthe avait laissé son empreinte en lui, dans sa chair et dans son âme, lui rappelant ce qu'il avait été autrefois, à quoi ressemblait la vie lorsque l'on croyait à la joie, à l'espoir. À un avenir meilleur.

Et maintenant elle était là, venant à lui, rayonnante…

— Alekos, chuchota-t-elle.

Lorsque, un sourire émerveillé aux lèvres, elle posa la main sur son bras, la réaction de sa libido fut sans équivoque. Et absurde. Il était pour elle un étranger qui ne désirait que son corps. Ne s'en rendait-elle pas compte ? Ne comprenait-elle pas qu'il était une menace pour son bien-être, son équilibre ?

Alekos referma la main sur la sienne, mais au lieu de l'écarter comme il en avait eu l'intention, il attira la jeune femme vers lui.

— Je vous croyais partie, dit-il d'une voix rauque.

— Non, pas encore, répliqua-t-elle dans un murmure. Je suis si heureuse de vous revoir…

Seigneur ! Elle ne soupçonnait pas l'effet que sa franchise produisait sur lui, songea-t-il en fermant un instant les yeux.

— Iolanthe…

— Comme je ne vous voyais plus, j'ai pensé que vous en aviez eu assez de moi, dit-elle en se mordillant la lèvre. Mais je… Est-ce que je m'étais trompée ?

— Oui, vous vous étiez trompée.

Et pourtant, il aurait *dû* se lasser d'elle. Elle n'avait aucune expérience ! Par conséquent, ou il lui briserait le cœur en cédant au désir qui le consumait, ou il s'en allait, *maintenant*. Ce qui était la seule chose à faire.

Alekos inspira profondément.

— J'allais monter.

— Monter ?

— Oui, j'ai pris une suite dans cet hôtel.

Depuis quatre ans, il vivait à Corinthe, à proximité de l'usine et des entrepôts, veillant à ce que les dispositifs de sécurité soient les plus sophistiqués possible, afin *qu'aucune* information confidentielle ne puisse en franchir les murs. Aussi avait-il réservé une suite pour la nuit, par commodité.

— Vraiment ? demanda-t-elle en écarquillant les yeux.

— Vous pourriez monter prendre un verre ?

Un seul verre, un ou deux baisers, et il la laisserait partir. Pour toujours.

— D'accord…

Au moment de pénétrer dans l'ascenseur avec Alekos, Iolanthe pensa fugacement à Lukas et à son père. Elle se conduisait peut-être de façon inconsidérée, voire imprudente. Eh bien, tant pis ! Elle ne pouvait se résoudre à renoncer à ce qu'elle voyait comme une occasion *unique* d'accéder au bonheur. Ces instants étaient précieux, magiques. C'était *sa* soirée…

Une fois sortis de l'ascenseur, Alekos lui fit traverser un hall luxueux puis, sortant sa clé magnétique de sa poche, ouvrit la dernière porte située au fond.

Iolanthe s'arrêta sur le seuil, fascinée par les immenses baies vitrées offrant une vue spectaculaire de l'Acropole.

Lentement, elle s'avança dans le vaste salon raffiné, remarquant à peine les sofas de cuir, les tables basses en ébène et teck. Des sensations inouïes la parcouraient, toutes plus intenses les unes que les autres…

Sans dire un mot, Alekos traversa la pièce en direction du minibar, tandis que, en proie à un mélange d'embarras et d'excitation insensé, Iolanthe laissait tomber son masque et son sac minuscule sur le sofa le plus proche.

C'était dangereux, follement exaltant, troublant… Une petite voix intérieure avait beau lui répéter qu'elle ferait mieux de s'en aller, elle ne pouvait s'y résoudre. Ni supporter de voir la soirée se terminer déjà. Et puis, elle voulait qu'Alekos l'embrasse encore.

Il revint vers elle, une bouteille de champagne à la main et un léger sourire aux lèvres. Puis, après avoir fait sauter le bouchon et rempli deux flûtes, il en tendit une à Iolanthe.

— À votre santé.

— À votre santé, murmura-t-elle.

Quand elle porta la flûte à ses lèvres, les bulles lui chatouillèrent le nez, la faisant tousser.

Alekos la regarda en haussant un sourcil.

— Désolée, s'excusa-t-elle avec un petit rire forcé. Je n'ai pas l'habitude de boire du champagne.

— Innocente aussi dans ce domaine…

Il y avait eu une nuance étrange dans sa voix, qui la fit tressaillir.

— Qu'y a-t-il ? demanda-t-elle, soudain mal à l'aise. Pourquoi me regardez-vous ainsi ?

— Parce que vous ne devriez pas être ici, répondit-il, assez sèchement. Je n'aurais pas dû vous proposer de venir. Vous ne savez pas à quoi vous vous exposez, Iolanthe.

— Je le sais peut-être, répliqua-t-elle en redressant le menton.

Alekos se rapprocha d'elle.

— En êtes-vous certaine ? insista-t-il de sa voix profonde.

À vrai dire, Iolanthe savait ce qu'il se passait entre un homme et une femme, mais elle ignorait tout de l'attirance qui vibrait entre eux, là, maintenant… Elle découvrait le désir, et cette découverte l'enivrait.

Un avenir ennuyeux l'attendait. Le reste de sa vie serait dévolu au devoir. Alors pourquoi ne s'autoriserait-elle pas une nuit de plaisir ? Et puis, il y aurait peut-être un après ?

Cette soirée serait peut-être le début de quelque chose, d'une autre vie…

Quand elle croisa le regard brûlant d'Alekos, Iolanthe trembla tout entière. Et lorsqu'il tendit la main pour lui caresser la joue, elle tressaillit au plus intime de son être.

— Vous avez la peau si douce, murmura-t-il.

Il semblait aussi troublé qu'elle. Il la désirait autant qu'elle le désirait. Ce constat redoubla son excitation autant qu'il terrifia Iolanthe, mais sans diminuer en rien sa détermination. C'était son avenir qui se jouait là.

— Embrassez-moi, chuchota-t-elle.

Alekos hésita, elle le vit sur ses traits, le sentit à la façon dont ses doigts s'immobilisèrent sur sa joue.

— Peu importe que je sois innocente, reprit-elle farouchement. Je ne veux plus l'être, ni naïve. Je veux sentir, goûter, *savoir.* Je veux être désirée.

— Tu l'es, répliqua Alekos d'une voix rauque. Follement…

Sans plus attendre, il la prit dans ses bras et leurs corps se soudèrent aussitôt l'un à l'autre. Dans une harmonie parfaite.

Quand la bouche chaude d'Alekos se referma sur celle de Iolanthe, que sa langue caressa la sienne, qu'il promena avec fièvre les mains sur son corps, elle sentit tous ses sens exulter. Et lorsque ses doigts s'aventurèrent sur son sein, caressant la pointe durcie sous l'étoffe, elle crut défaillir de plaisir. Jamais elle n'aurait imaginé pouvoir ressentir pareilles sensations. Pareil *désir…*

Elle lui posa les mains sur les épaules, les laissa glisser sur sa gorge, son torse, caressa les muscles fermes à travers la chemise blanche… Une plainte rauque échappa à Alekos, qui arracha sa bouche à la sienne.

— Iolanthe, tu devrais partir, dit-il d'une voix sourde. Maintenant.

Alors que ses sens frémissaient d'anticipation, que son corps tout entier réclamait ses caresses ? Et qu'elle avait l'impression de commencer enfin à vivre ?

— Laisse-moi rester, je t'en supplie, chuchota-t-elle en appuyant sa paume à l'endroit où battait le cœur d'Alekos.

— Es-tu consciente de ce que tu me demandes ? demanda-t-il lentement.

— Je ne suis pas *complètement* innocente, murmura-t-elle.

Si Alekos lui prenait sa virginité, aucun homme ne voudrait plus d'elle, Iolanthe le savait. Mais son cœur s'en moquait, et il avait raison.

— Nous ne pouvons pas…, commença Alekos.

— Si, nous pouvons, l'interrompit-elle en se haussant sur la pointe des pieds.

Quand elle effleura les lèvres d'Alekos des siennes, un frisson le parcourut, puis il l'embrassa en la saisissant par les hanches pour la presser farouchement contre lui.

Iolanthe creusa les reins pour mieux sentir son érection, émerveillée par la force de son désir pour elle. L'esprit en proie à une brume délicieuse, elle fit taire la petite voix qui l'enjoignait d'arrêter, de se ressaisir… Un lien spécial l'unissait à Alekos. Précieux et rare. Alors peu importait qu'ils ne se connaissent que depuis quelques heures.

— Si tu en es certaine…, murmura-t-il en écartant sa bouche de la sienne.

Alekos avait perdu toute capacité à réfléchir. Seule comptait pour lui la sensation du corps mince lové contre le sien. Iolanthe s'était infiltrée en lui, avait envahi tous ses sens. Jamais il n'avait éprouvé un désir aussi puissant envers une femme. Elle avait pris possession de tout son être, chassant toute pensée rationnelle, annihilant toute maîtrise…

Les mains tremblantes, il chercha la fermeture Éclair de sa robe. L'étoffe aux reflets argentés, blanche comme celle d'une robe de mariée, glissa bientôt sur son buste, sa taille, ses cuisses, dévoilant un corps parfait.

— Tu es ravissante, dit-il dans un souffle.

Lentement, Alekos promena son regard sur la gorge lisse

à la peau satinée, les petits seins haut perchés enveloppés de dentelle rose dragée… Quant à la minuscule culotte, elle était d'une étoffe si fine qu'il devinait la toison sombre à travers.

Réprimant à grand-peine le désir de la caresser, il prit la main de Iolanthe pour l'aider à retirer la robe qu'elle repoussa du bout du pied.

Puis, alors que, fasciné, Alekos contemplait ses longues jambes au galbe parfait, elle posa les mains sur son torse et entreprit de déboutonner sa chemise d'un air concentré. Incapable de contenir son impatience, il écarta ses mains et ôta sa chemise avant de la laisser tomber sur le tapis.

Un lent sourire se dessina sur les lèvres de Iolanthe, ses yeux s'illuminèrent… Levant la main, elle effleura la toison couvrant son torse, l'air émerveillé.

— *Tu* es ravissant, dit-elle.

Alekos éclata d'un rire profond, qui le surprit lui-même par son accent sensuel.

— *Ravissant ?* Personne ne m'avait encore jamais dit cela !

— *Personne* ne t'avait bien regardé, alors, répliqua-t-elle avec malice.

Ses paumes douces descendirent sur son ventre, ses doigts s'arrêtèrent sur la ceinture de son pantalon.

— Tu es très beau, Alekos.

— Viens, dit-il en lui prenant la main pour l'entraîner vers la chambre.

Il avait beau être aveuglé par le désir, il vit néanmoins la lueur d'hésitation qui traversa le regard de Iolanthe. Mais elle redressa le menton et, cette fois, ce fut du désir à l'état brut qui emplit ses beaux yeux gris.

Réprimant un gémissement, Alekos la souleva dans ses bras et s'avança vers le lit.

Après l'avoir étendue sur les draps de soie, il s'allongea auprès d'elle et l'enlaça. À présent, il était nu lui aussi, et Iolanthe sentit son torse musclé se presser contre ses seins, ses jambes se mêler aux siennes et, plus excitant encore, sa puissante érection palpiter contre son ventre. La sensation était si intense — presque *trop* intense — qu'elle retint son souffle et ferma les yeux pour mieux la savourer.

Sentant les mains chaudes d'Alekos explorer les endroits les plus secrets de son corps, elle creusa les reins. Personne ne l'avait jamais touchée de façon aussi intime et, lorsqu'il la caressa à l'intérieur des cuisses, elle ne put retenir une longue plainte.

— Tu aimes ? demanda-t-il d'une voix rauque.

— Oui, murmura-t-elle.

Ses propres réactions la surprenaient, l'embarrassant par leur intensité. Mais Alekos reprenait déjà son délicieux manège, avec un tel art que le corps de Iolanthe réagit de lui-même. Ses jambes s'écartèrent, ses hanches se soulevèrent pour mieux s'offrir aux mains expertes qui la soumettaient à des tourments exquis, l'entraînant dans un univers de sensations inouïes… Bientôt, son corps se mit à trembler de façon incontrôlable, et elle sombra dans la jouissance en poussant un cri.

— Oui, murmura-t-elle. Viens…

Elle était prête à l'accueillir, elle brûlait qu'il la prenne. Mais lorsqu'il la pénétra, elle se raidit malgré elle.

Aussitôt, Alekos s'arrêta, le souffle irrégulier, et attendit qu'elle s'habitue à sa présence en elle.

— Est-ce que tu… ?

— Tout va bien, murmura-t-elle.

Respirant profondément, Iolanthe s'abandonna à la sensation de complétude qui l'envahissait.

— C'est bon…

C'était même merveilleux. Elle découvrait un monde inconnu, comprenant d'instinct qu'elle venait de franchir un seuil et ne pourrait plus jamais revenir en arrière.

Elle avait perdu son innocence.

Lorsque, lentement, Alekos commença à bouger en elle, toute pensée quitta son esprit. S'adaptant à son rythme, Iolanthe sentit le plaisir monter de nouveau en elle, l'emporter de plus en plus haut…

Soudain, Alekos poussa une longue plainte et se répandit en elle, le visage enfoui dans le creux de son épaule. Fermant les yeux, Iolanthe le suivit dans l'extase.

Après avoir roulé sur le flanc, Alekos leva le bras et le posa sur son visage, encore bouleversé par l'orgasme fulgurant qui venait de le submerger.

Qu'avait-il fait ? À quoi avait-il pensé en prenant la virginité de Iolanthe ? Il n'avait même pas utilisé de préservatif ! Une sorte de folie s'était emparée de lui, c'était la seule explication. Et maintenant que sa libido était assouvie, le plaisir cédait la place aux regrets et aux remords.

Peu importait qu'elle ait été consentante, qu'elle ait même insisté pour lui offrir sa virginité, il n'aurait jamais dû céder au désir insensé qui l'avait possédé.

Écartant le bras de son visage, il regarda Iolanthe. Allongée sur le dos, les pommettes roses, une mèche humide de cheveux bouclant sur sa joue, elle avait les yeux clos, mais ses paupières frémirent et s'ouvrirent comme si elle avait senti son regard posé sur elle.

— Je suis désolé, dit Alekos d'un ton grave.

— Désolé ? répéta-t-elle en tressaillant. Pourquoi ?

— Je n'aurais pas dû faire cela, soupira-t-il. Je suis entièrement responsable de ce qui vient de se passer.

Un éclair traversa ses yeux gris.

— Mon avis ne compte pas, si je comprends bien ?

Heureux de voir qu'elle avait conservé tout son humour, il ne put retenir un léger sourire.

— Si, bien sûr. Mais tu es si jeune…

— Cesse de me dire que je suis *jeune*, l'interrompit-elle en se redressant sur son séant.

Puis elle tendit la main pour remonter le drap sur elle et le serra contre sa poitrine, les lèvres tremblantes.

— J'ai vingt ans.

Six de moins que lui, songea Alekos, à la fois attendri et irrité. Il ne voulait pas de larmes. Ni d'émotions.

— Je ne suis plus une enfant et je ne regrette rien, reprit-elle avec force. Nous avons peut-être agi de façon un peu précipitée, mais cela ne change rien au fait que j'ai *désiré* ce qui s'est passé, ni à ce que je ressens maintenant.

Alekos fut parcouru par un frisson glacé.

— Et que ressens-tu ? demanda-t-il d'un ton neutre.

— Que..., commença-t-elle en resserrant les doigts sur le drap. Que nous... Il y a quelque chose entre nous, Alekos. Un lien puissant... C'est évident, non ?

— Un lien physique, dit-il d'un ton détaché.

— Oui, mais... Pas seulement, tu ne crois pas ? répliqua-t-elle en plissant le front.

Quand elle se mordilla la lèvre, Alekos retint un juron. Après l'avoir séduit, l'innocence et la franchise de Iolanthe lui faisaient peur, à présent.

Il aurait dû s'y attendre. Il s'y *était* attendu — avant de laisser sa libido l'emporter sur sa raison. Iolanthe confondait sexe et amour. Comment en aurait-il pu être autrement, vu son manque total d'expérience en la matière ?

Le meilleur service à lui rendre était de se montrer brutal. Impitoyable. D'empêcher qu'elle nourrisse le moindre espoir. Mieux valait qu'elle perde toute illusion maintenant.

Quittant le lit, il se pencha pour ramasser son pantalon.

— Ce n'était rien d'autre que du sexe, Iolanthe, dit-il sans la regarder. Du désir physique. Nous en avons ressenti l'un pour l'autre et l'avons assouvi, c'est tout.

En la voyant retenir ses larmes, Alekos refoula le regret qui le traversait. Après avoir récupéré sa chemise, il se retourna pour faire face à Iolanthe. Elle s'était déjà ressaisie. Le menton haut, les yeux clairs, elle serrait toujours le drap contre sa poitrine.

— Je vois, dit-elle avec calme.

Elle n'avait pu contrôler le léger tremblement de sa voix,

mais elle soutenait son regard, digne et fière, constata-t-il, admiratif malgré lui.

— Alors, c'est fini, poursuivit-elle. Tu as pris ma virginité et maintenant tu me fiches à la porte ?

— Je te rappelle que c'est toi qui me l'as offerte.

— Et tu as pris ce que je t'offrais, c'est cela ? lança-t-elle avec dégoût. Quelle idiote ! Dire que j'avais pensé…

— Je suis désolé, répéta Alekos, la gorge soudain nouée.

Elle éclata d'un rire dur.

— J'avais pensé que tu pourrais être un bon parti pour moi, que mon père approuverait mon choix ! Alors que cette simple pensée doit t'épouvanter, je suppose ?

— Non, elle ne m'épouvante pas.

— Vraiment ? Mais tu veux que je m'en aille, et vite. J'ai beau ne pas avoir d'expérience, je ne suis pas aveugle !

Et lui, il se sentait étrangement désorienté, tout à coup. Il n'était plus certain que d'une seule chose : il ne voulait pas faire de mal à cette adorable jeune femme.

— Ne t'inquiète pas, reprit-elle d'un ton brusque. Laisse-moi le temps de me rhabiller et je m'en vais.

— Si tu t'es méprise à mon sujet, c'est sans doute ma faute et je m'en excuse, commença Alekos en choisissant bien ses mots. Tu es très belle, Iolanthe, et tu as un charme fou. Ta compagnie m'a enchanté, j'ai passé des moments délicieux avec toi, et je suis certain que tu rencontreras vite un homme qui…

— Épargne-moi ce petit discours, s'il te plaît, trancha-t-elle d'une voix glaciale. Je n'ai pas l'intention de me précipiter dans les bras du premier venu.

— Je suis désolé. Je ne voulais pas…

— Décidément, tu es souvent *désolé*, ce soir, l'interrompit-elle de nouveau en se levant.

Après s'être enveloppée dans le drap, elle s'avança, la tête haute.

— Je le suis, en effet. Je n'aurais jamais dû t'inviter à monter boire un verre, et encore moins coucher avec toi.

Alekos s'interrompit, inspira.

— Nous n'avons même pas pris de précautions.

Se retournant vers lui, elle le regarda en écarquillant les yeux, paniquée, avant de se ressaisir aussitôt.

— Même une novice comme moi sait que l'on est rarement enceinte après un seul rapport.

— C'est néanmoins possible.

Resserrant le drap sur son buste, elle inclina la tête.

— Et que ferais-tu, si c'était le cas ?

— J'assumerais mes responsabilités, répondit Alekos après une légère hésitation.

— C'est-à-dire ?

— Nous en reparlerons le cas échéant, dit-il durement.

— Comme c'est rassurant ! murmura-t-elle en se dirigeant vers la porte.

Il la regarda s'éloigner, partagé entre l'irritation et les regrets. À vrai dire, il n'arrivait toujours pas à croire qu'il ait pu perdre tout contrôle.

Peut-être cet excès d'ardeur était-il simplement dû à la vie de moine qu'il avait menée ces derniers mois, à cause de son emploi du temps surchargé.

Quand il entra dans le salon, Iolanthe agrafait son soutien-gorge, le dos tourné.

— Laisse-moi t'aider…

— Non, l'interrompit-elle d'une voix tremblante. Le seul service que tu puisses me rendre, c'est de rester dans la chambre jusqu'à ce que je sois partie.

Elle enfila sa robe, puis remonta la fermeture Éclair avant de s'arrêter à mi-chemin.

— Je ne veux pas te quitter comme cela, insista Alekos.

— Mais tu veux que je m'en aille.

L'espace d'une seconde, il faillit lui demander de rester. Il pourrait la revoir. Et même l'épouser…

— Iolanthe, s'il te plaît. Laisse-moi au moins te raccompagner chez toi.

— Mon père m'attend…

Un petit rire amer franchit ses lèvres.

— Et crois-moi, je ne tiens vraiment pas à ce qu'il sache comment j'ai terminé cette soirée.

— Vas-tu avoir des ennuis ?

On était au XXIe siècle, bon sang ! Une jeune femme de vingt ans ne pouvait-elle pas vivre sa sexualité ? Elle devrait épouser l'homme choisi par son père, avait-elle dit…

Alekos ferma les yeux, submergé par les regrets. Comment avait-il pu oublier à qui il avait affaire ?

— Laisse-toi t'aider, Iolanthe. S'il te plaît.

— Comment ? répliqua-t-elle en redressant le menton.

À cet instant, Alekos entendit des voix résonner dans le hall puis, suffoqué, vit la porte du salon s'ouvrir brutalement. N'en croyant pas ses yeux, il reconnut le type qui était venu chercher Iolanthe sur la terrasse, suivi de son ennemi juré, Talos Petrakis.

— Qu'est-ce que…, commença-t-il en serrant les poings.

Mais il ne put terminer sa phrase. Deux costauds firent à leur tour irruption dans la pièce et s'emparèrent de lui avant de lui tordre les bras derrière le dos.

— Papa !

Horrifié, Alekos vit Iolanthe s'avancer vers Petrakis, les bras tendus. *Papa ?* Elle était *la fille* de Petrakis ?

— Viens ici, Iolanthe, tonna celui-ci. Et vous, occupez-vous de lui !

Les deux brutes l'entraînèrent aussitôt vers la porte et, quand il tenta de résister, Alekos eut droit à un coup de coude vicieux dans les reins.

— Je ne suis plus un étudiant naïf, cria-t-il en tournant la tête vers Petrakis. Vous n'avez pas le droit de me traiter ainsi…

Ce salopard ne daigna même pas lui adresser un regard.

— Iolanthe, dit-il en passant le bras autour des épaules de sa fille. Viens, rentrons.

La dernière vision qu'Alekos eut de la jeune femme, ce fut son visage blême tandis que, raide comme un automate, elle franchissait le seuil du salon avec son père.

3.

— Il est temps de parler de ton avenir.

Assis derrière son bureau, Talos la regarda, le visage dénué de toute expression.

Se sentant rougir, Iolanthe détourna les yeux.

— Iolanthe ? Tu ne peux pas continuer ainsi.

— Je sais, chuchota-t-elle.

Cela faisait presque un mois que son père l'avait surprise avec Alekos Demetriou. Et depuis, elle avait été littéralement enfermée dans sa chambre de la maison d'Athènes. Les rares fois où Talos était venu la voir, il s'était montré froid et méprisant. Mais Iolanthe ne pouvait pas vraiment lui en vouloir.

Comment avait-elle pu se conduire de façon aussi irréfléchie, aussi *stupide* ? Qu'est-ce qu'il lui avait pris de coucher avec un parfait étranger, et de croire que cela pourrait mener à quelque chose… ?

Au souvenir de la brutalité avec laquelle Alekos avait anéanti ses rêves, Iolanthe frémissait encore. Bien sûr qu'il ne s'était agi que de sexe. Mais cette rencontre avait aussi représenté pour elle une chance d'échapper au destin tout tracé que lui réservait son père, mais cela n'intéressait pas Alekos. *Elle* ne l'intéressait pas.

— Iolanthe ? insista Talos d'un ton glacial, tu es consciente de te trouver dans une situation désespérée, j'espère.

— Désespérée ? répéta-t-elle en tournant vivement la tête vers lui.

— Tu es déshonorée, par conséquent aucun bon parti ne voudra plus de toi.

Elle tressaillit. Son père réagissait en homme d'un autre siècle, et pourtant elle savait que dans son milieu — qui était aussi le sien —, ses paroles avaient un sens.

— Mais un homme pourrait m'aimer..., murmura-t-elle.

— Quel genre d'homme pourrait-il *aimer* une femme qui s'est donnée au premier venu ? À un parfait étranger ?

Il secoua la tête d'un air désapprobateur.

— Franchement, Iolanthe, je suis encore choqué. Je ne te croyais pas capable d'un comportement aussi inconsidéré.

— J'ai commis une erreur, papa, et j'en suis consciente, répliqua Iolanthe en serrant les poings à s'en faire mal.

— Une erreur aux terribles conséquences.

Talos s'adossa à son fauteuil en se massant les tempes.

— Qu'ai-je bien pu faire pour que tu me traites de cette façon, Iolanthe ?

Un bref instant, il la dévisagea, le regard indéchiffrable.

— Tu dois te marier, reprit-il. Heureusement, Lukas est disposé à t'épouser.

— Même maintenant ?

— Tu as de la chance qu'il soit prêt à fermer les yeux sur ton inconduite, répliqua-t-il d'une voix dure.

— Oui, bien sûr.

Ainsi, c'était elle qui avait de la *chance* d'hériter de Lukas Callos pour mari ! Mon Dieu, l'avenir lui semblait soudain encore plus sombre que tout ce qu'elle avait pu redouter.

— À moins que tu ne préfères rester enfermée à la campagne et souiller à jamais mon nom, poursuivit impitoyablement Talos. Je préférerais éviter cette solution.

Iolanthe ferma les yeux. Les portes de la prison se refermaient inexorablement sur elle.

— Je t'accorde vingt-quatre heures pour y réfléchir. Mais pas davantage. Je ne voudrais pas que Lukas change d'avis.

Quand celui-ci apprendrait son état, il risquait fort de changer d'avis, au contraire, songea-t-elle, la mort dans l'âme. Depuis sa folle soirée avec Alekos, elle n'avait pas eu ses règles. En outre, elle était sujette à des nausées matinales, ses seins avaient gonflé, et elle se sentait anormalement fatiguée… Inutile de se cacher la vérité : elle était enceinte. Et si Lukas était prêt à l'épouser déshonorée, reconnaîtrait-il l'enfant d'Alekos ? Par ailleurs, ce dernier ne méritait-il pas de savoir qu'elle portait son héritier ?

— Je vais y réfléchir, papa, promit-elle d'un ton neutre.

Avant d'envisager d'épouser Lukas Callos, elle devait voir Alekos. Ils s'étaient séparés de façon atroce, certes, mais il avait dit que, si elle était enceinte, il assumerait ses responsabilités. Alors, quand il apprendrait que c'était le cas, peut-être se radoucirait-il.

Cet espoir relevait du pur fantasme, Iolanthe s'en rendait parfaitement compte, mais elle décida de s'y accrocher tout de même. De toute façon, c'était son seul espoir.

— Papa… Et Alekos Demetriou… ?

Talos fronça les sourcils d'un air profondément dégoûté.

— Pardon ?

— Nous pourrions… Nous pourrions peut-être l'envisager comme un époux potentiel ?

Le visage de son père s'assombrit, ses yeux étincelèrent de colère, faisant reculer Iolanthe d'un pas. Jamais elle ne lui avait vu un air aussi furieux.

— Tu ne connais vraiment pas Demetriou !

Déglutissant avec peine, elle porta la main à sa gorge.

— Que veux-tu dire ?

— Tu crois qu'il se soucie de toi, Iolanthe ? Cette crapule s'est servie de toi pour m'atteindre. Il m'en veut depuis des années, depuis le jour où j'ai mis au point un logiciel sur lequel il travaillait de son côté. Mais il n'était pas assez rapide ou intelligent pour me suivre. Il a mis du temps pour créer son entreprise, me tenant pour responsable de tous ses ennuis et cherchant toujours à se venger de moi. Alors, il t'a utilisée pour parvenir à ses fins, c'est tout.

Atterrée, elle le dévisagea en pâlissant. Alekos connaissait son père ? Il avait un contentieux à régler avec lui ?

— Non…, chuchota-t-elle. C'est impossible…

— Je t'affirme le contraire.

Iolanthe secoua la tête, incapable d'envisager que son père ait pu dire la vérité.

— Mais comment aurait-il pu savoir que j'étais ta fille ?

— Bah… Il aura fait son enquête.

— Mais…

Les souvenirs rejaillirent dans son esprit. Elle se revit dansant dans les bras d'Alekos, sentit la caresse de ses doigts sur sa joue. Leur rencontre n'avait vraiment pas eu un parfum de vengeance. Sauf à la fin, après, quand il avait soudain paru si impatient de la voir quitter son lit.

Un goût de nausée lui monta aux lèvres. Comment un homme aussi charismatique aurait-il pu l'aborder avec une détermination aussi farouche, sans avoir une idée derrière la tête ? Son père avait sans doute raison : Alekos l'avait séduite pour se venger de lui. Une tristesse incommensurable l'envahit à cette pensée, doublée d'une amertume à peine soutenable. Il avait profité de son corps et de sa naïveté, c'est tout.

— Je ne peux pas le croire, dit-elle d'une voix sans timbre.

— Eh bien, je te conseille de redescendre rapidement sur terre, répliqua Talos d'un ton sec. Et d'épouser Lukas Callos.

Quand il lut le faire-part dans l'*Athinapoli* de la veille, Alekos se dit qu'il ne ressentait rien. Ainsi, Iolanthe allait épouser Lukas Callos, ce minable. Eh bien, ne lui avait-elle pas dit elle-même que son père se chargerait de lui choisir un époux ? Son père… *Talos Petrakis.*

Il serra les poings en se rappelant la dernière fois qu'il s'était trouvé face à face avec son ennemi, avant d'être traîné au fond d'une allée obscure par ses sbires. Ces salauds lui avaient réglé son compte, le laissant presque pour mort.

Comme d'habitude, Petrakis se croyait tout-puissant, au-dessus des lois ! Cette pensée était intolérable à Alekos. Elle l'emplissait d'une rage folle, attisant encore sa soif de vengeance. Rien ni personne ne l'arrêterait plus, désormais.

Quant à Iolanthe Petrakis… Il ne put retenir un petit rire dur et méprisant. Comment savoir ce qu'il s'était passé dans cette jolie tête ? Peut-être lui avait-elle tendu un piège. Sinon, comment Petrakis aurait-il pu savoir où se trouvait sa fille ? Et où il se trouvait, *lui* ?

Avec le recul, Alekos ne pouvait que s'interroger sur son insistance à offrir sa virginité à un parfait inconnu. Peut-être l'avait-elle fait pour se venger de son père qui l'avait tenue à l'écart du monde ? Et peut-être aussi n'avait-elle pas prévu de se retrouver entraînée dans un véritable tourbillon…

— Une femme souhaite vous voir, monsieur, annonça Stefanos en apparaissant sur le seuil de son bureau.

Alekos l'avait embauché comme garde du corps aussitôt après la correction sévère infligée par les sbires de Petrakis.

Un instant désarçonné, il se raidit et regarda Stefanos en plissant les yeux. Personne ne lui rendait jamais visite chez lui. Personne ne savait que, depuis peu, il louait cet appartement, dans le quartier historique d'Athènes.

— Vous a-t-elle donné son nom ?

— Seulement son prénom, monsieur. Iolanthe.

Après avoir jeté son journal dans un fauteuil, Alekos se passa la main dans les cheveux. Comment avait-elle trouvé son adresse ? Et pourquoi souhaitait-elle le voir ? Pour lui annoncer ses fiançailles ? Ou pour lui dire… Il gardait une sensation de malaise à la pensée de ne pas avoir utilisé de préservatif ce soir-là.

— Où est-elle ?

— Dans le hall, monsieur.

— Installez-la dans le salon. Je la rejoins dans un instant.

Après un hochement de tête, Stefanos tourna les talons et disparut. Aussitôt, Alekos bondit de son fauteuil et se mit à arpenter son bureau. Depuis un mois, il avait mis un point d'honneur à ne pas penser à Iolanthe. Mais à la perspective de la revoir, il se sentait envahi par un flot d'émotions qu'il ne parvenait pas à endiguer. Tout à coup, il ne savait plus que penser d'elle, ni que croire à son sujet. Le soir du bal, il avait succombé à son charme, à son innocence, mais maintenant qu'il soupçonnait d'avoir été victime d'un sordide complot…

Il repensa aux encouragements prodigués par Talos, aux tapes amicales sur l'épaule tandis que celui-ci demandait à son jeune stagiaire de tout lui expliquer… À vingt-deux ans, Alekos avait cru avoir trouvé un mentor. Un soutien quasi paternel. Quelle erreur lamentable… Il avait été si stupide, à l'époque, si confiant.

Jamais plus, se jura-t-il. Jamais il ne ferait confiance à un membre de la famille Petrakis. Ni à quiconque. Carrant les épaules, il prit une profonde inspiration, puis quitta son bureau.

Immobile devant la fenêtre du salon d'Alekos, Iolanthe regardait la nuit tomber en s'efforçant de calmer les battements désordonnés de son cœur. Elle n'arrivait pas encore à croire qu'elle avait eu l'audace de s'échapper de la maison de son père, avant de se faufiler comme une ombre dans les ruelles du vieux quartier d'Athènes. S'il apprenait qu'elle s'était enfuie pour aller chez Alekos Demetriou…

La porte s'ouvrit derrière elle, la faisant sursauter. Alekos se tenait dans l'encadrement de la porte, plus somptueux que jamais, mais l'air sombre et dur.

Lentement, il croisa les bras sur son torse impressionnant et fronça les sourcils, la dévisageant en silence.

— Alekos…

— Comment as-tu trouvé mon adresse ?

— Je… Dans les papiers de mon père.

Un soir, très tard, elle s'était glissée dans le bureau de Talos, où elle avait découvert avec surprise les coordonnées d'Alekos, sur une petite fiche posée en évidence parmi quelques autres.

— Ah… Et que veux-tu ?

— Je voulais te voir, commença-t-elle en choisissant ses mots. Pour savoir si… si…

— Si quoi ?

Incapable d'en dire davantage, Iolanthe le regarda en silence.

Elle se sentait affreusement misérable, se rendant compte qu'elle était venue pour rien.

— S'il y avait eu quelque chose de… vrai entre nous, répondit-elle dans un murmure.

En réalité, Iolanthe connaissait maintenant la réponse : il n'y avait rien eu entre eux.

— Quelque chose de vrai ? répéta-t-il, incrédule. Tu oses me poser cette question alors que ton père s'est introduit dans ma suite et m'a fait emmener comme un vulgaire voyou ?

— Il… Il a fait cela pour me protéger.

— Et tu le défends, bien sûr ! répliqua-t-il en la toisant avec mépris. Va-t'en, Iolanthe. Je ne veux plus jamais te revoir. Jamais, tu entends ?

— À moins qu'il n'y ait des conséquences ?

Décontenancée, et légèrement effrayée par la colère qui flambait dans son regard, elle le dévisagea en silence.

— Eh bien ? Es-tu venue me voir parce que tu portes mon enfant ? Si ce n'est pas le cas, je te conseille de partir. Tout de suite.

Ses paroles ressemblaient fort à une menace. Comment Iolanthe aurait-elle pu dire la vérité à cet homme hostile, animé d'une soif de vengeance maladive ? Était-ce là le père qu'elle désirait pour son enfant ?

Néanmoins, il avait le droit de savoir qu'elle était enceinte de lui.

— Que ferais-tu, s'il y avait effectivement des conséquences ? demanda-t-elle en redressant le menton.

— Chercherais-tu à protéger tes arrières ? riposta-t-il d'un ton dédaigneux. Je viens de voir le faire-part annonçant tes fiançailles avec Callos.

Il se rapprocha d'elle et lui saisit le poignet.

— Ne me mens pas, Iolanthe, reprit-il en plissant les yeux. Es-tu enceinte ?

Ses doigts l'enserraient comme un étau. Où était passé l'homme doux, drôle et charmeur qu'il l'avait tant séduite ?

Il n'avait été qu'un mirage, dès le premier instant où elle avait croisé son regard.

— Non, dit-elle, la gorge nouée. Je ne suis pas enceinte.

Il la libéra, une moue de dégoût aux lèvres.

— Très bien. Alors va-t'en, répliqua-t-il en la lâchant.

Battant des cils pour refouler ses larmes, Iolanthe soutint un instant son regard méprisant. Elle ne pleurerait pas. Pas devant cet homme froid et impitoyable.

Les bras croisés, il attendait, sans dissimuler son impatience. Serrant les mâchoires, ravalant le sanglot qui montait de sa gorge, elle pivota sur elle-même et sortit du salon sans se retourner.

4.

Dix ans plus tard.

— Votre situation est… difficile, madame Callos.

— Difficile ? répéta Iolanthe en se redressant dans le fauteuil club en cuir fauve.

Antonis Metaxas, l'avocat d'affaires de Lukas, l'avait fait venir pour lui parler de la situation financière de ce dernier, décédé dans un accident de voiture deux semaines plus tôt. Son père étant par ailleurs mort deux ans auparavant, elle se retrouvait seule au monde avec Niko, son fils de neuf ans, et à la tête de Petra Innovation, qui reviendrait plus tard à celui-ci.

Lorsque Metaxas croisa les mains sur son bureau, le regard un peu trop compatissant, un frisson d'inquiétude parcourut Iolanthe. Au cours des dix dernières années, elle ne s'était jamais impliquée dans les affaires de son père et de son époux — ni l'un ni l'autre ne le lui ayant demandé. Aussi s'était-elle concentrée sur son fils, qu'elle adorait, s'efforçant d'être heureuse, ou du moins contente de son sort.

— Ces dernières années, Petra Innovation a connu quelques revers financiers, commença prudemment Metaxas. Ce qui, hélas, vous laisse dans une situation assez précaire.

— Soyez plus franc, monsieur Metaxas : dans quelle mesure ma situation est-elle *précaire*, exactement ? Je peux tout entendre, vous savez…

Elle ferait son possible pour y arriver, en tout cas.

— Je crains qu'en matière de finances votre mari n'ait pas

été aussi… habile que votre père. Même s'il était un génie dans le domaine de l'informatique, bien sûr.

— Oui, je sais.

Lukas avait toujours passé plus de temps au travail qu'à la maison, son premier et unique amour étant l'informatique, ce que Iolanthe avait accepté depuis longtemps. Elle avait vite renoncé à recevoir de l'amour ou même de l'affection. De toute façon, elle aurait été incapable de le lui rendre. Leur mariage n'avait été qu'une union d'intérêt, des deux côtés.

— Eh bien, comment cela s'est-il passé, lorsqu'il a pris la relève après la mort de mon père ?

— Il y a six mois, il a vendu des parts de l'entreprise — parts que votre père avait toujours refusé de franchir, désireux de son indépendance.

En effet, Talos avait partagé les parts avec Lukas dans ce but.

— Mais Lukas demeurait actionnaire majoritaire, je présume ?

Elle en savait suffisamment sur le monde des affaires, et sur la vie, pour comprendre que c'était vital.

— Je crains que non, malheureusement.

— Pardon ?

Iolanthe le regarda en battant des cils, interloquée, *atterrée*, même, d'apprendre que son mari ait pu se montrer aussi inconséquent.

— Alors, combien de parts me reste-il, exactement ?

— Quarante pour cent, en gros.

— Très bien, répliqua-t-elle en refoulant son inquiétude. Cela doit toujours représenter la majorité : les autres soixante pour cent étant réparties entre plusieurs actionnaires, je…

— Non, l'interrompit doucement Metaxas. Les autres soixante pour cent sont entre les mains d'une seule personne. Votre mari ne s'en est pas rendu compte, les rachats ayant été effectués très discrètement, et sous le nom de différentes sociétés. Mais à la source, il y a un seul homme.

— Et de qui s'agit-il ? demanda-t-elle d'une voix blanche.

— D'un autre génie de l'informatique. Alekos Demetriou.

Alekos Demetriou… Un froid glacial se répandit soudain dans ses veines, dans tout son corps. Durant ces dix longues années, elle avait appris à ne plus penser à lui, tâchant de se persuader qu'il n'était pas le père de Niko, que son nom ne signifiait rien pour elle. Mais il avait suffi que Metaxas le prononce pour qu'elle soit ramenée à cette nuit terrible et magnifique, au cours de laquelle elle était passée de la félicité la plus absolue à une souffrance abyssale.

Et maintenant, elle apprenait qu'Alekos Demetriou était le propriétaire de l'entreprise créée par son père ?

— Quel est son but, à votre avis ?

— Je n'en sais rien, reconnut l'avocat. Il vient à peine de révéler qu'il possédait la majorité des parts. J'ai demandé à le rencontrer pour discuter de l'avenir de Petra Innovation.

— Vous voulez dire que le sort de l'entreprise est désormais entre ses mains, c'est cela ? demanda Iolanthe d'une voix blanche.

— Oui, madame Callos, soupira-t-il en hochant la tête. Je comprends que cette nouvelle vous cause un choc.

— Vous ne soupçonnez pas à quel point ! s'exclama-t-elle en ne pouvant retenir un rire bref et amer.

— Je ne sais pas du tout ce que Demetriou envisage, poursuivit Metaxas après un léger silence. J'ignore pourquoi il a racheté ces parts, mais en tout cas j'avoue que la manière dont il s'y est pris ne laisse pas de m'inquiéter.

Il y avait de quoi être inquiet, en effet. Que comptait faire Alekos ? Pourquoi avait-il pris le contrôle de Petra Innovation ? De l'entreprise que son fils — *leur* fils — avait hérité de naissance ? Pour assouvir sa vengeance. Dix ans avaient passé mais il désirait toujours prendre sa revanche sur son père, sa famille. Ou peut-être même sur elle.

L'avocat s'éclaircit la voix.

— Avez-vous vécu quelque chose avec Demetriou autrefois ? demanda-t-il avec calme.

— Moi ? répliqua-t-elle en haussant les sourcils. Pourquoi cette question ? J'avais vingt ans lorsque j'ai épousé Lukas.

— Bien sûr, bien sûr, pardonnez-moi. Mais je me disais que, peut-être, entre vos deux familles…

Iolanthe soutint son regard sans ciller.

— Demetriou en a voulu à mon père, il y a longtemps. À propos d'un logiciel. Mon père l'a pris de vitesse en le lançant sur le marché avant lui et je crois que Demetriou lui en a gardé rancune.

— Et vous pensez qu'il aurait pu racheter l'entreprise pour se venger, en quelque sorte ?

— Ce serait tout à fait son style.

— Vous le connaissez, alors ?

— Je sais de quoi il est capable, riposta-t-elle d'une voix crispée. Mon père m'a parlé de lui : Demetriou n'est vraiment pas quelqu'un de recommandable.

Metaxas soupira de nouveau.

— Cela ne présage rien de bon pour Petra Innovation. Mais je suppose que Demetriou m'expliquera lui-même quelles sont ses intentions lorsque je le rencontrerai demain.

— J'aimerais assister à ce rendez-vous.

Comme son mari et son père avant lui, Metaxas avait l'intention de la tenir à l'écart de tout ce qui concernait l'entreprise. Avant la mort de Lukas, cela ne l'avait jamais dérangée, mais à présent tout avait changé. Car c'était l'héritage de son fils qui était en jeu.

— Si vous y tenez, acquiesça-t-il, l'air stupéfait.

En effet, elle y tenait plus que tout, parce qu'elle désirait savoir, dans le moindre détail, ce qu'Alekos comptait faire concernant l'entreprise de son père. Même si la perspective de se retrouver face à lui l'emplissait de terreur et de crainte.

— M. Metaxas et Mme Callos vous attendent, monsieur.

Alekos se dirigea d'un pas déterminé vers le bureau du P-DG de Petra Innovation. Ils avaient beau l'avoir fait attendre comme un vulgaire représentant de commerce, cette entreprise lui appartenait bel et bien. Et il était impatient d'annoncer la nouvelle à Mme Callos.

Dès que l'assistant eut ouvert la double porte, il s'avança avant de s'arrêter net en apercevant Iolanthe, immobile devant la fenêtre, un rayon de soleil projetant des reflets bleutés sur ses cheveux presque noirs.

La revoir après tant d'années lui fit l'effet d'un coup de poing en pleine poitrine. Sidéré, et irrité par ce constat, il se rendit compte qu'il la contemplait en retenant son souffle. Les souvenirs se bousculaient en lui, se déployant en un kaléidoscope d'images et de sensations qu'il avait enfouies au plus profond de son être.

Un loup de satin ivoire, la douceur d'une joue lisse sous sa paume, la caresse de ses lèvres rose corail, le soupir qui s'en échappait, de pur ravissement…

Se détournant d'elle, il salua brièvement l'avocat.

— Monsieur Metaxas…

— Monsieur Demetriou…

Le silence s'installa dans la pièce, pesant et tendu, jusqu'à ce qu'Alekos se décide à regarder Iolanthe, déterminé à ne pas céder au trouble qui l'avait saisi en l'apercevant. Elle avait changé, constata-t-il en la dévisageant. Mûri. De minuscules rides auréolaient ses yeux et, en dépit de la pâleur de son visage, elle affichait un sang-froid qu'elle ne possédait pas autrefois. Elle n'avait plus vingt ans mais trente et était veuve depuis peu. C'est pourquoi elle portait ce costume gris ardoise, sans doute. La veste ajustée mettait en valeur sa taille fine, la jupe crayon ses hanches minces et rondes. Quant à ses cheveux, ils étaient rassemblés en un chignon strict sur la nuque.

— Permettez-moi de vous présenter mes condoléances, madame Callos.

Sans dire un mot, elle inclina légèrement la tête, l'air digne, le regard impénétrable. Dans ses beaux yeux, plus aucun éclat argenté ne brillait, remarqua-t-il avec un étrange pincement au cœur.

— Mme Callos aimerait connaître vos intentions concernant l'avenir de Petra Innovation.

— Mme Callos ne peut-elle s'exprimer elle-même ? demanda Alekos d'une voix doucereuse à l'avocat.

Ravi, il vit une lueur courroucée traverser le regard de Iolanthe. La statue de marbre avait pris vie.

— Oui, elle le peut, répondit-elle brièvement.

Il tressaillit en entendant sa voix, qui avait pris un accent plus mûr qu'autrefois, mais le troublait toujours tout autant.

— Très bien. Que désirez-vous savoir, exactement ?

— J'aimerais que vous m'expliquiez pourquoi vous avez racheté soixante pour cent des parts de l'entreprise appartenant à mon père et à mon mari, dit-elle avec une pointe de mépris. Et pourquoi vous avez agi dans le plus grand secret.

— Si vous vous étiez donné la peine de mieux vous renseigner, vous auriez découvert qu'il n'y avait rien de secret dans mes agissements, madame Callos. Et que de son côté, votre mari ne se souciait pas de savoir qui achetait les parts qu'il vendait.

Un petit halètement lui échappa ; elle pinça les lèvres.

— Comment osez-vous parler de lui de cette façon ?

Il haussa un sourcil incrédule.

— Pardon ? Je n'ose rien du tout, je ne fais qu'évoquer un fait : votre époux n'avait aucun sens des affaires, madame Callos.

— Mais au moins, il avait celui de l'honneur, riposta-t-elle. Dont *vous* êtes totalement dépourvu.

— Madame Callos, commença Metaxas, visiblement choqué par la tournure que prenait la conversation.

— Comme vous l'avez sans doute compris, Iolanthe et moi avons eu l'occasion de nous croiser autrefois, lui dit Alekos.

L'avocat adressa un regard confus à Iolanthe, dont les yeux vibraient de rage contenue.

— Mme Callos s'interroge sur la nature de vos intentions…

— J'ai agi de façon tout à fait légale, l'interrompit Alekos avec calme. À l'inverse de Talos Petrakis et Lukas Callos.

Metaxas se raidit sous l'affront.

— Sous-entendriez-vous que…

— Non, l'interrompit de nouveau Alekos. Je ne sous-entends rien, j'énonce simplement des faits. Une fois de plus.

Tournant les yeux vers Iolanthe, il vit qu'elle était livide, mais ses yeux étincelaient toujours de rage. Ainsi, elle n'avait rien perdu de sa fougue juvénile… Et qu'est-ce que cela pouvait bien lui faire ? Iolanthe Callos ne l'intéressait en rien. Il n'avait pas pensé à elle une seule fois au cours des dix dernières années. Ou, plus exactement, il s'était contraint à ne pas penser à elle.

— Après avoir cherché à prendre le contrôle de l'entreprise de mon père, vous jetez le doute sur sa respectabilité, ainsi que sur celle de mon mari…, répliqua-t-elle en secouant la tête avec dégoût. Bientôt, vous allez m'insulter aussi !

— Pour autant que je sache, c'est vous qui lancez des insultes, pas moi.

— Je crains que cet échange ne nous avance à rien, intervint Metaxas en plissant le front. Par conséquent, je propose que nous nous concentrions sur les intentions de M. Demetriou…

— En effet, acquiesça-t-elle d'une voix guindée.

Ses pommettes s'étaient colorées, ravivant son teint pâle et rehaussant encore sa beauté naturelle. Alekos ne put réprimer le mélange de pitié et d'admiration qui le traversa. Mais le courage et la fierté de Iolanthe ne l'empêcheraient pas de porter le coup fatal qu'il préparait depuis si longtemps. Il ne regrettait qu'une chose : que Talos Petrakis ne soit plus là pour le voir, et le recevoir.

— Très bien. J'ai le grand plaisir de vous annoncer que je compte fermer l'entreprise et liquider tous ses actifs.

Les bras ballants, Iolanthe le dévisagea en silence, les lèvres entrouvertes, visiblement choquée.

— Vos quarante pour cent devraient vous assurer un certain confort, poursuivit-il. Bien que je craigne que, ces derniers temps, l'entreprise ait été moins florissante qu'autrefois.

— Vous ne pouvez pas…

— Non seulement je le peux, répliqua-t-il d'un ton neutre, mais j'ai déjà enclenché le processus.

— Vous allez licencier tous les employés…

— Vous inquiéteriez-vous pour des gens qui ne sont pour vous que des inconnus ? coupa-t-il sèchement. Ou est-ce plutôt votre situation personnelle qui vous préoccupe ?

La colère bouillait en Alekos, à présent. Il lui avait fallu un certain temps pour comprendre que c'était Lukas Callos qui avait copié son invention autrefois — à la demande de Petrakis pour lequel il travaillait déjà à l'époque. Et Iolanthe avait partagé le lit de ce salaud ! Elle avait été sa femme !

— Comment osez-vous m'accuser ? répliqua-t-elle d'une voix rauque, les yeux étincelants de colère. Alors que vous...

— Vous avez manifestement une piètre opinion de ma personne, l'interrompit-il de nouveau. Mais peu importe. Tout sera bientôt terminé.

— Je pense que nous devrions prendre un moment pour..., commença Metaxas.

Mais, s'avançant d'un pas vers Alekos, Iolanthe ne le laissa pas poursuivre.

— Vous ne pouvez pas ! répéta-t-elle en serrant les poings. Petra Innovation m'appartient !

— Non, plus maintenant, répliqua-t-il sans s'émouvoir.

— C'est toute ma vie, celle de mon fils...

Alekos savait qu'elle avait eu un fils de Callos. Mais il n'avait jamais vu l'enfant, évidemment. Et pourquoi aurait-il dû se soucier du sort d'un gamin dont il ne connaissait même pas le prénom ? C'était grâce à lui, Alekos, que son grand-père avait fait fortune — en lui volant son invention. Alors, ce n'était que justice s'il récupérait maintenant son dû. Sans parler de la trahison de sa mère, qui l'avait attiré dans un sale piège pour l'humilier, dix ans plus tôt.

— J'espère que vous saurez vous adapter tous les deux, dit-il avec calme.

Un cri étouffé échappa à Iolanthe tandis qu'elle levait la main et la pressait sur sa poitrine.

— La première fois que je vous ai rencontré, je vous avais pris pour un homme bon, mais vous me démontrez une fois de plus que je m'étais trompée.

Alekos refoula le soupçon de regret qui le traversait.

— Dans ce cas, vous devriez peut-être en conclure que vous manquez de discernement, riposta-t-il froidement. Ou vous demander qui est le bon et qui est le méchant, dans cette histoire. Sur ce, je vous souhaite une bonne journée.

Après les avoir salués tour à tour d'un bref hochement de tête, il tourna les talons et quitta la pièce à grands pas.

5.

— Comment cela s'est-il passé ? demanda Amara en refermant la porte de la maison derrière Iolanthe.

Lorsque, après son mariage, elle s'était installée non loin du quartier de Pláka, la fidèle gouvernante l'avait suivie.

— Très mal, répondit-elle avec effort.

Une heure après cet affreux rendez-vous, elle oscillait encore entre rage et terreur.

Plissant le front d'un air inquiet, Amara lui prit son manteau et le posa soigneusement sur son bras.

— Je vais vous préparer une boisson chaude.

C'est-à-dire une tasse de thé grec des montagnes, considérée comme la panacée dans le centre de la Grèce d'où venait Amara. Au fil des années, Iolanthe avait appris à apprécier cette décoction de *Sideritis*, une plante riche en fer et connue pour ses nombreuses vertus, à laquelle Amara ajoutait du miel et du citron.

— Merci, Amara, dit Iolanthe en se dirigeant vers la cuisine. Mais je crains qu'une simple tasse de thé ne puisse résoudre mes problèmes, hélas… Où est Niko ?

— En haut, devant son ordinateur.

Son fils passait la majeure partie de son temps à lire, à jouer avec ses gadgets électroniques, ou devant son ordinateur. Le faire participer à toute vie sociale représentait un éternel défi, en dépit des tentatives répétées de Iolanthe de le sortir de l'isolement dans lequel il semblait se complaire.

S'asseyant sur une chaise, elle posa les coudes sur la table de la cuisine et se massa les tempes. Revoir Alekos l'avait profondément bouleversée, même si elle refusait de se l'avouer. Pas seulement à cause de ses horribles projets concernant l'entreprise, mais par sa simple présence. Il était resté aussi ténébreux, aussi follement beau et attirant que dix ans plus tôt. Mais à présent, aucun sourire, aucune promesse n'éclairait plus ses beaux yeux aux reflets topaze. Il ressemblait à un dieu en colère descendu des cieux pour accomplir sa vengeance.

Et il avait réussi. Or il était impossible, inconcevable pour Iolanthe d'envisager de perdre Petra Innovation.

— Que s'est-il passé ? demanda Amara en jetant feuilles et racines dans l'eau bouillante.

Laissant la petite casserole en cuivre sur le feu, elle sortit deux tasses du placard.

— Je croyais qu'il ne s'agissait que d'une simple formalité, reprit-elle en se retournant.

— Moi aussi..., soupira Iolanthe.

Se redressant, elle s'appuya au dossier de sa chaise et ferma un instant les yeux. Vingt-quatre heures plus tôt, elle ne s'attendait certes pas à apprendre qu'Alekos avait racheté soixante pour cent des parts de Petra Innovation...

— Et alors ? insista Amara, une pointe d'impatience et d'inquiétude dans la voix.

— Alekos Demetriou a repris l'entreprise.

La gouvernante écarquilla les yeux d'un air stupéfait. Personne ne savait qu'Alekos était le père de Niko, hormis Talos et Lukas. Lorsque celui-ci avait accepté d'épouser Iolanthe, ils avaient passé tous les trois un accord : il élèverait Niko comme son fils et ils offriraient au monde l'image d'une famille unie et heureuse. Ils avaient essayé. Enfin, *elle* avait essayé, car de son côté Lukas n'avait vraiment pas fait beaucoup d'efforts.

— Et qu'est-ce qu'il a l'intention d'en faire ?

Iolanthe lui fit un résumé de l'entrevue à la gouvernante, qui l'écouta avec attention en plaçant devant elle la tasse de thé fumante, avant de s'installer de l'autre côté de la table avec sa propre tasse.

— Je vois, dit-elle quand Iolanthe eut terminé. Mais ce

n'est pas si affreux, en fin de compte ? Avec quarante pour cent des parts, vous devriez pouvoir vivre confortablement avec Niko, non ? Et puis, vous ne vous êtes jamais occupée de l'entreprise, de toute façon.

— Petra Innovation est l'héritage de Niko, répliqua Iolanthe avec force. Mon père vivait pour son entreprise et, après avoir pris la relève, Lukas y a consacré toute son énergie.

Elle prit une gorgée de thé, sentit le liquide parfumé descendre dans sa gorge, chaud et bienfaisant.

— Niko a toujours su qu'il en hériterait un jour, poursuivit-elle. Il attend avec impatience de pouvoir s'en occuper.

Durant les dernières années de sa vie, Talos avait fini par s'adoucir vis-à-vis de Iolanthe et, parfois, il emmenait son petit-fils travailler avec lui, heureux de lui faire découvrir l'entreprise dont il hériterait un jour. Alors que de son côté, Lukas avait toujours ignoré celui qu'il continuait de considérer comme un bâtard.

En fait, Iolanthe soupçonnait que l'intérêt de Niko pour Petra Innovation provenait en partie du désir d'impressionner celui qu'il prenait pour son père. Et maintenant que Lukas était mort, il ne restait plus que l'entreprise à Niko.

— Je ne peux pas renoncer sans me battre, reprit-elle. Vous savez ce que cela représente pour lui.

— Oui, mais il n'a que neuf ans, soupira la gouvernante.

— Il a toujours voulu travailler pour Petra Innovation, Amara. Parce qu'il désirait que son père et son grand-père soient fiers de lui.

— Et si vous n'avez pas le choix ?

— *J'ai* le choix, affirma Iolanthe en tressaillant.

En effet, elle venait de comprendre qu'elle pouvait choisir de révéler à Alekos que Niko était son fils. Garderait-il Petra Innovation s'il savait que l'entreprise devait revenir à son propre enfant ? Elle l'ignorait, mais elle devait tenter sa chance.

— Que voulez-vous dire ? demanda Amara. Si cet homme est actionnaire majoritaire…

— Je peux toujours lui parler, dit Iolanthe en reposant résolument sa tasse sur la table. Je *dois* lui parler.

Après avoir discuté encore un moment avec Amara, elle monta au dernier étage, réservé à Niko et aménagé pour lui. Traversant le vaste espace dévolu au jeu, elle s'arrêta sur le seuil de la petite pièce jouxtant sa chambre et le regarda, le cœur serré. Installé devant son bureau, le regard concentré sur son écran d'ordinateur, il était inconscient de ce qui l'entourait.

— Niko, dit-elle doucement. Que fais-tu, mon chéri ?

Il se détourna de l'écran et la regarda en clignant des yeux.

— Une application.

— Et de quoi s'agit-il, cette fois-ci ? demanda Iolanthe d'un ton léger en s'asseyant sur un coin du bureau.

Et en veillant à rester à bonne distance de l'ordinateur de son fils. Un jour qu'elle s'était aventurée à poser les doigts sur le clavier, Niko avait failli s'effondrer. Depuis, elle préférait ne plus prendre aucun risque.

Il hocha ses frêles épaules en détournant le regard, comme il le faisait si souvent. Depuis les premiers instants de sa vie, alors qu'il était encore bébé, Iolanthe s'était efforcée d'établir le lien que la plupart des mères considéraient comme allant de soi. Elle aimait son fils, elle en était certaine. Elle l'aimait même farouchement et désirait le protéger parce qu'il était différent, et qu'il y avait tant de choses qu'il ne comprenait pas. Mais elle se demandait parfois si Niko l'aimait de son côté. Par moments, elle en arrivait même à douter qu'il sache comment aimer. Avant de se culpabiliser aussitôt de se laisser aller à ce genre de pensée. Niko lui montrait son amour à sa façon. Iolanthe le savait. Mais pourtant, au fond de son cœur, elle ne pouvait s'empêcher de s'interroger. Et d'avoir peur.

— Niko ? insista-t-elle, qu'est-ce que c'est, cette application ?

Il haussa de nouveau les épaules.

— Juste un truc pour suivre les points.

Depuis un an, Niko créait des applications pour des jeux en ligne, et dans l'un d'eux, si elle avait bien compris, il s'agissait de combattre des zombies. Après qu'elle l'eut encouragé à montrer ses applications à Lukas, Niko avait tenté de l'approcher, avant de se voir rabroué et congédié brutalement. Craignant que le rejet de son père ne renforce encore son isolement, Iolanthe s'était efforcée d'encourager Niko de son mieux, mais en matière d'informatique son fils l'avait devancée depuis longtemps.

— Super, répliqua-t-elle en souriant.

Mais lorsqu'elle voulut lui effleurer les cheveux, il recula vivement la tête.

— Tu es retournée voir l'avocat ? demanda-t-il après un léger silence.

— Oui.

Son fils se tourna vers elle, dardant sur elle son regard aux reflets topaze, si semblable à celui d'Alekos.

— Et qu'est-ce qu'il a dit ? Tout va bien ?

— Oui, tout va bien, Niko, affirma-t-elle.

Comment aurait-elle pu lui dire la vérité ? Il avait beau paraître parfois plus âgé qu'il ne l'était en réalité, Niko n'avait que neuf ans. Alors, elle n'allait pas l'inquiéter en lui parlant de ses problèmes financiers.

Comment Lukas avait-il pu laisser se produire une telle catastrophe ? se demanda-t-elle de nouveau avec un frisson glacé. Si elle s'était intéressée de plus près à l'entreprise, si elle avait insisté pour qu'il la tienne au courant, elle aurait peut-être pu préserver l'héritage de son fils.

— Maman ?

Elle frissonna de nouveau. C'était si rare qu'il l'appelle ainsi.

— Tu es sûre que tout va bien ?

— Oui, mon chéri.

Tout ira bien, se répéta Iolanthe. Elle trouverait le moyen de sauver Petra Innovation, pour Niko.

Quand elle se hasarda à lui tapoter la main et qu'il lui adressa un petit sourire timide et hésitant, elle dut faire un effort surhumain pour ne pas le prendre dans ses bras.

Souriant à son fils, elle descendit de son perchoir et s'éloigna lentement, le laissant à ses chères applications.

Alekos repoussa son ordinateur d'un geste brusque et se leva en poussant un juron. Depuis qu'il avait revu Iolanthe la veille, il était incapable de se concentrer sur quoi que ce soit.

Après avoir quitté les locaux de Petra Innovation, et trop agité pour regagner son propre bureau, il avait erré dans les rues du quartier d'affaires d'Athènes, assailli par un flot de souvenirs importuns.

Des souvenirs de Iolanthe, de son visage, de sa voix, son corps. De ce somptueux rire de gorge, riche et mélodieux, qui continuait de résonner en lui. De sa bouche offerte à la sienne, de son goût délicieux qu'il n'avait jamais oublié. Et puis, cette merveilleuse sensation qu'il avait ressentie, enfoui en elle, une impression de puissance et de vulnérabilité mêlées, comme s'il était parvenu au sommet d'une haute montagne et arrivé enfin chez lui en même temps.

Comment avait-il pu oublier tout cela ? Et pourquoi s'en souvenait-il maintenant ? Iolanthe avait changé. Il avait changé. Et il n'avait plus besoin d'elle. À supposer qu'il eût jamais éprouvé un tel besoin.

Traversant le vaste espace lumineux, Alekos s'arrêta devant la baie vitrée courant sur tout un côté. Son bureau était situé au dernier étage de l'immeuble abritant le siège de Demetriou Tech et avait vue sur l'Acropole. Soudain, il se rappela le moment où il l'avait contemplé avec Iolanthe, sur la terrasse de l'hôtel, ce fameux soir. Il se souvint de l'intensité du désir qui l'avait possédé lorsqu'il l'avait embrassée…

Il se détourna d'un mouvement brusque en jurant de nouveau et revint s'asseoir à son bureau. Il devait cesser ces divagations mentales. Endiguer le flot de souvenirs. D'autant qu'il les embellissait sans doute. Après tout, il s'était agi d'un moment de folie, rien de plus…

Et pourtant, il demeurait incapable de calmer l'agitation qui avait pris possession de lui en revoyant Iolanthe. Où était le sentiment de triomphe qu'il attendait depuis des années ? Il avait enfin atteint son but. La soif de vengeance qui le consumait depuis bientôt quinze ans était étanchée. Sans le savoir Lukas Callos lui avait fait gagner du temps : racheter les parts de Petra Innovation avait été un jeu d'enfant !

Alors pourquoi n'avait-il pas exulté en laissant Iolanthe dans le bureau de son défunt mari ? Pourquoi au contraire s'était-il trouvé en proie à une curieuse sensation de vide ?

— Mme Iolanthe Callos souhaiterait vous voir, monsieur.

Alekos se raidit en entendant la voix de son assistante résonner dans l'Interphone. Que lui valait cette visite ? Mme Callos venait-elle le supplier à genoux ? Pas de problème…

Iolanthe franchit la porte en s'efforçant de garder la tête haute et les idées claires. Ce qui n'était pas facile. Le simple fait de voir Alekos debout à côté de son bureau, une main appuyée nonchalamment sur celui-ci, le visage si fermé, l'expression si froide…

Non seulement il était très intimidant, mais aussi incroyablement séduisant dans ce costume trois-pièces bleu marine à fines rayures blanches. Ses cheveux noirs coupés court mettaient en valeur ses hautes pommettes, et les beaux yeux dont son fils avait hérité. Mais pas l'ombre d'un sourire n'étirait ces lèvres sensuelles dont Iolanthe se rappelait la douceur.

— Que viens-tu faire ici, Iolanthe ?

— Je voudrais te parler.

À son grand soulagement, elle s'était exprimée d'une voix posée. Enfin, à peu près.

— Je ne me rendais pas compte que nous avions encore quelque chose à nous dire.

— Pourquoi veux-tu liquider Petra Innovation ?

Raté. En effet, elle n'avait pas prévu d'aborder d'emblée le vif du sujet. Elle avait plutôt envisagé une approche en douceur, susceptible de déboucher sur une discussion d'égal à égale — comme si elle détenait encore le contrôle de la situation. Mais à quoi bon faire semblant, finalement ? Ils savaient tous deux ce qu'il en était.

Alekos la contempla un long moment en silence.

— Parce qu'elle n'a plus de raison d'être, dit-il enfin.

— Pourquoi l'avoir rachetée, dans ce cas ?

— Parce que cette opération me rapporte de l'argent.

— Vraiment ? Même après le rachat de toutes ces parts ?

Respire, Iolanthe...

— Il s'agit uniquement de vengeance, reprit-elle.

Le visage impénétrable, Alekos la contempla de nouveau en silence, puis inclina légèrement la tête de côté en promenant lentement son regard sur le corps de Iolanthe.

— Si tu le sais, pourquoi être venue ?

— Ce que je sais, c'est que tu haïssais mon père parce qu'il avait créé un logiciel sur lequel tu travaillais de ton côté, riposta-t-elle, trop furieuse désormais pour prendre des gants. Et que tu lui en voulais d'être plus rapide ou plus intelligent que toi. Ce n'est pas seulement une question de vengeance, c'est... une vieille histoire de rancœur stupide ! D'orgueil blessé !

L'expression d'Alekos n'avait pas changé, et pourtant il semblait encore plus intimidant, plus menaçant...

— Que veux-tu dire par là, exactement ? demanda-t-il de sa voix basse et profonde.

Iolanthe tressaillit mais refusa de se laisser intimider.

— Mon père m'a raconté ce qui s'était passé, après notre...

Après leur merveilleuse étreinte, quand elle s'était donnée à lui corps et âme, croyant stupidement qu'ils avaient quelque chose à vivre ensemble.

— Et il t'a dit que je n'étais pas... Comment as-tu exprimé la chose, déjà ? Que je n'étais pas aussi rapide, ou aussi intelligent que lui ?

— Oui.

Il s'avança vers la fenêtre, les mains croisées dans le dos.

— Et qu'il avait créé un logiciel que je ne parvenais pas à mettre au point de mon côté, c'est bien cela ?

— À peu près. Il ne m'a pas donné de détails. Il a dit qu'il avait été plus rapide que toi, en tout cas.

— Ah...

Une tension palpable empreignait l'atmosphère, à présent.

— Alors, d'après toi, j'ai repris Petra Innovation pour prendre ma revanche sur ton père parce qu'il était plus brillant que moi ? poursuivit Alekos.

Il se retourna, les lèvres pincées.

— Quelle triste et pitoyable image tu as de moi, Iolanthe.

— Sous-entends-tu par là que je n'aurais pas dû le croire ? riposta-t-elle en redressant le menton. Qu'il mentait ? Talos était mon père…

— Tandis que je n'étais qu'un amant de passage. À qui tu avais offert ta virginité, ajouta-t-il d'un ton cynique.

— Tu avais montré clairement ce que tu pensais de cette malheureuse offrande, lâcha-t-elle, blessée et furieuse à la fois. Eh bien, sache que c'est l'acte le plus stupide de ma vie, et que je n'ai jamais cessé de le regretter depuis !

— Je peux dire la même chose.

— Tout est pour le mieux, alors ! rétorqua-t-elle en le foudroyant du regard.

Mon Dieu, ce n'était vraiment pas ainsi qu'elle avait imaginé cette entrevue…

— *Alors*, répéta-t-il en l'imitant, il semble que nous n'ayons plus rien à nous dire, cette fois.

— Si, au contraire ! s'emporta Iolanthe, exaspérée. Tu ne peux pas faire cela, Alekos…

— Tu l'as déjà dit. Mais tu vas vite te rendre compte que je *peux* le faire.

— Mais pourquoi ? explosa-t-elle, à bout de nerfs. Pourquoi détruire l'entreprise de ma famille, l'héritage de mon fils, à cause d'un conflit qui t'a opposé à mon père il y a des années ? Il t'a battu de vitesse pour la création d'un…

— Oui, il m'a *battu*, en effet, l'interrompit Alekos.

Elle le regarda, troublée par la nuance farouche qui avait coloré sa voix.

— Pourquoi es-tu toujours aussi en colère contre lui ?

Le visage totalement dénué d'émotion, il la regarda un instant en silence.

— De toute façon, finit-il par dire lentement, ce n'est pas

comme si tu te retrouvais à la rue. J'ai fait une estimation : après la liquidation, tes quarante pour cent te rapporteront un bénéfice appréciable et vous ne serez pas dans le besoin, toi et ton fils.

— Je ne veux pas *d'argent* ! s'écria Iolanthe. Je veux l'entreprise de mon père, pour mon fils !

— Dans ce cas, ton mari aurait dû mieux gérer ses affaires.

— Va te faire voir ! lança-t-elle d'une voix étouffée.

Sentant qu'elle perdait tout contrôle d'elle-même, Iolanthe serra les poings et s'efforça de se ressaisir. Elle devait révéler à Alekos que Niko était son fils. Même si elle tremblait à la perspective de le voir éclater d'un rire incrédule, ou, pire, rejeter son propre enfant. Ou, plus terrifiant encore, de l'entendre dire qu'il désirait participer à son éducation…

— Je ne comprends pas pourquoi tu en fais une montagne, répliqua-t-il. Quel âge a ton fils ? Sept ans ?

— Neuf, chuchota-t-elle.

— Eh bien, tu auras largement de quoi l'élever, tu n'as aucune inquiétude à te faire de ce côté-là. Et puis, tu ne t'es jamais impliquée dans cette entreprise. Pour toi elle ne représentait qu'un moyen de financer ton train de vie.

Choquée par le mépris qui avait transpiré dans sa voix, Iolanthe riposta sèchement :

— Et que sais-tu sur mon *train de vie*, au juste ?

— Une maison à Pláka, une île privée…

Elle éclata d'un rire creux.

— Ce que tu énumères, ce sont les biens de mon mari — qui n'ont *rien* à voir avec mon train de vie !

— Tout ce que je dis, c'est que tu ne subiras aucun préjudice. Ton *style* de vie, si tu préfères, ne changera pas. Ou pas beaucoup, en tout cas.

— Mon mari est mort, répliqua-t-elle en le dévisageant avec incrédulité. Son entreprise est sur le point d'être réduite à néant, et tu crois que cela ne changera rien à mon *style de vie* ?

— Désolé, répliqua-t-il froidement. Je ne faisais pas allusion à la mort de ton mari, mais à ta situation matérielle.

— Oh ! tout va bien, alors !

Un petit rire amer franchit de nouveau ses lèvres. Alekos l'imaginait menant une vie de princesse adulée, de mondaine insouciante et frivole. Dans ces conditions, comment lui parler de Niko ? Lui expliquer que Petra Innovation représentait tout pour celui-ci ?

— Cette fois, je crois qu'il n'y a plus rien à dire.

Iolanthe prit une inspiration profonde.

— Si. J'ai encore une chose à te dire.

Soudain, elle eut l'impression de se tenir en équilibre au bord d'une falaise, inspira de nouveau et se jeta dans le vide.

— Niko n'est pas le fils de Lukas Callos. C'est le tien, Alekos.

6.

Alekos entendit les paroles de Iolanthe résonner au loin, puis se répercuter dans son esprit comme en écho, tandis qu'il la regardait, confus et désorienté.

— Tu dois vraiment être désespérée, dit-il enfin.

Un éclair traversa ses yeux gris.

— Tu ne me crois pas ?

— Cela t'étonne ?

— Pourquoi mentirais-je ? C'est facile à prouver.

La certitude qui empreignait sa voix acheva de le troubler.

— Pourquoi m'aurais-tu caché une chose aussi importante ? demanda-t-il en recouvrant ses esprits.

Trop d'émotions tourbillonnaient en lui. Il ne savait que penser, que ressentir, partagé entre l'émerveillement et la colère.

— J'ai essayé de te le dire. C'est pour cela que j'étais allée te voir ce soir-là, chez toi.

— Tu as essayé ? Je ne me souviens pas que tu aies fait la moindre tentative de m'en parler !

Alekos se rappela leur brève entrevue. Il avait été si furieux, bouillant encore de l'humiliation infligée par Petrakis et de la correction musclée dont il avait été victime, nourrissant des soupçons à l'égard de Iolanthe quant à sa participation à ce sordide épisode. Il la revit en face de lui, tremblante, les yeux lui mangeant le visage, les joues blêmes.

— Je t'ai posé la question, poursuivit-il, ce détail lui revenant soudain à la mémoire. Je t'ai demandé précisément si tu portais mon enfant.

— Avant d'ajouter que, si ce n'était pas le cas, je n'avais qu'à m'en aller. Pas vraiment encourageant, comme attitude. Et encore moins amical…

— Nous n'avons jamais été amis, répliqua-t-il avec calme. Mais je comptais sur une réponse sincère de ta part.

— Rien ne m'y obligeait. Tu me méprisais, c'était évident. Mais je ne désire pas parler de cela maintenant. Ce que je veux savoir, c'est si tu gardes Petra Innovation pour Niko, maintenant que tu connais la vérité.

— Tu ne te sens pas coupable de me l'avoir dissimulée. Tu me l'as révélée uniquement parce que tu attends quelque chose de moi.

— Oui, répliqua-t-elle sans hésitation. Je veux que Niko profite de son héritage.

— S'il n'est pas le fils biologique de Lukas Callos, comment peux-tu parler *d'héritage* ?

— Je me demande vraiment comment j'ai pu tomber sous ton charme autrefois, riposta-t-elle, le visage livide.

— Es-tu vraiment tombée sous mon charme, Iolanthe ? Ou m'avais-tu tendu un piège ?

Elle secoua la tête, visiblement confuse.

— Un piège ? Pourquoi aurais-je fait une chose pareille ?

— Pour m'humilier, peut-être ? À moins que ce ne soit ton père, que tu aies cherché à humilier…

— Pardon ?

— Tu m'avais dit qu'il te gardait enfermée à la campagne. As-tu couché avec moi pour te venger de lui ? Mais peu importe. La seule chose qui compte, c'est que j'ai appris à ne plus faire confiance à aucun membre de la famille Petrakis.

Sur ces paroles, Alekos se détourna brusquement. Il n'avait pas l'intention de raconter à Iolanthe que, après l'avoir accueilli autrefois à bras ouverts dans son entreprise, il lui avait volé son idée et l'avait laissé dans l'abandon le plus total. À quoi bon ? Elle ne le croirait pas. Et puis, il avait atteint son but, à présent. Même si son triomphe n'était pas aussi doux qu'il l'avait escompté.

— Désires-tu faire effectuer un test de paternité, Alekos ?

Il se retourna lentement vers elle, contempla ses épaules basses, son regard où ne brillait plus aucun éclat. Mais son abattement n'atténuait en rien sa beauté. Elle portait ce jour-là une robe ajustée bleu marine moulant son corps mince, et avait les cheveux rassemblés en chignon flou sur la nuque, quelques petites mèches bouclant autour de son visage ovale.

Si elle ne nourrissait aucun doute sur la paternité de son fils, cela signifiait forcément…

— Bien sûr.

— Et après avoir reçu le résultat, persisteras-tu dans ta détermination à liquider Petra Innovation ?

Un vertige gagna Alekos. Tout allait trop vite. Un fils. Il ne parvenait pas à se l'imaginer… À encaisser le choc…

— Je ne prendrai aucune décision tant que la paternité de ton fils ne sera pas avérée.

— Très bien. Cela ne devrait prendre que quelques jours.

S'il était bien le géniteur de cet enfant, il devrait revoir *complètement* ses projets.

— Pour le test de paternité, reprit-elle, veux-tu t'en occuper, ou préfères-tu que je…

— Je m'en occuperai.

— Entendu, murmura-t-elle avant de se détourner pour s'en aller.

Une impulsion étrange traversa Alekos. L'envie de la retenir, de lui demander de rester. De lui dire… Quoi ? Il n'y avait plus rien entre eux, désormais. Hormis… Un enfant. Eventualité qu'il n'arrivait toujours pas à concevoir.

— Je suis désolé, Iolanthe.

— Ne vous en faites pas, Antonis. Vous n'y êtes pour rien, de toute façon.

Au cours de cette dernière semaine et au fur et à mesure que les mauvaises nouvelles s'enchaînaient, un lien amical s'était développé entre Iolanthe et l'avocat quinquagénaire.

Ce qui la réconfortait un peu, même si cela n'atténuait en rien le nouveau choc qu'elle venait de recevoir.

Après avoir échangé encore quelques mots avec Antonis Metaxas, elle raccrocha, l'esprit en proie à un vertige. Lukas ne s'était pas contenté de mettre l'entreprise en difficulté, il avait géré ses biens personnels avec aussi peu de discernement que ses affaires. Et le bilan était catastrophique.

Le compte épargne où avaient été déposés les fonds hérités à la mort de son père était vide, leur confortable demeure hypothéquée, et l'île privée à laquelle Alekos avait fait allusion, saisie par la banque. En tout et pour tout, il restait à Iolanthe ses quarante pour cent de parts de Petra Innovation — qu'elle ne voulait toujours pas vendre.

Exhalant un soupir tremblant, elle se leva de son fauteuil et traversa son petit salon privé pour aller ouvrir la fenêtre. Un souffle d'air tiède passa sur ses bras nus tandis qu'elle s'appuyait le front contre le volet. Comment Lukas avait-il pu se montrer aussi inconséquent ?

Et qu'en était-il d'Alekos ? Elle n'avait eu aucune nouvelle de lui depuis quatre jours, après qu'il eut fait venir un médecin qui avait prélevé un échantillon de salive de Niko. Quand son fils lui avait demandé des explications, Iolanthe avait bredouillé qu'il s'agissait d'une sorte de vaccination.

Dieu merci, Niko s'était contenté de hausser les épaules avant de retourner à son ordinateur. Mais pourquoi Alekos ne se manifestait-il pas ? Il devait savoir que Niko était son fils, à présent.

Et avait-elle bien fait de dire la vérité à Alekos ? Elle avait l'impression d'avoir ouvert un champ de possibilités infini dont le contrôle risquait fort de lui échapper. En outre, elle ne savait pas ce qui la terrifiait le plus : l'éventualité qu'Alekos rejette Niko, ou qu'il s'implique dans sa vie ? Dans *leur* vie…

À cet instant, on frappa discrètement à la porte.

— Entrez, Amara.

La gouvernante apparut sur le seuil, les sourcils froncés.

— Quelqu'un désire vous voir. Alekos Demetriou. Je l'ai

installé dans le salon mais je peux lui dire que vous êtes absente, si vous le souhaitez…

Le cœur de Iolanthe se mit à battre follement.

— Non, ce ne sera pas la peine, Amara. Je vais le recevoir.

Amara planta les mains sur ses larges hanches.

— C'est lui qui veut anéantir l'entreprise de M. Petrakis ?

— Il veut la fermer, oui. Mais il a peut-être changé d'avis. Je l'espère, en tout cas.

À en juger par la mine sceptique d'Amara, celle-ci ne partageait pas son espoir.

— Prendrez-vous le thé avec lui ?

— Merci, Amara. Mais non, je ne crois pas.

Tant qu'elle ne connaîtrait pas les intentions d'Alekos, Iolanthe préférait ne pas se montrer trop hospitalière avec lui.

Après que la gouvernante eut disparu, elle jeta un coup d'œil à son reflet dans le miroir surmontant la cheminée et se lissa les cheveux. Malheureusement, elle n'avait pas le temps d'aller enfiler un tailleur, ce qui l'aurait aidée à se sentir sûre d'elle… Ayant passé toute la journée à la maison, elle était en jean et T-shirt. En outre, elle ne s'était pas maquillée et ne portait aucun bijou.

Tout en descendant au rez-de-chaussée, elle s'efforça de chasser son appréhension, puis elle inspira profondément et poussa la porte du salon, avant de s'arrêter net sur le seuil.

Disparu le P-DG imposant en élégant costume trois-pièces. Devant elle se tenait un nouvel Alekos, en jean et T-shirt comme elle, les cheveux en bataille, les traits tirés et l'air exténué.

Iolanthe ferma la porte derrière elle.

— Tu as reçu le résultat du test, apparemment.

— Oui, répliqua-t-il en fourrageant dans ses cheveux d'une main fébrile. Pourquoi ne m'avoir rien dit, Iolanthe ?

— Je te l'ai déjà expliqué.

— Je sais, mais… Un enfant ! Un *fils*… Comment as-tu pu me cacher une chose pareille ?

Il y avait une telle émotion dans sa voix que Iolanthe se

sentit aussitôt coupable. Au fil des années, elle ne s'était pas permis beaucoup d'états d'âme, ni de débats intérieurs. Elle s'était plutôt efforcée de ne pas penser à Alekos.

— J'ai eu peur, murmura-t-elle. Et j'étais très jeune…

— Ni la peur ni ton âge ne sont des excuses, coupa-t-il d'un ton dur. Tu savais que cela aurait tout changé. Je t'avais dit que j'assumerais mes responsabilités ; je te l'ai répété lorsque tu es venue me voir…

— Et ensuite tu m'as chassée. Ce que je pouvais avoir à te dire ne t'intéressait absolument pas. *Je* ne t'intéressais pas. Ne sois pas injuste, Alekos.

— Injuste ? C'est moi qui suis *injuste* ? s'emporta-t-il.

Iolanthe se concentra sur sa respiration. Si elle perdait son calme, ils n'arriveraient à rien.

— Excuse-moi. Je me suis mal exprimée. Ce dont j'aimerais parler, c'est de ce qui va se passer maintenant.

— Je veux voir mon fils.

Pétrifiée, elle le dévisagea en silence. À quoi s'était-elle attendue ? À ce qu'il garde Petra Innovation pour Niko, puis disparaisse de sa vie sans même chercher à connaître son enfant ? En disant la vérité à Alekos, elle savait à quoi elle s'exposait, mais elle avait préféré se voiler la face.

— Tu ne peux pas me refuser cela !

Se forçant à se ressaisir, Iolanthe alla s'installer sur l'un des sofas tapissés de velours.

— Non, évidemment. Je savais que tu voudrais entrer en contact avec Niko lorsque tu serais sûr qu'il est ton fils.

— Ah… Parce que tu crois que je désire *entrer en contact* avec lui ? rétorqua Alekos d'un ton mordant.

Décontenancée et mal à l'aise, elle le regarda en silence. Les cheveux dans tous les sens, un pli méprisant aux lèvres, il était néanmoins d'une beauté renversante. Son T-shirt gris souris moulait ses pectoraux puissants, son jean épousait ses jambes musclées. Une sensualité sauvage émanait d'Alekos, à peine contenue, dévastatrice…

— Je pensais que c'était ce que tu voulais dire en…

— Si tu crois, l'interrompit-il en s'avançant vers elle, que je vais me contenter de visites occasionnelles et organisées à l'avance, d'un arrangement bancal qui me permettrait de voir mon fils *de temps en temps*, tu es encore plus naïve qu'il y a dix ans.

— Nous allons en discuter, bien sûr, répliqua-t-elle à la hâte. Trouver un arrangement…

— Non, coupa-t-il encore une fois.

D'un ton catégorique et sans appel, qui la fit tressaillir. Pour qui se prenait-il ? Elle n'était plus une jeune fille naïve pétrie d'illusions !

— Cette fois-ci, il ne s'agit pas de la reprise d'une entreprise, répliqua Iolanthe en se redressant sur son siège. Tu ne peux pas imposer ta loi, Alekos. Nous allons nous mettre d'accord sur…

— Tu as perdu le droit d'obtenir mon accord en me dissimulant la vérité durant près de dix ans, l'interrompit-il brutalement. Je ne négocie pas, Iolanthe. Ni en affaires ni dans le privé. Et encore moins quand il s'agit de mon fils.

— Tu seras bien obligé d'accepter un compromis, Alekos, dit-elle, le plus calmement possible. Si nous nous opposons sans cesse à propos de tout et de rien, Niko en souffrira.

— Nous ne nous opposerons pas.

Elle le dévisagea avec incrédulité.

— C'est ce que nous faisons depuis le début ! Je ne sais même pas pourquoi tu me méprises.

Stupéfaite, elle vit une expression désolée envahir les traits d'Alekos tandis qu'il la contemplait en silence.

— Je ne te méprise pas, dit-il enfin d'une voix rauque.

— Peut-être, mais nous n'avons jamais été amis.

Voilà qu'elle répétait les paroles d'Alekos ! réalisa Iolanthe.

— Mais pour le bien de Niko, nous devons aborder la situation de la façon la plus amicale possible, reprit-elle. Tu dois bien t'en rendre compte, même si tu dis ne pas négocier.

— Tout se passera de façon amicale, je te le promets.

Au lieu d'en être soulagée, Iolanthe fut traversée par un frisson d'alerte.

— De façon très amicale, même, poursuivit-il. Parce que je n'ai pas l'intention de rester en marge de la vie de mon fils.

— Je n'ai jamais dit…

— Comment voyais-tu les choses ? Un arrangement du type un week-end sur deux ?

— Je… Je n'avais pas vraiment réfléchi à la question, reconnut-elle. Pas en détail, du moins. Je cherchais seulement à sauver Petra Innovation pour mon fils.

Un rire dur échappa à Alekos.

— Tu ne pensais pas à *moi*, c'est certain !

— Tu dois être soulagé de l'apprendre, non ? riposta-t-elle. Tu avais dit clairement que tu ne voulais pas…

Quand elle s'interrompit, il dit en la regardant dans les yeux :

— C'était il y a dix ans, Iolanthe. Tu es consciente que Niko n'est pas seulement l'héritier de Petra Innovation mais aussi de Demetriou Tech, n'est-ce pas ?

Non, elle n'y avait pas songé…

— Tu ferais de Niko ton héritier… ?

— C'est le seul que j'aie.

— Mais tu pourrais te marier… Avoir d'autres enfants…

— Je vais me marier, en effet. Et j'aurai d'autres enfants. Mais Niko est et restera l'aîné — et il sera mon héritier.

Son intention affirmée de se marier fit naître un tourbillon d'émotions contradictoires dans l'esprit et le cœur de Iolanthe. Elle réagissait de façon ridicule. Alekos ayant trente-six ans, il se marierait forcément tôt ou tard. Peut-être même avait-il déjà une femme en vue. Et de toute façon, sa vie privée ne la regardait pas.

— Tu sembles très sûr de toi, dit-elle au bout de quelques instants. Alors que tu n'as même pas rencontré Niko.

— Je sais qu'il est mon fils, cela me suffit.

— Mais tu… La femme que tu épouseras pourrait désirer que les enfants que vous aurez ensemble…

— Elle désirera que Niko soit mon héritier.

— Mais… Comment peux-tu en être aussi certain…, balbutia-t-elle, suffoquée.

— J'en suis absolument certain pour la simple raison que c'est toi que je vais épouser, Iolanthe. Toi et seulement toi.

L'espace de quelques instants, Iolanthe crut qu'il plaisantait. Mais à en juger par la façon dont il la contemplait, les bras croisés, le regard déterminé…

— Tu ne parles pas sérieusement ?

— Au contraire, je n'ai jamais été aussi sérieux.

— M'épouser ? Alors que tu ne ressens même pas d'affection pour moi ?

— Nous mettrons nos griefs de côté pour le bien de Niko.

— Parce que tu en as décidé ainsi ? riposta-t-elle vivement. Et que je n'ai pas mon mot à dire, c'est cela ?

— Je suppose que tu désires que nous fassions au mieux pour notre fils.

— C'est du chantage affectif ! répliqua Iolanthe d'une voix blanche.

Comme elle avait subi de la part de son père, puis de Lukas. Chacun à sa façon, ils lui avaient imposé un mariage dont elle ne voulait pas. À la pensée de s'engager dans une nouvelle union dépourvue d'amour — avec Alekos, cette fois —, elle sentit la nausée lui monter aux lèvres.

— Tu sais très bien que c'est ce que je désire, reprit-elle avec calme. Mais nous marier n'est pas indispensable.

— Au contraire.

— Eh bien, nous ne sommes pas d'accord sur ce point.

Lorsque leurs regards se croisèrent et qu'elle vit une lueur dorée éclairer celui d'Alekos, elle se sentit soudain traversée par une onde brûlante. Les souvenirs de leur unique étreinte défilèrent dans son esprit, intenses, vivaces… Elle se rappela la douceur des caresses de son amant d'un soir, les folles sensations qu'il avait fait naître en elle…

Elle le désirait encore, comprit soudain Iolanthe. Elle se

sentait irrésistiblement attirée par lui, comme la première fois. Mais à présent, son désir était des plus importuns.

— Je viens à peine d'enterrer mon mari, Alekos.

— Nous respecterons les convenances. Des fiançailles de trois mois devraient suffire.

— Trois mois ? répéta-t-elle avec un rire creux. Étant donné que j'ai été mariée avec Lukas pendant dix ans, cela me semble peu.

— Je n'attendrai pas davantage.

— Évidemment, dit Iolanthe en hochant la tête.

Elle se sentait si lasse, tout à coup. Mais elle connaissait suffisamment Alekos pour savoir qu'il ne lui laisserait aucun répit tant qu'ils n'auraient pas pris de décision.

— Tu ne peux tout de même pas exiger que j'accepte ta proposition sur-le-champ ! ajouta-t-elle.

Ou plus exactement, qu'elle lui obéisse au doigt et à l'œil sans protester ni poser de questions. Comme elle l'avait fait avec son père.

— Je ne vois pas pourquoi tu aurais besoin de temps pour réfléchir. Réfléchir à quoi, d'ailleurs ?

Exaspérée, à bout de patience, elle se leva en serrant les poings.

— Tu penses avoir trouvé la solution idéale, mais je ne partage pas forcément ton avis, figure-toi. Et je n'ai peut-être pas l'intention d'accepter de t'épouser deux minutes après avoir reçu une proposition dénuée de tout romantisme ?

Alekos soutint son regard sans ciller.

— Elle n'était pas censée être romantique.

— Je l'avais compris, merci ! riposta-t-elle avec un rire amer.

Il la dévisagea un instant en silence.

— C'est ce que tu veux ? Du romantisme ? De l'amour ?

Cela faisait longtemps qu'elle ne rêvait plus d'amour…

— Non, pas vraiment.

Son seul aperçu de l'amour — ou plutôt du désir — s'était

révélé désastreux. Et dix ans de froideur et de solitude avaient achevé de lui ôter tout espoir, toute illusion.

— Aimais-tu Callos ? demanda-t-il d'un ton détaché.

— Non, répondit-elle en détournant les yeux.

Au début, elle avait essayé de bien s'entendre avec lui, avant de comprendre rapidement que son mari ne s'intéressait pas du tout à elle. Il l'avait épousée dans le seul but d'assurer son avenir au sein de Petra Innovation.

— Savait-il qu'il n'était pas le père de Niko ?

— Oui. Il m'a épousée en sachant que j'étais enceinte.

— Ainsi, tu t'es mariée pour que Niko ait un père, répliqua Alekos sans dissimuler son amertume et sa désapprobation.

— Oui, et parce que tel était le souhait de mon père.

C'était un euphémisme. Talos lui avait *ordonné* d'épouser Lukas.

— Je n'avais pas le choix, après ce que j'avais fait.

— Après ce que *nous* avions fait, corrigea Alekos.

Elle leva les yeux vers lui, abasourdie. Se sentait-il coupable, ou énonçait-il simplement un fait ?

— Oui, acquiesça-t-elle. Ce que nous avions fait.

Lentement, Alekos hocha la tête sans dire un mot, tandis que Iolanthe se préparait au prochain assaut.

— As-tu exploité ton goût pour le dessin ? demanda-t-il soudain.

Prise au dépourvu, elle le regarda en clignant des yeux.

— Mon goût pour…

— Tu m'avais dit, ce soir-là, que le dessin était ta matière préférée. Et aussi que tu désirais faire quelque chose d'important.

— Je suis surprise que tu t'en souviennes, répliqua-t-elle avec un petit rire incrédule. Tu avais dû me trouver bien stupide et juvénile.

— Tu semblais surtout optimiste.

De plus en plus déroutée, Iolanthe chercha en vain à déchiffrer son expression.

— Je l'étais sans doute, commença-t-elle, mais je suis vite redescendue sur terre.

Aussitôt, elle se reprocha ses paroles. Elle ne regrettait rien. Ou du moins s'y efforçait.

Alekos la regarda un long moment en silence.

— Est-ce que je peux le voir ? demanda-t-il enfin.

Cette fois, il ne s'agissait pas d'un ordre mais d'une demande sincère, qui atteignit Iolanthe en plein cœur.

— Il dort…

— Je voudrais juste le voir, insista Alekos d'une voix profonde. Je ne le réveillerai pas. Nous réfléchirons plus tard à la façon dont je pourrais me présenter à lui.

Il y avait une telle supplication dans ses yeux, à présent, qu'elle se sentit incapable de refuser. Et puis, elle avait déjà tellement privé Alekos de son fils…

— D'accord. Je vais te conduire à sa chambre.

Après avoir ouvert sans bruit la porte du salon, elle se dirigea vers l'escalier, Alekos sur les talons. Amara s'était retirée dans sa chambre, laissant pour seul éclairage une petite lampe qui diffusait sa lumière douce dans le hall.

Iolanthe gravit lentement les marches, ultra-consciente de la présence d'Alekos derrière elle, sentant la tension et la chaleur irradiant de son corps viril se propager en elle. Sa proximité réveillait les sensations oubliées, la douceur de sa peau, la façon dont ses bras l'avaient entourée…

Raidissant les épaules, Iolanthe s'avança vers la chambre de Niko, puis s'arrêta devant la porte, la main sur la poignée.

— Je ne le réveillerai pas, répéta Alekos.

— Je sais, murmura-t-elle, hésitant encore.

Après avoir fermé un bref instant les yeux, elle hocha la tête et poussa doucement la porte. La lune éclairait la pièce, faisant ressortir l'ordre impeccable qui y régnait. Aucune brique ni figurine répandues sur le tapis, aucun jouet… Niko détestait le désordre.

Iolanthe regarda Alekos s'avancer vers le lit. Niko était couché sur le côté, en chien de fusil, une main posée sur la joue. Il avait l'air vulnérable, innocent, et si jeune…

Lentement, Alekos s'approcha de son fils, la lumière de

la lune faisant ressortir son beau visage aux traits empreints d'une émotion indicible. Presque de souffrance.

Quand il tendit la main vers la joue de son fils, Iolanthe retint son souffle. Si Niko se réveillait… Au moment où Alekos lui effleura la joue du bout des doigts, l'enfant remua légèrement en laissant échapper un petit soupir, avant de rouler sur le dos pour se retourner de l'autre côté. Alekos recula en le regardant, puis fit demi-tour et rejoignit Iolanthe, qui s'effaça pour le laisser passer.

Le bras d'Alekos lui frôla le sein, faisant naître aussitôt en elle un désir si intense qu'elle retint un halètement. Il se tourna vers elle, les yeux étincelants ; un courant brûlant passa entre eux.

Se forçant à se ressaisir, Iolanthe se détourna et referma la porte tandis qu'Alekos se dirigeait vers l'escalier.

Dès qu'ils furent redescendus au rez-de-chaussée, il se tourna de nouveau vers elle.

— Je veux faire sa connaissance demain.

— Je dois le préparer à…

— Tu n'as pas besoin de lui dire que je suis son père, l'interrompit-il. Il est encore trop tôt.

Lentement, elle entra dans le salon et retourna s'asseoir sur le sofa avant de se prendre la tête entre les mains.

— Iolanthe… ?

— Je suis fatiguée, Alekos. Il est plus de 23 heures et ma journée a été longue et difficile…

— Pourquoi ?

Elle repensa à l'appel d'Antonis, à sa situation financière. Si Alekos apprenait ses difficultés, il en profiterait sans doute pour la presser de l'épouser. Or elle ne pouvait supporter d'être acculée, comme elle l'avait été par son père.

— À cause de problèmes liés à la succession, dit-elle d'un ton vague. Et puis, Niko doit faire le deuil de celui qu'il prenait pour son père. Ce n'est pas facile.

— Tu ne lui as jamais dit la vérité ?

— Bien sûr que non ! Il n'a que neuf ans, Alekos. Et Lukas a joué son rôle de père, mentit-elle.

— Imagines-tu ce que cela me fait de savoir qu'un autre homme, pour lequel je ressens le plus profond mépris, a pu être le père de mon fils alors que je n'étais même pas au courant de son existence ?

Il s'interrompit un instant en se pinçant l'arête du nez.

— Je ne sais pas si je pourrai jamais te pardonner cela, Iolanthe.

— Dans ce cas, nous aurions vraiment tort de nous marier. Et pourquoi méprises-tu Lukas ? J'ignorais que tu le connaissais.

— Je ne le connaissais pas. Mais je sais ce qu'il a fait.

Un pressentiment désagréable la parcourut.

— À quoi fais-tu allusion, Alekos ?

— Ce n'est pas le moment de parler de cela. Je reviendrai demain pour voir Niko. À quelle heure rentre-t-il de l'école ?

— Il ne va pas à l'école.

— Comment cela, il ne va pas à l'école ? répéta-t-il, les sourcils froncés.

— C'était… difficile pour lui.

— Difficile ? répéta-t-il de nouveau d'une voix sourde. Il y a eu des problèmes ? A-t-il été victime de harcèlement ?

— Non, non, il ne s'agit pas du tout de cela.

Sentant venir le mal de tête, Iolanthe porta les mains à ses tempes. Comment expliquer Niko à Alekos ?

— Il avait des difficultés…, commença-t-elle en choisissant ses mots. L'école ne lui réussissait pas, il avait du mal à rester immobile et à se concentrer, à se faire des copains.

— Si je comprends bien, il est mal élevé, conclut Alekos d'un ton accusateur.

— Mais non ! Le professeur a bien émis des suppositions, mais la vérité est beaucoup plus compliquée.

— Et quelle est la vérité ?

— C'est difficile à expliquer. Niko est différent, c'est tout.

Les médecins consultés avaient donné divers diagnostics, dont aucun n'avait semblé correspondre à la réalité.

— Tu comprendras quand tu le verras demain, reprit-elle.

Alekos entrouvrit les lèvres, puis se contenta de hocher la tête en signe d'assentiment.

— Je viendrai dans la matinée, alors. Vers 10 heures.

— Il a des cours jusqu'à midi — je ne t'ai pas précisé que je l'avais fait scolariser à domicile —, mais je demanderai au professeur de faire une pause. Dans son environnement, Niko se débrouille très bien et a de bons résultats.

— Nous en reparlerons demain, dit Alekos.

Et s'il rejetait son fils ? Lukas n'avait jamais eu la patience, ni même le désir, de comprendre Niko. Et si Alekos réagissait comme lui ?

Elle hocha la tête en refoulant ses craintes.

— À demain, alors, reprit-il avant de se diriger vers la porte. Inutile de me raccompagner — va plutôt te reposer, tu as l'air exténué, effectivement…

Elle le regarda sortir du salon, soulagée de pouvoir respirer un peu et, en même temps, traversée par l'impression qu'Alekos avait emporté avec lui quelque chose de vital.

7.

En proie à un mélange d'excitation et d'appréhension insensé, Alekos suivit la gouvernante en silence. L'émotion qu'il avait ressentie la veille en voyant son fils avait laissé une empreinte indélébile dans son cœur et réveillé des souvenirs de sa propre enfance refoulés depuis longtemps.

À vrai dire, la notion de famille n'avait jamais rien signifié pour lui, ses souvenirs se résumant en fait à une suite de déceptions et de rejets.

Quand la gouvernante s'effaça pour le laisser pénétrer dans le salon, il vit Iolanthe qui l'attendait, assise sur le même sofa que la veille, mais portant cette fois un pantalon élégant à la coupe ajustée et un chemisier en soie à col cheminée. De toute évidence, cette tenue lui servait d'armure. Pour se protéger de lui. Par ailleurs, elle avait rassemblé ses cheveux en un chignon stric et, en dépit de sa bouche peinte d'un beau rouge vermillon, elle avait le visage pâle et les traits tirés.

Apparcmment, elle n'avait pas beaucoup dormi non plus et se sentait aussi nerveuse que lui.

— J'ai dit à Niko que tu étais un ami, dit-elle sans préambule. Et que tu t'intéressais beaucoup à l'informatique. C'est sa passion.

— Très bicn.

— Comme je te l'ai dit, il est un peu différent…

— Oui, je sais, l'interrompit-il. Laisse-moi en juger par moi-même, s'il te plaît.

— D'accord, murmura-t-elle en se mordillant la lèvre.

Elle semblait si inquiète, si perdue, qu'Alekos ressentit le désir étrange de la réconforter, de la prendre dans ses bras. Stupéfait, il se rendit compte qu'il aurait trouvé cela naturel de la serrer contre lui et de lui caresser les cheveux. De lui dire que tout irait bien, qu'il prendrait soin d'elle…

Secouant la tête pour chasser cette vision dérangeante, il demanda d'un ton neutre :

— Où est-il ?

— En haut, devant son ordinateur. Il vaudrait sans doute mieux que nous montions le rejoindre.

— D'accord, allons-y.

Ils quittèrent le salon et se dirigèrent vers l'escalier comme la veille au soir, mais cette fois le soleil se déversait à flots par les fenêtres. Alekos eut un aperçu de papier peint raffiné, de somptueux meubles anciens, d'intérieur cossu. Mais rien de personnel ne se dégageait de l'atmosphère.

— Niko ? appela Iolanthe en frappant à la porte de la pièce jouxtant la chambre de l'enfant.

Après avoir adressé un sourire anxieux à Alekos, elle poussa la porte et entra dans un vaste espace aussi ordonné que la chambre entrevue la veille, puis pénétra dans une petite pièce communiquant avec celle-ci.

S'arrêtant sur le seuil, il regarda le jeune garçon assis devant son écran, le visage fermé et l'air méfiant. Iolanthe s'avança vers celui-ci, puis s'écarta pour permettre à Alekos de le voir.

— C'est Alekos, Niko. L'ami dont je t'ai parlé.

Lorsque l'enfant tourna la tête vers lui en silence, Alekos remarqua aussitôt que ses yeux avaient la même teinte que les siens. Par ailleurs, Niko était très mince, mais à son âge lui-même n'était pas plus épais.

— Vous connaissiez mon père ? demanda-t-il à Alekos en posant une main possessive sur le clavier.

— J'ai entendu parler de lui, mais nous ne nous sommes jamais rencontrés.

Niko détourna les yeux pour se concentrer sur son écran.

— Vous travaillez dans l'informatique ?

— Oui. Ta maman m'a dit que tu aimais les ordinateurs…

— Oui, répondit Niko en cliquant sur sa souris.

— Niko, intervint Iolanthe. Alekos est venu pour…

— Je ne veux pas lui parler.

— Il est…

— Je ne veux pas, répéta le jeune garçon, une note aiguë dans la voix.

Depuis l'entrée de la pièce, Alekos vit la petite main se crisper sur la souris, perçut la tension qui étreignait le corps frêle de l'enfant.

— D'accord, Niko. D'accord, répéta Iolanthe d'un ton apaisant.

Puis elle se tourna vers Alekos avec un regard d'excuse.

— Nous parlerons plus tard, proposa-t-il.

Toujours silencieux, Niko commença à se balancer d'avant en arrière, un bras sur son ventre…

— Ne t'inquiète pas, Niko, dit Iolanthe en se rapprochant de lui. Tu n'as pas à parler à quiconque si tu n'en as pas envie.

Quand elle lui posa la main sur l'épaule, l'enfant recula sur sa chaise.

— *Non !*

— Excuse-moi, murmura-t-elle en reculant d'un pas. Je reviendrai plus tard, d'accord ?

Niko ne répondit pas. Iolanthe se détourna et rejoignit Alekos, avant qu'ils ne quittent tous deux la pièce.

Il attendit qu'ils aient regagné le salon pour poser la question qui le lancinait.

— Qu'est-ce qui ne va pas, chez lui ?

— Ne parle pas de lui ainsi ! se récria Iolanthe en se retournant d'un mouvement brusque.

Une telle fureur brillait au fond de ses yeux qu'Alekos la regarda un instant en silence.

— Excuse-moi, répliqua-t-il enfin. Je ne voulais pas dire…

— Si, tu l'as dit, coupa-t-elle. Sais-tu combien de fois on m'a posé cette question ? Peux-tu imaginer la façon dont les gens le regardent ?

Une vague de regrets le traversa.

— Iolanthe…

— Non, ce n'est pas la peine, dit-elle en tendant la main comme pour le repousser, alors qu'il n'avait pas bougé. Ne me demande pas ce qu'il a, poursuivit-elle. Et ne va pas croire qu'il soit grossier ou mal élevé, ou je ne sais quoi ! Je ne supporte pas de voir ton expression, Alekos. Tout à l'heure, tu avais l'air… dégoûté.

— Je ne l'étais pas, affirma Alekos avec calme. J'étais un peu surpris, c'est vrai. Et peut-être déçu. Je m'attendais sans doute à une rencontre plus agréable. À le voir manifester un peu d'intérêt envers moi.

Et un minimum de politesse…

— Je t'ai dit qu'il était différent.

— Oui, mais je ne comprends pas pourquoi, ni ce que cela signifie.

— Pour tout te dire, personne ne comprend vraiment Niko, reconnut-elle avec un soupir. Il a vu une armée de médecins, de psychiatres et de thérapeutes, qui ont tous établi des diagnostics différents. Mais dont aucun ne lui correspond.

— Ce qui veut dire que tu sais depuis longtemps qu'il y a un problème.

— Oui, depuis sa petite enfance. Et même avant… À sa naissance, il m'a vite fallu renoncer à l'allaiter. Il n'aimait pas les câlins, ni être touché. Il a pleuré, crié, durant les trois premiers mois de sa vie, sans arrêt.

Elle s'exprimait d'un ton neutre, comme si ce qu'elle racontait lui indifférait. Alors qu'en réalité, elle souffrait terriblement. Et depuis longtemps, comprit Alekos.

— Et ensuite ? demanda-t-il doucement.

Exhalant un profond soupir, Iolanthe se rassit sur le sofa et, quand elle baissa la tête, Alekos eut envie de lui poser la main sur la nuque, de masser les muscles qu'il devinait tendus à craquer. Mais il resta immobile près de la porte.

— Ça a continué, dit-elle en se redressant. Je l'ai inscrit à la crèche mais cela a été un échec : il n'arrivait pas à s'adapter et, en plus, il se battait avec les autres enfants.

Elle tourna les yeux vers la fenêtre.

— Niko a toujours eu beaucoup de mal à nouer des amitiés — sans que cela soit systématiquement impossible, toutefois. Après l'avoir retiré de la crèche, j'ai entrepris de suivre une thérapie avec lui, pour tâcher de comprendre ce qui n'allait pas et trouver des moyens de l'aider. Nous avons alors mis au point une routine, établissant des points de repère qui rendaient le quotidien plus facile. Au fur et à mesure que Niko grandissait, et avec l'aide du thérapeute, je lui ai appris à se montrer moins brutal et moins agressif.

S'interrompant, elle regarda Alekos, les yeux embués.

— Il a fait beaucoup de chemin, Alekos, même si tu as l'impression du contraire.

— Je ne porte aucun jugement sur lui.

— Si, tu en as déjà porté un, répliqua-t-elle avec calme, et d'un ton dénué de tout reproche.

— Je suis désolé. Je me suis vraiment mal exprimé.

— Tu n'es pas le premier. Et je suis désolée aussi. Je n'aurais pas dû réagir ainsi. C'est seulement que ce genre de situation se produit si souvent, et depuis si longtemps…

— Je comprends.

Lorsqu'elle lui adressa soudain un petit sourire reconnaissant, celui-ci transperça Alekos jusqu'au cœur.

— Pourrais-tu m'en dire un peu plus ? demanda-t-il en allant s'asseoir à côté d'elle.

— Que veux-tu savoir d'autre ?

— Je ne sais pas, répondit-il avec un haussement d'épaules. Tout ce qui pourrait m'aider à comprendre.

— Les médecins ont parlé d'autisme, tout en reconnaissant que Niko n'en présentait pas vraiment tous les symptômes. Il y en a plusieurs sortes, bien sûr, mais ils ne parvenaient pas à le classer dans cette catégorie, aussi vaste soit-elle. D'autres ont avancé le diagnostic de troubles sensoriels, mais certains de ses comportements émotionnels empêchent de le confirmer. Finalement, ils ont conclu qu'il relevait de la catégorie des TED — comme si cela réglait le problème…

— Des TED ?

— Des troubles envahissants du développement, c'est-à-dire une sorte de diagnostic fourre-tout, expliqua-t-elle avec un petit sourire triste. Alors nous nous débrouillons comme nous le pouvons tous les deux. Le retirer de l'école a contribué à une nette amélioration. Non seulement il s'entend très bien avec le professeur qui s'occupe de lui à domicile, mais il fait de réels progrès.

— Où est-il, ce professeur ? Tu m'avais dit que Niko travaillerait avec lui, ce matin…

— Je lui ai demandé de partir plus tôt à cause de ta venue.

— Était-ce une bonne idée ? demanda Alekos en fronçant les sourcils. Tu disais que le fait d'avoir établi une routine…

— Ne me pose pas ce genre de question, s'il te plaît, l'interrompit-elle d'un ton vif. Je sais que tu aimes tout contrôler mais, je t'en supplie, essaie d'admettre que je sais peut-être mieux que toi ce qui est bon pour mon fils.

— *Notre* fils, corrigea-t-il. Et si j'ai du mal à comprendre, je te rappelle que c'est uniquement parce que j'ai été tenu à l'écart de sa vie jusqu'à maintenant !

Il n'aurait pas dû dire cela, bon sang ! se reprocha-t-il aussitôt en la voyant tressaillir.

— Vas-tu toujours me jeter cela à la figure, Alekos ?

— Non, répondit-il sincèrement. Mais j'ai du mal à l'accepter, Iolanthe. Et à te pardonner.

— Tu l'as déjà dit.

Une lueur déterminée traversa ses yeux gris.

— Et tu vois bien qu'il serait absurde de songer à nous marier. Nous nous disputerions sans cesse, en nous balançant nos vieilles blessures à la figure.

— J'espère plutôt que nous sommes assez mûrs tous les deux pour ne pas céder à de tels comportements.

— Ce ne serait pas un bon environnement pour Niko, insista-t-elle. Il est tellement sensible qu'il percevrait vite les tensions qui ne manqueraient pas de surgir entre nous.

Déterminé à ne pas s'emporter, Alekos répliqua d'une voix calme et ferme :

— Dans ce cas, nous devrons tous les deux faire des efforts pour qu'il n'y ait aucune tension entre nous.

Iolanthe laissa échapper un rire de dérision en renversant la tête en arrière, s'appuyant un instant la nuque au dossier du sofa.

— Comment pourrait-il ne pas y en avoir ? Quand je te parle, j'ai l'impression de me heurter à un mur !

— Dans ce cas, peut-être devrais-tu cesser de considérer nos conversations comme des affrontements.

Elle le regarda en roulant des yeux.

— C'est ma faute, c'est ça ? s'exclama-t-elle d'un ton amer.

Pourquoi réagissait-elle ainsi ? s'interrogea Alekos. S'ils avaient autant de mal à se comprendre, c'était avant tout parce que, même s'ils avaient fait un enfant ensemble, ils se connaissaient à peine.

— Ce n'est pas du tout ce que je voulais dire. Mais je crois fermement qu'un enfant a besoin de ses *deux* parents.

— On croirait presque que tu parles d'expérience..., fit remarquer Iolanthe en l'observant avec curiosité.

— C'est le cas. Mon père nous a quittés quand j'étais tout petit et j'ai été séparé de ma mère peu après.

— Je suis désolée, murmura-t-elle. Ça a dû être très dur pour toi.

Croyant voir de la pitié dans ses yeux, il répliqua aussitôt :

— Peu importe, c'est le passé. Mais je ne veux pas que Niko vive la même chose.

— Il ne supporte pas bien le changement, Alekos...

— C'est sous ce prétexte que tu vas m'empêcher de faire partie de son existence ? Le changement est inhérent à la vie, Iolanthe. C'est la vie même. Tu ne peux pas garder indéfiniment Niko dans une tour d'ivoire.

— Tu ne sais pas...

— J'en sais peut-être plus que tu ne le crois. Et je comprends peut-être certaines des difficultés de Niko...

— Comment cela ? l'interrompit-elle, incrédule.

— Niko est mon fils. Et il a grandi avec un homme qui n'était pas son père, comme moi.

Traversé soudain par un soupçon, il regarda Iolanthe en plissant les yeux.

— Callos était-il proche de lui ?

— Il… Il a essayé de l'être, dit-elle en baissant les yeux.

— Essayé ? Qu'est-ce que ça veut dire, au juste ?

— Il savait que Nikos n'était pas son fils biologique…, chuchota-t-elle, toujours sans le regarder.

— Il le savait en t'épousant, Iolanthe. Ce qu'il n'aurait jamais dû faire s'il ne pouvait traiter Niko comme son fils.

Bon sang, il haïssait déjà Callos, mais à présent sa haine prenait des proportions insensées…

— Il pensait peut-être pouvoir y arriver, dit-elle d'une voix à peine audible. Je ne peux pas lui en vouloir… Il m'a épousée malgré ce que j'avais fait…

— Tu avais couché avec un homme, coupa Alekos. Ce qui, à vingt ans et au XXIe siècle, n'est pas vraiment un crime !

— Dans le milieu où je vis, si.

Après avoir poussé un soupir las, elle redressa la tête et reprit d'une voix plus ferme :

— Mais nous parlions de Niko.

— Je veux passer du temps avec lui, apprendre à le connaître.

Il s'interrompit un instant en la regardant dans les yeux.

— Et à te connaître. Nous avons besoin de temps tous les trois, Iolanthe. Alors nous allons prendre des vacances.

Les lèvres entrouvertes, les yeux ronds, elle le dévisagea en silence, l'air interloquée.

— Oui, partons tous les trois quelque part où nous serons seuls, dans un lieu agréable et paisible. Apprenons à nous connaître et voyons ce que nous pouvons faire ensemble.

— Je te répète que Niko ne…

— Ne supporte pas le changement et qu'il a besoin de sa routine. Oui, j'ai compris. Mais il doit bien prendre des vacances de temps en temps, non ?

— Non, nous n'allons jamais nulle part.

Dire qu'il l'avait imaginée vivant une vie d'héritière privilégiée, de mondaine frivole…

— Dans ce cas, tu ne peux pas affirmer que des vacances le perturberaient. Accorde-nous une chance, Iolanthe. Je le mérite, tu ne crois pas ?

Une expression coupable passa sur ses traits…

— Très bien, chuchota-t-elle.

Un sentiment de triomphe envahit Alekos, accompagné d'une flambée de désir. Et d'un autre sentiment, inédit.

L'espoir.

8.

Refermant les mains sur le parapet du somptueux yacht d'Alekos, Iolanthe ferma les yeux et offrit son visage à la brise marine. Au départ, la perspective de passer quelques semaines avec lui l'avait emplie d'appréhension, et pas seulement à cause de Niko. Elle pressentait que sa proximité troublante minerait sa détermination à rester indépendante.

Néanmoins, elle ne pouvait nier qu'elle savourait ces instants, et que la caresse du soleil sur sa peau lui faisait un bien fou.

De son côté, et de façon surprenante, Niko avait plutôt bien accueilli la perspective de partir en vacances et, tout en restant méfiant, il s'était adapté à son nouvel environnement sans trop de difficultés. Installé sous un auvent sur le pont, son ordinateur ouvert devant lui sur une table, il travaillait à sa dernière application.

Du coin de l'œil, Iolanthe regarda Alekos s'approcher de son fils en souriant. Le vent soulevait ses cheveux noirs, sa peau déjà hâlée avait pris une belle nuance de bronze et, dans ce short de bain et ce T-shirt blanc, il était aussi séduisant et charismatique qu'en costume trois-pièces sur mesure.

Tendant l'oreille, elle entendit Niko répondre comme d'habitude par monosyllabes, sans quitter l'écran des yeux.

Son ordinateur l'aidait non seulement à se sentir en sécurité, mais aussi à avoir confiance en lui-même. Quand il évoluait dans le cyberespace, le jeune garçon mal à l'aise en société se transformait en petit génie.

Laissant son fils à son écran, Alekos vint la rejoindre.

— C'est fabuleux, murmura-t-elle en détournant les yeux

des mains bronzées posées à côté des siennes sur le parapet. Un yacht somptueux… Une île privée…

— Tu as passé toute ton enfance à la campagne ?

— Oui, à l'exception de brefs séjours à Athènes. Mon père tenait à me protéger, répondit-elle avec une petite moue. Il était très vieux jeu…

— Est-ce qu'il te manque ? demanda lentement Alekos.

— Oui, bien que je regrette parfois ce que nous aurions pu partager si… si les choses avaient été différentes.

— Tu veux dire si nous…

Il fit un léger signe de tête en direction de Niko.

— Oui. Il était si furieux contre moi, si déçu… Mais une chose est sûre : il aimait Niko.

Souriante, elle se tourna un instant vers son fils.

— Et cela me suffit à lui pardonner les torts qu'il a pu avoir envers moi. Quant à Niko, il adorait son grand-père. Sa mort l'a beaucoup affecté.

Après un léger silence, Alekos répliqua, le regard perdu au loin :

— Ta mère est décédée alors que tu étais très jeune.

— Oui. Comment le sais-tu ?

— Je l'ai lu dans un article de presse vantant les « qualités humaines de Talos Petrakis ».

Il avait prononcé le mot « humaines » avec une ironie qui déplut à Iolanthe.

— Il en avait. Même si elles dataient d'un autre siècle.

— Bien sûr, acquiesça Alekos d'un ton peu convaincu. En tout cas, ça a dû être difficile de grandir sans mère.

— De ton côté, tu as grandi sans père ni mère, si j'ai bien compris, répliqua-t-elle en se tournant vers lui.

— En effet.

De toute évidence, il valait mieux changer de sujet…

— As-tu fait des progrès, avec Niko ? demanda-t-elle sans plus le regarder.

— Un peu. Il semble se méfier de moi.

— Ne le prends pas personnellement : il se méfie de tout le monde.

Alekos hocha la tête en silence.

— Alors, où allons-nous ? reprit-elle d'un ton enjoué. Tu m'as parlé d'une *île privée*, mais sans me donner de détails.

Quand il se tourna vers elle, un sourire dans les yeux, Iolanthe fut éblouie.

— Les îles privées de la mer Egée se ressemblent toutes, non ? dit-il avec un rire bref.

— Je n'en sais rien.

— Tu as pourtant dû séjourner sur celle de Callos ? répliqua-t-il, l'air surpris.

— Non. Il n'y allait que pour ses affaires, avec des clients ou des partenaires. Au départ cette île appartenait à mon père : il l'a donnée à Lukas peu avant sa mort. Mais cela n'a jamais été un lieu de villégiature familiale.

Iolanthe tourna les yeux vers la mer en soupirant.

— Tu me prenais pour une héritière gâtée, je sais. Et dans une certaine mesure, tu as sans doute raison. Mon père était très strict mais, comme je vivais à la campagne, je jouissais d'une liberté incroyable, et pour moi, c'était un véritable luxe. Même si ma solitude était parfois difficile à supporter. Mais après avoir épousé Lukas…

Quand elle s'interrompit, Alekos dit tranquillement :

— Tu n'étais pas heureuse avec lui.

Elle hocha la tête en silence.

— Nous avons la possibilité de recommencer à zéro, tous les trois, poursuivit-il en posant la main sur la sienne.

— Tu le désires vraiment ? demanda-t-elle d'une voix rauque.

— Oui, je veux que nous saisissions la chance qui s'offre à nous de prendre un nouveau départ.

Désarçonnée par sa franchise, Iolanthe dégagea sa main.

— Je vais voir comment va Niko.

— Il va bien, dit Alekos en tournant brièvement les yeux vers leurs fils.

Elle s'avança néanmoins vers l'enfant. Que voulait dire

Alekos en parlant de recommencer à zéro ? Quand il lui avait proposé de l'épouser, elle avait cru qu'il voyait cette union comme un arrangement uniquement destiné à régulariser la situation. Comme l'avait été son mariage avec Lukas.

Mais quand il avait posé sa main sur la sienne, Iolanthe avait eu le sentiment qu'il envisageait davantage, réveillant les désirs fous qui l'avaient saisie ce soir-là, dix ans plus tôt.

— Comment ça va, Niko ? demanda-t-elle en s'asseyant sur le banc. Toujours en train de pourchasser les zombies ?

— Je viens de mettre au point une nouvelle application.

— Qu'est-ce que tu fais, avec ces applications ?

À vrai dire, elle ne comprenait vraiment pas grand-chose à l'univers où évoluait son fils, à ses jeux en ligne, ses fameuses applications… De son côté, elle utilisait à peine son téléphone portable. Elle avait si peu de gens à appeler, de toute façon…

— Rien, répondit-il en haussant une épaule. Je les montre à des gens, en ligne.

— Tu pourrais peut-être les commercialiser, avança Iolanthe. Par le biais de Petra Innovation.

Niko rentra la tête dans les épaules en lui adressant un regard sombre, puis détourna les yeux.

— Père n'en voulait pas. Ça ne l'intéressait pas.

— Mais moi, elles m'intéressent, Niko, répliqua-t-elle doucement. Et elles pourraient très bien intéresser Alekos aussi. Pourquoi ne les lui montres-tu pas ?

— Non, répondit-il après avoir lancé un regard furtif en direction d'Alekos, immobile devant le parapet.

Ignorant la tension qui lui nouait soudain le ventre, Iolanthe sourit à son fils et le laissa tranquille. Elle avait apporté un roman mais elle se sentait incapable de se concentrer sur quoi que ce soit. Aussi ferma-t-elle les yeux en s'efforçant de savourer de nouveau la caresse du soleil.

Elle avait dû somnoler sans s'en rendre compte car, tout à coup, elle vit Alekos penché au-dessus d'elle, une main posée sur son épaule.

— Tu vas attraper un coup de soleil.

Battant des paupières, elle le regarda, confuse. À contre-jour, il paraissait encore plus ténébreux, et terriblement sexy.

— Je suis protégée par l'auvent, dit-elle enfin.

— Le soleil a tourné, répliqua-t-il en inclinant la tête de côté. Tu vas avoir une bande rouge sur le visage si tu ne fais pas attention.

— Je me suis mis de l'écran solaire, dit-elle en se déplaçant sur le banc pour être entièrement à l'ombre.

Alekos s'assit à côté d'elle.

— Le déjeuner sera prêt dans quelques minutes.

— Je croyais que nous déjeunerions sur ton île.

— Il faut encore une bonne heure avant d'y arriver.

Il se tourna en souriant vers son fils.

— Toujours en train de surfer sur Internet, Niko ?

— Oui, répondit celui-ci sans le regarder.

À cet instant, le jeune steward qui avait veillé à ce qu'elle et Niko ne manquent de rien réapparut et annonça que le déjeuner était servi.

Quand, suivant Alekos vers le pont arrière, elle découvrit la table sur laquelle était disposé un véritable festin, Iolanthe s'arrêta, médusée.

— Assieds-toi, je t'en prie, murmura-t-il en lui présentant une chaise.

Elle contempla l'assortiment de pitas et de sauces, les différentes salades, le plat de viande rôtie…

Il déboucha une bouteille de vin blanc pétillant.

Quand il lui en remplit un verre, elle laissa échapper un petit rire embarrassé.

— En plein milieu d'après-midi…

— Nous avons quelque chose à fêter, répliqua-t-il en la regardant dans les yeux.

Il la désirait encore, songea Iolanthe avec un frisson. Autant qu'elle le désirait…

— Pourquoi pas ? murmura-t-elle en prenant le verre qu'il lui tendait.

S'installant en face d'elle, Alekos demanda à Niko ce qu'il préférait, toujours en souriant. Peu à peu, leur fils se laissait aller, constata Iolanthe, le cœur battant. La raideur de ses épaules s'estompait. Il ne répondait toujours que par monosyllabes et picorait la nourriture posée sur son assiette, mais il se détendait un peu.

Après le repas, il alla s'asseoir à la poupe et contempla la mer, immobile comme une statue.

— Tu as réussi à l'éloigner de son ordinateur, murmura-t-elle à Alekos, ravie.

— Je ne crois pas y être pour grand-chose. C'est plutôt le dépaysement qui lui fait du bien.

Après le stress constant des derniers mois — et des dernières années —, Iolanthe se sentit merveilleusement bien, tout à coup. À cause de la légère ivresse causée par le vin, bien sûr, mais pas seulement.

— Peut-être, mais c'est une vraie bénédiction, répliqua-t-elle avant de prendre une gorgée de vin. Et j'ai appris à me contenter de l'instant présent.

— Comment l'as-tu appris, Iolanthe ?

La façon dont Alekos avait dit son prénom, lentement et d'une voix douce, la fit tressaillir au plus profond de son être. Il était si beau, si viril ! Baissant les yeux sur les longs doigts bronzés enserrant le pied du verre, elle se rappela la façon dont ils l'avaient caressée, au plus intime de son corps…

— Cela s'appelle sans doute grandir, dit-elle en redressant vivement la tête. Comme chacun en fait l'expérience.

— Peut-être, acquiesça-t-il. Mais certains doivent grandir plus vite que d'autres.

— Comme toi ?

— Probablement.

— Parle-moi un peu de toi, Alekos. Vu notre… situation, nous devrions en savoir davantage l'un sur l'autre, non ?

Après avoir froncé les sourcils, prêt à refuser, il tourna les yeux vers Niko qui se penchait au-dessus du parapet pour regarder l'écume bouillonner dans le sillage du bateau. Puis il se tourna de nouveau vers Iolanthe.

— Que veux-tu savoir, exactement ?

— Tu as dit que ton père…

— J'avais quatre ans lorsqu'il est parti.

— Il est parti… Comme ça ?

— Exactement, fit Alekos en haussant les épaules.

Faisant tourner son verre entre ses doigts, il en contempla le fond.

— Beaucoup d'hommes fuient leurs responsabilités envers leurs familles. Cela n'a jamais été mon intention.

— C'est ce que tu avais dit…

— Quand ? l'interrompit Alekos en plissant le front.

— Ce soir-là.

Comme par enchantement, les souvenirs de ces instants magiques semblèrent planer entre eux. Iolanthe sentit tout son corps trembler. Comment le désir pouvait-il demeurer aussi puissant après tant d'années ? Tant de tristesse ?

— Oui, je l'ai dit, et je le pensais, dit-il, le regard brûlant.

— Je suis désolée. Je ne savais rien de ton passé…

Il hocha lentement la tête.

— Pour la bonne raison que je ne t'avais rien dit, lâcha-t-il, le regard de nouveau fixé sur son verre. Je ne me suis pas montré très charitable envers toi, ce soir-là. Ni après.

Iolanthe sentit son cœur lui marteler la poitrine. Jamais elle ne serait attendue à ce qu'il reconnaisse ses torts.

— Serais-tu en train de t'excuser ? demanda-t-elle en ne pouvant retenir un sourire.

Quand il sourit à son tour, d'un lent sourire sensuel, elle sentit une chaleur liquide se répandre entre ses cuisses.

— En quelque sorte.

— Merci, murmura-t-elle. Et moi aussi, je te dois des excuses. Je ne me suis pas montrée très charitable non plus en te cachant ma grossesse.

— Excuses acceptées.

Était-ce aussi simple ? Maintenant qu'ils s'étaient excusés

tous les deux, pouvaient-ils vraiment tirer un trait sur le passé et recommencer à zéro ? Le souhaitait-elle ?

Iolanthe reprit une gorgée de vin en contemplant l'horizon. Trop de souvenirs se bousculaient en elle, certains merveilleux, d'autres atroces et terriblement douloureux.

— Tu avais dit aussi que tu avais été séparé de ta mère peu après ? demanda-t-elle d'un ton neutre.

— Elle a fait du mieux qu'elle a pu, mais elle ne pouvait pas nous élever seule.

— Nous ?

— J'avais — j'ai toujours — un frère et deux sœurs. J'avais six ans lorsque nous avons été séparés et confiés à des parents éloignés, ou placés dans des familles d'accueil.

— Ils ne pouvaient pas vous laisser ensemble ? répliqua-t-elle en se tournant vers lui, horrifiée.

— Personne n'avait les moyens de s'occuper de quatre enfants.

— Mais c'est horrible… Où es-tu allé ?

— Chez des gens pas désagréables : je mangeais à ma faim, j'avais des vêtements corrects, ils m'ont fait aller à l'école.

Mais sans lui offrir d'affection, devina Iolanthe. Alekos avait grandi sans amour ni affection.

— Et ton frère et tes sœurs ?

— Nous avons perdu tout contact. Au début, les travailleurs sociaux ont essayé d'entretenir le lien, mais il s'est vite distendu. Et après la mort de ma mère — j'avais dix ans, à ce moment-là —, il a été complètement rompu.

Il soupira en regardant son verre vide.

— L'une de mes sœurs a été adoptée, et mon frère a eu des ennuis avec la justice. Mais en dehors de cela…

— Tu veux dire que tu ne sais pas ce qu'ils sont devenus ?

— Je n'ai jamais vraiment essayé de le savoir, répondit-il d'une voix dure. Parce que j'ai pensé qu'ils n'avaient pas envie de renouer le contact. Et puis, s'ils l'avaient souhaité, ils auraient pu me retrouver de leur côté.

— C'est vraiment triste… Je suis désolée.

— Cela ne m'a pas empêché d'avancer.

Certes, mais pouvait-on vraiment oublier ce genre d'épreuve, cette tristesse ? s'interrogea Iolanthe.

— Arrivons-nous bientôt sur ton île mystérieuse ? demanda-t-elle en souriant après s'être éclairci la voix.

Alekos se leva d'un mouvement fluide et lui prit la main.

— Nous sommes presque arrivés. Viens !

Savourant la sensation délicieuse qui se propageait dans tout son bras, elle se laissa entraîner tandis qu'ils rejoignaient Niko, toujours debout à la poupe.

— Regardez bien, vous voyez cette bande de vert là-bas ?

Plissant les yeux, elle regarda dans la direction indiquée.

— Oui ! C'est ton île ? s'exclama-t-elle, impressionnée. Elle a l'air immense, dis donc…

— Non, elle n'est pas immense, mais pas minuscule non plus.

Peu à peu, la bande de vert se rapprocha. Iolanthe distingua bientôt des reliefs rocheux, des oliviers aux troncs noueux, une ravissante plage de sable blanc…

Et soudain, une villa de pierre claire apparut, flanquée de larges fenêtres aux balcons débordant de bougainvillées.

Maintenant qu'ils allaient débarquer, Niko redevenait nerveux. Elle aussi, d'ailleurs, reconnut Iolanthe en se rapprochant de lui. Quand elle lui effleura l'épaule, il recula aussitôt d'un pas et fourra les mains dans les poches de son short en rentrant les épaules.

— Que dirais-tu de jeter un coup d'œil à la villa avec ta mère ? proposa Alekos avec tact. Installez-vous dans les chambres qui vous plaisent le mieux, le personnel s'occupera des bagages.

Reconnaissante envers lui d'avoir compris que leur fils avait besoin de temps, Iolanthe gravit les marches creusées à même le roc. Niko la suivit en regardant autour de lui d'un air méfiant.

La gouvernante qui les attendait devant la porte principale devait avoir été prévenue par Alekos, car après leur avoir souhaité la bienvenue, elle s'éclipsa, les laissant dans le hall immense et surmonté d'une verrière où le soleil entrait à flots.

— Par où veux-tu commencer ? demanda Iolanthe à Niko.

Il tourna furtivement les yeux vers l'escalier à double volée.

— D'accord, approuva-t-elle en souriant.

9.

Lorsque Alekos sortit sur le balcon de sa suite, le soleil commençait à baisser au-dessus de l'horizon.

Une demi-heure plus tôt, il avait regardé de loin Iolanthe et Niko s'aventurer à l'extérieur de la villa et se diriger vers la piscine et les jardins. Et avait soudain entendu le rire de Iolanthe, ce merveilleux rire de gorge qui avait gardé le pouvoir de le faire frémir tout entier.

Il avait beau se dire et se répéter qu'il devait y aller lentement, s'y prendre en douceur — d'autant qu'elle était veuve depuis peu —, sa libido ne suivait pas son raisonnement.

Et puis, Iolanthe était la mère de son enfant. Elle serait bientôt sa femme. Et le désir qu'ils avaient éprouvé l'un pour l'autre dix ans plus tôt n'était pas éteint. Au contraire. Il était plus puissant et vivace que jamais. Par conséquent, pourquoi ne pas le vivre ?

Il prit une profonde inspiration. Après avoir fait le tour de la piscine, Iolanthe et Niko revenaient maintenant vers la villa.

Dès que leur fils serait au lit, ils dîneraient tous les deux, en tête à tête.

Une heure plus tard, les ombres s'allongeaient sur la terrasse éclairée par des bougies à la citronnelle lorsque Iolanthe vint l'y rejoindre.

Il se tourna vers elle, savourant sa démarche gracieuse tandis que l'étoffe bruissait autour de ses jambes. Elle s'était changée et portait maintenant une robe en coton et dentelle écrus qui laissait entrevoir le caraco qu'elle portait dessous. Quant à ses longs cheveux bruns, ils ondulaient librement sur ses épaules.

Jamais Alekos ne l'avait trouvée aussi belle. Plus radieuse encore qu'elle ne l'avait été à vingt ans. La jeune femme innocente s'était muée en femme plus mûre, au visage légèrement marqué par le temps. Son regard avait changé lui aussi, transformé par les expériences et les épreuves.

— Comment va Niko ? demanda-t-il en lui tendant un verre d'agiorgitiko.

— Je viens de le mettre au lit. Il est fatigué, après toutes ces aventures !

Elle porta son verre à ses lèvres et en but une gorgée.

— Qu'est-ce que c'est ?

— De l'agiorgitiko, l'un des vins les plus anciens de Grèce.

— C'est délicieux, dit-elle après en avoir repris une gorgée. Merci de me le faire goûter.

Les yeux brillants, elle promena son regard alentour.

— Tout est merveilleux, ici, poursuivit-elle en souriant. Je crois que ce séjour va faire du bien à Niko.

Alekos lui posa doucement la main sur les reins et l'entraîna jusqu'à la balustrade offrant une vue plongeante sur la piscine étincelante.

Durant quelques instants, Iolanthe demeura silencieuse. Il garda la main sur ses reins, savourant sa chaleur de femme et les légers tressaillements qui la parcouraient.

— Niko étant scolarisé à la maison et Lukas toujours au bureau, je n'avais pas beaucoup d'amis ni de vie sociale, reprit-elle lentement. Et je me dis maintenant qu'il aurait mieux valu pour Niko que nous sortions davantage. Cela l'aurait aidé. Et moi aussi, en fait.

— Tu m'as dit qu'il avait des problèmes, à l'école, non ?

— Oui, mais il aime d'autres choses. Nager, par exemple. Je l'emmenais régulièrement à la piscine municipale, quand il n'y avait pas trop de monde. Il aime aussi approfondir certains sujets, retenir des faits, des dates…

Elle soupira en plissant le front.

— Je ne sais pas très bien quand nous avons cessé de sortir… Tout devenait trop compliqué…

— Eh bien, je suis heureux que ces vacances offrent un peu de nouveauté à Niko, répliqua Alekos d'un ton léger. Et à toi. J'ai l'impression que ces dix dernières années n'ont pas été très heureuses…

Après avoir tourné la tête vers lui et soutenu un bref instant son regard, elle porta son verre à ses lèvres.

— Je savais avant d'épouser Lukas qu'il ne s'agirait pas d'un mariage d'amour.

— T'a-t-il épousée uniquement pour assurer sa position dans l'entreprise de ton père ?

— Oui. Il ne ressentait aucune affection pour moi.

— Et toi, pourquoi l'as-tu épousé ?

Un sourire incrédule se dessina sur sa bouche pulpeuse.

— Quelle question ! J'étais enceinte, Alekos.

— Si tu m'avais dit la vérité, je t'aurais épousée.

— Ah… Tu recommences ! Rien, mais vraiment *rien*, dans ta façon de réagir, n'indiquait que tu étais disposé à le faire, Alekos ! Tu t'es contenté de dire que, si j'étais enceinte, tu assumerais tes responsabilités. Comment voulais-tu que je devine ce que tu entendais par là ? Tu aurais pu vouloir dire que tu assumerais les frais d'une interruption volontaire de grossesse, par exemple.

— Je n'aurais jamais envisagé une chose pareille ! protesta Alekos, choqué.

— Peut-être. Mais je l'ignorais. Et la seule fois que je suis allée te voir, tu m'as terrifiée. Tu me regardais avec une telle haine, un tel dédain ! Et ensuite, mon père a insisté pour que j'épouse Lukas. Je n'ai pas vraiment eu le choix…

Sa voix se brisant soudain, elle battit des cils.

— Tu ne soupçonnes pas ce que j'ai traversé…

— Iolanthe…, murmura-t-il, pris de remords. Je n'aurais jamais dû permettre que cela arrive, reprit-il.

— À quoi bon en reparler maintenant, de toute façon ? Nous nous sommes excusés tous les deux, non ?

— Oui, c'est vrai. Mais aucune excuse ne pourrait effacer dix années de souffrance et de tristesse. C'est difficile de se débarrasser des vieilles blessures.

— Difficile pour toi, corrigea-t-elle. Tu n'arrives pas à me pardonner, n'est-ce pas ? Tu m'en veux toujours de ne pas t'avoir dit que je portais ton enfant ?

Elle le regarda, avec dans les yeux la même vulnérabilité et la même franchise qu'autrefois.

Incapable de lui répondre, Alekos détourna les siens. Le pardon lui était inconnu. Il s'était accroché à ses griefs parce qu'ils constituaient les fondements sur lesquels il s'était construit. Son seul but était de se venger de celui qui l'avait trahi, et depuis si longtemps qu'il doutait de pouvoir changer.

— Ton silence est éloquent, soupira de nouveau Iolanthe.

— Je suis encore sous le choc, reconnut-il lentement.

Il s'interrompit un instant avant de poser la question qui lui brûlait les lèvres, et dont il appréhendait la réponse.

— Lukas était-il… un bon père pour Niko ?

— Je crois qu'il a essayé, au début. Mais…

— Mais quoi ? la pressa Alekos d'une voix tendue.

— Il n'est jamais parvenu à se rapprocher de lui, reconnut Iolanthe avec calme. Il a peut-être réellement essayé un peu au début, oui, mais comme je te l'ai dit, Niko était un bébé particulier, difficile. Il a longtemps souffert de coliques, et Lukas ne pouvait supporter de l'entendre pleurer sans cesse. Alors il s'est retiré de notre vie, passant la plupart de ses nuits dans l'appartement de l'entreprise.

— Et plus tard ? Quand Niko a grandi ?

— Lukas n'arrivait pas à assumer le fait qu'il n'était pas son fils, avoua-t-elle. Alors peu à peu, il l'a ignoré totalement, comme il m'ignorait déjà. De son côté, Niko a essayé de l'atteindre. Leur passion commune pour l'informatique et la technologie aurait pu les rapprocher. Mais Lukas est resté fermé à toutes ses tentatives, et je crois que ce rejet a profondément blessé Niko.

Une larme glissa sur sa joue, qu'elle écrasa furtivement sous son pouce en laissant échapper un petit rire tremblant.

— Je ne sais vraiment pas pourquoi je réagis comme ça…

Comme Alekos restait silencieux, elle enchaîna à la hâte :

— Parfois, je me demande si Niko se serait mieux débrouillé si j'avais été seule. Si j'avais été plus sûre de moi, je n'aurais pas épousé Lukas. J'aurais tenté l'aventure, comme je t'en avais parlé ce soir-là.

Quand elle lui adressa un pâle sourire, Alekos ne put résister et la prit dans ses bras.

— Tu ne peux pas vivre dans les regrets, murmura-t-il en lui caressant les cheveux. Tu dois vivre au présent et songer à l'avenir.

Son corps mince s'abandonna contre le sien, mettant son contrôle à rude épreuve. Il brûlait de lui prendre le menton et de lever son beau visage vers le sien, d'essuyer ses larmes sous ses lèvres… Mais pour l'instant, Iolanthe avait besoin de réconfort et de compassion, pas de baisers.

— Tu as sans doute raison, chuchota-t-elle en redressant la tête. C'est bizarre d'être réconfortée par toi…

Alekos tressaillit comme s'il avait reçu un coup.

— Je n'ai pas l'habitude de dépendre de quiconque, poursuivit-elle en plongeant son regard clair dans le sien. J'ai peur de devenir dépendante de toi, Alekos. Ou que Niko devienne dépendant de toi.

— Je ne vous laisserai pas tomber.

— Il va falloir que nous apprenions à avoir confiance l'un dans l'autre…, répliqua-t-elle en détournant les yeux.

— C'est pour cette raison que nous sommes ici, Iolanthe. Pour apprendre à nous connaître et à avoir confiance.

— Oui, murmura-t-elle.

— Si on mangeait ? proposa-t-il pour alléger l'atmosphère.

La prenant par la main, Alekos la conduisit vers la table recouverte d'une nappe de lin blanc, sur laquelle étincelaient des verres en cristal et des couverts en argent. Eleni, sa gouvernante, attendait son signal pour servir l'entrée.

— C'est charmant, chuchota Iolanthe. Et très… romantique.

— Pourquoi ne passerions-nous pas un moment agréable ensemble, tous les deux ? Comme autrefois ?

— Cela me paraît si loin…

— Eh bien, nous allons devoir changer nos habitudes et nous voir plus souvent, répliqua Alekos en souriant. J'ai l'impression que l'on ne s'est pas beaucoup occupé de toi, ces dernières années…

Alekos contourna la table et s'installa en face d'elle, l'air parfaitement détendu, sûr de lui, et follement séduisant. Dans cette simple chemise blanche entrouverte à l'encolure et un pantalon noir, il était encore plus sexy…

— Ma vie n'a pas été aussi sinistre que tu sembles le croire, répliqua-t-elle.

À cet instant, la gouvernante apporta l'entrée : une salade d'orzo au concombre et à la feta.

— Je n'ai pas dit cela, protesta Alekos. Mais apparemment, elle était plutôt limitée, que ce soit toi qui en aies décidé ainsi ou que cela t'ait été imposé.

Iolanthe songea à la grande maison confortable où elle avait vécu avec Lukas, qui avait été aménagée et décorée par un architecte d'intérieur sans qu'on lui demande son avis.

— En tout cas, je n'ai jamais connu un tel niveau de luxe, reconnut-elle. Étais-tu déjà aussi à l'aise, il y a dix ans ?

— Non. À l'époque, je démarrais tout juste mon entreprise.

— Eh bien, tu as dû travailler très dur depuis !

— À mes yeux, c'est important de réussir.

— À cause de ton enfance ?

— Oui, à cause de cela, répondit-il avec calme.

Durant le reste du repas, succulent et des plus raffinés, la conversation se poursuivit sur un ton plutôt léger.

— Tu pourrais te remettre à dessiner, durant ton séjour à la villa, proposa soudain Alekos.

— Les sujets ne manquent pas ! acquiesça Iolanthe.

À la perspective de reprendre un crayon, après ne pas y avoir touché pendant dix ans, elle se sentait envahie par une joie presque enfantine.

La lune brillait haut dans le ciel, projetant sa lumière diaprée sur la mer et, soudain, Iolanthe souhaita que ces moments délicieux ne s'achèvent jamais…

— Merci, dit-elle. J'ai passé une excellente soirée.

— Moi aussi.

Se levant aussitôt, il vint se placer derrière elle et attendit qu'elle se lève à son tour pour tirer sa chaise. Quand il lui tendit la main, Iolanthe sentit des étincelles brûlantes lui parcourir le bras.

— Elle n'est pas forcément terminée, dit Alekos d'une voix rauque en l'attirant contre lui.

Son regard étincelant descendit sur la bouche de Iolanthe.

— Tu es plus belle que jamais, murmura-t-il.

Puis, exactement comme il l'avait fait dix ans plus tôt, il lui effleura la joue du bout des doigts, la faisant trembler de la tête aux pieds.

— Tu es ravissante.

— Tu m'as dit la même chose autrefois, chuchota-t-elle, envoûtée par son regard aux reflets topaze.

Alekos lui caressa les lèvres sous son pouce.

— Je m'en souviens. Tu l'étais, ce soir-là, Iolanthe. Mais tu l'es plus encore maintenant. Et je te désire bien davantage que je te désirais alors, ce que je n'aurais pas cru possible.

— Alekos, nous ne pouvons pas…

Son regard s'assombrit, il appuya son pouce sur ses lèvres tandis qu'elle retenait son souffle.

— Pourquoi pas ?

— Il est trop tôt. Ce serait trop…

Iolanthe s'interrompit un instant, incapable de trouver les mots susceptibles d'exprimer le tumulte qui l'habitait.

— Il y a quelques heures à peine, nous parlions d'apprendre à avoir confiance. Et maintenant, tu veux coucher avec moi ?

— Dis-moi que tu ne désires pas la même chose, répliqua Alekos d'une voix rauque.

— Je le reconnais, avoua-t-elle dans un souffle. J'ai très envie de toi, c'est vrai.

Comment aurait-elle pu le nier alors que tous ses sens s'éveillaient de nouveau à la vie, pétillaient, réclamaient ?

— Mais au fond de moi, continua-t-elle, je sais que ce n'est pas une bonne idée.

Au prix d'un effort surhumain, elle s'écarta de lui.

— Nous devons prendre notre temps, Alekos. J'en ai besoin autant que Niko. Je ne veux pas… Je ne *peux* pas revivre ce que j'ai traversé autrefois.

Un éclat farouche traversa les yeux d'Alekos.

— Je ne te ferai pas de mal, Iolanthe.

— Je crois qu'il est encore trop tôt pour ce genre de promesse, répondit Iolanthe avec un sourire forcé.

— Quand nous serons mariés, répliqua-t-il d'une voix ferme, tu partageras mon lit.

— Tu es si sûr de toi, Alekos ! Je croyais que nous étions venus ici pour apprendre à nous connaître *avant* de décider, ou non, de nous marier.

— Pas du tout, répliqua-t-il sans la moindre hésitation. Nous sommes venus ici pour apprendre à nous connaître *parce que* nous allons nous marier.

Iolanthe renonça à protester. Non seulement elle se sentait soudain fatiguée, mais elle n'était certes pas venue sur cette île pour se disputer avec Alekos.

— Je ne vais pas débattre de la question maintenant, dit-elle avec calme. Mais je te ferai remarquer que nous ne sommes plus au Moyen Age et que, par conséquent, tu ne peux pas me traîner de force devant l'autel.

— Ce n'est pas vraiment mon intention. Mais je croyais que nous étions d'accord sur ce point, que la meilleure solution…

— … Reste encore à mettre au point, ensemble, termina Iolanthe à sa place. Maintenant je vais me coucher. Seule.

Alekos hocha brièvement la tête.

— Encore merci pour ce charmant dîner, reprit-elle. Et pour tout le reste. Mais j'ai besoin aussi de temps, Alekos.

— Je t'en laisse, il me semble, riposta-t-il d'un ton crispé.

Iolanthe le regarda en soupirant, puis se détourna et rentra dans la villa.

Après avoir tenté en vain de se persuader que Iolanthe avait raison, qu'elle avait en effet besoin de temps, Alekos se tourna sur le dos et se força à se détendre.

S'il s'était montré moins dur autrefois, moins intransigeant... Ils auraient pu s'entendre et se marier. À supposer que Petrakis l'ait jugé digne de sa fille unique.

Une sensation de malaise le gagna soudain. S'il ne disait pas la vérité à Iolanthe, elle ne comprendrait jamais ce qui le motivait. Mais avait-elle besoin de comprendre ? Ses affaires et sa vie privée étaient deux domaines bien séparés, et Petra Innovation n'avait plus aucun avenir, de toute façon. Et il ne comptait certes pas la remettre à flot. Son fils hériterait de Demetriou Tech, qu'il avait créée à partir de rien. Point final.

Alekos se sentait enfin dériver dans le sommeil lorsqu'un cri perçant déchira soudain le silence. Il se redressa sur son séant, le cœur battant à tout rompre. Le cri retentit de nouveau, plus aigu et plus puissant. Cette fois, il bondit au bas du lit, chercha à tâtons son pantalon de pyjama et l'enfila à la hâte avant de sortir de sa chambre en courant.

Les cris provenaient de celle de Niko, comprit-il tandis qu'il traversait le long couloir plongé dans la pénombre.

Doucement, il poussa la porte et, fouillant la pièce du regard, distingua deux formes sur le lit. Assis, raide comme un piquet, Niko poussa un nouveau cri de terreur tandis que, assise à côté de lui, ses longs cheveux lui recouvrant les épaules, Iolanthe s'efforçait de le rassurer.

— Que se passe-t-il ?

Iolanthe se tourna vers lui, un doigt posé sur les lèvres.

Cette situation lui était familière, comprit Alekos. Mais

à quels démons Niko se trouvait-il confronté, pour crier et sangloter ainsi ?

Au bout de ce qui lui parut une éternité, sanglots et cris s'espacèrent, puis cessèrent tout à fait. Dix minutes avaient dû s'écouler, estima-t-il en regardant Iolanthe aider son fils à se rallonger. Elle remonta le drap sur Niko, repoussa une mèche sur son front…

L'enfant se rendormit en exhalant un soupir saccadé, tandis que Iolanthe restait assise au bord du lit, le dos courbé comme si elle portait un poids trop lourd pour elle, remarqua Alekos, le cœur serré. Puis elle redressa les épaules, se leva doucement et traversa la chambre sur la pointe des pieds.

— Il dort, chuchota-t-elle en passant devant Alekos.

Il huma les effluves vanillés émanant de ses cheveux, contempla la chemise de nuit toute simple mais d'un érotisme à peine soutenable. Retenant son souffle, Alekos suivit des yeux le mouvement de l'étoffe caressant les courbes délicieusement féminines dont il gardait l'empreinte sous ses paumes, ses doigts.

Refermant la porte derrière lui, il la suivit en se forçant à regarder ses cheveux.

— Pourquoi était-il aussi perturbé ? chuchota-t-il.

— Ce sont ses terreurs nocturnes. Il n'est même pas complètement réveillé, dans ces moments-là. Et il n'y a aucun moyen de le rassurer. Il faut attendre que ça passe.

— Des terreurs nocturnes ? répéta Alekos, horrifié. Et il en a souvent ?

— Il en avait de moins en moins, répondit-elle d'une voix mal assurée. Jusqu'à la mort de Lukas. Depuis, il en a plus fréquemment.

— Mais je croyais que Lukas n'était pas proche de lui ?

— Non, en effet. Peut-être est-ce seulement le changement. Niko les supporte mal, comme je te l'ai déjà dit. Et la mort est une chose terrible, de toute façon.

Alekos hocha la tête, tandis qu'il digérait l'information.

— Je déteste l'entendre crier ainsi.

— Je comprends. Cela a dû être éprouvant pour toi. Je suis désolée.

Le fait qu'elle cherche à le rassurer ébranla profondément Alekos. C'était lui qui aurait dû la réconforter, pas l'inverse.

— Iolanthe…

Incapable d'exprimer ce qu'il ressentait, Alekos l'enlaça, glissa les mains dans ses cheveux et l'embrassa.

Elle ne tenta pas de le repousser. Ne résista pas. Elle s'abandonna à ses bras en laissant échapper un doux murmure.

Enivré par le goût de ses lèvres, Alekos approfondit son baiser, lui caressant le sein à travers l'étoffe soyeuse et recueillant le petit halètement qu'elle avait laissé échapper. Iolanthe creusait les reins, son corps fondait contre le sien tandis que leurs bouches se dévoraient sans plus de retenue.

Jamais il ne se lasserait de l'embrasser, songea confusément Alekos. Jamais il ne se lasserait d'*elle*.

Laissant glisser sa main sur son ventre doux et plat, il fit remonter la chemise de nuit sur ses hanches, impatient de sentir sa peau nue contre la sienne.

— Alekos…, murmura-t-elle en arrachant sa bouche de la sienne. Il ne faut pas…

Alekos s'adossa au mur, le cœur lui martelant la poitrine, le pouls vibrant à ses tempes. Iolanthe le regardait, les lèvres entrouvertes, la bouche gonflée, les yeux étincelants de désir.

— Tu ne peux pas nier que tu me désires autant que je te désire, dit-il d'une voix rauque.

— Comment pourrais-je le nier ? Mais ce n'est pas le moment de vivre ce désir, Alekos. Ni le lieu. Et ce n'est…

Elle s'interrompit en se mordillant la lèvre.

— Ce n'est peut-être pas une bonne idée, de toute façon.

— Iolanthe ! Je n'ai jamais ressenti de désir aussi puissant pour aucune autre femme. Ce que nous éprouvons l'un pour l'autre est… explosif. Pourquoi nous refuser de le vivre ?

— Parce que le plaisir physique n'est pas une fin en soi. Je m'en suis passé suffisamment longtemps pour le savoir.

— Toi et Lukas ? demanda-t-il lentement.

— Nous n'avons jamais couché ensemble, dit-elle, les joues en feu.

Alekos ne put retenir un sourire stupide, auquel elle réagit aussitôt.

— Tu es un homme des cavernes ! lança-t-elle en fronçant les sourcils.

Et avec une pointe d'humour dans la voix.

— Lukas n'était pas… Il ne me désirait pas.

— Ce type était un malade, manifestement.

— Non, cela ne l'intéressait pas, c'est tout. Et de toute façon, je ne l'ai jamais désiré non plus. Je suppose que tu es ravi d'apprendre que tu as été mon seul amant ?

— Je ne peux pas dire le contraire, reconnut Alekos.

— Et toi ? répliqua-t-elle en redressant le menton. Tu as eu des tas de maîtresses, je suppose ?

— Je n'ai pas… Bon, je reconnais que durant ces dix ans, j'ai connu d'autres femmes. Mais pas autant que cela, et certainement pas autant que tu l'imagines, en tout cas.

— Je ne m'attendais pas à autre chose. Notre histoire était terminée avant même de commencer, de toute façon.

— Eh bien, nous allons la *re*commencer, Iolanthe, répliqua-t-il avec force. Mais je ne te forcerai pas à aller plus vite que tu ne le peux. Même si je suis impatient de t'avoir dans mon lit, de sentir tes lèvres sur les miennes et ton corps sous mes mains. Je veux bouger en toi comme je l'ai fait ce soir-là, Iolanthe. Bientôt, et souvent.

— C'est… très clair, murmura-t-elle, les yeux brillants.

— Parfait, répliqua-t-il en soutenant son regard. Parce que je tiens à ce qu'il ne subsiste *aucun* doute à ce sujet.

Le lendemain matin, Iolanthe resta un moment au lit, savourant la caresse des rayons du soleil pénétrant par les fenêtres ouvertes — et se repaissant du souvenir du baiser d'Alekos. De ses paroles, qui avaient autant de pouvoir sur elle que ses caresses.

« Je veux bouger en toi… Bientôt, et souvent. »

Elle roula sur le ventre en serrant son oreiller contre elle dans l'espoir d'apaiser la chaleur qui l'inondait. Mais sans pouvoir s'empêcher d'imaginer les mains expertes d'Alekos s'aventurant dans les endroits les plus secrets de son corps, l'emportant dans une volupté qu'elle avait découverte avec lui et n'avait plus jamais connue depuis.

Entendant soudain quelqu'un plonger dans la piscine, elle se redressa, heureuse de pouvoir échapper aux tourments délicieux qui la possédaient.

Après avoir ouvert les volets, Iolanthe regarda un instant la mer scintiller au loin. Puis, sa fenêtre donnant sur la piscine et les jardins, elle aperçut avec surprise Niko et Alekos, tous les deux dans le bassin.

Debout à une extrémité, de l'eau jusqu'aux mollets, Niko contemplait divers jouets gonflables flottant çà et là. Assis de l'autre côté, appuyé sur ses bras tendus derrière son dos, Alekos exposait son superbe torse à la peau couleur de bronze, son short de bain taille basse faisant ressortir sa puissante musculature.

Iolanthe recula d'un pas, envahie de nouveau par une chaleur irrépressible. Combien de temps pourrait-elle lui résister ? *Et pourquoi le devrait-elle ?*

— Bonjour !

Perdue dans ses pensées, elle sursauta et battit des cils, puis réalisa qu'Alekos levait les yeux vers elle en souriant.

— Tu viens nous rejoindre ?

Un frisson de pur plaisir la traversa. Ensemble tous les trois, comme une famille…

— D'accord ! J'arrive !

Quelques minutes plus tard, Iolanthe traversait la terrasse, un peu embarrassée de se montrer en maillot de bain — une pièce, mais dévoilant néanmoins pas mal de peau nue… Et lorsque, un petit sourire aux lèvres, Alekos laissa paresseusement errer son regard sur ses seins et ses cuisses, elle se sentit devenir cramoisie.

— J'aime te voir en maillot de bain, dit-il, suffisamment bas pour ne pas être entendu par Niko. Mais je te préférerais encore en bikini.

À sa grande stupéfaction, il tendit la main et la lui posa sur le ventre.

— Et j'aime t'imaginer portant un autre enfant de moi, chuchota-t-il. Je trouve même cela terriblement sexy…

— Alekos…, protesta Iolanthe, choquée et en même temps très excitée. Franchement…

— Nous avons parlé d'apprendre à nous connaître : alors découvrir, ou plutôt redécouvrir, ton corps en fait partie, non ?

10.

Une semaine s'écoula, dans un tourbillon de soleil. Ils passaient beaucoup de temps autour de la piscine, les silences méfiants de Niko se transformant peu à peu en tentatives timides et prudentes de rapprochement. Il restait souvent seul devant son ordinateur, et l'amener à parler demeurait difficile, mais Iolanthe voyait qu'il commençait à s'épanouir, ce qui l'emplissait de joie et d'espoir.

Découvrir peu à peu Alekos lui procurait aussi de la joie. Il se montrait patient, attentionné, s'intéressait à elle — ce à quoi elle n'était pas habituée… Par ailleurs, il faisait preuve d'un surprenant sens de l'humour et de l'autodérision. Au cours de ces quelques jours, elle avait ri comme cela ne lui était pas arrivé depuis bien longtemps.

Et puis, il y avait ses baisers… Fidèle à sa parole, Alekos ne la bousculait pas, mais il profitait de la moindre occasion pour l'embrasser. Dans l'ombre d'un couloir, longuement, avec passion… Ou en plein jour, furtivement, sur la plage ou la terrasse. Longs ou brefs, ses baisers mettaient le corps de Iolanthe en feu, lui donnant l'impression de vivre l'adolescence dont elle avait été privée.

À la fin de la semaine, il lui offrit un carnet à croquis, une boîte de fusains, ainsi qu'un assortiment incroyable de matériel pour le dessin et la peinture.

— Où as-tu trouvé tout cela… ?

— À Naxos. Il y a une petite boutique spécialisée en matériel et fournitures pour les beaux-arts, là-bas.

Iolanthe ouvrit le coffret de pastels à l'huile et passa le bout du doigt sur l'extrémité satinée des bâtonnets.

— Tu dois avoir acheté toute la boutique !

— À peu près, dit-il en souriant. Je veux que tu sois bien…

Les yeux pétillant d'humour, il ajouta :

— Et que tu redécouvres *toutes* tes anciennes passions.

— Je vais commencer par le dessin, répliqua-t-elle en retenant un sourire.

Mais en son for intérieur, elle se sentait si heureuse ! Or c'était dangereux de l'être autant. De se laisser aller à l'espoir.

Chassant les doutes et les craintes qui revenaient l'assaillir, Iolanthe passa la matinée à faire des croquis sur la plage tandis que Niko et Alekos jouaient ensemble dans l'eau.

À cet instant, Alekos revint vers elle, des gouttelettes scintillant sur sa peau hâlée.

— J'aime quand tu me regardes ainsi, murmura-t-il en s'asseyant à côté d'elle sur le sable. J'aime *beaucoup* cela.

Se sentant rougir, Iolanthe se détourna et sourit à Niko.

— Tu t'es bien amusé ? demanda-t-elle en s'abritant les yeux de la main.

Son fils répondit par un petit hochement de tête et s'assit non loin d'eux, mais à distance respectueuse.

— Que dirais-tu de faire une sortie en mer, aujourd'hui ? demanda Alekos en se tournant vers lui.

Le visage de Niko s'illumina.

— Sur le yacht ?

— Non, à bord d'un petit voilier. Tu pourras tenir la barre, si tu veux.

Ils passèrent l'après-midi à naviguer, profitant du soleil et de la mer, et le soir, fatigué mais ravi, Niko dîna de bonne heure avant de monter aussitôt se coucher.

— Es-tu content d'être ici, Niko ? demanda Iolanthe après l'avoir bordé dans son lit.

— Oui…, dit-il en hésitant. Mais nous partirons bientôt.

— As-tu envie de t'en aller ? répliqua-t-elle, surprise.

— On ne peut pas rester toujours ici.

Non, en effet. Et quand ils regagneraient Athènes, elle se retrouverait confrontée à tous ses problèmes…

Si elle épousait Alekos, ceux-ci seraient tous résolus.

— Tu le trouves comment, Alekos ? Tu l'aimes bien ?

— Ça va.

— Lui, il t'aime bien, tu sais.

Cette fois, Niko haussa légèrement les épaules.

— Pourquoi ne lui montrerais-tu pas tes applications ? Je suis sûre qu'elles l'intéresseraient.

— Non, répliqua-t-il aussitôt d'un ton péremptoire.

— Niko…, soupira-t-elle. Ce n'est pas parce que Lukas ne s'y est jamais intéressé qu'Alekos réagira de la même façon.

— Pourquoi tu dis « Lukas » ?

Et non « ton père », comme d'habitude. Iolanthe se mordit la lèvre. Tout redevenait compliqué…

— Je ne sais pas. Je voulais seulement dire que ça vaudrait la peine d'essayer.

Niko remonta son drap jusqu'à son nez.

— Je ne veux pas.

Mon Dieu, combien de fois avait-elle entendu ce refrain ?

— Et si elles ne l'intéressent pas ? demanda-t-il soudain d'une toute petite voix.

— Oh ! Niko…, murmura-t-elle, le cœur débordant d'amour et de tristesse. Je suis certaine du contraire !

— Tu ne peux pas savoir comment il réagira.

— Non, mais… Je sais qu'il aimerait que tu lui en parles. Il est très fier de toi.

— Fier de moi ? répéta son fils, d'un ton incrédule et méprisant à la fois. Il ne me connaît même pas. Et puis, qui est-il, de toute façon ? Pourquoi nous sommes ici ?

Iolanthe tressaillit. Les questions de Niko étaient sensées. Il fallait absolument qu'elle et Alekos parlent de l'avenir, cela devenait urgent.

— Nous sommes ici pour nous détendre et passer de bons moments, commença-t-elle avec prudence. Et parce qu'Alekos est un ami. Un… très bon ami.

— Comment ça se fait que je ne l'aie jamais vu avant, alors ? répliqua son fils avec méfiance.

Désarmée, elle le regarda un instant en silence.

— L'occasion ne s'était pas présentée, Niko, répondit-elle enfin. Mais tu le trouves sympathique, non ?

— Tu me l'as déjà demandé et je t'ai répondu : ça va.

— Alors, si ça va…, murmura-t-elle avec un sourire en coin.

Après lui avoir effleuré l'épaule, elle reprit :

— Dors bien, mon chéri. Et à demain matin.

Au rez-de-chaussée, tout était calme et silencieux ; dehors, les premières étoiles scintillaient dans le ciel nocturne, les vagues murmurant au loin.

S'approchant sans bruit de la terrasse, elle regarda Alekos qui servait l'apéritif, plus somptueux que jamais. Les cheveux encore humides de la douche, vêtu d'un T-shirt blanc et d'un pantalon gris clair, il était d'une beauté scandaleuse…

Il dut sentir sa présence car il se tourna vers elle en plissant les paupières, aveuglé par la lumière venant de l'intérieur de la villa.

— Je viens de coucher Niko, dit-elle en s'avançant vers lui.

— Il va bien ?

Iolanthe prit le verre de retsina qu'il lui tendait.

— Oui… Il a passé un bon après-midi.

— Tu n'en as pas l'air convaincue…

— Il m'a posé des questions. Sur toi, sur notre lien avec toi.

Alekos resserra les doigts autour de son verre, l'air tendu.

— Et que lui as-tu répondu ?

— Que tu étais un ami. Un très bon ami. Mais je crois qu'il ne se contentera plus longtemps de ce genre de réponse…

— C'est un garçon intelligent et curieux, répliqua Alekos en reposant son verre. Et il n'y a qu'une solution, Iolanthe.

— Ah ? Vraiment ?

— Marions-nous. Le plus vite possible, dit-il en la regardant dans les yeux. J'ai été patient, mais…

— Alekos, cela ne fait qu'une semaine ! protesta Iolanthe. Ce n'est vraiment pas beaucoup !

Un éclair fusa dans son regard.

— Pour moi, c'est très long.

Iolanthe se concentra sur sa respiration.

— On m'a déjà forcée une fois à me marier. Je n'ai pas l'intention de me laisser faire une seconde fois, Alekos.

— Et moi, je n'ai pas l'intention qu'on me force à rester en marge de la vie de mon fils, rétorqua-t-il. De quoi as-tu peur, Iolanthe ? Le mariage représente la solution idéale — et l'alchimie est toujours là, tu l'as reconnu toi-même.

Ses yeux flambèrent de désir.

— Faut-il que je te le prouve ? Le *veux*-tu ?

— Non, mentit-elle. Mais… Je ne souhaite pas m'engager dans une nouvelle union dépourvue de tout sentiment, Alekos. J'attends davantage de la vie.

Cette fois, il la regarda d'un air méfiant.

— Tu avais dit que l'amour ne t'intéressait pas.

— Non, c'est vrai. Pas avec Lukas.

Elle regretta aussitôt ses paroles en voyant une expression surprise et horrifiée envahir les traits d'Alekos.

— Je veux dire que… je ne désire pas vivre dans la solitude, se reprit-elle à la hâte. Ni être exclue de la vie de mon mari.

Le visage d'Alekos s'éclaira d'un coup. Il était rassuré…

— Ce ne sera pas le cas, affirma-t-il avec assurance.

— Comment vois-tu notre mariage, exactement ? demanda prudemment Iolanthe.

— Comme la semaine passée. En mieux. Surtout la nuit.

Figée sur place, elle le regarda en tressaillant.

De quoi as-tu peur ? demanda-t-il.

— De toutes sortes de choses…

— Lesquelles, par exemple ?

— J'ai peur que Niko panique, avoua-t-elle.

C'était plus simple de commencer par Niko…

— Pourquoi paniquerait-il ? Parce qu'il découvrirait que l'homme qui l'a rejeté n'était pas son géniteur, et que son *vrai* père, qui l'aime déjà, attend d'être reconnu comme tel ?

Ebranlée par l'émotion contenue vibrant dans sa voix, Iolanthe sentit les larmes lui picoter les paupières.

— Tu es sincère ? chuchota-t-elle.

— Si je ne l'étais pas, je n'aurais pas prononcé ces paroles.

— Tu… aimes Niko ? Maintenant que tu commences à le connaître, et pas seulement parce qu'il est ton fils ?

Après une brève hésitation, il répondit d'une voix rauque :

— Je sais que ce n'est que le début, et que nous avons encore beaucoup de chemin à faire, mais oui, j'aime cet enfant, Iolanthe. Je veux faire partie de sa vie. Et de la tienne.

— Cela paraît si simple, à t'entendre ! s'exclama-t-elle avec un petit rire étouffé.

— Ça l'est peut-être.

— Tu aimes Niko, mais tu n'es pas prêt à aimer quelqu'un d'autre ? À m'aimer, moi ? riposta-t-elle en redressant le menton.

Le visage d'Alekos se ferma.

— Pourquoi cette question ?

— J'essaie de comprendre, c'est tout.

— Je ne désire pas compliquer la situation plus qu'elle ne l'est déjà, Iolanthe. Aimer un enfant, c'est simple. Il s'agit d'un lien biologique.

— Et aimer une femme ? insista-t-elle.

— Je me demande où tu veux en venir, répliqua-t-il après un silence tendu. Et ce que tu attends que je te dise.

— Je n'en sais rien, reconnut-elle avec un rire bref qui se mua en soupir. Je ne fais qu'énoncer la réalité, au fond…

— Iolanthe… Que se passe t-il ?

— Je me sens… triste, dit-elle en levant les yeux vers lui. J'ai survécu à dix ans de mariage sans amour, Alekos, et cela m'a presque aspirée complètement, vidée de toute ma substance. Je ne veux pas revivre la même chose.

— Je t'ai dit que notre vie ne ressemblerait en rien à celle que tu as vécue, répliqua-t-il avec force.

— Et pourtant, l'amour ne t'intéresse pas. Enfin, pas s'il s'agit de moi.

Elle fouilla son regard, en vain.

— Même si tu me désires comme tu n'as jamais désiré aucune autre femme, acheva-t-elle.

— Je te répète que, lorsque je t'ai posé la question dès le début, tu m'as répondu que l'amour ne n'intéressait pas. Alors, qu'est-ce qui a changé depuis ?

Elle avait changé. Mais Iolanthe ne souhaitait pas lui expliquer en quoi, ni lui avouer qu'elle était tombée amoureuse de lui. Rien de tout cela n'intéressait Alekos. Il la désirait dans son lit et il voulait faire partie de la vie de Niko, point final.

— Rien, répondit-elle. J'essaie simplement d'assimiler tout… cela. Et ce que ça implique. Se marier représente un grand pas, Alekos. Même si tu trouves que c'est très simple.

— Vu ce qui est en jeu, c'est une décision simple à prendre, en effet, répliqua-t-il d'une voix crispée. Mais je comprends tes réserves. Même si je suis très impatient…

Un sourire sur sa bouche sensuelle, il lui prit son verre de retsina et le reposa sur la table.

— … Et que j'ai follement envie de toi, Iolanthe, acheva-t-il en l'attirant dans ses bras.

11.

— Alekos ? Niko voudrait te montrer quelque chose.

Alekos quitta sa chaise longue et les rejoignit. Mais, son fils continuant de fixer en silence son écran d'ordinateur, la tête rentrée dans les épaules, il attendit patiemment qu'il tourne les yeux vers lui.

— Montre-lui, Niko, l'encouragea Iolanthe. Alekos sera ravi, tu verras.

— Certainement, affirma ce dernier tout en ignorant de quoi il s'agissait.

Au bout de quelques instants interminables, Niko tourna l'écran de son ordinateur vers lui sans un mot, puis baissa la tête, sa frange dissimulant la moitié de son visage.

Quand Alekos contempla l'écran, il lui fallut plusieurs secondes pour comprendre qu'il avait sous les yeux le codage complexe d'une application pour mobile.

— C'est toi qui l'as créée ? demanda-t-il en regardant Niko.

— Oui, murmura celui-ci.

— Tout seul ?

— Oui…

Impressionné et ému, Alekos étudia de nouveau le codage.

— C'est remarquable, Niko. Pour un garçon de ton âge… Montre-moi l'application.

Un sourire timide et incrédule aux lèvres, Niko redressa la tête et appuya sur quelques touches tandis qu'Alekos regardait l'écran, fasciné.

— Fantastique… Elle permet de comptabiliser et de

mémoriser les points sur ton téléphone portable, et t'avertit au fur et à mesure…

Niko hocha la tête, les yeux brillants.

— Bon, je vous laisse à vos zombies ! s'exclama Iolanthe en riant.

Il avait réussi ! se répéta-t-elle, le cœur débordant de gratitude. Alekos avait réussi à se rapprocher de Niko ! Mon Dieu, elle avait encore du mal à y croire…

Ne tenant pas en place, Iolanthe décida d'aller faire un tour sur la plage, où Alekos la rejoignit une heure plus tard.

— Désolé, ç'a été un peu long, dit-il en s'installant à côté d'elle sur le sable.

— Je suis heureuse que tu aies passé tout ce temps avec Niko. Il t'a montré ses autres applications ?

— Oui. Et elles sont géniales, acquiesça-t-il en hochant la tête. Je regrette qu'il ne me les ait pas montrées plus tôt.

— Il les avait montrées à Lukas, mais cela ne… l'intéressait pas.

Le visage d'Alekos s'assombrit un bref instant.

— C'est le passé, répliqua-t-il d'un ton neutre. Je vais commercialiser les applications de Niko, avec son aide.

— Il va être aux anges, mais…

Iolanthe hésita, ne voulant pas gâcher ces instants. Et pourtant, elle *devait* parler de ce qui la préoccupait.

— Et Petra Innovation, Alekos ?

Rien ne transparut sur ses traits, mais elle le sentit se raidir.

— Que veux-tu savoir, exactement ?

— Tu sais ce que cela représente pour Niko, et pour moi. Mon père a développé son entreprise à partir de rien…

Il éclata d'un rire qui résonna lugubrement aux oreilles de Iolanthe.

— De *rien* ?

Blessée par le ton de sa voix et par son attitude, elle remonta ses jambes contre elle et les serra entre ses bras.

— Fais-tu allusion à ce qui s'est passé autrefois entre vous ? demanda-t-elle. À cette histoire de logiciel ?

— Laissons cela, Iolanthe, répondit-il en contemplant la mer. Niko étant mon fils, son vrai héritage est Demetriou Tech.

— Et Petra Innovation.

— Je ne souhaite pas en discuter, répliqua-t-il d'un ton incisif en se tournant vers elle, le regard dur.

Elle devrait sans doute insister, songea Iolanthe. Le forcer à sortir de ce silence dans lequel il s'enfermait dès qu'elle lui posait certaines questions.

Et elle, pourquoi résistait-elle au désir qui la consumait ? De quoi avait-elle vraiment peur, en effet ?

L'un des deux devait prendre le risque de sauter dans l'inconnu, même si cette perspective paraissait terrifiante.

— Très bien, dit-elle avec calme. N'en parlons plus.

Pourquoi ne laissait-elle pas tomber, bon sang ? Agacé, Alekos se détourna de la fenêtre. Après leur discussion, l'après-midi s'était déroulé paisiblement, et le soir ils avaient dîné tous les trois sur la terrasse. Ensuite, Iolanthe était montée avec leur fils, comme chaque soir.

Et lui, il était là, seul dans sa chambre, agité…

Quelqu'un frappant soudain à la porte, il se raidit.

— Oui ?

— Alekos…, murmura Iolanthe en apparaissant sur le seuil.

— Qu'est-ce que tu veux ?

Manifestement choquée par son ton brutal, elle le regarda en battant des cils, les joues roses. Alekos n'avait pas voulu la brusquer, mais il était vraiment surpris de la voir.

— Entre, reprit-il à la hâte. Tu es la bienvenue.

S'avançant d'un pas, elle referma la porte derrière elle.

— Tu n'étais plus sur la terrasse.

— Je pensais que tu resterais plus longtemps avec Niko.

Elle inclina légèrement la tête de côté.

— Désirais-tu être seul ?

— Non, dit-il en la regardant se diriger vers lui. Pas du tout.

Quand elle s'arrêta devant lui, un étrange sourire aux lèvres, il sentit sa senteur unique lui caresser les narines, son délicieux parfum de femme, de soleil et de vanille.

Lentement, elle leva la main et lui effleura les lèvres.

— Alekos…

Une lueur craintive traversa ses yeux gris, puis disparut, remplacée par un éclat sauvage.

— Je suis prête, chuchota-t-elle.

Le cœur d'Alekos se mit à battre à un rythme effréné.

— Tu sais ce que je veux dire, n'est-ce pas ? reprit-elle en s'approchant encore…

Sa robe lui caressa les jambes, ses seins lui frôlèrent le torse, puis elle laissa échapper ce somptueux rire de gorge qui le faisait chavirer à chaque fois.

— Oui, murmura-t-il.

— Alors…

De toute évidence, elle s'attendait à ce qu'il prenne le contrôle de la situation. Comme il brûlait de le faire.

— Alors ? répéta-t-il en la regardant dans les yeux.

— Je pensais que tu…

Quand elle s'interrompit, l'air hésitant, Alekos écarta les bras, savourant ces instants avec un plaisir inouï.

— Séduis-moi, Iolanthe.

— Alekos, protesta-t-elle en riant doucement. J'ai vécu une seule expérience sexuelle, il y a dix ans !

Souriant, il mêla ses doigts aux siens et l'attira vers lui.

— Iolanthe…, murmura-t-il. Cette seule expérience sexuelle a marqué ma vie à jamais. Aucune femme ne t'a jamais égalée. Alors, séduis-moi.

Elle rit de nouveau puis, une lueur de défi au fond des yeux, se haussa sur la pointe des pieds. Son souffle effleura les lèvres d'Alekos…

— Si tu insistes…

Au prix d'un effort surhumain, il résista au désir de dévorer sa belle bouche pulpeuse.

— Alekos… ?

— Je suis tout à toi, Iolanthe.

— Alors je vais en profiter, murmura-t-elle.

Puis elle ferma les yeux et l'embrassa.

En proie à un étrange vertige, Iolanthe le regarda en silence.

— J'attends, dit-il, une lueur malicieuse au fond des yeux.

— Très bien. Débarrassons-nous d'abord de ceci, dit-elle en saisissant l'ourlet de son T-shirt.

— D'accord, acquiesça-t-il en levant les bras pour l'aider.

Elle avait vu son torse nu tous les jours, mais elle ne l'avait pas *touché*. Les mains tremblantes, elle posa les paumes sur sa peau chaude, caressa la toison brune, savourant le frémissement qui parcourait Alekos.

— Tu te débrouilles plutôt bien, jusqu'à présent, dit-il d'une voix rauque.

— Je ne fais que commencer…

En réalité, sous ses airs provocants, elle ne savait pas très bien comment continuer… Lors de leur unique étreinte, elle n'avait fait que s'abandonner entre les mains d'Alekos.

— Tu me tortures, tu sais…, reprit-il tandis qu'elle promenait les doigts sur ses pectoraux parfaits. Et j'adore ça.

Lorsqu'elle referma les mains sur la ceinture de son pantalon, un éclat doré illumina les yeux d'Alekos. Lentement, elle défit le bouton, fit descendre la fermeture Éclair… Fermant un instant les yeux, elle effleura son membre puissant, mais Alekos se débarrassait déjà de son pantalon et le repoussait du pied.

— Suis-je le seul à me déshabiller ?

— Non…

D'une main fébrile, elle chercha la fermeture de sa robe, mais elle tremblait si fort qu'elle dut renoncer. Sans dire un mot, Alekos la prit par les épaules pour la faire pivoter sur elle-même puis s'occupa rapidement de la fermeture.

La robe glissa sur le buste de Iolanthe, s'arrêta sur sa taille, tandis qu'Alekos dégrafait son soutien-gorge.

— Je croyais que c'était moi qui dirigeais les opérations…

— Je te donne juste un petit coup de main, murmura-t-il en l'embrassant dans le cou. Sinon, je risque d'exploser…

Elle tressaillit de tout son corps et s'appuya contre lui.

— J'ai rêvé de cet instant, chuchota-t-il en caressant les pointes de ses seins sous ses pouces. Tant de fois…

— Moi aussi, chuchota-t-elle.

Traversée par un violent frisson, elle se retourna dans ses bras. La moindre des caresses d'Alekos l'affolait, à tel point qu'elle doutait de pouvoir supporter bien longtemps ces enivrants préliminaires. Son désir de lui était trop intense.

— Embrasse-moi, murmura-t-elle en lui passant les bras autour du cou.

L'instant d'après, la bouche d'Alekos dévorait la sienne avec passion, leurs langues se mêlant en un ballet torride. Sans quitter ses lèvres, il l'entraîna vers le lit puis, après l'avoir allongée, s'étendit sur elle.

Les sensations qui la parcouraient étaient fabuleuses, encore plus incroyables que la première fois. Et lorsqu'il glissa la main entre ses cuisses, elle poussa un cri.

Aussi impatient qu'elle, il la pénétra. Enfin.

— Ça va ? demanda-t-il d'une voix rauque.

— Oui… *Oui…*

C'était si étrange de le sentir en elle… Si merveilleux de le retrouver ainsi… Iolanthe sentit ses muscles intimes s'ouvrir, se détendre pour l'accueillir et, quand il commença à bouger, elle s'accorda d'instinct au rythme qu'il instaurait. Les vagues montèrent, de plus en plus hautes, emportant tout sur leur passage. Des couleurs et des lumières fantastiques dansèrent devant ses yeux tandis que le plaisir l'inondait, encore plus extraordinaire que la première fois.

Après avoir laissé échapper une longue plainte rauque, Alekos se redressa en s'appuyant sur une main, puis lui repoussa de l'autre une mèche du front.

Iolanthe sentit les mots « Je t'aime » flotter entre eux, mais ni l'un ni l'autre ne les prononça, évidemment. Avant de venir le rejoindre dans sa chambre, elle s'était fait la leçon. Elle se contenterait de ce qu'il avait à lui offrir. Du présent. Mais ses bonnes résolutions avaient flanché.

Comme pour trancher la question, Alekos roula sur le côté, puis resta immobile, lui rappelant douloureusement la façon dont leur étreinte s'était terminée dix ans plus tôt.

— C'était stupéfiant, dit-il soudain en se tournant vers elle, souriant.

Un soulagement immense envahit Iolanthe. Elle aurait préféré de loin un « Je t'aime ». Mais elle ferait avec un « stupéfiant »… De toute façon, elle n'avait pas le choix.

— Oui, n'est-ce pas ? acquiesça-t-elle avec malice.

Il se leva et se pencha pour ramasser son caleçon, qu'il enfila en lui tournant le dos.

Elle allait attraper sa robe lorsqu'il se retourna.

— Ne te rhabille pas… Je ne désire pas que tu t'en ailles. Je veux au contraire que tu restes avec moi — toute la nuit.

— Mais, Niko…, murmura Iolanthe.

Souriant, il s'assit à côté d'elle et la prit dans ses bras.

— Pas de problème : tu n'auras qu'à regagner ta chambre au petit matin, répliqua-t-il en la serrant contre lui.

12.

— Je dois retourner à Athènes.

Iolanthe s'efforça de refouler la panique et la déception qui l'envahissaient. Bien sûr qu'il devait rentrer. Alekos avait une entreprise à diriger, et elle, des tas de choses à faire. En outre, Niko devait reprendre ses cours.

— Quand ? demanda-t-elle d'un ton détaché.

Sur cette île paradisiaque, elle avait vécu dans un rêve, passant des journées délicieuses avec Niko et Alekos, à nager, jouer, dessiner… Elle avait rempli son carnet de croquis qu'elle comptait retravailler par la suite.

Et puis, il y avait les nuits avec Alekos. Ces nuits brûlantes et passionnées. Tendres, magiques…

Tout semblait si facile, loin du quotidien. Mais que deviendrait ce bonheur fragile une fois qu'ils seraient de retour à Athènes ?

— Demain.

— Demain…, répéta-t-elle en contemplant le soleil qui commençait à baisser au-dessus de la mer.

Installés sur la terrasse, ils prenaient le thé pendant que Niko faisait quelques dernières longueurs dans la piscine.

— J'aurais dû t'en parler plus tôt, dit Alekos. Pour que nous préparions Niko. Mais je ne voulais pas y penser.

— Je comprends, répliqua-t-elle avec un faible sourire. Je ressens la même chose.

— Je dois aller à New York la semaine prochaine, et j'aimerais que tu m'accompagnes.

New York. Où elle rêvait d'aller depuis toujours…

— Niko doit reprendre ses leçons, Alekos. Et je ne sais pas si c'est une bonne idée de lui faire changer encore de…

— Je ne comptais pas l'emmener.

— Quoi… ?

— Iolanthe, t'es-tu jamais séparée de lui ? demanda-t-il en se penchant vers elle. Ses cours lui sont donnés à domicile, tu ne sors que rarement : toute ta vie est centrée autour de lui…

— Je veux être une bonne mère, l'interrompit-elle, blessée par sa remarque. Je pensais que tu l'avais compris.

— Je le comprends tout à fait. Mais ce n'est pas sain de vivre en recluse comme tu l'as fait jusqu'à présent. Tu as besoin d'avoir une vie personnelle, de t'accorder du temps, et de nous en accorder à tous les deux.

— Il me semble que nous avons eu beaucoup de temps à nous, la semaine passée, rétorqua Iolanthe.

— Je ne fais pas seulement allusion à nos nuits, dit-il, les yeux brillants. J'aimerais que nous passions désormais davantage de temps ensemble, en tant que couple.

Ses paroles la laissèrent sans voix. Comment lui résister alors que c'était exactement ce qu'elle désirait ? Même si elle avait encore trop peur pour le reconnaître. Peur d'espérer, de rêver. Car il ne parlait toujours pas de l'aimer alors que, de son côté, Iolanthe s'attachait chaque jour davantage à lui.

— Et que deviendrait Niko, en mon absence ?

— Tu as une gouvernante, non ? Ne pourrait-elle pas s'occuper de lui pendant quelques jours ? Et deux nuits ?

Deux nuits. Du temps, seule avec l'homme qu'elle aimait. *Contente-toi de cela, Iolanthe. N'en demande pas plus.*

— D'accord, chuchota-t-elle.

Installée en première classe, une coupe de champagne à la main, Iolanthe regarda le ciel bleu par le hublot en repensant à la semaine qui venait de s'écouler. Le retour à la vie normale avait été un peu chaotique, mais pas aussi difficile qu'elle ne l'avait craint. Déçu de devoir quitter l'île, Niko était redevenu plus méfiant vis-à-vis d'Alekos. Elle avait bien essayé d'en parler avec son fils, mais il s'était retranché dans le silence. Il avait besoin de temps pour se réadapter, tout comme elle.

En fait, elle n'avait pas beaucoup vu Alekos, occupé par ses affaires, et de son côté elle avait dû se pencher sur sa situation financière. Comme elle le redoutait, il ne lui restait quasiment rien en dehors des parts de Petra Innovation.

— Essaie de ne pas t'inquiéter, dit Alekos en lui prenant la main.

Revenant brutalement au présent, Iolanthe se tourna vers lui.

— Comment sais-tu que je m'inquiète ?

— Il suffit de te regarder, commença-t-il avec un petit sourire moqueur. Tu ressembles à un lapin flairant un piège. Tout ira bien pour Niko, Iolanthe. C'est une occasion pour lui d'être un peu indépendant. Comme pour nous.

Elle hocha la tête, mais sans être plus rassurée pour autant.

Soulagé, Alekos vit que le pli creusant le beau front de Iolanthe s'effaçait peu à peu. Le champagne y était sans doute pour quelque chose, ainsi que ses propres efforts pour l'amener à se détendre.

Une demande en mariage officielle et romantique aiderait peut-être Iolanthe à oublier ses derniers doutes…, songea-t-il tandis que le Boeing s'apprêtait à atterrir à l'aéroport JFK.

Aussitôt les formalités réglées, il l'entraîna vers la longue limousine qui les attendait.

— J'ai l'impression d'être une star de cinéma ! s'exclama-t-elle en riant.

— Parfait, répliqua-t-il en s'installant à l'arrière à côté d'elle. C'était bien mon intention.

Un peu plus tard, elle se tourna vers lui, l'air sérieux.

— Tu n'as pas besoin de m'impressionner avec ce genre de chose, tu sais, dit-elle avec calme. Ce qui m'a vraiment impressionnée, c'est la patience dont tu as fait preuve vis-à-vis de Niko et de moi. Ta générosité, tes attentions. C'est pour cela que je…

Elle s'interrompit tandis qu'Alekos sentait un froid glacial se répandre en lui.

— Que je te suis extrêmement reconnaissante, reprit-elle.

Puis elle détourna les yeux avant de s'exclamer :

— C'est l'Empire State Building ? Stupéfiant…

— Non, c'est la Harlem River Park Tower, corrigea-t-il. L'Empire State Building est beaucoup mieux, tu verras.

Iolanthe contempla le panorama grandiose qui s'offrait du salon de leur suite pendant qu'Alekos achevait de s'habiller. Ils avaient fait l'amour longuement, tendrement, sans jamais se résoudre à aller voir l'Empire State Building comme ils l'avaient prévu.

— Que penses-tu de la vue ? demanda Alekos derrière elle en lui posant les mains sur les épaules.

— Fantastique, répondit-elle avec sincérité.

Quand il l'embrassa sur la nuque, elle frissonna.

— J'adore tes baisers, murmura-t-elle, mais j'aimerais voir un peu de New York avant de retourner en Grèce…

— À votre service, madame…, répliqua-t-il en lui prenant la main. Vous verrez l'Empire State Building demain — et vous flânerez dans les rues de Greenwich Village. Promis !

Déterminée à oublier ses inquiétudes et à savourer la soirée qui les attendait, Iolanthe sourit et se laissa entraîner vers l'ascenseur. Alekos était un compagnon délicieux, et le lui prouvait à chaque instant. Alors, pourquoi ne parvenait-elle pas à se contenter de ce qu'il avait à lui offrir ?

Le restaurant dans lequel il l'emmena était somptueux bien sûr et, de l'endroit où était située leur table, un peu à l'écart, le paysage urbain déployait la magie de ses lumières multicolores.

Le champagne venait de leur être servi et ils avaient commandé leurs plats lorsque Alekos se leva soudain puis, à la grande stupéfaction de Iolanthe, vint mettre un genou en terre devant elle.

— Qu'est-ce que…, murmura-t-elle, terriblement confuse.

— Iolanthe, je viens de vivre les plus beaux jours de ma vie, commença-t-il d'une voix rauque, et je désire partager le reste de mon existence avec toi et notre fils.

Le bel éclat topaze illumina ses yeux bruns.

— Veux-tu m'épouser ? demanda-t-il en sortant un petit écrin de sa poche.

— Je croyais que tu me l'avais déjà demandé…

Elle s'interrompit en découvrant la bague sertie d'un énorme diamant, flanqué de deux superbes émeraudes dont la teinte profonde tranchait sur le mauve du coussinet de satin.

— Tu m'as fait remarquer toi-même que ma demande manquait de romantisme. Alors, tu l'essaies, cette bague ?

Alekos était un homme merveilleux. Il avait réussi à approcher Niko. Et, plus important encore — et plus inquiétant —, elle *l'aimait.*

— Iolanthe ? insista-t-il avec une pointe d'impatience.

Sortant la bague de son écrin, il la lui tendit. Sans dire un mot, Iolanthe la glissa à son doigt. Le bijou lui parut lourd et froid. Oui, elle aimait Alekos, mais sachant cela, devait-elle accepter, ou refuser de l'épouser…

— Parfaite, dit-il avec un sourire satisfait.

Puis il se redressa et souleva sa flûte de champagne tandis que Iolanthe l'imitait en lui adressant un faible sourire.

— À nous !

— À nous, murmura-t-elle.

C'était fait. Elle venait d'accepter de l'épouser.

Le dîner se déroula comme dans un rêve. Alekos se montra des plus charmant, les mets étaient exquis…

Ils pouvaient y arriver, se répéta Iolanthe en bavardant tranquillement avec celui qui allait devenir son mari. C'était la meilleure solution pour Niko. Pour elle. Elle serait heureuse avec Alekos.

Une fois de retour dans leur suite, il la prit dans ses bras et elle se laissa envelopper dans sa merveilleuse chaleur, oubliant tous ses doutes.

Le lendemain matin, après une nuit passée à faire l'amour, elle se réveilla avec une sensation de plénitude inconnue. Levant la main, Iolanthe contempla la bague étincelant à son doigt et sentit une joie nouvelle naître dans son cœur. Elle ne rêvait pas. Alekos allait vraiment…

Un signal sonore l'avertissant de l'arrivée d'un SMS, elle se tourna sur le côté pour prendre son portable posé sur la table de nuit. À cette heure-là, ce n'était pas Niko…

Le SMS provenait d'Amara.

Appelez rapidement svp. Niko très mal cause PI.

Iolanthe sentit un froid glacial se répandre dans ses membres. PI signifiait Petra Innovation, mais pourquoi Niko allait-il très mal ? Quel était le rapport ? *Que s'était-il passé ?*

Le cœur battant sourdement dans sa poitrine, elle appuya sur « Rappeler » et attendit, malade d'inquiétude.

— Amara ? demanda-t-elle dès que celle-ci répondit. Que se passe-t-il ?

— Vous n'avez pas regardé le journal télévisé ?

Elle tourna les yeux vers l'immense écran plat qu'ils n'avaient pas allumé une seule fois.

— Non…

— Demetriou l'a fait, dit Amara d'une voix sombre. C'est fini pour Petra Innovation. Définitivement.

13.

Rasé de près, Alekos se noua une serviette autour des hanches et sourit à son reflet. Il fredonnait ! réalisa-t-il. Il était heureux. Tout s'était passé comme il l'avait prévu. Iolanthe avait accepté : ils allaient se marier.

Fredonnant toujours, il sortit de la salle de bains avant de s'arrêter net. Au lieu d'être encore couchée comme il s'y attendait, Iolanthe se tenait debout au pied du lit, tout habillée.

— Iolanthe… ?

— Pourquoi ? demanda-t-elle d'une voix rauque. Comment as-tu pu faire cela, Alekos ? Après…

Elle leva la main et ôta sa bague.

— Qu'est-ce que tu as, bon sang ?

— Tu avais mal prévu ton timing ! lança-t-elle avec mépris en serrant la bague dans son poing. Tu aurais dû annoncer la fermeture *après* notre mariage.

— Je ne sais pas de quoi tu parles, dit-il d'un ton glacial.

Elle laissa échapper un rire dur et incrédule.

— Tu as le culot de me dire ça ? À *moi* ? Tout se répète, Alekos : après une nuit de passion, tu me flanques à la porte.

— Je ne te flanque pas à la porte, Iolanthe, répliqua-t-il en réprimant la fureur qui se déchaînait en lui. C'est toi qui…

— C'est tout comme ! l'interrompit-elle, furieuse. Je préférerais même que tu le fasses ! Comment peux-tu…

Sa voix se brisa tandis qu'une larme, une seule, roulait sur sa joue. Mais lorsque Alekos s'avança pour la prendre dans ses bras, Iolanthe s'écarta vivement, l'air dégoûté.

Jamais elle ne l'avait regardé ainsi…

— Iolanthe…

— Ne me touche pas. Ne me parle pas ! ordonna-t-elle en lui tendant la bague.

— Je n'en veux pas. Elle ne m'appartient plus.

— C'est fini, Alekos…

— Non ! Pas tant que je ne saurai pas ce qu'il se passe ! Nous avons fait l'amour il y a à peine vingt minutes, Iolanthe. Je sors de la douche et je me retrouve face à une autre femme ! Que se passe-t-il, bon sang ?

— Tu ne comprends vraiment pas ? demanda-t-elle, le visage blême. Es-tu… arrogant au point que tu as pensé que cela n'aurait pas d'importance ?

— Donne-moi au moins un indice pour que je sache de quoi tu parles, dit-il avec impatience.

Au même instant, il comprit. La nouvelle avait dû être diffusée pendant la nuit… et Iolanthe l'avait apprise.

— Petra Innovation, laissa-t-elle tomber du bout des lèvres, confirmant ainsi ses soupçons. C'est de cela que je parle, Alekos. Tu as quand même fermé l'entreprise, finalement. Et tu as laissé Niko l'apprendre — sur Internet.

Elle le regarda, les yeux emplis de souffrance et de haine.

— Comment as-tu pu faire une chose pareille ? À Niko, alors que tu sais ce que l'entreprise représente pour lui ?

Un lent soupir échappa à Alekos. Il aurait dû prévoir que Talos Petrakis continuerait de lui nuire depuis la tombe. Néanmoins, ce salaud n'était pas responsable de ce lamentable épisode.

— Je comprends ta colère, Iolanthe. Mais, je t'en supplie, parlons-en calmement.

— Dis-moi, riposta-t-elle en le regardant dans les yeux. As-tu envisagé un seul instant de renoncer à fermer l'entreprise ?

Il contempla les beaux yeux gris embués en silence.

Lentement, Iolanthe secoua la tête tandis qu'une nouvelle larme roulait sur sa joue.

— C'est bien ce que je pensais, dit-elle avec calme.

Tendant le bras, elle ouvrit le poing et laissa tomber la bague sur le lit, puis se détourna et s'avança vers la porte.

Atterré, Alekos la regarda s'éloigner. Elle ne quittait pas seulement la pièce ou l'hôtel. Elle *le* quittait. Pour toujours.

— Iolanthe, attends !

Emergeant de sa stupeur, il s'élança vers elle et lui prit le bras, mais elle se dégagea d'un geste brusque.

— Ne me touche pas !

— Où vas-tu ? Tu ne connais pas New York…

— Je me débrouillerai, et mieux que tu ne le penses, rétorqua-t-elle d'un ton sec.

Sur ces mots, elle sortit de la chambre sans un regard en arrière. Un instant plus tard, la porte de la suite claquait, résonnant lugubrement aux oreilles d'Alekos.

Après avoir marché dans les rues d'un pas rapide et sans rien voir durant une vingtaine de minutes, Iolanthe ralentit et exhala un soupir las. Que faisait-elle ? Elle devait retourner à l'hôtel, faire ses bagages, trouver un vol et rentrer à Athènes, auprès de Niko.

Amara lui avait expliqué qu'après avoir appris la nouvelle sur Internet il s'était effondré. Ce qui n'était pas arrivé depuis des mois. Le cœur serré, Iolanthe imagina son fils seul avec ses idées noires, loin d'elle pour la première fois.

Par la faute d'Alekos. Elle s'interdit de penser à lui pour se concentrer uniquement sur Niko. Redressant les épaules, elle rebroussa chemin et se hâta en direction de l'hôtel.

Quand elle se fut arrangée avec le chef de la réception pour qu'il lui trouve un billet pour Athènes, Iolanthe entra dans l'ascenseur pour rejoindre Alekos. Et lui dire au revoir.

— Alekos ?

Le salon était vide. Poussant la porte de la chambre, Iolanthe s'immobilisa sur le seuil en voyant Alekos assis au bord du lit, le dos voûté, la tête entre les mains.

Quand elle entra dans la pièce, il redressa lentement la tête, les yeux rouges, l'air perdu. Il cligna des paupières plusieurs fois, comme s'il n'arrivait pas à croire qu'elle était vraiment là.

— J'ai cru que tu m'avais quitté.

Il avait l'air si désespéré qu'elle faillit craquer.

— Je *t'ai* quitté, dit-elle lentement. Je suis revenue faire mes bagages.

À ces mots, il tressaillit, comme si elle l'avait giflé. Remuée jusqu'au tréfonds d'elle-même, Iolanthe passa à côté de lui, puis, les mains tremblantes, souleva sa valise.

Il allait la laisser partir. Stupidement, elle eut envie qu'Alekos se batte pour elle. Pour eux. Qu'il s'explique, s'excuse. Qu'il fasse quelque chose, *n'importe quoi* ! Mais il ne bougea pas, retranché dans un silence buté.

Tout à coup, Iolanthe réalisa qu'elle ne s'était jamais battue pour elle-même. Dix ans plus tôt, elle avait laissé Alekos la rejeter, avant d'autoriser son père, puis Lukas, à régenter sa vie. Et plus récemment, elle avait laissé Alekos prendre le contrôle de la situation.

Quelques instants plus tôt, elle avait pensé que la meilleure solution était de s'en aller. Mais si elle décidait de rester et de se battre ? Pas seulement pour elle-même, mais pour eux, pour leur famille.

— Alekos, commença-t-elle en se retournant. Parle-moi.

— Qu'y a-t-il encore à dire ? répliqua-t-il sans la regarder.

— Explique-moi pourquoi tu tenais autant à anéantir Petra Innovation. Tu me caches quelque chose, n'est-ce pas ?

— Non, je ne te cache rien, répondit-il d'un bon brusque en lui tournant le dos.

— Dis-moi de quoi il s'agit, Alekos. Fais-le pour moi. Pour notre fils.

Silence.

— Niko est effondré, il va très mal, poursuivit-elle avec calme. Est-ce que tu t'en rends compte ? Il t'aimait bien. Il avait confiance en toi. Ce qui, venant de sa part, est *extraordinaire* ! Et puis tout à coup, il apprend que toi, la personne qu'il vient juste de laisser entrer dans sa vie, lui prend la chose qui représente tout pour lui…

— Ce ne devrait pas être le cas ! coupa-t-il en se tournant vers elle, les traits déformés par le désespoir.

— Alekos, je t'en supplie, dis-moi ce qu'il y a. Qu'as-tu contre ma famille ? Contre mon père ?

Après un long silence, il répondit lentement :

— Je ne peux pas te le dire. Je ne veux pas te blesser.

Il y avait un tel tourment dans ses yeux que Iolanthe le regarda en retenant son souffle, choquée.

— Et puisque tu as déjà décidé que tout était terminé entre nous…

— Ce n'est pas terminé ! s'écria-t-elle avec force.

Il la dévisagea d'un air stupéfait.

— Je ne veux pas que ça le soit…, reprit-elle plus calmement. Je… Je t'aime, Alekos et je désire me battre pour nous. Je sais que tu ne m'aimes pas, mais…

— Au contraire, l'interrompit-il d'une voix sourde. Je l'ai compris lorsque tu es partie. J'ai eu l'impression que le monde entier s'était transformé en un gouffre noir. Je t'aime, Iolanthe, et je ne peux pas supporter la pensée que tu me quittes de nouveau.

Il l'aimait… Iolanthe sentit une joie inconnue se déployer en elle, immense, infinie…

— Je ne te quitterai pas, promit-elle. Mais tu dois me dire la vérité, Alekos. C'est indispensable si nous voulons être heureux ensemble.

Un long soupir s'exhala de ses lèvres tandis qu'il se passait la main dans les cheveux.

— J'ai travaillé autrefois pour ton père, comme stagiaire, commença-t-il enfin. J'avais vingt-deux ans, à l'époque, et il était formidable avec moi. Presque un père. Il m'a beaucoup appris et, de mon côté, je lui exposais mes idées.

Un sourire amer se forma sur les lèvres d'Alekos.

— Je lui ai notamment parlé d'un projet de logiciel inédit.

— Et que… Que s'est-il passé ? demanda-t-elle, gagnée par un sombre pressentiment.

— Il m'a écouté, m'a fait répéter mes explications deux fois et moi, pauvre imbécile naïf que j'étais, je lui ai donné un DVD contenant toutes mes informations ! Ravi, il m'a promis de m'employer à temps plein, affirmant que je correspondais exactement au profil qu'il recherchait…

Il s'interrompit, l'air dévasté. À vif.

— Et qu'est-il arrivé, après ? chuchota Iolanthe.

— Il m'a volé mon idée et l'a fait copier par Callos, répondit Alekos d'une voix creuse. Je ne m'en suis pas rendu compte tout de suite, bien sûr. Il a mis fin à mon stage, m'a délivré un rapport favorable en m'expliquant qu'il avait proposé mon projet à ses « experts », mais que ceux-ci estimaient qu'il n'était pas réalisable. Il était si désolé de devoir se séparer de moi, a-t-il insisté. Six mois plus tard, Petra Innovation sortait mon logiciel — enfin, pas tout à fait le mien : la copie réalisée par Callos n'était pas aussi bonne que l'original.

— Tu veux dire…, commença-t-elle, la bouche sèche. Que mon père t'a volé ton idée ? Et que Lukas l'a aidé ?

Alekos la regarda, les yeux vides de toute expression.

— Tu as tout compris.

— Mais pourquoi ? balbutia Iolanthe, l'esprit et le cœur en proie à un véritable chaos. Pourquoi ne t'a-t-il pas proposé simplement de travailler pour lui ?

— Il me voyait comme un rival, répondit Alekos en haussant les épaules. C'est la seule explication que j'aie jamais trouvée. Il préférait quelqu'un de plus malléable qu'il pouvait contrôler. Quelqu'un comme Lukas.

— Mais…

— Tu ne me crois pas.

— Ce n'est pas aussi simple, protesta-t-elle. Je ne sais qui croire. Je suis sous le choc, Alekos. Laisse-moi le temps d'assimiler ces… faits, je t'en supplie.

D'un côté, elle refusait de le croire et, en même temps, elle le croyait, parce que s'il avait menti, Alekos n'aurait pas eu l'air aussi désespéré. Mais s'il disait la vérité, cela signifiait que son père, sa vie à elle…

— Pourquoi ne me l'as-tu pas dit plus tôt ?

— Au début, j'ai pensé que tu ne me croirais pas. Plus tard, je ne t'ai rien dit pour t'épargner, pour ne pas te faire de mal.

— Et tu n'as pas pensé qu'en fermant l'entreprise de mon père, tu m'en ferais, du mal ? Ainsi qu'à Niko ?

— Il héritera d'une entreprise bien plus importante, bien plus compétitive, Iolanthe, se défendit-il. C'est Demetriou Tech, son véritable héritage. Pourquoi ne peux-tu le comprendre et l'accepter ? Je ne lui refuse rien…

Elle ferma un instant les yeux, soudain trop lasse pour continuer à arguer.

— Alekos, il ne s'agit même pas de l'entreprise en tant que telle. J'envisageais de vendre mes parts, de toute façon, parce que Lukas était endetté jusqu'au cou.

— Quoi ? fit Alekos, l'air estomaqué. Pourquoi ne pas me l'avoir dit ?

— Tu n'es pas le seul à avoir des secrets. Je ne t'en ai pas parlé parce que je ne voulais pas devenir encore plus redevable envers toi.

— Mais alors, si tu envisageais de vendre, pourquoi es-tu aussi en colère ?

Il avait l'air si incrédule que Iolanthe faillit éclater de rire. Ou pleurer.

— Parce qu'il ne s'agit plus de l'entreprise, répéta-t-elle. Ou du moins, pas seulement. Il s'agit de nous, de confiance, de franchise et d'amour. Quel genre de relation veux-tu que nous développions si tu me tiens à l'écart de ta vie ? Si tu n'as pas suffisamment confiance en moi pour me dire la vérité ? Et que ta motivation profonde n'est qu'un désir de vengeance ?

Après s'être interrompue pour reprendre son souffle, elle reprit :

— Parce qu'il s'agit de cela, n'est-ce pas ? Même maintenant que mon père est mort et que, les seuls à en souffrir, ce sont ceux-là mêmes que tu prétends aimer, tu as toujours besoin d'assouvir ta vengeance !

Elle secoua la tête avec désespoir.

— Où est l'amour, là-dedans, Alekos ? Où y a-t-il de la place pour de vrais sentiments ? Pour moi, pour Niko ? As-tu seulement pensé à ce qu'il ressentirait quand il apprendrait la nouvelle *par Internet* — sans que tu te sois donné la peine de lui expliquer quoi que ce soit directement ?

— Non, je n'y ai pas pensé, reconnut-il, le regard torturé. Je me suis interdit d'y penser. Je me suis convaincu que cette affaire n'avait rien à voir avec nous. Nous trois.

— Tu as fait passer ton désir de vengeance…

— Il s'agissait avant tout d'un désir de *justice*, l'interrompit-il d'une voix vibrante. J'ai attendu longtemps pour la voir rétablie, Iolanthe…

— Mais Talos est mort, Alekos ! Il ne peut plus te nuire, désormais, et de ton côté, tu ne peux plus l'atteindre…

— *Sais*-tu ce que ton père m'a fait ? l'interrompit-il de nouveau, les yeux étincelants. Il a tenté d'anéantir mon entreprise. Il m'a discrédité auprès de tous ceux qui ont bien voulu l'écouter. Il a fait tout ce qu'il a pu pour m'empêcher de réussir, dans *tous* les domaines !

L'amertume déformait ses traits, sa voix…

— Après t'avoir trouvée avec moi, il m'a fait battre par ses gardes du corps. Oui, ils m'ont *battu*, comme un chien, au fond d'une allée obscure…

Atterrée, Iolanthe le contempla en silence.

— Je voulais travailler pour lui parce que je le voyais comme un mentor, un père. Je le prenais pour un héros. *Mon* héros. Je l'imaginais déjà me disant qu'il me considérait comme le fils qu'il n'avait jamais eu. Quel pauvre imbécile j'étais ! Au lieu de cela, il m'a poignardé dans le dos. Ou plutôt en plein cœur. Et quand je me suis présenté pour me faire embaucher dans une autre entreprise, ils ont refusé ma candidature parce que ton père leur avait raconté des horreurs sur moi. Il en a raconté à tout le monde. Il a fait pire que mon vrai père, qui n'avait manifesté que de l'indifférence à mon égard…

Il laissa échapper un soupir tremblant et se passa la main sur le front.

— Je n'en savais rien…, murmura Iolanthe.

Le cœur déchiré, elle s'avança vers lui.

— Alekos… Je suis tellement désolée de n'avoir rien su…

— Ce n'est pas ta faute, murmura-t-il en se raidissant.

Mais elle lui passa néanmoins les bras autour de la taille.

— Non, mais je suis triste pour toi, pour tout ce que tu as enduré à cause de mon père… Et à cause de moi, qui ignorais tout cela…

Elle appuya la joue contre son dos en fermant les yeux, tandis qu'Alekos restait immobile, le corps frémissant.

— Nous devons rentrer à Athènes, dit-il soudain. Je vais parler à Niko.

Un frisson d'inquiétude traversa Iolanthe.

— Que lui diras-tu ?

— La vérité, répondit-il en se retournant vers elle. Il est grand temps que nous la connaissions tous, tu ne crois pas ?

Lorsque Alekos pénétra dans la maison aux côtés de Iolanthe, la gouvernante surgit aussitôt de la cuisine et s'avança vers eux en le foudroyant du regard.

— Il est en haut, dit-elle à Iolanthe. Il n'a pas dit un mot ni mangé de toute la journée.

Par ma faute, songea Alekos, le cœur serré.

— Viens, dit doucement Iolanthe en l'entraînant vers l'escalier. Allons le voir.

Cette fois, Niko n'était pas assis devant son bureau comme la première fois. Il était allongé sur son lit, les genoux remontés contre la poitrine, le dos tourné à la porte.

— Niko, murmura Iolanthe. Nous sommes là.

Leur fils ne répondit pas, ne bougea pas.

— Niko, c'est moi, Alekos, dit-il en s'avançant vers le lit.

Je… Je voudrais te parler de ce que tu as appris, à propos de Petra Innovation.

Les épaules de Niko se raidirent, et il resta silencieux.

— Je suis désolé, Niko, poursuivit Alekos d'une voix étouffée. Je regrette de tout mon cœur de ne pas avoir réfléchi à ce que je faisais. Et de t'avoir fait du mal…

Sa voix se brisant, il se força à déglutir, s'éclaircit la gorge…

— Alors que je ne voulais vraiment pas t'en faire, au contraire.

Alekos s'agenouilla à côté du lit et posa légèrement la main sur l'épaule frêle de son fils.

— Niko, je crois que je sais un peu ce que tu ressens. Parce que j'ai ressenti le même genre de chose quand j'étais petit. Et que j'avais l'impression… de ne pas avoir de place.

Même si son fils n'avait pas bougé, Alekos sentit qu'il l'écoutait maintenant avec attention.

— Et j'avais cette impression parce que j'étais différent des autres, poursuivit-il. Je vivais avec une famille qui n'était pas ma vraie famille, et c'était difficile. Alors, je préférais me réfugier dans les livres — des livres sur les ordinateurs —, plutôt que d'essayer de me faire accepter par les gens. Ou de me faire aimer d'eux.

Niko roula sur le dos et tourna la tête vers lui, l'air si indécis, si réticent qu'Alekos eut mal pour lui.

— Et ils t'ont aimé, finalement ? chuchota-t-il.

— Pas comme je l'aurais voulu. J'ai dû attendre longtemps pour trouver une famille qui m'aime, Niko. Très longtemps. Mais je crois l'avoir enfin trouvée.

Sans dire un mot, Niko le regarda en fronçant les sourcils.

— Auprès de toi, continua doucement Alekos. Toi et ta maman vous êtes ma famille, maintenant.

Les sourcils toujours froncés, son fils fouilla son regard, cherchant à comprendre.

— C'est vrai ? finit-il par demander, un mélange de doute et d'espoir dans la voix.

— Oui, c'est vrai, répondit Alekos en resserrant légèrement les doigts sur son épaule. Si vous voulez bien de moi.

Il était encore trop tôt pour lui expliquer qu'il était son vrai père. Ils auraient tout le temps de le faire par la suite.

— Pourquoi as-tu fermé Petra Innovation ? demanda Niko d'une toute petite voix.

— Parce que j'ai agi sans réfléchir, et que je pensais que d'autres choses étaient plus importantes que ma famille et l'amour.

Il sourit à son fils.

— Mais maintenant, j'ai changé d'avis.

— Tu vas empêcher qu'elle soit fermée ? répliqua Niko, les yeux brillants.

— Si c'est la meilleure solution pour tout le monde… Je veux tout faire pour que nous soyons heureux tous les trois, en famille.

— Mais nous ne sommes pas une vraie famille, insista Niko en plissant le front.

— Nous allons en devenir une, promit Alekos, la voix nouée par l'émotion. Une vraie, et très bientôt.

Épilogue

Un an plus tard.

Lorsque Iolanthe s'avança sur la terrasse, Alekos se tourna vers elle et lui tendit un verre en souriant — jus de citron et eau gazeuse, en raison de son état.

— Niko dort ?

— Oui, répondit-elle en posant une main sur son ventre.

Elle s'assit à côté de son mari et lui sourit. Tant de choses s'étaient passées, depuis un an... Ils s'étaient mariés, dans l'intimité, avec Niko et quelques amis. Alekos avait fait rouvrir Petra Innovation, qui était devenue une branche de Demetriou Tech, consacrée exclusivement aux applications pour mobiles. Plusieurs de celles créées par Niko avaient été commercialisées, pour la grande joie de leur fils qui s'était déjà constitué un beau petit capital, placé par Alekos en attendant sa majorité.

Durant ces douze mois, entouré, soutenu et aimé par ses parents, Niko avait commencé à s'épanouir. Par ailleurs, un jeune thérapeute très sympathique le suivait, lui apprenant notamment à se lier avec de nouvelles personnes et l'aidant à avoir moins peur des défis qu'il pouvait rencontrer. Depuis peu, Niko allait à l'école et s'adaptait progressivement. Ce n'était pas toujours facile, et parfois il reculait autant qu'il avançait, mais il faisait des progrès, pour la plus grande joie de Iolanthe et d'Alekos.

À présent, ils prenaient quelques semaines de vacances sur l'île d'Alekos — et la famille s'agrandissait... Non seulement

Iolanthe était enceinte de six mois, mais Alekos avait fait des recherches pour retrouver ses sœurs et son frère et, si tout se passait bien, il les reverrait bientôt tous les trois.

— J'adore cet endroit, murmura-t-elle. C'est si paisible, ici…

Alekos referma délicatement la main sur la sienne, toujours posée sur son ventre.

— À chaque fois que j'y viens, je me rappelle le moment où je suis tombé amoureux de toi, répliqua-t-il. Même si cela s'est passé sur une autre terrasse, à Athènes.

— Tu réécris un peu l'histoire ! le taquina Iolanthe en riant doucement. Parce que ce soir-là, je crois plutôt qu'il s'agissait de pur désir…

— Je n'en suis pas si sûr…

À cet instant, leur bébé donna un petit coup de pied.

— Je refusais de l'admettre, c'est tout…

— Peut-être que je le refusais aussi, murmura-t-elle. Mais plus maintenant ! Je suis tellement heureuse, et reconnaissante. Envers toi, envers la vie…

— Pas autant que moi, mon amour, chuchota-t-il en lui prenant le menton.

Puis il l'embrassa, au moment où Iolanthe voyait la lune apparaître dans le ciel, comme pour ajouter encore à la magie de l'instant.

ANNIE WEST

L'odyssée d'une princesse

Traduction française de
LOUISE LAMBERSON

AZUR

HARLEQUIN

Titre original :
THE GREEK'S FORBIDDEN PRINCESS

Ce roman a déjà été publié en 2018.

© 2017, Annie West.
© 2018, 2023, HarperCollins France pour la traduction française.

1.

— *Kyrie Evangelos, parakaló*, répéta Amélie en claquant des dents.

M. Evangelos, s'il vous plaît.

Un nouveau flot de grec jaillit de l'interphone, à un débit si rapide qu'elle n'en saisit pas un traître mot. De son côté, elle avait épuisé le peu de vocabulaire qu'elle connaissait dans cette langue. Mais de toute façon, son interlocutrice ne semblait pas disposée à faire le moindre effort — et ne comprenait que le grec, manifestement. Amélie avait en effet tour à tour essayé le français, l'anglais, l'allemand, avant de recourir à l'espagnol et même au russe, sans aucun succès.

Mais pourquoi la gouvernante — si c'était bien d'elle qu'il s'agissait — aurait-elle dû parler une autre langue que la sienne ? La propriété était située en altitude, dans le nord de la Grèce. Or, les touristes fréquentaient plutôt les plages ou les ruines antiques. Seuls les plus intrépides se hasardaient sans doute dans cette belle région isolée.

Personnellement, Amélie n'avait jamais eu le loisir de se lancer dans aucune aventure de ce genre, jusqu'à ce qu'un coup du sort vienne chambouler son existence bien réglée et la pousse à s'engager dans une entreprise aussi téméraire que désespérée.

— S'il vous plaît. *Parakale*, recommença-t-elle en courbant les épaules pour se protéger du vent glacial.

Inutile de continuer, la gouvernante avait raccroché.

Amélie battit des cils, indignée et stupéfaite à la fois.

C'était une première. Jamais encore elle n'avait été ignorée ainsi. Non, pas ignorée… rejetée.

En réalité, ce n'était pas la première fois : elle avait déjà été rejetée par l'homme qu'elle venait voir, justement. À ce moment-là, il ne s'agissait que de son bonheur à elle, aussi avait-elle accusé le coup avec le calme et l'élégance qu'elle avait faits siens dès son plus jeune âge. Mais à présent, c'était du bonheur de Seb qu'il était question, et de son avenir. Par conséquent, Amélie refusait d'être ignorée.

Elle redressa les épaules, « avec obstination » aurait dit son père. Mais celui-ci n'était jamais content, de toute manière, quoi qu'elle fasse. En outre, il était désormais mort et enterré, comme Michel, son frère, et sa belle-sœur, Irini.

Une douleur atroce lui étreignit la gorge et le cœur, mais Amélie refusa de s'y abandonner, résolue à ne pas se laisser décourager. Elle cligna farouchement des yeux, s'interdisant de pleurer. Depuis l'accident, elle ne s'était pas autorisée à verser une seule larme, consciente que tout le monde comptait sur elle, sur sa force. Si elle n'avait pas été le pilier de la famille depuis des années, elle aurait pu être écrasée par le fardeau qui lui incombait soudain, car, en plus du chagrin immense dû à la perte de Michel, la mort de celui-ci avait entraîné de redoutables complications.

Elle inspira profondément, déterminée à se concentrer sur les aspects positifs de la situation. Il lui restait Seb.

Tournant les yeux vers la voiture de location garée devant les impressionnantes barrières, elle ne distingua aucun mouvement à l'intérieur. Seb ne s'était pas réveillé, épuisé par le long voyage. Elle aussi était exténuée, tant à cause du stress que du manque de sommeil, mais consciente de la présence de la caméra de sécurité, elle s'interdit de montrer le moindre signe de faiblesse et redressa au contraire le menton.

Si Lambis Evangelos et ses sbires croyaient qu'elle allait renoncer et repartir sans même l'avoir vu…

Lentement, la tête haute et les bras le long du corps, elle

regagna la voiture tandis que les premiers flocons lui effleuraient le visage.

De la neige ! Il ne manquait plus que cela, après cette interminable expédition ! D'abord le voyage secret de St. Galla à Athènes à bord du bateau d'un ami afin d'éviter les paparazzis ; ensuite la traversée harassante de la capitale grecque grouillante de monde et d'activité, avant de se voir refuser l'accès aux bureaux d'Evangelos Enterprises ; et enfin le long trajet épuisant vers le nord.

Mais maintenant qu'elle était parvenue jusque-là, elle ne rebrousserait pas chemin tant qu'elle n'aurait pas au moins *essayé* de convaincre Lambis Evangelos. Les enjeux étaient bien trop importants.

Ouvrant la portière arrière de la voiture, Amélie se glissa à côté de Seb, profondément endormi. Il avait l'air si vulnérable, recroquevillé ainsi sur le siège et serrant son ours en peluche sous le menton, qu'elle en eut le cœur chaviré. Mais aussitôt, l'amour déferla en elle, puissant, invincible.

Après avoir ôté son long manteau en cachemire et s'être rapprochée de Seb, elle l'étendit sur eux deux. Son neveu remua et fronça les sourcils dans son sommeil, entrouvrit les lèvres comme pour protester, puis s'immobilisa en laissant échapper un petit murmure. Amélie lui passa alors un bras autour des épaules, tout doucement, et le serra contre elle.

Ils se trouvaient dans une impasse, aussi fallait-il changer de stratégie pour trouver d'autres solutions. Mais tout d'abord, elle s'accorderait dix minutes de repos.

Dix, pas plus...

Réveillée en sursaut par des coups frappés à la vitre, Amélie ouvrit les yeux et constata que la nuit tombait. Il faisait si froid qu'elle se demanda comment elle avait pu réussir à s'endormir.

De nouveaux coups résonnèrent, plus forts. Tournant la tête, elle vit une ombre se redresser, gigantesque et menaçante. Son cœur s'emballa, et elle se força à contrôler sa respiration pour réprimer la peur instinctive qui s'emparait d'elle.

Puis elle se réveilla complètement et se souvint de tout. S'écartant avec précaution de Seb qui dormait toujours, elle posa la main sur la poignée, et l'imposante silhouette recula aussitôt de quelques pas.

Dès qu'elle ouvrit la portière, une bouffée d'air glacé s'engouffra dans l'habitacle, lui coupant le souffle. Amélie descendit de voiture avant de refermer rapidement derrière elle pour protéger Seb. De gros flocons lui chatouillèrent le visage, la faisant frissonner.

Cependant, ce n'était ni le froid ni la neige qui l'empêchaient de respirer normalement. C'était l'homme à la haute stature qui se tenait immobile et silencieux à un mètre à peine d'elle.

Elle contempla ses sourcils noirs, son nez droit et fort, ses pommettes acérées et la ligne pure de sa mâchoire. Mais sa bouche sensuelle au dessin parfait ne souriait pas. Lambis la dévisageait d'un air sévère, le regard aussi hostile que le paysage environnant.

Aucun mot de bienvenue. Aucune proposition d'aide.

Refusant de se laisser impressionner par cet accueil glacial — et ignorant les réactions de son corps face à cette aura de masculinité puissante —, elle redressa le menton. Pas question de se refermer les bras autour du buste dans l'espoir de se réchauffer un peu ni de céder au désir furieux de remonter en voiture et de faire demi-tour pour aller dénicher un bon hôtel où elle pourrait enfin se reposer.

Il ne s'agit pas de ton confort, Amélie.

Ce rappel lui redonna des forces. Le bien-être des autres était toujours passé avant le sien, ses tentatives de quête de bonheur personnel s'étant toutes soldées par un échec.

— *Kalimera*, dit-elle.

Bonjour.

Aucune réaction. Pas même un imperceptible tressaillement sur ses traits virils. Cependant, Amélie sentait la colère bouillonner en lui.

Seuls ses cheveux bougeaient, soulevés par le vent, aussi noirs que ses sourcils.

Comment un homme à l'air aussi dur et impitoyable pouvait-il lui faire battre ainsi le cœur d'excitation ? Lui faire trembler les genoux, rien qu'à le regarder ?

— Vous bloquez le passage.

Réprimant la réplique cinglante qui lui venait aux lèvres, elle sourit, de ce sourire qu'elle avait l'impression d'avoir perfectionné en même temps qu'elle apprenait à marcher.

— En effet.

Ça avait été la seule façon d'attirer l'attention.

— Si vous ouvrez les barrières, je dégagerai aussitôt le passage.

Il ne se donna même pas la peine de secouer la tête.

Une lassitude sans fond gagna alors Amélie, doublée d'une fureur insensée. Elle n'avait pas fait tout ce chemin, évitant la presse tout du long, pour se retrouver face à cette indifférence glaçante et méprisante !

Quand elle s'avança d'un pas, pour bien montrer qu'elle avait parfaitement le droit d'être là, une lueur fugitive traversa les yeux gris de Lambis, mais il resta silencieux.

Très bien.

Lambis Evangelos portait un épais manteau, mais elle n'était pas habillée pour une tempête de neige. À St. Galla, c'était encore l'été. Les températures ne commenceraient à fraîchir que dans deux mois, et il y neigeait rarement.

Elle se retourna vers la portière arrière de la voiture.

— Que faites-vous ?

Son timbre grave résonna dans le silence. Amélie le sentit couler dans son buste, se répandre dans son bas-ventre, la faisant fondre à l'intérieur. Mais au lieu de s'y abandonner, elle le refoula de toutes ses forces. Elle ne se laisserait pas attendrir par cet homme à la voix profonde et envoûtante, en contradiction totale avec son regard glacial.

— Puisque je n'ai pas droit au minimum d'accueil ou de

politesse, je préfère remonter en voiture. Là, au moins, il y a un peu de chaleur.

— Arrêtez.

Il tendit le bras vers elle, sa large main se retrouvant à quelques centimètres de la sienne, puis le laissa retomber, comme s'il répugnait au moindre contact physique.

Ce geste la blessa encore plus que le reste. Amélie ne désirait pas qu'il la touche, mais sa répulsion manifeste l'acheva. Elle eut beau songer qu'elle réagissait de façon excessive à cause de la fatigue, du stress, cela n'y changea rien.

— Pourquoi ? Vous avez quelque chose à me dire ? demanda-t-elle, le menton haut.

Sa bouche au pli sévère remonta imperceptiblement au coin. Il ne s'agissait pas d'un sourire, pas même de l'ombre d'un sourire, mais c'était mieux que rien.

— Vous ne devriez pas être ici.

— Cet endroit appartient à tout le monde. J'ai parfaitement le droit de me garer devant les barrières de votre propriété en attendant que l'on me laisse entrer.

Il serra les poings. Luttait-il contre l'envie de la prendre par les épaules et de la secouer ? De la forcer à partir ?

— Vous n'avez rien à faire chez moi, dit-il en détachant les syllabes.

Et dans son anglais impeccable nuancé d'un très léger accent grec.

— Je ne suis pas venue pour moi, répliqua Amélie avec calme.

L'un de ses deux sourcils noirs se haussa d'un air interrogateur.

— J'ai amené mon neveu avec moi.

Silence. Lambis Evangelos semblait s'être transformé en statue. S'était-il entraîné à devenir totalement impénétrable ou était-il juste indifférent et insensible ?

Pourtant, sous ses dehors intraitables, il devait bien ressentir un peu de tendresse pour le petit orphelin dont il était toujours le parrain.

Lentement, il se pencha pour regarder à l'intérieur de la

voiture. Quand il se redressa, ses traits étaient tout aussi indéchiffrables. La présence de Seb ne faisait aucune différence pour lui.

Révoltée, Amélie se mordit la joue pour réprimer la protestation indignée qui lui montait aux lèvres.

Le plus raisonnable aurait été de reconnaître sa défaite, de s'installer au volant et de regagner le village le plus proche pour y passer la nuit, mais elle ne pouvait s'y résoudre.

Furieuse contre lui et contre elle-même, elle ouvrit la portière arrière et se penchait pour se rasseoir sur la banquette lorsqu'une poigne de fer lui enserra l'épaule. Les doigts s'enfoncèrent dans sa chair. La chaleur virile se propagea en elle, rendue sans doute plus intense encore à cause du contraste avec le froid.

Amélie se retourna à demi. Son regard croisa celui de Lambis Evangelos, gris acier.

— Ne me touchez pas.

— Sinon ?

Cette fois, ses deux sourcils noirs se haussèrent.

— Sinon je porterai plainte pour agression — et je ne plaisante pas, croyez-moi !

— Cela intéresserait beaucoup les médias.

Évidemment, il savait que jusqu'à présent elle avait réussi à les éviter, mais qu'au moindre faux pas...

Après avoir refermé la portière avec soin, elle se retourna entièrement vers lui. Il était si proche, si grand et imposant, qu'en d'autres circonstances elle aurait pu se sentir intimidée par sa proximité.

— Quand on a tout essayé, on finit par s'en ficher, dit-elle en soutenant son regard.

Puis elle sourit, et franchement, cette fois, en voyant le doute affleurer sur les traits virils de Lambis. De toute évidence, il l'avait crue plus facile à décourager.

— Je pourrais appeler un journaliste, là, maintenant, et d'ici à la tombée de la nuit, il y en aurait toute une meute agglutinée devant ces barrières, poursuivit-elle.

Amélie posa les mains sur les hanches d'un air bravache, mais il ne mordit pas à l'appât.

Elle attendit trente secondes. Une minute.

Mais, si elle passait à l'acte et portait plainte, ou faisait venir la presse, ce serait elle la perdante, avec Seb.

C'était fini. Elle avait joué avec l'avenir de son neveu et perdu.

Un frisson de terreur la parcourut, si violent qu'elle dut faire un effort pour ne pas s'effondrer sur place. Tous ses espoirs s'écroulaient comme un château de cartes. Et Seb… Non, ce n'était pas le moment de penser à cela, pas sous le regard acéré de cet homme. Quand elle flancherait, ce serait sans témoins.

Se dégageant d'un mouvement brusque, elle se détourna et s'avança vers la portière côté conducteur.

— Où allez-vous ?

Amélie ne répondit pas. C'était probablement la première fois de sa vie qu'elle ignorait une question directe. L'effet aurait dû être libérateur, mais elle ne ressentit qu'une insondable tristesse.

Alors qu'elle ouvrait la portière d'une main ferme, un juron l'arrêta. Poussé d'une voix basse et lente, en grec.

— Dites-moi ce que vous voulez, princesse.

Le fait qu'il use de son titre lui porta un coup terrible. Il s'était adressé à elle comme s'ils étaient des étrangers l'un pour l'autre. Mais elle ne tressaillit même pas, pas plus qu'elle ne se retourna.

Elle ne souhaitait pas voir le visage dur de l'homme qui avait détruit ses rêves et duquel dépendait le sort de Seb.

— Vous.

Amélie avait la gorge si nouée que le mot n'avait été qu'un murmure.

Elle déglutit, s'éclaircit la voix.

— J'ai besoin de vous.

2.

« J'ai besoin de vous. »

Ces paroles n'auraient dû lui faire aucun effet. Elles ne lui en faisaient aucun, se força-t-il à songer. Elle l'avait pris de court, c'est tout. Comment avait-elle réussi à venir jusque-là sans son cortège habituel d'officiels et de paparazzis ?

Et puis, pourquoi diable avait-elle besoin de lui ?

Lambis n'avait rien à lui offrir, comme il le lui avait clairement fait comprendre trois ans plus tôt. En outre, Amélie était bien trop fière pour lui courir après.

Réprimant un juron, il refoula les souvenirs qui jaillissaient dans son esprit.

— Il faudrait que vous soyez plus précise. Pourquoi avez-vous besoin de moi ?

Lentement, la mince silhouette d'Amélie se retourna vers lui, ses cheveux blonds relevés en chignon et ces stupéfiants yeux verts dont il n'avait jamais oublié les reflets d'émeraude.

Elle tremblait de la tête aux pieds sous le vent glacial — son pantalon beige et son pull ivoire mettaient en valeur son corps superbe, mais ne la protégeaient pas du froid.

Quand il l'avait aperçue, Lambis avait aussitôt eu le réflexe d'ôter son manteau pour l'en envelopper, avant de s'interdire toute impulsion inconsidérée. Mieux valait anéantir d'emblée les espoirs d'Amélie et la convaincre de repartir illico.

— *Seb* a besoin de vous. Comme vous le sauriez si vous vous étiez donné la peine d'écouter mes messages.

Il ne les avait pas écoutés, en effet. Le retour de St. Galla, où il était allé assister aux funérailles, avait été plus dur qu'il ne l'avait imaginé. Il ne voulait pas repenser à la tragédie et à sa propre culpabilité. Ni à elle, Amélie.

— Seb ? Comment pourrait-il avoir besoin de moi ?

Amélie pinça les lèvres. Ses yeux avaient perdu tout éclat, voilés par la tristesse, mais son corps vibrait d'énergie contenue, presque agressive. Ce détail à lui seul intrigua Lambis. Il avait toujours connu Amélie gracieuse, maîtresse d'elle-même et polie, et n'avait jamais décelé la moindre agressivité chez elle.

— Vous n'avez tout de même pas oublié qu'il est votre filleul ?

Au même instant, il vit une ombre bouger à l'intérieur du véhicule, puis une paume minuscule à la peau claire se coller à la vitre à côté d'une petite tête aux cheveux ébouriffés blond doré, au visage pâle et vide d'expression.

Sébastien ne lui adressa aucun sourire, ne semblant pas le reconnaître. Son regard était comme éteint, constata Lambis, profondément ébranlé.

Il se rapprocha de la voiture et s'accroupit pour être à la hauteur du garçonnet, mais celui-ci le dévisagea sans ciller. Ses grands yeux verts ne pétillaient plus de malice et de joie comme autrefois.

Aucun enfant de quatre ans n'aurait dû avoir un tel regard, mais vu les circonstances c'était sans doute inévitable, hélas !

— Bonjour, Sébastien, dit-il en se forçant à sourire. Comment vas-tu ?

Aucune réaction. Ni la moindre trace d'émotion.

Un souvenir revint soudain à Lambis, celui d'un autre jour de neige, sur cette même montagne. Le jour où toute chaleur intérieure l'avait quitté, ne laissant en lui qu'un vide glacé.

Il tendit la main vers la poignée, impatient de voir un sourire éclairer le petit visage trop sombre de Sébastien.

— Non ! s'écria Amélie en se faufilant entre lui et la portière.

Le cœur lui martelant les côtes, il se retrouva à contempler une taille fine, puis leva les yeux vers les seins ronds dont les mamelons saillaient sous un pull peu épais…

Une chaleur infernale déferla en lui, et des parties oubliées de lui-même, qu'il avait crues mortes à jamais, se réveillèrent — cela faisait trop longtemps qu'une femme n'avait pas partagé son lit.

Lambis respira le parfum de gardénia indissociable d'Amélie et de l'île ensoleillée de St. Galla, et se souvint de l'attirance qui avait vibré entre eux, de la difficulté qu'il avait eue à la quitter.

— Je croyais que Sébastien avait besoin de moi ?

Ses yeux redescendirent d'eux-mêmes sur les hanches rondes d'Amélie, moulées dans un pantalon ajusté. Sa libido réagit au quart de tour, et son sexe se tendit malgré lui.

Se redressant d'un mouvement leste, il enfonça les mains dans ses poches en s'efforçant de réprimer ses pulsions.

Amélie semblait encore plus petite, plus fragile, en dépit de la façon dont elle soutenait son regard avec défi.

— Je me suis trompée. Je pensais que vous pourriez nous aider, mais Seb n'a vraiment pas besoin d'un homme qui a refusé de nous laisser entrer chez lui. Surtout par ce froid.

Au même instant, un gros flocon lui tomba sur la joue et fondit, sans qu'elle paraisse s'en rendre compte.

— Si vous voulez bien vous écarter de la voiture, nous allons nous en aller, reprit-elle en croisant les bras, faisant remonter ses seins, plus ronds encore, plus tentants.

Lambis se força à regarder son visage.

Elle ne plaisantait pas.

Cela aurait dû le soulager. Il n'avait ni le temps ni l'envie de s'occuper de leurs problèmes. Il dirigeait une entreprise multinationale, et de nombreuses personnes dépendaient de lui. Il ne voulait pas d'Amélie. Elle réveillait trop d'émotions enfouies, rompait le rythme tranquille de son existence.

Mais il ne bougea pas. De son côté, elle semblait avoir du mal à continuer de le défier du regard. Elle avait l'air exténuée, tout en s'efforçant de le dissimuler.

Quand il se retourna, la neige craqua sous les semelles de ses bottes. Les hautes barrières destinées à le protéger du monde extérieur pivotèrent sur elle-même d'un simple clic de clé électronique.

— Passez devant, dit-il. Je vous suis dans ma voiture.

Les mains agrippées au volant, Amélie roulait lentement au milieu des flocons qui tourbillonnaient derrière les vitres.

— Tu as vu, Seb ? Toute cette neige !

Levant les yeux vers le rétroviseur, elle constata qu'il regardait le paysage d'un air indifférent. N'était-il pas au moins un peu excité de voir la neige ? Et de revoir Lambis, qu'il suivait naguère partout comme son ombre ?

Elle se força à se concentrer sur la conduite, se méfiant de la route privée qui montait en lacets, à flanc de montagne.

À vrai dire, elle n'arrivait pas encore à croire que Lambis ait fini par les laisser entrer. Si elle avait été seule, il n'aurait jamais cédé, et elle serait déjà au village, avait-elle compris. Cet homme fier ne voulait pas d'elle ; il n'avait pas voulu d'elle autrefois, et c'était toujours le cas maintenant.

Un petit halètement lui échappa quand elle aperçut soudain la bâtisse de deux étages qui s'élevait à une cinquantaine de mètres devant elle. Au lieu de l'architecture aux lignes sobres à laquelle elle s'était attendue, Amélie découvrait une ravissante maison traditionnelle. Sans doute s'était-il agi au départ d'un chalet, agrandi par la suite, mais les extensions avaient été réalisées avec tant de goût que la demeure semblait avoir toujours été ainsi, entourée par la montagne sur trois côtés.

Les murs de pierre s'élevaient directement de la roche, le rez-de-chaussée étant surmonté de deux étages au fini blanc et pourvus de balcons saillants arrimés sur des étais de bois. Les balustrades, en bois elles aussi, étaient finement ouvragées, les fenêtres larges et hautes, le toit de tuiles en terre cuite complétant l'aspect accueillant de l'ensemble.

Médusée, Amélie s'arrêta et coupa le contact. Sa portière

s'ouvrit aussitôt, et Lambis recula pour la laisser descendre de voiture, le visage toujours aussi sombre. Elle le revit autrefois, réservé mais détendu, surtout lorsqu'il était avec Irini, son amie d'enfance.

— Vous avez besoin d'aide ?

— Non, merci. Nous allons nous débrouiller, n'est-ce pas, Seb ?

Se retournant, elle croisa le regard de son neveu. Ses yeux verts, si semblables aux siens, ne trahissaient aucune émotion. Que ressentait-il ? Avait-il peur ?

— Amélie ? insista Lambis.

Sa voix grave passa sur elle comme une caresse, et une délicieuse chaleur frémit au fond de son intimité, mais elle la refoula aussitôt. Elle en avait terminé avec tout cela. Elle avait avancé et était déterminée à ne pas s'apitoyer sur son sort.

— Vous pourriez peut-être vous occuper de nos bagages ? demanda-t-elle avec un sourire poli.

L'espace d'une seconde, les yeux gris de Lambis restèrent soudés aux siens, puis il hocha brièvement la tête et se rapprocha du coffre.

Après avoir enveloppé Seb dans des vêtements chauds, Amélie le prit par la main et se dirigea rapidement vers la maison. Le fait de sentir la neige craquer sous ses pas ne provoqua pas la moindre réaction chez son neveu. Où était passé le petit garçon animé qu'elle aimait tant ? Un an plus tôt, il aurait poussé des cris de joie, émerveillé par tant de blancheur, alors que maintenant il se contentait de lui tenir la main en silence.

Une femme robuste aux cheveux gris apparut sur le seuil, le front légèrement plissé par un air interrogateur et circonspect. Ce devait être la personne qui lui avait répondu à l'interphone. Mais toute méfiance céda bientôt la place à un large sourire de bienvenue tandis qu'elle se penchait pour soulever Seb dans ses bras et invitait Amélie à entrer.

— Je vous présente Anna, ma gouvernante, déclara Lambis.

Puis passant au grec, il s'adressa à celle-ci, qui acquiesça d'un hochement de tête en continuant à sourire. Soudain, elle reposa Seb sur ses pieds et s'inclina avec respect devant Amélie.

— Non, je vous en prie, protesta-t-elle en tendant la main. Dites-lui que ce n'est pas nécessaire, s'il vous plaît.

Se retournant, elle se retrouva face à la haute stature athlétique de Lambis, respira ses effluves musqués et mâles. Ils s'insinuèrent en elle, tenaces, évocateurs…

— Pourquoi lui avoir révélé mon identité ? Ce n'était vraiment pas indispensable !

— Je respecte trop Anna pour lui mentir, répliqua-t-il en haussant les sourcils.

— Il ne s'agit pas de mentir, mais d'en révéler le minimum à notre sujet.

Le souvenir des meutes de journalistes campant devant les grilles du palais de St. Galla revint l'assaillir, et elle revit les téléobjectifs braqués sur les fenêtres. Certains photographes avaient même essayé de soudoyer des employés pour pouvoir approcher « la princesse endeuillée » et « le jeune roi au destin tragique », comme ils les appelaient, Seb et elle.

— Pouvez-vous me garantir que personne ne parlera à quiconque de notre présence ici ?

Lambis se raidit.

— Vous êtes venue chez moi sans y avoir été invitée. Par conséquent, à vous d'en assumer les conséquences.

— Répondez à ma question, s'il vous plaît, insista Amélie. Ce n'est pas pour moi que je m'inquiète, mais pour Seb.

— Je vous ai répondu, répliqua-t-il en croisant les bras sur son torse puissant.

Mais elle ne pouvait se permettre de prendre aucun risque pour son neveu. Seb avait besoin de calme, loin des paparazzis. Elle était venue là parce que Lambis dirigeait l'une des entreprises internationales de sécurité les plus performantes et les plus réputées et que par conséquent elle était certaine d'être à l'abri chez lui. Sa propriété devait forcément bénéficier d'un système de protection ultra-perfectionné. Mais s'il ne pouvait lui garantir la confidentialité totale…

Elle se pencha vers Seb en lui caressant les cheveux.

— Je suis désolée, mon chéri, j'ai commis une erreur en…

— Ne soyez pas ridicule ! Vous ne reprendrez pas la route ce soir.

Il s'était exprimé d'un ton sans appel, d'une voix impérieuse qui fit effraya le petit garçon et le poussa à refermer les bras autour des jambes d'Amélie en se blottissant contre elle.

Touchée par son geste — c'était la première fois qu'il manifestait une quelconque émotion depuis des semaines —, celle-ci resta immobile, le cœur battant d'espoir, puis, tout doucement, le serra contre elle.

— N'aie pas peur, mon chéri. Tout va s'arranger, je te le promets.

Lambis s'accroupit à côté de Seb, en veillant cependant à ne pas le brusquer, remarqua-t-elle.

— Excuse-moi, Sébastien. Je ne voulais pas t'effrayer. Et ne t'inquiète pas, surtout, je ne suis pas en colère contre toi et ta tante. Vous êtes les bienvenus chez moi tous les deux.

Menteur. Il était bel et bien furieux. Si la situation n'avait pas été aussi grave, Amélie aurait éclaté de rire.

— Seb ? fit-elle en s'agenouillant devant son neveu.

Elle le souleva dans ses bras et respira sa délicieuse senteur de petit garçon à laquelle se mêlait un effluve citronné de shampoing.

— N'aie pas peur, répéta-t-elle. Tout ira bien. Lambis ne nous fera pas de mal. En fait, il a même…

Redressant la tête, elle foudroya du regard leur hôte récalcitrant.

— Il a juré de te protéger, reprit-elle. Tu le savais ?

Seb resta muet, et Amélie le serra plus fort contre elle en lui caressant le dos.

Je suis sûre qu'Anna va nous préparer quelque chose de bon à manger, tu vas voir. Et ensuite, je crois que l'heure sera venue pour M. Bernard…

— M. Bernard ? la coupa aussitôt Lambis d'un ton inquisiteur.

Elle ne se donna pas la peine de lui répondre. S'il ne pouvait pas deviner qu'il s'agissait de l'ours en peluche de Seb, tant pis pour lui.

— J'ai l'impression qu'il a sommeil, poursuivit-elle. Il faudrait le mettre rapidement au lit, tu ne crois pas ?

Prenant Seb dans ses bras, elle se redressa sans tenir compte de Lambis qui s'apprêtait manifestement à faire la même chose. La pensait-il incapable de s'occuper de son neveu ? N'était-ce pas elle qui avait été là pour lui, jour et nuit, depuis la mort de ses parents ?

Lambis se posta devant la porte, lui barrant le passage. En dépit de son prétendu revirement, il ne voulait pas d'eux chez lui.

Une profonde lassitude s'empara d'Amélie. Les yeux lui faisaient mal, la tête lui tournait.

Au moment où elle faisait un effort suprême pour ne pas s'effondrer, elle sentit quelqu'un lui toucher le coude. C'était Anna, qui la dévisageait d'un air inquiet. Lentement, la gouvernante leva la main et caressa les cheveux blonds de Seb tandis qu'il enfouissait le visage dans le cou d'Amélie.

— *Éla. Parakale, éla.*

Venez. Je vous en prie, venez.

Ça au moins, Amélie le comprenait. Elle hésita à peine une seconde. Au diable sa fierté, à présent.

— *Efcharisto.*

Merci.

Ils passeraient la nuit chez Lambis. Leur apporterait-il ensuite l'aide et le soutien qu'elle était venue chercher auprès de lui et dont Seb avait si cruellement besoin ? Elle n'en savait rien. Mais ils seraient en sécurité jusqu'au lendemain, c'était déjà ça.

3.

Amélie contempla le ciel nocturne, d'un noir profond, et, le cœur serré, se remémora le moment où Seb lui avait entouré les jambes en se blottissant contre elle. Ce geste était-il synonyme de changement ? S'agissait-il d'une première tentative de sortir de l'horrible néant dans lequel il avait sombré après la fin tragique de ses parents ?

Se frottant le front d'une main tremblante, elle essaya de remettre de l'ordre dans ses pensées. Son neveu dormait paisiblement, à présent, avec son cher M. Bernard dans les bras.

Elle aurait dû aller se coucher à son tour et se reposer un peu. Après avoir savouré la soupe délicieuse et le pain fait maison servis par Anna, Amélie avait pris une douche brûlante dans la luxueuse salle de bains attenante à sa chambre, mais elle se sentait toujours aussi épuisée.

Il y avait tant de problèmes à résoudre…

Et pour s'y attaquer, elle devait d'abord affronter Lambis Evangelos.

Un soupir lui échappa tandis qu'elle se tournait vers sa valise. Elle aurait tellement aimé enfiler une chemise de nuit confortable et se glisser dans le grand lit qui l'attendait… Mais tant qu'elle n'aurait pas parlé à Lambis, elle ne pourrait trouver le sommeil.

Dix minutes plus tard, en pantalon de jersey gris chiné et chemisier en soie vert émeraude — et affichant une assurance qu'elle était loin d'éprouver —, Amélie jeta un dernier coup d'œil à son reflet. Grâce à ce maquillage subtil, la fatigue se voyait moins, constata-t-elle, satisfaite de son œuvre.

D'un geste rapide, elle rassembla ses longs cheveux en chignon souple sur la nuque, puis enfila des boutons d'oreilles — des perles de culture roses toutes simples —, et décida de mettre son pendentif en or ciselé serti de perles anciennes, seul bijou offert par sa mère.

Elle referma les doigts sur le médaillon, se rappelant la douceur des bras de celle qui lui avait donné le jour, sa voix lui chuchotant que maintenant qu'elle avait douze ans elle pouvait porter des bijoux.

Cet unique legs lui servait de talisman dans les moments difficiles, comme cela avait été le cas lorsque sa mère était morte, quelques mois après son douzième anniversaire.

Michel et Seb avaient hérité du sourire de la disparue. Le visage de son frère lui apparut soudain, remplaçant celui de leur mère. Elle revit ses yeux brillants tandis qu'il leur faisait découvrir son nouveau hors-bord, son sourire charmeur lorsqu'il avait tendu la main à Irini pour l'inviter à le rejoindre…

Amélie refoula le flot de souvenirs et, tournant sur elle-même, inspecta la vaste chambre mise à sa disposition. Les murs blancs étaient nus, à l'exception de celui du fond sur lequel ressortait une ravissante petite icône.

Sans être experte en la matière, elle devina qu'il s'agissait d'un original. La sérénité et l'amour qui émanaient des traits de Marie contemplant son fils étaient d'une intensité stupéfiante. La poitrine nouée, Amélie fut envahie par une émotion si forte qu'elle détourna les yeux. Elle se sentait touchée au plus intime de son être et avait l'impression de découvrir un désir secret inconnu jusque-là.

Pourquoi Lambis gardait-il un tel trésor dans une chambre d'amis ? se demanda-t-elle en s'avançant dans la vaste pièce. Elle regarda les poutres anciennes soutenant le plafond, les magnifiques tapis aux motifs compliqués, sans doute confectionnés par des artisans locaux, dont les teintes vives égayaient les planchers de bois sombre.

Le lit immense était recouvert d'un jeté de soie richement

brodée et, en plus d'une imposante armoire aux portes ouvragées, un dressing spacieux et bien aménagé jouxtait la chambre.

Face au lit, un grand écran de télévision avait été installé dans une niche, remarqua-t-elle soudain. Tout avait été prévu pour l'agrément des occupants de la suite.

Que révélaient ces détails sur le propriétaire des lieux ? Qu'il respectait la tradition tout en affichant un goût immodéré pour le luxe et le confort moderne ? Qu'il désirait que ses invités se sentent chez eux ?

Ce n'était pourtant pas la première impression qu'il lui avait donnée…

À moins qu'il ne se soit montré inhospitalier uniquement vis-à-vis d'elle, songea Amélie avec amertume.

Celui qu'elle avait pris pour un homme droit et bon n'avait pas de cœur, c'était aussi simple que cela.

Elle le trouva dans un immense salon au plafond haut. La décoration offrant un mélange raffiné de style ancien et ultra-contemporain ne dégageait aucune froideur, exsudant au contraire un charme cosy et réconfortant.

Dès qu'elle franchit le seuil, Lambis tourna la tête vers elle, l'air détaché.

Qu'avait-elle espéré ? Qu'il se soit métamorphosé par magie et l'accueille à bras ouverts ?

Sans dire un mot, il la regarda s'avancer dans le salon, puis s'arrêter devant l'imposante cheminée où brûlaient de grosses bûches.

Amélie contempla les flammes qui dansaient gaiement dans l'âtre, le crépitement joyeux du bois faisant jaillir des étincelles dorées, puis lentement pivota vers la silhouette sombre installée dans un profond fauteuil, à côté du feu.

Même ainsi, à moitié dissimulé dans l'ombre, son visage était d'une beauté saisissante, âpre et singulière. Mais à laquelle Amélie était désormais insensible, se força-t-elle à se convaincre.

Cela n'empêcha néanmoins pas son cœur de faire un petit bond, comme s'il se réveillait à la vie, en même temps que la partie la plus intime de son corps semblait renaître.

Comment pouvait-elle réagir de la sorte maintenant ? Un frisson la parcourut. Il était hors de question de se laisser aller à ses désirs d'autrefois. Ils appartenaient au passé.

Une sensation de froid l'envahit alors qu'elle se trouvait devant le feu. Elle aperçut le verre ballon posé sur une table basse, à côté de Lambis, mais il ne lui offrit rien à boire. Ça aurait sans doute été trop attendre de sa part.

Si elle ne se trompait pas, elle et Seb repartiraient dès que la neige aurait cessé de tomber. Ce qui ne saurait tarder. Il était encore trop tôt pour l'hiver.

Amélie s'assit dans un fauteuil, en face de Lambis. Durant un long moment, ni l'un ni l'autre ne troublèrent le silence.

— Allez-vous enfin vous expliquer ? demanda soudain Lambis, la faisant presque sursauter.

Elle refusa néanmoins de se laisser intimider par ce qui ressemblait fort à un ordre.

— Vous n'avez toujours pas écouté mes messages ?

— Si, mais cela ne me renseigne pas beaucoup. Tout ce que je sais, c'est qu'il s'agit de votre neveu.

De Sébastien ! se retint-elle de crier. *Ou Seb. Vous l'appeliez ainsi, autrefois.*

Qu'était-il arrivé à l'homme souriant qui avait fini par accepter que le petit garçon le suive partout comme son ombre lors de ses séjours au palais, à St. Galla ? Le petit garçon dont le père était souvent trop accaparé par les affaires de l'État pour s'occuper de lui.

— Je ne pouvais vous en dire davantage par téléphone, répliqua-t-elle en redressant le menton. Tout cela est confidentiel.

Il fit un geste embrassant la pièce.

— Vous pouvez parler. Nous sommes seuls.

C'était le moment de se lancer. Et pourtant, les mots restèrent bloqués dans sa gorge. Elle avait espéré au moins une lueur d'intérêt dans son regard, un soupçon de curiosité dans sa voix profonde de baryton. Était-ce trop demander ?

Croisant les chevilles, Amélie noua les mains sur ses genoux.

— Depuis la perte de ses parents, Seb s'adapte peu à peu à sa nouvelle situation, commença-t-elle d'un ton neutre. Vous avez vu comment il s'est comporté, lors des obsèques…

C'était à ce moment-là qu'elle avait compris que quelque chose n'allait pas, avant de réaliser plus tard l'étendue du désastre.

— Il donnait l'impression d'être très maître de lui-même.

— Ce n'était qu'une *impression*, en effet, appuya-t-elle. La presse a adoré étaler les photos du « courageux petit prince se recueillant devant le cercueil de ses parents ».

Amélie refoula la nausée qui lui montait aux lèvres en repensant au voyeurisme répugnant dont les journalistes avaient fait preuve.

— Il ne s'agissait pas de maîtrise de soi, mais de chagrin à l'état pur, poursuivit-elle.

Bien qu'étant désormais l'aînée de la famille royale, elle n'avait pu faire en sorte que Seb n'assiste pas aux funérailles de ses parents. N'étant pas encore régente — ce qu'elle ne deviendrait peut-être jamais si le Premier ministre arrivait à ses fins —, elle n'était en effet pas autorisée à prendre de telles décisions.

Elle avait même enfreint la loi en faisant sortir Seb du pays. Mais peu lui importait. Amélie aurait été prête à tout pour aider son neveu.

— Leur mort remonte à peu.

Un frisson la traversa. Il n'y avait aucune trace de compassion ou de tristesse sur les traits de celui qui lui faisait face, alors qu'Irini avait été comme une sœur pour lui.

Cependant, elle-même ne dissimulait-elle pas ses émotions ? Alors, qui sait ? Sous cette expression indéchiffrable, Lambis souffrait peut-être lui aussi.

— Oui, mais… Il y a davantage que cela.

Elle s'interrompit, assaillie par le souvenir des deux jeunes souverains emportés par une mort brutale et atroce. Personne n'aurait jamais imaginé que le roi et la reine de St. Galla puissent périr dans un accident aussi inattendu qu'horrible. À St. Galla, tous avaient ressenti un choc immense. Même encore maintenant, Amélie se réveillait chaque matin en refusant d'y croire. Il lui fallait plusieurs minutes pour admettre l'effroyable réalité.

— Seb était présent quand c'est arrivé, poursuivit-elle lentement. Il a tout vu. Et il aurait voulu monter à bord lui aussi, mais Irini a dit non, pensant qu'il serait trop excité ensuite pour sa sieste. Elle m'a confié son fils.

S'interrompant de nouveau, elle inspira profondément.

— Michel lui a promis de l'emmener le lendemain.

Mais il n'y avait pas eu de lendemain pour Michel et sa femme.

— Je sais.

La voix grave de Lambis résonna en elle, la faisant tressaillir. Bien sûr qu'il savait. Elle le lui avait dit quand il était arrivé à St. Galla pour les funérailles, alors pourquoi le lui répéter maintenant ?

Battant des cils, Amélie contempla le feu, regarda les flammes danser et lécher le bois à moitié consumé.

— Le problème, c'est que la réaction de Seb à la mort de ses parents est… inquiétante.

Elle tourna les yeux vers Lambis. Toujours pas la moindre lueur de compassion, ni même de compréhension.

— Il n'a pas pleuré une seule fois depuis l'accident… ni prononcé un mot.

Cette fois, Lambis se raidit et fronça les sourcils, l'air concentré. Ou préoccupé ?

— Il n'a plus parlé ? À personne ?

— Non. À personne.

Cela avait été si étrange de voir le petit garçon se murer subitement dans le silence. Son mutisme l'avait bien sûr inquiétée, mais elle avait eu tant de choses à faire, tant de problèmes urgents à régler, de devoirs royaux à accomplir, tant de rendez-vous officiels, d'audiences, qu'elle s'était laissée aller à espérer que cela se résoudrait tout seul.

— Il ne parle pas, ne sourit pas et ne pleure pas. Il ne réagit plus du tout, à rien.

— Vous avez demandé conseil à quelqu'un ?

— Évidemment. D'après les spécialistes, Seb a besoin de temps — mais personne ne sait de *combien* de temps — et de se sentir aimé et en sécurité.

Sa voix avait légèrement buté sur le mot « aimé », mais elle refusa de baisser les yeux. Elle n'avait pas honte de ses sentiments pour Seb.

Ce qui l'embarrassait, c'était ceux éprouvés autrefois pour Lambis.

— Eh bien, accordez-lui du temps. Donnez-lui de l'amour. Soyez patiente.

— Je ne peux pas.

— Comment cela, vous ne pouvez pas ?

Lambis ne se serait jamais attendu à de telles paroles de la part d'Amélie. Cet aveu d'impuissance le choquait. Plus que si elle avait commencé à déboutonner cet élégant chemisier de soie émeraude avant de s'offrir à lui, nue et consentante.

Il poussa un juron *in petto*. D'où avait surgi ce fantasme absurde ? Il n'en voulait pas. Ni d'elle chez lui. Il n'avait rien à faire avec cette femme, aussi ravissante et attirante soit-elle.

— Vous le faites déjà, il me semble ! enchaîna-t-il, ulcéré par ses propres réactions. Et vous vous débrouillez très bien, manifestement !

En dépit de son port de tête princier, de son aptitude à user de fermeté et de diplomatie en toutes circonstances, Amélie était l'incarnation même de la sensualité féminine et de la douceur. Après la mort de sa mère, elle avait élevé son frère cadet, leur père s'intéressant davantage au pouvoir et à son bon plaisir qu'à sa famille. C'était elle qui avait représenté la stabilité et l'harmonie, pas la figure paternelle.

Plus tard, elle avait accueilli chaleureusement Irini qui, devenue reine à vingt ans, se sentait d'autant plus déplacée au palais et dépassée par le protocole en vigueur qu'elle devait en outre s'adapter à son pays d'adoption.

Lambis avait conservé les lettres de son amie. Elle y racontait le dévouement et l'affection sans faille d'Amélie, sa capacité à écouter sa future belle-sœur, sa gentillesse, alors que d'autres réprouvaient un mariage précipité par une grossesse non planifiée. Dès le début, Amélie avait pris le parti du jeune couple et s'était montrée leur alliée inconditionnelle. Jusqu'à ce jour funeste.

Rien que pour cela, Lambis était son débiteur.

Il la regarda se redresser dans son fauteuil, le dos droit et les épaules raides.

— Comme vous venez de le souligner, je me suis *débrouillée* jusqu'à présent, en effet, mais je ne peux plus continuer.

Lambis faillit lui préciser qu'il n'avait pas voulu la blesser en prononçant ces paroles, mais il se retint. Ne jamais s'expliquer, ne jamais montrer d'émotion. En gardant ses distances, il pouvait admirer le dévouement d'Amélie envers son pays et son neveu, sa force de caractère, mais cela ne le concernait pas. Plus maintenant.

Il la regarda, fasciné malgré lui. Elle était en colère, deux taches roses coloraient ses pommettes. La princesse Amélie de St. Galla était une femme remarquable. Au charme puissant et à la nature chaleureuse.

— Pourquoi ? demanda-t-il d'une voix étrangement sourde. Qu'est-ce qui a changé ?

— Parce que le compte à rebours a commencé pour Sébastien et que nous ne pouvons nous permettre de perdre du temps. Il faut qu'il guérisse, rapidement. Et ce n'est pas…

Détournant les yeux, elle contempla de nouveau le feu rougeoyant dans la cheminée.

— … en restant à St. Galla qu'il y parviendra. Tout lui rappelle ses parents, au palais. Il n'a qu'à regarder par sa fenêtre pour voir l'endroit où ils sont morts.

Un léger tremblement avait altéré sa voix. Sous son calme apparent, Amélie souffrait.

Naguère, Lambis se serait précipité vers elle et…

Et quoi ? Il lui aurait posé la main sur l'épaule ? L'aurait prise dans ses bras en lui murmurant que tout irait bien ?

C'était impossible. Ne serait-ce que parce qu'en touchant cette femme il aurait commis l'erreur la plus phénoménale de sa vie. Car une fois qu'il aurait eu commencé, il aurait sans doute été incapable de s'arrêter.

Sans compter qu'il ne croyait plus aux fins heureuses et ne pouvait lui mentir. Il n'en avait jamais été capable, d'ailleurs. Même si durant un temps, il avait été tenté d'y croire. Lorsqu'autrefois, quelques années plus tôt, elle l'avait regardé avec ces beaux yeux lumineux et lui avait proposé de rester plus longtemps à St. Galla, avec elle.

Lambis aurait tant aimé lui laisser espérer qu'il pourrait être celui qu'elle voyait en lui ce jour-là, ne serait-ce que pour savourer l'admiration qu'elle semblait lui vouer.

— Dans ce cas, emmenez-le dans un endroit tranquille où il pourra se reposer.

Elle tourna vivement la tête vers lui, les prunelles étincelantes.

— C'est plus facile à dire qu'à faire. Les journalistes nous suivront partout, où que nous allions.

— Je n'en vois aucun posté derrière les barrières de ma propriété, répliqua-t-il avec une légère pointe d'ironie.

Cependant, plus il y repensait et plus il songeait qu'Amélie avait réalisé un véritable exploit en réussissant à venir incognito chez lui. Ayant été lui-même garde du corps avant de créer son entreprise internationale de sécurité et de protection rapprochée, il savait d'expérience que pour des non-professionnels, échapper aux photographes relevait du tour de force. Or, Amélie avait fait le trajet de St. Galla, île située au large des côtes française et italienne, jusqu'en Grèce avec son neveu à l'insu des médias.

Comment avait-elle fait, elle qui avait toujours mené une existence privilégiée bien à l'abri, dans un palais ?

— Pour l'instant.

Plus la moindre trace de tremblement dans sa voix, à présent. Elle s'exprimait d'un ton impersonnel.

— Vous savez que je ne peux les éviter à long terme, poursuivit-elle. Nous avons besoin d'un endroit où nous serons en sécurité.

— Je ne peux vous offrir ce que vous recherchez.

— Vous avez promis de protéger Seb. Je vous ai entendu l'affirmer à Irini quand elle vous a demandé d'être son parrain.

Irini. Qu'il n'avait pas non plus su protéger. Avec elle aussi, il avait failli.

— Je vous trouverai un endroit sûr où vous cacher jusqu'à votre retour à St. Galla.

Elle le regarda avec calme, les traits impénétrables. Pour la première fois depuis son arrivée, elle redevenait la princesse Amélie, la femme capable de tenir tête à des chefs d'État et à des négociateurs retors.

— Vous trouverez un refuge pour votre filleul et ensuite vous l'abandonnerez à son sort, c'est cela ?

Ses paroles lui titillèrent la conscience. Ou peut-être ce qu'il lui restait de cœur.

— Je croyais qu'il comptait pour vous, poursuivit-elle, l'air méprisant. Je vous prenais pour un homme d'honneur.

Quand elle se leva d'un mouvement fluide, mais un peu brusque, il remarqua l'imperceptible vacillement de ses jambes. Elle luttait contre ses émotions ou la fatigue. Voire les deux.

Ce constat accrut encore le respect qu'il éprouvait pour Amélie — même s'il ne désirait qu'une chose : se débarrasser d'elle le plus vite possible. Car elle s'était trompée, en effet : il n'était pas l'homme dont elle avait besoin. Ni celui qu'elle croyait.

Il la regarda se retourner pour s'en aller. C'était ce qu'il souhaitait, et pourtant il en eut le ventre noué.

— Vous avez dit que le compte à rebours avait commencé pour Sébastien, lança-t-il malgré lui. Qu'entendiez-vous par là ?

— Pourquoi me poser la question puisque son sort vous indiffère ? riposta-t-elle sans se retourner.

Elle s'immobilisa et resta figée, le dos raide, les poings serrés le long du corps.

S'il répondait que le sort de Sébastien le préoccupait, cela équivaudrait à une invitation à demeurer chez lui. Or, il ne pouvait les accueillir. Mais il ne pouvait pas non plus supporter de voir la tension étreignant Amélie.

Qu'elle aille au diable ! Il ne retomberait pas sous son charme. À aucun prix !

Quand elle se retourna soudain, le changement survenu en elle lui fit l'effet d'un coup de poing en plein plexus solaire. Disparue, la princesse inaccessible, l'aristocrate hautaine. La femme qui lui faisait face n'était plus que chaleur et passion. Il le voyait à son regard étincelant comme un joyau, à la roseur faisant ressortir ses pommettes, à l'incarnat de ses lèvres pulpeuses, comme si elle les avait mordues pour en raviver la teinte.

Les conséquences de cette métamorphose furent immédiates, fulgurantes. Le désir fusa en Lambis et s'empara de tout son corps. Il avait désiré Amélie autrefois, comme un fou, mais pas avec une telle intensité. Il avait l'impression que s'il ne la prenait pas dans ses bras tout de suite, ne goûtait pas cette belle bouche sensuelle avant de posséder ce corps aux proportions parfaites, il allait mourir, là, maintenant.

Elle redressa le menton, comme si elle avait deviné son émotion et en éprouvait du dégoût. Mais quand elle parla, Lambis comprit qu'elle n'avait rien remarqué. Elle était toute aux inquiétudes qui la torturaient.

— Seb est trop jeune pour être couronné roi, commença-t-elle lentement. Aussi sera-t-il proclamé héritier au trône, et la régence sera-t-elle confirmée. La date de la cérémonie a été fixée au jour de son cinquième anniversaire, le mois prochain. Et puisqu'il n'est plus un enfant en bas âge, il doit paraître publiquement et accepter son nouveau statut.

— Et ?

— Et il devra s'exprimer oralement pour signifier qu'il accepte son rôle et prêter serment. Sinon…

Amélie s'interrompit, le visage blême.

— S'il ne peut prononcer les mots requis, un autre prendra sa place.

— Mais, vu les circonstances…

— La loi de succession est très précise. Il doit prêter serment lui-même ou renoncer au trône à jamais.

— J'entends bien, confirma Lambis en plissant le front. Mais puisqu'il est le fils unique de Michel et Irini…

— Il a hérité du trône à sa naissance, acquiesça-t-elle. Mais cela n'est pas suffisant. La loi prévalant à St. Galla exige de désigner le prochain souverain le plus vite possible. Si ce n'est pas Seb, ce sera un cousin — un individu faisant actuellement l'objet d'une enquête pour fraude.

Lambis la scruta avec incrédulité. Le fils d'Irini déchu de son titre ? Il ne pouvait le croire.

— Ne peut-on modifier cette loi ?

— Pas assez rapidement pour que Seb en bénéficie.

— Et vous ?

Elle se contenta de le dévisager en haussant les sourcils.

— Pourquoi ne pas vous désigner comme reine si ce cousin est trop éloigné — et peu recommandable de surcroît ? Vous avez secondé votre père, non ? Puis votre frère quand il a accédé au trône.

— À St. Galla, les femmes ne peuvent régner, c'est un privilège strictement masculin, expliqua-t-elle avec une pointe d'amertume dans la voix. C'est pour cette raison que je dois aider Seb à sortir de son mutisme, parce que sinon son héritage lui échappera définitivement.

Lorsqu'elle referma les bras sur son buste, Lambis sentit quelque chose frémir en lui. Il était si rare de voir Amélie laisser transparaître sa vulnérabilité.

— Je ne pourrais plus me regarder en face si je n'honorais pas la confiance que Michel et Irini ont placée en moi.

Lambis tendit la main vers son verre de cognac et en avala

une gorgée. Le liquide lui brûla la bouche, la poitrine, le ventre. Le fait d'entendre Amélie parler de confiance lui rappelait sa propre responsabilité envers Irini. Il n'avait pas su la protéger, et sa défaillance avait eu des conséquences tragiques. S'il échouait à protéger son fils…

— Pourquoi l'avoir amené ici ? Je ne suis ni psychologue ni orthophoniste.

Le beau visage aux traits nobles d'Amélie se détendit, comme si elle avait senti que sa détermination faiblissait.

— Vous le fascinez. Il vous suivait partout quand vous veniez à St. Galla. Vous êtes une véritable idole, à ses yeux. Il vous adore.

Elle s'interrompit un instant, le regard impénétrable.

— J'ai beaucoup réfléchi à la question, croyez-moi. Et je sais que si quelqu'un peut l'aider à sortir de ce tunnel, c'est vous.

Glacé jusqu'au sang, Lambis secoua la tête avec force.

— Je ne vois vraiment pas comment je pourrais l'aider ! Je ne saurais même pas par où commencer !

Mais ce n'était pas cela qui le terrifiait le plus. C'était l'idée que la vie de ce petit garçon puisse dépendre de lui.

Quel imposteur il faisait ! Il dirigeait une entreprise garantissant chaque jour la sécurité de clients inconnus, certains évoluant dans les environnements les plus dangereux, mais il était incapable de protéger ses proches.

Levant les yeux, il croisa le regard d'Amélie, intense et inquisiteur. Si elle cherchait à le comprendre, il lui souhaitait bonne chance ! Et si elle espérait sonder son âme, il doutait fort qu'elle y parvienne, vu qu'il l'avait perdue depuis longtemps.

Il reposa son verre vide sur la table basse.

— Je ne peux vous offrir ce dont vous avez besoin.

— Vous ne voulez même pas essayer ?

Son visage redevint blême, sa bouche se crispa légèrement. L'espace d'un instant, Lambis crut qu'elle allait se mordre la lèvre pour ne pas pleurer. Et cette éventualité lui transperça la poitrine.

— Très bien, répliqua-t-elle brièvement en se retournant.

Le bruit de ses talons résonna dans la pièce.

— Je vous trouverai un endroit où vous serez tranquilles et où la presse ne viendra pas vous importuner.

C'était tout ce qu'il pouvait faire pour elle, pour eux. Son orgueil et sa conscience protestaient que c'était trop peu, mais il refusa de faire naître de faux espoirs. Il ne pouvait accomplir des miracles. Et ce qu'il fallait à Seb, c'était un lieu où se reposer en sécurité, avec sa tante à ses côtés.

— Tout sera organisé d'ici à demain, ajouta-t-il.

Amélie ne s'arrêta pas. Elle franchit le seuil sans se retourner avant de disparaître dans le couloir.

4.

Quittant des yeux son écran d'ordinateur, Lambis tourna la tête vers la fenêtre et les aperçut.

Ils s'étaient levés tôt…

Leurs silhouettes se détachaient sur la montagne enneigée qui se dressait derrière eux, auréolée de rose et d'orangé.

Intrigué, il repoussa sa chaise et se rapprocha dc la baic vitrée. Ils formaient un couple si étrange, tous les deux… Amélie portait des bottes en caoutchouc trop grandes pour elle et une parka épaisse, sans doute prêtées par Anna ; quant à Sébastien, ses vêtements d'emprunt lui allaient mieux, mais la veste était trop longue. Où Anna leur avait-elle déniché cet équipement ?

Main dans la main, ils s'avançaient dans la neige immaculée tombée au cours de la nuit. Mais elle ne tiendrait pas et aurait fondu avant l'après-midi. La météo prévoyait en effet une remontée des températures.

Au lieu de retourner à ses mails pourtant urgents, Lambis resta là à les regarder.

Amélie parlait en faisant de grands gestes d'un bras. Sébastien ne réagissait pas et marchait à côté de sa tante les épaules basses, la tête penchée en avant. Il n'était pas enchanté par les premières neiges de l'année ; il ne courait pas, heureux de laisser ses empreintes derrière lui ; il ne se baissait même pas pour faire une petite boule de neige.

Comme si elle l'avait entendu penser à distance, Amélie s'agenouilla dans la neige et commença à faire un tas. Rosi par le froid, son visage était encore plus beau. Elle souriait et parlait en s'activant, mais il perçut de l'inquiétude et de la nervosité dans son attitude.

Elle tendit la main vers Seb pour l'inviter à se joindre à elle, mais l'enfant resta immobile à la regarder.

L'espace d'un instant, Lambis vit les traits d'Amélie se figer, puis elle baissa les yeux et se concentra sur sa tâche. Quand elle redressa la tête, elle souriait de nouveau, mais il sentit sa souffrance et en eut un pincement au cœur. Elle demeurait si stoïque, si courageuse et déterminée, alors que tout semblait se liguer contre son neveu et elle.

Même s'il l'avait voulu, il n'aurait su comment aider Sébastien, se répéta Lambis en croisant les bras dans l'espoir de calmer l'espoir fou qui avait soudain surgi en lui.

Un soupir lui échappa, et une sensation de vide l'envahit. Dehors, dans le parc recouvert d'un fin manteau blanc, Amélie dissimulait sa peur sous un sourire lumineux.

Quelque chose se tordit alors en lui, se brisa. Il exhala, inspira profondément, puis se tourna et se dirigea à grands pas vers la porte.

— Quand nous aurons terminé, nous irons demander à Anna si elle veut bien nous donner une carotte pour lui faire un nez, d'accord ?

Seb ne répondit pas, évidemment. Et Amélie sourit comme si de rien n'était. Comme s'ils étaient en vacances et avaient tout leur temps.

Après avoir passé sa vie à cacher ses sentiments derrière un masque serein, elle avait maintenant de plus en plus de mal à donner le change, mais si elle cédait à l'inquiétude qui la rongeait et baissait les bras, qui serait là pour Seb ? Qui lui apporterait du réconfort et de l'affection ?

Son regard fut soudain attiré par la haute silhouette apparaissant au coin de la maison. C'était Lambis, chaussé de bottes de cuir et vêtu d'un gros pull en laine foncé et d'un jean noir. Ainsi auréolé par la lumière dorée du petit matin, il ressemblait à un dieu descendu de la montagne pour surveiller de plus près les simples mortels osant s'aventurer sur son territoire.

Le cœur d'Amélie frémit tandis qu'elle détournait les yeux à la hâte et se concentrait sur son bonhomme de neige maigrichon.

Un jour, elle ne ressentirait plus aucune étincelle de désir en voyant apparaître Lambis, se prit-elle à espérer. Elle n'éprouverait plus rien que de l'indifférence à son égard.

Quand elle redressa de nouveau la tête, il s'était arrêté et contemplait Seb avec une telle intensité qu'elle s'immobilisa en retenant son souffle.

Ce n'était plus de la colère qui assombrissait ses yeux gris ni de la réprobation, c'était une infinie tristesse.

Elle la reconnut pour l'avoir vécue à la mort de sa mère, puis après avoir perdu Michel et Irini. Sans dire un mot, elle regarda son beau visage rigide de tension.

Lambis paraissait… torturé par une émotion profonde.

Bouleversée, elle aurait voulu se précipiter vers lui et lui demander ce qui le tourmentait, pour pouvoir le réconforter. Mais, se rappelant ses paroles dures et son attitude si peu accueillante de la veille, elle ne bougea pas.

Amélie aurait été prête à faire n'importe quoi pour ceux qu'elle aimait. Elle soutenait les membres de sa famille et ses proches depuis toujours. Mais les deux seules fois où elle avait cru trouver l'amour, elle avait essuyé un rejet. Des années plus tôt, l'homme qu'elle allait épouser l'avait abandonnée, découragé par son père, le roi de St. Galla. La seconde fois, ça avait été cet homme ténébreux qui l'avait repoussée impitoyablement.

Par conséquent, elle était bien décidée à garder ses distances vis-à-vis de lui. Elle était venue le voir uniquement pour Seb.

— Alors comme ça, vous faites un bonhomme de neige, tous les deux, dit-il soudain à l'adresse du petit garçon. C'est courageux, vu qu'il n'y a pas beaucoup de neige.

Le cœur battant à tout rompre, elle les dévisagea tour à tour. La voix de Lambis avait pris un accent chaleureux, lui rappelant l'homme qu'elle avait cru connaître autrefois.

Il s'accroupit à côté d'elle et rajouta de la neige d'un côté pour rééquilibrer son ouvrage un peu bancal.

— Vous manquez d'entraînement, princesse, poursuivit-il sans la regarder. On voit bien que vous n'avez pas souvent de la neige, à St. Galla !

S'interrompant, il tourna une seconde les yeux vers Seb pour l'inclure tacitement dans la conversation, mais sans attendre de réaction de sa part.

Concentré sur le bonhomme qui prenait de l'embonpoint comme par magie, il lui tapota doucement les flancs pour tasser la neige.

Sidérée, Amélie réalisa que sa colère était retombée. Elle ne pouvait pardonner à Lambis son refus de les aider, mais désormais il était leur allié, comprit-elle. Durant quelques instants précieux, elle sentit un poids quitter ses épaules tandis que Lambis racontait à Seb qu'en hiver la neige recouvrait tout le paysage d'un épais manteau.

Basculant sur les talons, Amélie repoussa une mèche de cheveux de sa joue d'une main tremblante. Ce matin-là, au réveil, elle avait eu les émotions tellement à fleur de peau qu'elle avait redouté de craquer. Cela faisait des semaines qu'elle ne pouvait partager son inquiétude avec personne hormis Enide, cousine d'un certain âge venue s'installer au palais pour la soutenir et l'aider après la mort de Michel et Irini.

Chère Enide. Elle était la seule à qui Amélie avait parlé de son départ, sans toutefois lui révéler où elle emmenait Seb. Sa fidèle alliée s'occupait de tout en son absence, la représentant lors des événements officiels qui n'avaient pu être annulés à temps. Comme convenu, elle avait annoncé que la princesse et son neveu, fils du défunt roi, allaient se reposer à l'étranger durant une courte période. Quant à la visite d'Alex de Bengaria et aux célébrations prévues pour honorer sa venue, Amélie avait demandé au Premier ministre de les reporter au mois suivant.

— Regarde ce qu'on va faire, maintenant, dit Lambis.

Elle le vit gratter la neige et dégager deux cailloux ronds

qu'il ramassa et enfonça dans la tête du bonhomme en guise d'yeux.

— Pas mal…, murmura-t-elle.

Seb contemplait la sculpture du même air impassible. Aucune lueur d'intérêt ou de joie n'éclairait son expression, il n'y avait que ce vide terrifiant.

À côté d'elle, Lambis se redressa de toute sa hauteur d'un mouvement si rapide que Seb sursauta. Enfin, presque. Il n'avait pas vraiment bougé, mais s'était raidi. Lambis s'immobilisa aussitôt, tendu lui aussi. Ils se méfiaient l'un de l'autre, comprit Amélie en les observant.

Mais bon, elle n'avait tout de même pas cru qu'il suffirait d'un bonhomme de neige pour tout résoudre, non ?

Si, c'était exactement ce qu'elle avait espéré, reconnut-elle en son for intérieur, furieuse contre elle-même.

Se redressant à son tour, elle prit Seb par la main.

— Viens, mon chéri. Allons voir ce qu'Anna nous a préparé pour le petit déjeuner.

— Ensuite, vous pourrez faire vos bagages, enchaîna Lambis derrière eux. Tout est organisé : je vous ai trouvé un endroit où vous serez bien installés et en parfaite sécurité. Et où il fait meilleur qu'ici.

Il était impatient de se débarrasser d'eux.

Amélie hâta le pas, les émotions de nouveau à fleur de peau.

Pourquoi Lambis Evangelos détenait-il le pouvoir de la déstabiliser ainsi ? Pourquoi devenait-elle une autre dès qu'elle se retrouvait avec lui ? Où était passée la femme de vingt-neuf ans maîtresse d'elle-même en toutes circonstances ?

Subitement, elle se sentit *vraiment* sur le point de craquer.

Sans réfléchir, elle s'arrêta, se pencha et prit une poignée de neige, en fit une boule bien ferme, puis se retourna et la lança de toutes ses forces en direction de la haute silhouette qui les suivait.

Pour la première fois de sa vie, Amélie avait oublié ses bonnes manières et tout respect du protocole royal. Elle avait obéi à son instinct.

Le cœur battant, le souffle court, elle regarda le projectile exploser sur le menton de Lambis.

Incrédule, elle le vit secouer la tête, s'ébrouant comme un chien d'un air si comique qu'elle ne put s'empêcher d'éclater de rire.

Aussi stupéfait qu'elle, il la dévisagea en silence, les yeux étincelants.

Une sensation exaltante envahit alors Amélie. Quel bonheur de ne pas se contrôler ! De céder à ses envies, aussi saugrenues soient-elles… Après la tension et le stress des dernières semaines, c'était fabuleux, grisant.

Elle riait encore lorsque Lambis se pencha, ramassa une grosse poignée de neige, la façonna en quelques gestes adroits et se redressa.

La boule atteignit Amélie au bras qu'elle levait pour se protéger le visage. L'instant d'après, elle reprenait de la neige. Sa deuxième boule, plus volumineuse que la première, frappa Lambis à l'épaule avant de se désintégrer en cristaux s'éparpillant dans tous les sens.

Il fallut quelques secondes à Amélie pour réaliser qu'elle riait toujours, à en perdre le souffle. Les émotions qui l'étouffaient se libéraient. Le sang pulsait dans ses veines, irrégulier, joyeux, indomptable. Et lorsqu'elle lança sa troisième boule, que celle-ci fit mouche, maculant le pull noir de Lambis, elle fut en proie à un invraisemblable sentiment de triomphe et d'exaltation.

Au même instant, une boule vint s'écraser sur son front, l'aveuglant complètement.

Le choc redoubla son excitation. Mais une fois débarrassée de la neige lui couvrant le visage, Amélie s'aperçut que Lambis l'observait en fronçant les sourcils. Il ne craignait tout de même pas de la voir s'évanouir — ou s'enfuir en courant…

Comme si c'était son genre !

Elle se pencha et ramassa de la neige à deux mains. Il était rapide, certes, mais il représentait une cible plus large et donc plus facile à atteindre…

Cette fois, elle rata son coup, car il bougea au moment où elle visait, si bien que la grosse boule lui effleura à peine le coude. Loin de se décourager, Amélie prit tout son temps pour envoyer la suivante qui atterrit… dans le cou de Lambis, juste au-dessus de l'encolure de son pull.

Elle était resplendissante. La nouvelle Amélie qu'il découvrait le ravissait et l'enchantait, encore plus que celle qu'il connaissait déjà.

Des mèches blondes s'échappaient de son chignon et bouclaient autour de son visage aux joues roses, ses yeux verts étincelaient. Elle rayonnait.

Lambis brûlait de s'élancer vers elle, de la serrer contre lui, de s'enivrer de son parfum unique.

Mais il brûlait tout autant de déguerpir en courant, le plus loin possible d'elle et de la tentation. Parce que rien ne pourrait sortir de bon d'un tel rapprochement.

Cette femme gardait le pouvoir de l'étourdir. Chaque fois qu'il la repoussait, elle réussissait à revenir vers lui, à le surprendre, et ce sans même s'en rendre compte. Elle vibrait, naturellement, sans artifices. Il sentait presque ses lèvres frémir sous les siennes…

Une boule de neige s'écrasa au beau milieu de sa figure. Il secoua la tête… et aperçut soudain Sébastien, blotti au coin de la maison, immobile et les observant de loin. Son visage était aussi fermé que d'habitude, il ne souriait toujours pas, mais Lambis perçut quelque chose de différent dans son regard. Le petit garçon *suivait* la bataille.

Il se rappela alors le bambin trottant à côté de lui dans les longs couloirs du palais de St. Galla, babillant avec animation de tout et de rien, lui posant tant de questions que Lambis en avait le tournis. Il revit Sébastien éclatant tout à coup de rire, tout heureux d'avoir raconté ce qu'il considérait comme une bonne blague…

Au départ, Lambis avait tout fait pour l'éviter, mais en

vain. Si bien qu'il avait fini par s'habituer à ce que Sébastien le suive partout comme son ombre.

Surprenant son regard dardé sur l'enfant, Amélie tourna à son tour la tête vers celui-ci et le contempla d'un air stupéfait. Mais au lieu de s'avancer vers lui, elle se pencha de nouveau pour ramasser de la neige, comme si elle n'avait pas remarqué le changement survenu chez son neveu.

Elle avait peur, comprit Lambis. Peur de voir Sébastien se refermer complètement si elle le rejoignait.

Lorsqu'une nouvelle boule atteignit Lambis en pleine poitrine, sa décision était prise. Il les accompagnerait sur l'île, au mépris de toute prudence et de tout instinct de préservation.

Il leva les mains en l'air.

— Stop ! Allons nous sécher, maintenant. Il faut que vous preniez votre petit déjeuner avant de partir.

Ce fut comme si Amélie s'éteignait d'un coup. Tout éclat quitta son regard, mais elle redressa le menton et les épaules.

Il la préférait ainsi, finalement. Il se sentait mieux armé contre sa méfiance, voire son dédain.

— J'espère que tu aimes voyager en hélicoptère, Sébastien, poursuivit-il à l'adresse de celui-ci. C'est moi qui piloterai, et tu verras, la vue est incroyable, de là-haut. On aperçoit les villages et les routes qui serpentent dans la montagne. C'est presque comme une carte.

— C'est vous qui nous emmenez ? demanda Amélie en plissant le front.

— Ne vous inquiétez pas, j'ai ma licence de pilote et de nombreuses heures de vol à mon actif. C'est le moyen le plus rapide de se déplacer — et le plus discret.

Il la regarda assimiler ses paroles.

— Quelqu'un se chargera de rendre votre voiture à l'agence de location, ajouta-t-il.

S'il s'était attendu à des remerciements, il aurait été déçu. Amélie se contenta d'un hochement de tête et prit la main de Sébastien avant de se diriger vers la maison.

Lambis les suivit à distance. Il avait d'abord prévu de

demander à son pilote de les emmener dans sa villa de l'île, à l'ouest du continent. Ça aurait été plus simple, et plus confortable pour lui, car il aurait été débarrassé de ces invités non désirés plus rapidement, puis il avait changé ses plans — parce que l'enfant d'Irini l'avait touché au plus profond de son cœur, mais aussi à cause du courage d'Amélie.

Ce qui était inexplicable, voire franchement absurde, puisqu'il n'avait plus de cœur et était fermé à toute émotion.

5.

Émerveillée, Amélie contemplait la petite île entourée de tous côtés par les eaux turquoise.

Des falaises ocre clair surplombaient de ravissantes baies en apparence inaccessibles. Ailleurs, des pentes escarpées en partie boisées descendaient vers des plages au sable d'un blanc immaculé.

L'hiver paraissait bien loin, dans ce coin de paradis inondé de soleil ! À l'extrémité de l'île, Amélie aperçut un village niché autour d'un minuscule port naturel. Mais ce qui retint surtout son attention, c'était la demeure se dressant sur une colline. Solitaire et fière, elle semblait avoir poussé à même la roche et dominait une plage privée, de sable blanc elle aussi.

— Cette propriété vous appartient ? demanda-t-elle dans le micro incorporé à son casque.

— Oui. Les travaux sont terminés depuis peu, répondit brièvement Lambis.

Il se concentrait sur l'atterrissage, comprit Amélie tandis que l'hélicoptère tournait au-dessus d'une piste circulaire aménagée derrière la villa, puis entamait sa descente.

— Tu as vu la belle couleur de l'eau et les plages toutes blanches ? demanda-t-elle en se retournant vers Seb. Je suis sûre que l'on peut se baigner.

— Oui, l'eau est encore assez chaude, répliqua Lambis. La neige tombée dans le Nord était particulièrement précoce. L'hiver n'arrivera pas ici avant plusieurs mois.

Souriant à son neveu, elle l'aida à détacher sa ceinture de

sécurité. Ainsi, Lambis avait finalement décidé d'aider Seb, songea-t-elle avec un irrésistible regain d'optimisme.

— Les domestiques s'occuperont bien de vous. N'hésitez pas à vous adresser à eux si vous avez besoin de quoi que ce soit.

Toujours concentré sur les commandes, il parlait sans la regarder.

— Vous êtes ici chez vous, aussi longtemps que vous le désirerez. Et aucun journaliste ne viendra vous y importuner, je vous le promets.

Les mots de remerciement demeurèrent coincés dans sa gorge lorsqu'elle comprit Lambis ne restait pas avec eux — il les confiait au personnel. Refoulant son chagrin, Amélie aida Seb à ôter son casque et se débarrassa du sien. Elle était reconnaissante à Lambis de leur offrir ce refuge idyllique, naturellement, mais elle avait vraiment cru qu'il avait changé d'avis.

En fait, elle était *cruellement* déçue, s'avoua-t-elle en secret. Combien de fois se laisserait-elle berner par ses illusions ? Pourquoi persistait-elle à donner à cet homme insensible le pouvoir de la faire souffrir ?

De son côté, il venait de sauter à terre et attendait qu'ils en fassent autant, prêt à les aider en cas de besoin. Mais Amélie descendit à son tour sans le regarder et lui tourna carrément le dos pour s'occuper de Seb.

Une femme souriante guettait leur arrivée au bord de la piste. Dès qu'ils furent tous les trois au sol, elle s'avança vers eux et se présenta comme la gouvernante avant de leur souhaiter la bienvenue.

Tout était si bien organisé, le service était impeccable… Lambis repartirait soulagé, la conscience tranquille…

Un mélange d'amertume, de colère et de désespoir monta en elle, si intense qu'elle craignit d'exploser.

Elle sourit néanmoins à Sofia, la gouvernante, et lui demanda si elle voulait bien s'occuper de Seb pendant qu'elle échangeait quelques mots avec Lambis. Quand elle vit son neveu suivre une inconnue sans hésitation ni un regard en arrière, Amélie sentit son cœur se serrer.

Autrefois, il se serait sauvé en courant devant eux, pressé d'explorer la maison où ils allaient séjourner. Ou bien, fatigué, il aurait refusé de partir et se serait raccroché à la main de sa tante.

Se forçant à se ressaisir, elle les regarda se diriger vers la villa main dans la main, consciente de la proximité de Lambis derrière elle. Elle n'avait pas besoin de le voir pour savoir où il se trouvait. Dès sa première visite à St. Galla, elle avait deviné, *senti* sa présence, un frisson la traversant chaque fois qu'il était à proximité.

Mais c'était fini, tout cela. Alors, comment pouvait-elle rester reliée ainsi à Lambis Evangelos après avoir été rejetée par lui ?

Amélie se retourna d'un mouvement brusque. Il était si proche qu'elle dut lever les yeux pour croiser son regard.

— Quel genre d'homme êtes-vous donc ?

Ses beaux iris verts flamboyaient, elle palpitait tout entière. Lambis sentit sa virilité réagir instantanément. La jeune femme qu'il avait connue était séduisante, délicieuse et attirante, mais toujours réservée. Jusqu'à son arrivée chez lui la veille au soir. De façon perverse, il trouvait la nouvelle Amélie, téméraire et audacieuse, encore plus excitante.

— N'avez-vous pas de cœur ? poursuivit-elle en lui appuyant le bout de l'index sur le sternum.

Il réalisa que son cœur, justement, battait trop vite, trop fort. Il essaya de se convaincre que cette réaction venait du fait que personne d'autre n'aurait osé lui parler ainsi, mais il savait qu'elle était due à l'effort qu'il devait faire sur lui-même pour ne pas prendre Amélie dans ses bras et la faire taire d'un baiser.

Le désir avait rejailli en lui dès l'instant où elle était apparue à sa porte, grelottant de froid, et ne l'avait plus quitté depuis, ne faisant qu'augmenter chaque fois que Lambis se retrouvait en face d'elle.

Avec Amélie, il pourrait facilement tout oublier, pressentit Lambis. Se perdre en elle. Sans regrets et pour toujours.

Cette certitude le scandalisait, l'horrifiait, car Amélie lui était interdite à jamais. Il s'était donné un mal fou pour couper tout lien avec elle, et pourtant il avait passé d'innombrables nuits sans sommeil à se demander quel goût auraient ses lèvres pleines et sensuelles, ce qu'il éprouverait à s'enfouir en elle. Quand il l'avait aperçue dans la neige au petit matin, si joyeuse en apparence alors qu'elle était au bord de l'effondrement moral, il avait senti s'ouvrir une brèche dans le mur qu'il avait érigé autour de lui, une brèche qu'il ne parvenait pas à colmater, tout en se répétant qu'il n'était pas un sauveur, ni pour Sébastien ni pour elle.

— Vous m'avez entendue ? insista-t-elle, indignée et adorable.

— Oui, je vous ai entendue, princesse.

Il referma les doigts sur sa main et l'écarta. Elle était douce et chaude... Ce simple contact contenait une telle charge érotique qu'il en frémit intérieurement, mais Amélie ne sembla pas remarquer son trouble.

— Et vous n'avez rien à dire ? Vous êtes vraiment incroyable !

Elle secoua la tête, l'air outré.

— Quand je pense qu'Irini vous aimait. Elle disait que vous étiez le frère qu'elle n'avait jamais eu, qu'elle avait une confiance aveugle en vous.

Lambis sentit une douleur sourde naître au plus profond de sa poitrine, se déployer et se répandre dans tout son être.

Il avait trahi la confiance d'Irini.

— Qu'y a-t-il ? demanda Amélie d'un ton brusque. Vous n'aimez pas que l'on vous rappelle qu'Irini aurait attendu de vous plus de dévouement et n'aurait jamais imaginé que vous puissiez vous débarrasser de son fils comme d'un paquet encombrant ?

— Je ne me débarrasse pas de lui.

Ne l'avait-il pas amené sur son île, bon sang ? Ne faisait-il pas de son mieux pour le protéger ?

— Vous l'abandonnez. Parce que votre temps est trop précieux pour le gaspiller.

Elle s'interrompit en inclinant légèrement la tête de côté.

— À moins que vous ne réagissiez ainsi… par peur.

À ces mots, Lambis se raidit, stupéfait. Comment avait-elle deviné ce qu'il ne s'avouait même pas à lui-même ? Car elle avait raison, mais la peur qui le tenaillait était indescriptible et inexplicable à autrui. Surtout pour celle qui le dévisageait à présent avec un franc mépris.

— Je ne vois vraiment pas ce qui vous pose problème, Lambis. Et je ne veux pas le savoir. Mais vous n'êtes pas l'homme que je croyais ni celui qu'Irini voyait en vous. Je me demande comment vous faites pour vous regarder en face.

Lambis ne répondit pas. Il s'était déjà répété la même chose, maintes et maintes fois, mais le fait de l'entendre de la bouche d'Amélie le déprimait encore davantage.

Ce n'était néanmoins rien comparé à la douleur lancinante qui le traversa quand il vit des larmes briller dans ses yeux verts.

— Ne pleurez pas, Amélie !

Il l'attira si vivement contre lui qu'elle émit un petit halètement, qui le poussa à resserrer les bras sur elle, la retenant prisonnière.

Le souffle court, Lambis ferma les paupières pour mieux savourer la sensation exquise du corps pressé contre le sien. Les formes délicieusement féminines d'Amélie semblaient avoir été créées pour se fondre dans les lignes plus dures de son corps. Il devait faire un effort surhumain pour ne pas la caresser, adoucir son étreinte et explorer ces courbes affolantes.

Ressentait-elle la même chose ? Partageait-elle son désir ? En tout cas, elle ne cherchait pas à se dégager.

Mais à quoi bon se raconter des histoires ? Elle le méprisait. Elle avait peut-être eu un faible pour lui autrefois, mais tout cela appartenait désormais au passé. N'avait-il pas tout fait pour qu'il en soit ainsi ?

Il se demanda où il avait trouvé la force de résister à l'attirance qui avait vibré entre eux trois ans plus tôt. Il ne l'avait jamais tenue dans ses bras à ce moment-là, sinon il aurait été incapable de la repousser comme il l'avait fait, mais il avait eu suffisamment le sens de l'honneur pour rejeter la tentation de la serrer contre lui, de la posséder, qui le taraudait jour et nuit.

Exactement comme il brûlait de tenir son visage entre ses mains et de goûter enfin à ses lèvres. Là, maintenant.

Lambis se força à relâcher sa prise, résolu à la libérer, mais, comme mue par une force indépendante de sa volonté, sa main alla d'elle-même se poser sur les cheveux d'Amélie, si doux qu'il les caressa en retenant son souffle, émerveillé.

Quand il se décida à respirer, l'odeur de gardénia le pénétra, s'insinua dans tout son être. Incapable de résister, il pencha la tête et enfouit le visage dans les mèches soyeuses d'Amélie. Ce fut comme un bain de soleil au parfum de fleurs. Il s'autorisa à se repaître des divins effluves, à assouvir la soif qui le dévorait depuis si longtemps.

Puis il laissa retomber les bras et recula d'un pas.

Les yeux d'Amélie étaient immenses, d'un vert iridescent, leurs pupilles dilatées. Sa colère avait disparu. Elle semblait… suffoquée. Autant qu'il l'était lui-même. Mais cette impression n'était que le fruit de son imagination. Cette femme le haïssait — ce dont il aurait dû se réjouir. Il ne voulait pas d'elle, bon sang ! Et il avait tout fait pour qu'elle se détache de lui !

— Je vous répète que vous vous trompez, Amélie. Je ne suis pas celui dont Sébastien a besoin. Je ne peux pas l'aider à retrouver la parole. Mais je vais néanmoins rester avec vous.

Pour elle. Parce qu'il ne supportait pas de la voir céder au désespoir.

— Vous restez ? murmura-t-elle.

D'une voix si douce, si caressante, qu'il eut un mal fou à ne pas la soulever dans ses bras et l'emporter dans sa chambre.

Lambis fourragea dans ses cheveux. Il commettait une erreur, il le savait, dans toutes les fibres de son corps, avec ce sixième sens développé au fil des années dans la sécurité et la protection rapprochée. Mais il *devait* rester, il ne pouvait pas faire autrement.

— Oui, mais ne vous attendez pas à un miracle. D'autant que Sébastien a peur de moi, c'est évident. Et ne comptez pas me voir souvent : je continuerai à travailler à distance et serai enfermé dans mon bureau la plupart du temps.

Amélie acquiesça d'un hochement de tête tandis qu'un petit sourire timide s'ébauchait sur ses lèvres. Il y avait un tel espoir dans ses yeux que Lambis faillit détourner les siens.

— Merci, Lambis. Je... Cela compte énormément pour moi.

Cette fois, il ne put supporter la gratitude colorant sa voix.

— Disons que c'est ma B.A. de l'année. Ou plutôt de la décennie, répliqua-t-il d'un ton brusque en se retournant pour regagner la villa.

Le lendemain matin, le soleil brillait au-dessus de la vaste piscine à débordement et faisait miroiter la surface de la mer qui s'étendait à l'infini en toile de fond.

Fascinée, Amélie savoura la chaleur bienfaisante qui la pénétrait tandis qu'elle admirait le panorama époustouflant. À St. Galla, le palais surplombait les jardins et la forêt, et l'on apercevait au loin la ravissante baie privée — elle avait toujours adoré contempler cette vue dès son réveil —, mais là, dans la propriété de Lambis, ils se trouvaient à deux pas du rivage, et la demeure semblait faire partie intégrante du paysage.

Fermant les paupières, elle offrit son visage au soleil pour mieux se repaître des effluves marins auxquels se mêlaient les senteurs puissantes exhalées par les plantes sauvages.

Cet endroit possédait un charme si singulier qu'elle ne pouvait s'empêcher de croire au miracle. Sentant l'espoir frémir dans son cœur, Amélie se concentra sur ce qu'elle allait dire à Lambis. Car il fallait absolument qu'elle trouve le courage d'aller l'affronter dans sa tanière. La veille au soir, après qu'il se fut retiré très tôt, prétendant avoir un travail urgent à terminer, elle avait mis Seb au lit de bonne heure puis dîné seule sur une petite terrasse couverte dominant la piscine et la mer.

Lambis ne lui avait pas du tout manqué ! Mais à présent, elle craignait de se retrouver face à face avec lui. Ce qui était stupide. Elle ne regrettait pas de lui avoir dit ce qu'elle pensait la veille.

Néanmoins, Amélie ne pouvait se débarrasser si facilement de ses bonnes manières. Parler franchement aux gens ne faisait pas partie de ses habitudes. Elle avait appris à demeurer gracieuse et diplomate envers et contre tout, en mettant ses propres sentiments de côté. Aussi éprouvait-elle à présent un léger malaise à la perspective de revoir Lambis.

Cependant, son appréhension n'avait aucun lien avec les émotions qui s'emparaient d'elle dès qu'elle l'approchait. Quand il l'avait attirée contre lui la veille, c'était de l'indignation qu'elle avait ressentie, se répéta-t-elle. Rien d'autre.

Mais durant sa longue nuit agitée, elle n'avait pu s'empêcher de se souvenir de la senteur mâle qui l'avait presque enivrée lorsqu'il l'avait serrée dans ses bras. De la sensation de son torse musclé sous ses paumes.

Amélie déglutit et se força à regarder la vérité en face. Ça avait été fabuleux d'être ainsi pressée contre lui. Et c'était bel et bien… du désir, qu'elle avait ressenti alors.

Il ne s'agissait que d'une réminiscence du passé, se convainquit-elle fermement. De l'époque où elle s'était crue amoureuse de Lambis et avait rêvé qu'il la prenne dans ses bras et la serre contre lui. Car ils ne s'étaient jamais enlacés ni embrassés.

Maintenant qu'elle l'avait vécu pour de vrai, elle allait pouvoir cesser de fantasmer et avancer.

Forte de cette certitude, Amélie se retourna et aperçut l'homme qui occupait ses pensées. Immobile sur le seuil de la terrasse, il l'observait, vêtu d'un jean délavé et d'une chemise noire à manches courtes découvrant ses bras musclés et brunis par le soleil. Et il avait les cheveux ébouriffés, comme s'il venait d'y passer la main.

Depuis combien de temps était-il là à la contempler ? À quoi pensait-il ?

— Lambis…

Elle s'interrompit, le cœur battant la chamade. Ce qui était ridicule. Absurde.

— Je voulais justement vous parler et j'allais partir à votre recherche.

— Sébastien va bien ? demanda-t-il en plissant le front.

— Oui. Il dort encore.

Lambis se contenta de hocher la tête. Il ne se souciait pas de savoir comment *elle* allait, si *elle* avait passé une bonne nuit — ce qui était aussi bien, puisqu'elle avait eu du mal à fermer l'œil.

Et puis, à quoi s'était-elle attendue ? À une conversation décontractée ? Il n'y avait jamais rien eu de décontracté chez Lambis. Il dégageait toujours une impression de détermination et de contrôle de soi. Mais autrefois, il y avait eu par moments de la tendresse et de la douceur dans son attitude vis-à-vis d'elle. Amélie se rappelait encore la chaleur de son rire l'enveloppant, riche et sensuel.

Elle battit des cils pour chasser les images qui défilaient dans son esprit.

— J'ai une faveur à vous demander.

Il haussa un sourcil interrogateur.

— Rien de trop difficile. J'aimerais m'acheter quelques vêtements.

Nouveau haussement de sourcil.

— Les tenues chics sont inutiles, ici. Il n'y a personne à impressionner.

— Je n'ai pas l'intention d'impressionner quiconque, répliqua-t-elle en redressant le menton. Mais notre départ a été un peu précipité. Je ne savais pas quoi emporter et…

Lambis enfonça les mains dans les poches de son jean, faisant ainsi ressortir ses biceps imposants.

— Ce que vous avez pris suffira. Il n'y a pas de police de la mode, sur cette île.

Pensait-il qu'elle se souciait de la mode, ou même de son apparence ? se demanda Amélie en contenant son irritation à grand-peine. Ne l'avait-il pas vue la veille noyée dans la parka et les bottes trop grandes prêtées par Anna ? Ainsi accoutrée, elle ressemblait pourtant davantage à un sac, ou à un clown, qu'à une princesse.

— Ce que je veux dire c'est que nous sommes partis sans prendre de maillots de bain ou de chapeaux de soleil, par exemple. Seb adore nager. Enfin, il adorait. S'il pouvait se baigner, cela lui ferait peut-être du bien.

Elle redressa un peu plus le menton.

— Y a-t-il une boutique où je pourrais acheter ce dont nous avons besoin ? J'ai aperçu des maisons au loin, en…

— Non, il s'agit d'un simple village, la coupa-t-il. Vous désirez sans doute que je vous emmène en hélicoptère sur une île plus importante. Ou sur le continent ?

— Non, merci, répondit Amélie à la hâte.

Pas question d'affronter la foule de touristes armés d'appareils photo. Il suffirait que l'un d'entre eux la reconnaisse pour que les journalistes se lancent à leur recherche.

— Ce serait trop risqué, ajouta-t-elle d'une voix douce.

Il hocha la tête.

— Si vous désirez des choses simples et que cela ne vous dérange pas que quelqu'un d'autre les achète pour vous, ma gouvernante pourrait s'en charger. Le poisson nous est fourni par les pêcheurs locaux, et la plupart des fruits et légumes sont cultivés sur place, mais nous nous approvisionnons également par bateau. Je ne peux pas vous garantir que les vêtements et accessoires seront aussi…

— Ce que Sofia pourra se procurer sera parfait, j'en suis certaine, l'interrompit Amélie. Merci beaucoup. Je vais aller lui en parler tout de suite.

En fin d'après-midi, Lambis quitta son bureau et se rendit sur la grande terrasse du rez-de-chaussée. De là, il les aperçut aussitôt et songea qu'ils formaient décidément un drôle de couple.

Immobile, il contempla le petit garçon trop calme et la

superbe naïade qui bavardait avec animation tout en construisant un château de sable.

Quelque chose de « simple », avait-elle convenu. Eh bien, c'était réussi ! Il aurait été prêt à parier que ce bikini vert tirant sur le jaune acidulé avait été choisi par Costa, le livreur qui leur apportait les provisions chaque jour. C'était forcément un homme qui avait jeté son dévolu sur ce maillot quasi inexistant.

Ce genre de « vêtement » avait été conçu pour faire fantasmer et pour être enlevé en un tournemain. Il suffisait de tirer sur les liens nouant le haut derrière la nuque et dans le dos, et le bas sur les hanches.

Sa virilité réagit sans aucune ambiguïté, faisant littéralement rugir sa libido en lui. Il connaissait Amélie depuis longtemps, mais à St. Galla il l'avait toujours vue en robe de soirée ou en tenue élégante et chic. Et depuis son arrivée chez lui, elle avait porté des vêtements simples, même si ceux-ci ne venaient pas de n'importe où.

En tout cas, il ne l'avait jamais vue ainsi, presque nue.

Lambis se pencha et s'appuya à la balustrade, en proie à un soudain vertige.

Le monde entier avait pu contempler sa beauté. Quant à lui-même, il avait vite compris que la ravissante princesse était trop désirable pour sa tranquillité d'esprit. Mais maintenant qu'il découvrait presque intégralement son corps à la peau claire, ses courbes superbes, ses seins haut perchés près de jaillir de l'étoffe les dissimulant à peine, sa taille si fine qu'il aurait pu l'entourer de ses mains…

Un étau lui enserra la poitrine, et son pouls lui martela les tempes. Il se sentit à l'étroit dans son jean.

Il était resté enfermé dans son bureau toute la journée, s'immergeant dans le travail, jusqu'au moment où il s'était reproché de négliger ses invités et avait décidé d'aller passer un moment avec eux.

Mais à présent, impossible d'aller les rejoindre. Il avait réussi autrefois à convaincre Amélie qu'elle ne l'intéressait pas, mais elle n'était pas aveugle. Il lui suffirait de baisser les yeux sur son entrejambe pour comprendre qu'il la désirait.

Et ensuite ? Ensuite, elle s'enfuirait en courant. Ou bien si, par miracle, elle lui pardonnait son attitude et partageait le désir qui le consumait…

Non, c'était impensable. Une telle liaison conduirait forcément à la catastrophe. Car il ne pourrait jamais lui offrir ce qu'elle attendait de lui. Et s'il commettait l'erreur de se rapprocher d'Amélie, il craignait fort de perdre peu à peu tout contrôle sur sa vie organisée et compartimentée avec soin.

Lambis se retourna et rentra dans la villa, en proie à la sensation de regret et d'amertume qui était devenue quasiment une seconde nature pour lui.

6.

Une sorte de routine s'installa rapidement. Chaque matin au lever du soleil, Lambis allait à la plage, comme maintenant, et nageait vigoureusement pour tenter de chasser les souvenirs de la nuit qui ne lui avait pas apporté grand repos.

Lorsque Amélie et Sébastien quittaient leur suite, il était déjà dans son bureau, dirigeant son entreprise à distance en liaison permanente avec ses assistants.

Plus tard, il allait rejoindre ses invités à l'heure du déjeuner. C'était sa façon d'aider Sébastien à sortir de son mutisme et de son repli sur lui-même, tout en étant conscient de ne pas pouvoir faire grand-chose pour le petit garçon — et son impuissance se voyait confirmée quand celui-ci évitait systématiquement son regard.

L'après-midi et le soir étaient consacrés au travail — et à ses efforts pour ne pas penser à Amélie, en vain la plupart du temps.

Même à présent, tandis qu'il nageait un crawl énergique dans les eaux transparentes de la baie, il songeait à elle et non à ses affaires ni à son proche voyage à Los Angeles ou aux opportunités se présentant en Asie.

Lambis prit la direction du rivage et se mit à marcher dans les vagues en secouant la tête. Les gouttelettes miroitèrent au soleil, déjà haut.

Il était plus tard que d'habitude, Amélie et Sébastien allaient bientôt se lever, mais il avait eu besoin de prolonger cette séance. Rester enfermé dans son bureau toute la journée ne lui ressemblait pas. Il avait toujours été quelqu'un de physique, perpétuellement en action, ce qui l'avait amené à suivre le même chemin que son père, garde du corps, et à travailler quasiment jour et nuit pour le père d'Irini.

Il passerait un moment dans la salle de musculation, décida-t-il en s'avançant sur la plage. Fermant un instant les paupières, il s'arrêta et renversa la tête en arrière pour mieux savourer la caresse du soleil sur sa peau. Oui, il ferait plus d'exercice, dorénavant. Après, il se sentait toujours merveilleusement bien.

À tel point qu'il souriait, réalisa-t-il. Jusqu'à ce qu'il rouvre les yeux et aperçoive la silhouette assise sur le sable, recroquevillée sur elle-même.

Il poussa un juron étouffé. Les genoux serrés contre lui, les bras entourant ses jambes, Sébastien s'était installé juste à côté de la serviette de plage de Lambis.

Cependant, le petit garçon ne leva pas la tête vers lui quand il s'approcha. Il continua de fixer un point au loin, le regard vide.

— Bonjour, Seb.

Lambis s'éclaircit la voix.

— Tu t'es levé tôt, ce matin.

Il se pencha pour prendre sa serviette et se frotta les cheveux.

— Tu ne te baignes pas ?

Pas de réponse. Il aurait dû y être habitué, mais son cœur se serra. Sébastien l'entendait-il, ou était-il complètement emmuré dans son chagrin ?

Ce devait être très dur pour Amélie de voir son neveu dans cet état en permanence, chaque jour et à chaque instant. Mais elle ne baissait pas les bras et ne perdait pas espoir. Comment faisait-elle ?

Tout en s'essuyant les épaules et le dos, il se tourna vers la mer.

— C'est le meilleur moment de la journée pour nager. La température de l'eau est idéale.

Il se traita mentalement d'idiot. Parler pour ne rien dire

n'avait jamais été son style. D'autre part, il n'était pas qualifié pour faire sortir de sa coquille un enfant ayant subi un grave traumatisme. Et Amélie se trompait ; il n'existait aucun lien particulier entre lui et Sébastien. En outre, même s'il avait souhaité se rapprocher du petit garçon — ce qui n'était pas le cas —, il n'aurait su comment faire.

Autrefois, ça aurait été différent.

Lambis s'immobilisa et retint son souffle en sentant une souffrance familière se déployer en lui. Ce temps-là était révolu. Sa capacité à se lier avec autrui, à éprouver de la tendresse, avait été emportée par l'ouragan qui avait dévasté sa vie.

Quand on perdait femme et enfant, on devenait un autre homme.

Un bruit distant de moteur attira soudain son attention. Ce n'était pas un avion, se dit-il en fronçant les sourcils. Et aucun habitant de l'île ne possédait de vedette.

Se tournant vers le sud, il plissa les yeux dans la direction d'où venait le vrombissement. Deux secondes plus tard, un puissant hors-bord flambant neuf apparut dans la baie, suffisamment loin, cependant, pour ne pas les déranger. Mais cette interruption inattendue n'en gâcha pas moins la pureté de ce petit matin paisible.

L'embarcation ne fit pas cap vers le rivage, ne ralentit pas non plus. Sans doute de simples vacanciers séjournant sur une île voisine et s'amusant avec leur dernier joujou. Lambis décida de le faire néanmoins rechercher et identifier dès qu'il aurait regagné la villa. Il ne prendrait aucun risque. Rien ni personne ne viendrait troubler la tranquillité d'Amélie et Sébastien.

Alors qu'il repensait à une information importante à communiquer à son assistant, il sentit un léger mouvement derrière lui et se retourna.

Sébastien s'était levé et, la bouche grande ouverte et les yeux exorbités, suivait le hors-bord d'un doigt tendu.

Il tremblait de la tête aux pieds et avait du mal à respirer.

Faisait-il une crise d'asthme ? Avait-il une réaction allergique ?

Sans réfléchir, Lambis s'agenouilla devant lui.

— Sébastien ? Que se passe-t-il ?

Il se força à se calmer et reprit, plus doucement :

— Regarde-moi, Seb. Tu peux respirer ? Fais non de la tête, si tu n'y arrives pas.

Fallait-il le transporter à la villa ? Appeler l'hôpital et l'y emmener en hélicoptère ?

Sébastien ne le regardait pas. Toute son attention était concentrée sur le hors-bord qui disparaissait au loin. Ses lèvres remuaient, non comme s'il cherchait à aspirer de l'air mais plutôt comme s'il parlait, de façon muette.

Avait-il de la fièvre ? Lambis lui posa la main sur le front, mais celui-ci était frais.

Il bascula sur ses talons, perplexe, lorsque soudain il comprit le mot qu'articulait le petit garçon.

« Maman. »

Il pensait à sa mère, à ses parents — et à un autre hors-bord, pas rouge, celui-là, mais blanc et vert, aux couleurs de St. Galla, qui avait traversé une autre baie, heurté un obstacle immergé et viré à angle droit, avant d'aller se briser avec fracas sur les rochers.

Le puissant engin avait littéralement explosé, dans un vacarme assourdissant.

Resté sur le quai avec sa tante, Sébastien avait tout vu.

Lambis le prit doucement par les épaules

— Tout va bien, Seb. N'aie pas peur.

L'enfant ne tremblait plus, il était raide comme du bois, les muscles tendus à craquer. Il suffoquait, à présent, mais Lambis comprit que c'était l'émotion et la souffrance qui l'étouffaient.

— Tu penses à ta maman et à ton papa, dit-il à voix basse. Ce ne sont pas eux qui étaient dans le bateau que nous venons de voir, Seb. Je te le promets.

La détresse du petit garçon s'engouffra en lui.

Sébastien savait-il que ses parents étaient partis pour toujours ?

Lambis regarda ses yeux verts brillants, sentit les sanglots secouant son corps frêle et cessa de se demander comment il allait gérer la crise. Cédant à son instinct, il prit Sébastien dans ses bras et s'assit sur le sable chauffé par le soleil.

Les larmes jaillirent, roulèrent en silence sur les joues trop pâles du petit garçon.

Toute parole était impuissante devant pareille souffrance. Sébastien avait besoin de réconfort physique, de chaleur humaine.

— Tout va bien, répéta Lambis en le berçant contre lui. N'aie pas peur, je suis là et tante Amélie aussi.

L'enfant était si frêle, si vulnérable, que Lambis sentit quelque chose se rompre en lui. Il se mit à chuchoter en grec, les seuls mots de tendresse et d'amour qu'il connaissait lui venant plus facilement dans sa langue maternelle. En outre, Sébastien les comprenait puisque Irini lui avait appris le grec.

Pour la première fois depuis une éternité, Lambis ne se censura pas. Il laissa libre cours à ses émotions. Son unique préoccupation était le petit bonhomme malheureux sanglotant dans ses bras.

Peu à peu, la tension étreignant Sébastien parut se relâcher, sa respiration hachée s'apaisa, et ses larmes cessèrent de couler.

Puis l'enfant fit une chose qui bouleversa Lambis. Ses petites mains nichées sous le menton, il se blottit contre lui, tourna la tête et pressa sa joue humide contre la poitrine de Lambis.

Le temps sembla s'arrêter. L'intimité de ces instants l'émut au plus profond de son être.

Refoulant les souvenirs qui remontaient en lui, Lambis se concentra sur le garçonnet qui avait besoin de lui et lui chuchota des mots rassurants.

Amélie s'immobilisa. Elle sortait de la villa lorsqu'elle avait entendu le hors-bord, puis aperçu le puissant engin et vu la réaction de Seb. Mais au moment où elle allait s'élancer vers lui, Lambis avait fait ce qu'il fallait.

En proie à un véritable tourbillon d'émotions, elle contempla l'enfant minuscule blotti dans les bras du géant courbé au-dessus de lui pour le protéger.

Elle avait cru Lambis indifférent au sort de Seb, elle l'avait pris pour un homme sans cœur et s'était lourdement trompée. Sa voix lui parvenait, douce, affectueuse. Méconnaissable. Amélie ne comprenait pas ce qu'il disait, mais ce n'était pas nécessaire. La tendresse exsudait de ses paroles, qu'il répétait comme une litanie, une berceuse.

Sa poitrine se serra douloureusement, et ses lèvres se mirent à trembler. Elle désirait être tenue ainsi, être rassurée par un homme comme Lambis. Elle brûlait du besoin de savoir qu'elle n'était pas seule, qu'il partageait sa peine, son fardeau.

Elle se força à refouler l'émotion insensée qui la gagnait, mais le tableau s'offrant à ses yeux ne l'y aida pas. Naguère, elle avait cru aimer l'homme qui consolait Seb comme un père l'aurait fait avec son propre fils.

En d'autres circonstances…

Non ! elle ne s'égarerait plus dans de tels territoires. Elle était plus forte que cela.

Amélie traversa la terrasse et s'avança sur la plage. Son ombre effleura Lambis qui tourna la tête vers elle. Il avait le regard sombre et voilé par l'émotion. Jamais elle ne lui avait vu l'air aussi… bouleversé.

— Regarde qui est là, Sébastien. Ta tante Lili. Je ne t'avais pas dit qu'elle allait venir nous retrouver ?

Le silence de Seb ne la découragea pas, mais elle fut parcourue d'un frisson glacé en découvrant le visage de son neveu. Il avait les joues souillées de larmes, les yeux rouges et gonflés.

— Seb, mon chéri, dit-elle en se laissant tomber à genoux à côté d'eux.

Elle tendit la main et lui ébouriffa les cheveux.

— Le bateau t'a fait peur ?

Un long soupir tremblant s'échappa des lèvres de Seb, puis, au grand étonnement d'Amélie, il hocha la tête.

Le mouvement avait été imperceptible, mais net. Le cœur battant d'espoir, elle tourna les yeux vers Lambis. Il était si proche d'elle que son souffle lui caressa la joue.

Tout sembla alors s'arrêter, en elle et autour d'elle. Amélie eut l'impression de tout voir en gros plan. Les longs cils noirs à demi baissés de Lambis, le grain de sa peau hâlée, l'ombre recouvrant sa mâchoire.

Ses effluves mâles et épicés mêlés à ceux de la mer l'assaillirent, puissants, sensuels. Envahie par un trouble incontrôlable, elle reporta toute son attention sur Seb qui, ébloui par le soleil, la regardait en clignant des yeux.

Elle sentit son cœur déborder d'amour. Elle aurait fait n'importe quoi pour son neveu, pour garantir son avenir... Mais le futur pouvait attendre. Le plus important était pour l'instant de l'aider à se remettre du choc horrible qu'il avait subi.

— Tu n'as pas à avoir peur, mon chéri. Tu es en sécurité ici, avec Lambis et moi.

Amélie sourit vaillamment.

— Et si on rentrait prendre le petit déjeuner, maintenant ?

Sur ces mots, elle se redressa et se pencha pour le soulever dans ses bras, mais Lambis secoua la tête.

— Je vais le porter. D'accord, Seb ?

Médusée, elle vit le petit garçon hocher de nouveau la tête. Un vertige la saisit, si vif qu'elle vacilla un instant.

— Amélie ? Vous vous sentez bien ?

— Oui, oui, répondit-elle à la hâte.

Quelle idiote. Elle aurait dû se réjouir, au contraire.

— Allons manger quelque chose, reprit-elle sans regarder Lambis.

— Bonne idée, répliqua-t-il. Après avoir nagé, je meurs toujours de faim.

Puis avec une souplesse de félin, il se releva en tenant Seb dans les bras et se dirigea vers la villa.

Amélie le suivit, les yeux rivés à ses larges épaules. Chaque pas faisait jouer sa puissante musculature, exacerbant sa virilité. Mais ce n'était pas qu'une question de taille ou de force physique, cela venait de l'assurance émanant de toute sa personne, comme une aura.

Au fil du temps et des épreuves, Amélie avait appris à ne se reposer sur personne — elle était le roc sur lequel s'appuyaient les autres —, mais soudain elle ressentait le désir poignant de s'en remettre entièrement à cet homme superbe, corps et âme.

Elle se ressaisit aussitôt. Lambis avait beau être terriblement attirant, il n'était pas pour elle.

Amélie s'arrêta sur le seuil du bureau dont la porte était grande ouverte. Le soleil inondait la pièce, caressant les meubles, peu nombreux.

Debout devant la fenêtre, Lambis lui tournait le dos, parlant au téléphone en grec, si bien qu'elle en profita pour promener son regard dans son espace. L'aménagement en était très simple, spartiate. Sol de marbre clair, murs blancs. Sur l'un d'eux s'étalait une immense photo spectaculaire représentant le sommet d'une montagne sur le flanc de laquelle on distinguait une minuscule silhouette agrippée à la roche.

Quand elle s'avança d'un pas, Lambis se figea. Deux secondes plus tard, il mit fin à sa conversation téléphonique et fit volte-face.

— Excusez-moi de vous déranger…, commença Amélie d'une voix à peine audible.

Elle s'éclaircit la voix avant de poursuivre

— Je voulais simplement vous remercier pour ce matin.

C'était une erreur de venir le trouver dans son bureau. Non

seulement il la dominait, mais elle ne pouvait s'empêcher de promener le regard sur le corps musclé qu'elle avait pu contempler dans toute sa splendeur quelques heures plus tôt.

— Vous n'avez pas à me remercier, dit-il d'un ton brusque. N'importe qui aurait fait la même chose à ma place.

— Peut-être. Mais je suis heureuse que vous ayez été là. Seb dormait profondément — ou du moins je le croyais — quand je suis allée prendre une douche. Sachant à quel point vous tenez à préserver votre intimité, j'attendais que vous soyez revenu de la plage pour sortir.

Il la dévisagea en plissant le front, l'air interloqué. Ou méprisant ?

— C'est pour cela que vous restiez dans votre suite ?

Amélie se contenta d'un haussement d'épaules. Il lui avait bien fait comprendre qu'il ne voulait pas de leur compagnie, non ? Il les rejoignait seulement au moment du déjeuner.

— Cela me semblait plus simple, répondit-elle enfin.

Un éclat fugace traversa les yeux gris de Lambis, puis il fourragea avec impatience dans ses cheveux.

— C'est vous ? demanda-t-elle en désignant la photo encadrée.

— Non. Je ne suis pas narcissique.

Il s'interrompit un instant avant d'ajouter :

— J'ai pris cette photo depuis le pic voisin.

Ah...

— Vous souhaitiez me parler d'autre chose ?

Amélie se raidit. Avait-elle vraiment cru que ce qui s'était passé ce matin-là changerait quelque chose ?

— J'avais espéré vous persuader de dîner avec moi pour que nous puissions discuter tranquillement.

Aucune réaction.

— Mais c'est sans importance, continua-t-elle. Excusez-moi encore de...

— Vous n'avez pas à vous excuser, la coupa-t-il d'une voix plus grave que d'habitude.

— Si. Je vous ai accusé d'être insensible. Je pensais que

votre affection pour Irini n'égalait pas celle qu'elle ressentait à votre égard et que Seb ne représentait rien pour vous.

Lambis la fixait, figé, l'air impassible.

— C'est de cela que je tenais à m'excuser, reprit-elle. Je m'étais trompée à votre sujet.

La gorge soudain nouée, Amélie s'interrompit un instant.

— Vos raisons de protéger votre intimité ne regardent que vous, mais ce que j'ai vu sur la plage ce matin…

Elle se tut de nouveau en secouant la tête.

— Non, n'importe qui n'aurait pas fait la même chose à votre place. Ce que j'ai vu, c'était… de l'amour.

Ses paroles semblèrent flotter dans le silence. Et ce n'était pas un silence bienveillant ; il vibrait de la tension émanant de Lambis.

— Vous avez aidé Seb au moment où il en avait besoin. Et c'est tout ce qui compte.

Elle soutint son regard dur et impénétrable.

— Je voulais aussi vous demander s'il pourrait passer un peu plus de temps avec vous. Ce qui s'est produit ce matin a été décisif pour lui, il a franchi un pas très important, et je ne voudrais pas qu'il…

— Je comprends. Vous espérez qu'il va continuer à se détendre et sortir progressivement de son mutisme.

Lambis le lisait dans ses beaux yeux verts, le percevait dans l'ébauche de sourire timide apparaissant sur sa bouche sensuelle.

— Ne surestimez pas ce qui est arrivé ce matin, poursuivit-il d'un ton délibérément dur. Je ne suis pas un faiseur de miracles.

C'était même plutôt le contraire. Cependant, il se sentait moins sûr de lui, à présent. L'épisode intense de la plage avait réveillé en lui des émotions et des désirs qu'il avait chassés de sa vie depuis longtemps.

Tout cela le remuait. Quoi qu'il fasse, dans quelque direction qu'il oriente ses pensées, il avait l'impression que ses émotions se refermaient sur lui, près de l'enchaîner.

— Mais vous n'allez pas l'abandonner maintenant, n'est-ce pas ? demanda-t-elle d'une voix étouffée.

Lambis sentit un poids terrible s'abattre sur ses épaules. Mais comment aurait-il pu abandonner Sébastien, en effet ? Et pourtant il hésitait à s'engager. En même temps, il voyait bien qu'Amélie était épuisée et qu'elle avait besoin de partager le fardeau qu'elle portait depuis la mort de Michel et Irini. Et sans doute déjà auparavant.

— Je ferai de mon mieux pour l'aider, dit-il avec effort.

C'était fait. Impossible de revenir en arrière, désormais.

Le visage d'Amélie s'illumina.

— Merci, Lambis.

L'espace d'un bref instant, elle parut sur le point d'ajouter quelque chose, puis se ravisa et hocha simplement la tête avant de se retourner et de quitter la pièce.

Il la regarda disparaître, certain de la décevoir tôt ou tard. Il n'y pouvait rien. C'était sa malédiction.

Il avait causé la mort de sa mère en arrivant au monde.

À cause de lui, sa femme et son fils étaient décédés prématurément.

Et il avait été incapable de protéger Irini et son époux.

La culpabilité lui collait à la peau, et ce depuis toujours. Et pourtant, Amélie, la douce, la belle et courageuse Amélie, voyait en lui un protecteur, un sauveur.

Et le pire de tout, c'était qu'il n'avait pas eu la force de la détromper. Parce qu'en dépit de ses efforts acharnés ni les années ni la distance n'étaient parvenues à détruire ses sentiments pour elle.

Non seulement Amélie lui était toujours aussi chère, aussi précieuse, mais il la désirait autant qu'autrefois, voire davantage.

Et il craignait de ne plus pouvoir brider bien longtemps l'attraction mystérieuse et invincible qui le poussait vers elle.

7.

Amélie lissa sa robe rose corail sur ses cuisses et remarqua qu'elle avait les mains légèrement moites.

Elle se sentait nerveuse uniquement parce que l'invitation à dîner de Lambis l'avait surprise, se répéta-t-elle. Elle le revit se diriger vers eux alors que, installée dans un transat confortable, elle lisait une histoire à Seb, assis au bord de la piscine, immobile et silencieux.

Vêtu d'un seul short de bain noir, Lambis paraissait encore plus imposant, presque menaçant. Son aura virile et sensuelle avait quelque chose de… provocant qui l'avait fait frissonner au plus profond de son être.

Après lui avoir proposé de dîner avec lui ce soir-là, il s'était concentré exclusivement sur Seb. Assis à côté de lui, il lui avait parlé de l'île, des habitants du village, de la villa qu'il avait fait construire. Seb n'avait pas prononcé un mot ni esquissé l'ombre d'un sourire, mais il avait ponctué les explications de Lambis de plusieurs petits hochements de tête timides.

Revenant au présent, Amélie traversa la terrasse, tourna sur la gauche suivant les instructions de la gouvernante et découvrit une cour donnant directement sur la plage. Des bougainvillées aux couleurs éclatantes couraient sur la tonnelle, renforçant l'impression d'intimité émanant de l'endroit, des parfums exotiques montaient des jardins, suaves et entêtants.

Elle s'arrêta, troublée par l'atmosphère romantique se dégageant du lieu. Mais elle se trompait, réalisa-t-elle aussitôt. Car en plus des bougies dont la flamme ondulait doucement, il y avait des lampes un peu partout. De toute évidence, Lambis ne voulait pas de malentendu et tenait à bien lui montrer qu'il ne s'agissait pas d'un rendez-vous galant.

— Bonsoir, Amélie.

Elle se retourna, le cœur battant. Tout de noir vêtu et rasé de près, Lambis était d'une beauté impressionnante, irrésistible.

Quand il s'arrêta devant elle, ses yeux gris descendirent lentement sur sa robe, ses ballerines plates, puis remontèrent se poser un bref instant sur sa gorge et croisèrent bientôt son regard.

— Merci d'avoir accepté de dîner avec moi.

— Je vous en prie, répliqua-t-elle en inclinant la tête.

De façon stupide, elle était mal à l'aise et avait un peu de mal à respirer, comme si son aptitude à garder son sang-froid en toutes circonstances l'avait subitement désertée.

L'air parfaitement à l'aise, Lambis l'invita à s'asseoir, lui servit un verre de vin et lui expliqua que le poisson avait été pêché le jour même.

De son côté, Amélie continuait à se sentir aussi nerveuse et gauche qu'une adolescente à son premier rendez-vous amoureux. Son embarras était causé par les changements surprenants survenus chez Lambis, se convainquit-elle. Son attitude vis-à-vis de Seb, puis cette invitation à dîner…

— Merci, Lambis, dit-elle en le regardant dans les yeux. Je sais que notre présence vous dérange, alors je vous suis doublement reconnaissante d'aider Seb.

— *J'essaie* de l'aider, la corrigea-t-il après un léger silence. Il n'y a aucune garantie de résultat.

Il plissa le front avant d'ajouter :

— La seule à pouvoir vraiment l'aider, c'est vous. Il vous aime profondément. Moi, je suis presque un étranger pour lui.

— Jusqu'à présent, je ne suis pas parvenue à faire grand-chose pour lui, répliqua-t-elle en secouant la tête.

— Ne sous-estimez pas ce que vous avez fait.

Sa voix grave avait pris une intonation soyeuse qui fit courir des petits frissons délicieux sur les bras nus d'Amélie.

— Vous avez toujours été là pour lui, poursuivit-il. Il vous adore. Et je ne suis pour rien dans ce qui s'est passé ce matin. C'est le choc provoqué par l'apparition de ce hors-bord qui a fait sortir Sébastien de son repli sur lui-même.

— Peut-être, mais il réagit, quand vous lui parlez. Vous l'avez toujours attiré.

Tout comme il l'avait toujours attirée, elle, Amélie.

— Je représentais une nouveauté pour lui.

— Il y a davantage que cela, répliqua-t-elle en baissant les yeux sur son assiette. Michel adorait son fils, mais après son accession au trône, il a subi toutes sortes de pressions. Il ne pouvait pas accorder beaucoup de temps à Seb.

S'interrompant, elle porta un morceau de poisson à sa bouche. Après en avoir savouré le goût raffiné, elle reprit :

— Depuis la mort de mon père, St. Galla est en proie à une lutte de pouvoir entre les progressistes, déterminés à modifier notre constitution et à moderniser le pays, et des éléments plus conservateurs.

Elle pinça un instant les lèvres en songeant au Premier ministre qui avait contrecarré toutes les tentatives de réformes initiées par Michel.

— Irini y avait fait allusion, en effet, acquiesça Lambis.

— À cause de son jeune âge — et du fait que les gens étaient habitués à la façon de gouverner de mon père —, Michel devait travailler deux fois plus pour convaincre le Parlement qu'il avait raison de vouloir changer l'ordre des choses. Par conséquent, Seb ne voyait pas ses parents aussi souvent qu'ils l'auraient désiré tous les trois.

— Alors vous les avez remplacés.

— Irini et Michel ont vraiment fait de leur mieux. Mais il était naturel qu'ils souhaitent être ensemble tous les deux. Ces moments d'intimité étaient rares et donc encore plus précieux.

— N'aviez-vous pas droit à une vie privée vous aussi ?

Surprise par le tranchant de sa voix, Amélie leva les yeux vers lui.

— J'en avais une, répondit-elle en plissant le front.

Il plongea le regard dans le sien.

— Ce n'est pas le souvenir que j'ai de vous, protesta-t-il. Vous étiez toujours disponible pour eux, prête à les conseiller quand ils en avaient besoin. Vous vous occupiez des rendez-vous, des cérémonies, des réceptions et autres manifestations officielles, le tout en gardant Sébastien…

Elle reposa bruyamment ses couverts sur son assiette.

— Sous-entendez-vous par là que je me mêlais de ce qui ne me regardait pas ?

Ne comprenait-il pas qu'elle avait au contraire fait de son mieux pour se retirer des fonctions assumées durant le règne de son père, lequel avait profité sans scrupule de son dévouement, tout en aidant le jeune couple royal à trouver ses marques ?

— Non, répondit Lambis avec calme. Je dis simplement que vous portiez un énorme fardeau sur vos épaules. Vous avez endossé une bonne part des responsabilités d'Irini en plus des vôtres et vous avez en outre secondé votre frère. Je l'ai constaté par moi-même — et Irini m'a avoué qu'elle ne se sentait pas à la hauteur.

— Ce n'est pas facile de devenir reine.

— Non, certes. Je regrette seulement qu'elle n'ait pas su tenir tête plus souvent à Michel.

Il faisait allusion au jour de leur mort, comprit Amélie. Irini ne voulait pas que son mari essaye le nouveau hors-bord, mais elle avait fini par lui céder.

— Il s'agissait d'un accident, dit-elle en se redressant sur son siège. Michel n'y était pour rien. Personne n'aurait pu prévoir ce qui est arrivé.

Après un léger silence, Lambis hocha la tête.

— Oui, un accident.

Désireuse d'oublier les regrets qui revenaient la hanter dès qu'elle se remémorait ce jour funeste, Amélie prit son verre de vin en demandant d'un ton détaché :

— Comment vous est venue l'idée de bâtir sur cette île ? Êtes-vous né ici ?

Il resta muet, perdu dans ses pensées. Puis un petit sourire remonta au coin de ses lèvres, suscitant un frisson exquis au creux des reins d'Amélie.

— En fait, c'est à cause d'un autre accident. Le père d'Irini a grandi ici, avant de partir faire fortune.

— Vraiment ? Je n'en savais rien. Irini n'y a jamais fait allusion devant moi.

— Elle a vécu principalement sur le continent. Mais son père avait fait construire une villa exactement à cet endroit, pour les vacances.

— Vous la lui avez achetée ?

Lambis secoua la tête avant de porter son verre à ses lèvres.

— Il me l'a donnée, répondit-il un instant plus tard. Avant de m'accorder ensuite un prêt qui m'a permis de monter ma propre entreprise. C'est grâce à lui que je suis devenu ce que je suis.

— Je ne comprends pas. Je croyais que vous aviez travaillé pour lui ?

— En effet, acquiesça-t-il en hochant la tête. Mon père était le chef de sa sécurité, et ma mère la gouvernante de sa maison d'Athènes. C'est comme cela que j'ai connu Irini. Nous avons grandi sous le même toit et étions très proches, en dépit de notre différence d'âge.

— Mais pourquoi son père vous a-t-il donné cette villa ?

— Après ma scolarité, j'ai travaillé pour lui comme garde du corps, expliqua-t-il en contemplant son assiette. Un jour, il y a eu un incendie, à cause d'une défaillance du système de sécurité qui a empêché les détecteurs de fumée de se déclencher. Les pompiers ont mis du temps pour arriver. Quand j'ai réussi à faire sortir le père d'Irini et tous les autres occupants de la villa, celle-ci était à moitié détruite par le feu.

— Vous les avez tous sauvés ?

Il leva la main et regarda la longue cicatrice fine qui en traversait le dos. Amélie l'avait remarquée, bien sûr, mais sans oser interroger Lambis sur son origine.

— Cela n'a pas été très difficile, une fois qu'ils ont été réveillés. Le danger était qu'ils soient asphyxiés par la fumée.

En réalité, son rôle avait sans doute été capital, mais il n'était pas homme à se vanter.

— Malheureusement, la villa a brûlé entièrement.

— Mais pour vous remercier, le père d'Irini vous a offert sa propriété ?

— Oui. Il ne souhaitait pas faire reconstruire ici et a choisi une île plus près d'Athènes. Et il m'a aidé quand j'ai voulu créer mon entreprise, ce dont je lui serai éternellement reconnaissant.

— Donc vous avez grandi à Athènes ?

— Oui, et dans d'autres endroits où mes parents sont allés s'installer. Mais pour les vacances, nous retournions toujours dans le Nord. Ils étaient originaires d'un village tout proche de la maison où vous avez passé la nuit.

— Vous en avez fait votre résidence principale ?

Une émotion intense se lut sur ses traits, avant de disparaître aussi vite qu'elle était apparue. Mais le regard de Lambis, presque chaleureux un instant plus tôt, était redevenu vide.

— Lambis ?

— Je passe une partie de l'année là-bas, dit-il en reprenant son verre. Je possède plusieurs maisons, à divers endroits.

Inutile d'insister, comprit Amélie. Il ne se confierait pas davantage.

— Parlez-moi de la cérémonie de proclamation, enchaîna-t-il. Quelqu'un ne peut-il pas faire ce discours à la place de Sébastien ? Accepter la couronne pour lui ?

— C'est principalement le régent qui prendra la parole, mais Seb devra s'exprimer lui aussi, prouvant ainsi qu'il a conscience de sa décision de devenir roi plus tard, quand il aura l'âge requis.

— Son régent ? Vous voulez dire sa régente ?

— Idéalement, oui.

— Mais ? demanda-t-il en fronçant les sourcils.

Amélie baissa les yeux sur son verre encore à moitié plein.

— Je croyais être la mieux placée et la mieux qualifiée pour assumer ce rôle, commença-t-elle.

— Bien entendu : vous êtes sa tante ! En outre, vous

avez été le bras droit de votre père, puis de votre frère. Vous connaissez St. Galla mieux que personne.

— Tout le monde ne partage pas ce point de vue. Certains semblent même ne voir en moi qu'un… élément du décor, et une maîtresse de maison accomplie.

— Ceux qui pensent cela ne vous connaissent pas.

Frappée par la véhémence contenue dans sa voix, elle redressa la tête. Lambis était sincère. Il y avait de l'admiration dans ses yeux, constata-t-elle avec un immense plaisir.

Embarrassée, Amélie leva son verre et avala une petite gorgée de vin blanc.

— Merci, Lambis.

— C'est la vérité.

Il s'interrompit, fouillant son regard.

— Allez-vous enfin me dire ce qui ne va pas ?

Sa première réaction fut de jouer l'indifférence. Comme elle savait si bien le faire.

— Amélie ?

Après tout, elle pouvait bien se confier à Lambis. Il était l'être le plus discret et le plus méfiant qu'elle eût jamais rencontré.

— Le Premier ministre a clairement exprimé son inquiétude concernant la possibilité que Seb ait une *régente*, surtout si celle-ci est célibataire.

Elle refoula la bouffée de colère qui lui nouait soudain la gorge au souvenir de l'attitude paternaliste du Premier ministre et de ses propos misogynes.

— Il estime que ce doit être un homme ou, à défaut, il accepterait que je devienne régente à condition que j'épouse un homme approprié.

— Votre Premier ministre est un imbécile ! Il ne pourrait trouver personne de mieux qualifié que vous pour ce rôle !

Amélie réprima le petit sourire qui lui venait aux lèvres.

— Quel est son problème, à ce type ? poursuivit Lambis. Il veut vous épouser, c'est cela ?

Cette fois, elle ne put s'empêcher d'éclater de rire.

— Non, pas vraiment. Il a plus de soixante ans !

Lambis la regarda en haussant un sourcil noir.

— Et alors ? Il ne serait pas le premier à tomber amoureux d'une belle femme plus jeune que lui.

On avait souvent fait l'éloge de sa prétendue beauté. Surtout dans la presse à scandale. Amélie avait un visage aux traits fins, un corps bien proportionné, mais ce qui passait pour de la beauté se résumait surtout aux bijoux et aux vêtements coûteux qu'elle portait, à son maquillage sophistiqué et à son assurance.

Or, le compliment de Lambis ne se référait pas à cela, comprit-elle d'instinct.

Un pétillement délicieux lui parcourut les veines, elle se sentit rosir…

— Notre Premier ministre est déjà marié, dit-elle d'une voix posée. À une femme des plus respectables, et qui est sans nul doute une épouse docile et obéissante. D'autre part, il a déjà émis son désir de se proposer lui-même comme régent.

— Évidemment ! s'exclama Lambis avec un mélange de dédain et de colère. Ce qu'il brigue, c'est le pouvoir !

— Oui. Cet homme a toujours été un intrigant, mais récemment il s'est immiscé dans des domaines qui ne le concernent pas.

La harcelant pour qu'elle épouse le roi Alex de Bengaria, par exemple, et allant jusqu'à entamer des pourparlers avec celui-ci sans même l'en informer.

Ces initiatives l'irritaient au plus haut point. Elle avait dit un jour qu'elle accepterait *d'envisager* un mariage arrangé *si* elle et son promis s'entendaient bien, mais le Premier ministre la poussait sans cesse à s'engager, ne jugeant même pas indispensable qu'elle rencontre son fiancé avant la cérémonie !

Cet homme rétrograde semblait ignorer qu'on était au XXIe siècle…

— Ce n'est pas à lui de désigner le prochain régent, que je sache ! répliqua Lambis. Et il n'a pas le pouvoir de vous rayer de la liste, n'est-ce pas ?

Amélie frémit intérieurement.

— Je n'en suis pas certaine, c'est cela, le problème. Il bénéficie du soutien du Parlement dans sa quasi-totalité, et il n'y a encore jamais eu de régente à St. Galla. Notre pays entretient des idées quelque peu conservatrices sur la question féminine…

— Mais le peuple vous aime ! Il vous a toujours aimée !

— Oui, je suis populaire, mais dans cette affaire ce n'est pas le peuple qui décide. C'est un conseil royal privé, constitué principalement de politiques, qui prendra la décision finale. La majorité de ses membres sont des hommes d'un certain âge, dont la plupart soutiennent la politique du Premier ministre.

— Si je comprends bien, vous allez le laisser vous forcer la main ?

— Ce n'est pas aussi simple. J'ai l'intention de me battre pour Seb, pour son droit à accéder au trône et mon droit à devenir régente. La perspective de le voir formé par le Premier ministre ou par l'un de ses consorts m'est insupportable.

Soudain, c'en fut trop. La disparition de Michel et Irini, son inquiétude pour Seb, ses peurs pour l'avenir de celui-ci, tous les autres problèmes qui l'attendaient à St. Galla…

— Merci de m'avoir invitée à partager ce délicieux repas, Lambis, dit-elle en se levant. Mais je crains d'avoir perdu l'appétit. Alors, si vous voulez bien m'excuser, je vais regagner ma chambre.

Au moment où elle se retournait, elle entendit Lambis repousser à son tour sa chaise, puis sentit une main chaude se poser sur son poignet.

— Attendez, ne partez pas.

L'espace d'un instant, Amélie se détendit, rassurée par ce simple contact et la chaleur se répandant dans son bras, puis Lambis laissa retomber sa main.

Aussitôt, elle fut submergée par une affreuse sensation de perte et de désolation.

Brusquement, elle comprit que la réaction de Lambis était… de la répulsion.

Qu'avait-elle de si repoussant ?

Envahie par une sorte de paralysie soudaine, elle contempla les lampes éclairant les jardins.

— Pourquoi, Lambis ? Qu'est-ce que j'ai ?

Les mots lui avaient échappé, alors qu'elle avait travaillé dur pour feindre l'indifférence quand, en de rares occasions, elle avait croisé Lambis après cet horrible été où il lui avait fait clairement comprendre qu'elle ne l'intéressait pas. Amélie s'était retranchée dans l'orgueil, forcée d'accepter qu'elle eût hérité d'une tare invisible qui la rendait incapable de retenir l'attention d'un homme qui lui plaisait. Jules l'avait quittée autrefois. Lambis l'avait rejetée…

— De quoi parlez-vous ?

Cédant à une impulsion, elle se retourna vivement vers lui.

— Pourquoi cette répugnance à me toucher ? Craignez-vous que je me trompe sur la signification de votre geste et croie que vous avez changé d'avis à propos de… de nous ?

Elle déglutit avec peine, mais ne se découragea pas, déterminée à en avoir le cœur net.

— Qu'y a-t-il en moi de si… Qu'est-ce que j'ai qui ne va pas ?

— Rien, Amélie, dit-il en plissant le front. Absolument rien.

— Vraiment ? insista-t-elle.

Lentement, Amélie leva le bras et lui effleura la joue du bout des doigts, comme elle avait tant de fois rêvé de le faire. Mais il recula aussitôt d'un pas.

— Ne vous donnez pas la peine de répondre, reprit-elle, gagnée par une profonde tristesse.

L'attitude de Lambis était plus éloquente que toute parole. Et après avoir évoqué les graves problèmes auxquels elle se trouvait confrontée, Amélie n'avait plus la force de lutter.

Quand elle se retourna de nouveau, il tendit le bras pour l'empêcher de partir, mais sans la toucher, cette fois.

— Vous voulez savoir pourquoi je ne vous touche pas ? demanda-t-il d'une voix rauque. Parce que je n'ose pas.

— Pardon ? murmura-t-elle, abasourdie. Je ne comprends pas.

— Non, c'est normal.

Il lui posa les mains sur les épaules pour la forcer à se

retourner vers lui. Ils étaient si proches l'un de l'autre qu'elle sentit sa chaleur virile l'envelopper.

— J'ai essayé de vous résister, Amélie. Je pensais y avoir réussi, mais je n'y arrive plus. Pas quand vous êtes ainsi devant moi…

Une lueur incandescente traversa ses iris gris.

— Chaque fois que je vous vois, j'ai envie de vous toucher, et de bien davantage.

Amélie le dévisagea en retenant son souffle. Comme au ralenti, elle le vit pencher la tête… Ses yeux affichaient maintenant une teinte orageuse, des éclairs y scintillaient.

— Il n'y a rien qui cloche en vous, Amélie, murmura-t-il. Le problème, c'est moi. Et le fait que je brûle de faire ceci.

Sur ces mots, il la prit dans ses bras et l'embrassa avec passion en la serrant contre lui.

8.

Lorsque Amélie lui ouvrit ses lèvres, Lambis sentit son esprit se vider de toute pensée. La bouche douce et consentante s'offrant à la sienne avait un goût divin.

Il commettait une erreur phénoménale, il le savait. Tous deux regretteraient ce moment d'égarement.

Mais cette certitude n'empêchait pas le plaisir de se répandre en lui, dans tout son corps.

Lambis serra Amélie contre lui, se repaissant de sa chaleur de femme, de son parfum, aussi entêtant que celui des premières fleurs du printemps. Des petits gémissements qu'il recueillait avec ravissement sur sa langue.

Elle posa la main sur son torse, là où son cœur battait à un rythme sauvage, puis, lentement, glissa l'autre sous son col de chemise, exacerbant le désir qui le consumait.

Les doigts fins d'Amélie remontèrent sur son cou, en une caresse qui fit trembler Lambis de la tête aux pieds. Il voulait sentir ses doigts partout sur lui, explorer son corps mince et doux. Il voulait…

— Amélie…, murmura-t-il en écartant un instant les lèvres des siennes.

Il avait du mal à respirer. Cette femme merveilleuse détenait ce pouvoir sur lui. De lui faire perdre non seulement le souffle, mais l'esprit. Elle embrassait comme un ange. Non, comme une femme dont le désir égalait le sien — un désir qu'ils avaient réprimé durant trop longtemps.

La poussant doucement, il l'adossa à l'une des colonnes

soutenant la tonnelle et exulta quand elle creusa les reins pour mieux sentir son érection.

Il avait tant rêvé d'Amélie, passant des heures à se demander quel goût aurait sa bouche, ce qu'il éprouverait en lui faisant l'amour. Mais la fougue avec laquelle elle se donnait à lui dépassait ses plus folles attentes.

Comment aurait-il pu s'éloigner d'elle ? Pourquoi aurait-il dû renoncer à elle ?

Parce qu'elle méritait mieux que lui.

La réalité le transperça de part en part, telle une flèche empoisonnée. Le désir qu'il ressentait pour Amélie était si intense qu'il se demanda comment il parvenait à écarter sa bouche de la sienne.

Le souffle court, Lambis eut l'impression que son cœur s'arrêtait de battre.

La tête appuyée contre la colonne, la gorge offerte, les lèvres pleines et gonflées par leur baiser, le visage d'Amélie avait une expression si confiante, si abandonnée…

— Amélie, murmura-t-il de nouveau.

Ses paupières à la peau fine frémirent, puis son regard plongea dans le sien, brûlant de passion contenue, mais peiné et interrogateur.

Elle déglutit, se passa le bout de la langue sur les lèvres. Jamais il n'oublierait le goût de sa bouche, sa saveur exquise. Ce souvenir le tourmenterait jusqu'à la fin de ses jours.

— Lambis ? fit-elle en fronçant les sourcils. Parle-moi. Pourquoi me repousses-tu après m'avoir embrassée avec autant de fougue ?

Cette fois, il lui devait la vérité.

— Pourquoi m'as-tu embrassée ? insista-t-elle d'une voix plus ferme. Parce que tu t'ennuyais et que j'étais là, à ta disposition ?

— Non ! se récria-t-il en resserrant les mains sur sa taille fine. Tu ne peux pas croire une chose pareille !

Durant quelques secondes, elle le contempla en silence, l'air à la fois songeur et torturé.

— Tu es attiré par moi ? demanda-t-elle enfin.

La question lui avait coûté, devina-t-il en la voyant redresser le menton.

— *Attiré* par toi ? Je t'ai désirée dès le premier instant où je t'ai vue.

Elle battit des cils.

— J'ai du mal à le croire. Tu n'as jamais…

— Je me rappelle notre première rencontre, l'interrompit-il d'une voix rauque. Je bavardais avec Irini dans un salon du palais, et tu es entrée. Tu portais une robe sans manches, blanche, avec une large ceinture couleur de bronze. Des motifs de feuillages verts ornaient le bas de la robe.

Un rayon de soleil passait par la fenêtre, auréolant sa chevelure blonde d'un halo doré. Un parfum de printemps se dégageait de sa mince silhouette, et quand elle avait parlé du mariage de Michel et d'Irini, ses sublimes yeux verts s'étaient mis à briller de reflets d'émeraude.

Dès cet instant, Lambis avait su qu'elle était aussi belle au-dedans qu'au-dehors. Il avait senti un fol espoir naître en lui, absurde et vain. C'était à cause de cela qu'il avait résolu d'éviter Amélie.

— Tu te souviens de ces détails ? chuchota-t-elle.

— Oui.

Il se souvenait de tout, avec une précision inouïe.

— Je ne comprends pas…

Sa bouche tremblait. Une lueur confuse couvait dans son regard.

— C'est pourtant très simple. Je te désire, Amélie. Je t'ai toujours désirée.

Lambis ne put résister plus longtemps. Il voyait trop de souffrance et de doutes sur ses traits délicats. Sans plus réfléchir, il pencha la tête et, avec délicatesse, effleura ses lèvres sous les siennes.

Lorsque la bouche de Lambis caressa la sienne, douce et ferme, le désir reprit aussitôt possession d'Amélie.

Elle aurait dû le repousser, exiger des explications, mais son contact l'électrisait.

Jamais personne ne l'avait tenue ainsi. Dans les bras de Lambis, elle se sentait délicieusement féminine, sexy, désirable. Elle avait eu un amant, Jules, mais elle n'avait jamais rien ressenti d'aussi intense avec lui.

Et pourtant, l'homme qui dévorait maintenant sa bouche, lui donnant envie de se perdre en lui corps et âme, était celui-là même qui l'avait rejetée trois ans plus tôt.

Il ne lui avait donné aucune explication sur son attitude passée, se contentant de lui avouer qu'il l'avait toujours désirée.

Quand il écarta le visage du sien, Amélie ne put réprimer un halètement. Ses seins réclamaient les caresses des mains de Lambis, de ses lèvres, de sa langue.

Soudain, il se raidit contre elle, lui enfonça les doigts dans la taille, puis recula d'un mouvement brusque, la laissant en proie à un cruel sentiment d'abandon.

— Que se passe-t-il, Lambis ?

Rien ne changea dans le regard ardent rivé au sien. Sentait-il qu'à cet instant elle le désirait plus que n'importe quoi au monde ? Que tout son corps le réclamait ?

— Tu dis que tu m'as toujours désirée et pourtant tu as évité de te retrouver seul avec moi pendant des années, comme si j'étais une pestiférée…

— Non, ce n'est pas cela.

— Tu as été très clair à l'époque. Tu ne voulais pas de moi, persista-t-elle avec une pointe d'irritation dans la voix. Tu m'as rejetée. Alors, ou bien tu mentais à ce moment-là, ou bien tu mens maintenant.

Un soupir profond s'échappa des lèvres de Lambis.

— Je ne mentais pas, mais je te désirais comme un fou.

Amélie croisa les bras dans l'espoir d'endiguer l'excitation provoquée par cet aveu.

— Et pourtant, tu m'as dit qu'il valait mieux que nous

ne nous fréquentions plus. Que ce serait une erreur de nous rapprocher l'un de l'autre.

— Tu désirais une relation à long terme, répliqua-t-il d'une voix sourde. Tu voulais m'aimer. Je ne pouvais être celui que tu voyais en moi.

À ce moment, elle commençait *déjà* à l'aimer. L'avait-il compris ?

— Sois plus clair, s'il te plaît. Tu me désirais, mais…

— Je te désire toujours. Je n'ai jamais cessé de te désirer. Mais je ne peux t'offrir ce que tu attends de moi. Je ne…

— Hé ! protesta Amélie en levant la main. Je ne t'ai jamais demandé de passer ta vie avec moi ! Je t'ai avoué que tu me plaisais et je t'ai proposé de rester plus longtemps à St. Galla pour que nous puissions mieux nous connaître.

Il lui avait fallu beaucoup de courage, pour se dévoiler ainsi !

— Veux-tu dire que tu étais prête à vivre une aventure sans lendemain avec moi ?

— Non ! Tu déformes mes paroles !

Il la regarda en hochant la tête, comme si elle venait de confirmer qu'il avait raison.

— C'est bien ce que je pensais. Tu n'avais pas parlé d'une relation permanente, mais c'est ce que tu espérais, au fond.

Sur ce point, il avait raison. Elle l'avait espéré. Ainsi qu'une foule d'autres choses.

— Alors tu m'as rejetée parce que…

— Parce que je ne suis pas l'homme dont tu as besoin.

— Comment peux-tu le savoir ? rétorqua-t-elle. Puisque tu n'as jamais envisagé de t'engager avec une femme.

Un changement stupéfiant se produisit en Lambis. Ses yeux gris perdirent tout éclat. Comme si une lumière intérieure s'était éteinte.

— J'ai essayé. Une fois. Ça n'a pas fonctionné, dit-il d'une voix blanche. Je ne peux promettre à aucune femme de l'aimer. Ce serait criminel de ma part.

Subitement, elle se rappela qu'Irini lui avait confié un jour qu'il avait traversé une dure épreuve dans le passé, mais quand

Amélie l'avait questionnée, Irini avait répondu qu'elle préférait ne pas en parler, que c'était trop personnel.

— L'amour n'est pas pour moi, Amélie. C'est impossible.

Cette fois, c'était de la souffrance pure qui se lisait dans ses yeux.

— La seule chose que j'aie à offrir, poursuivit-il en soutenant son regard, c'est de la passion. Et du plaisir.

— Tu veux dire du sexe et rien que du sexe ? s'entendit-elle demander. Ce n'est pas mon genre.

— Pourquoi pas ? Nous partageons le même désir, ne dis pas le contraire.

À ces mots, elle sentit une chaleur infernale naître au plus profond de sa féminité, se répandre entre ses cuisses…

— Nous ne ferions de mal à personne, continua-t-il. Alors, pourquoi ne pas céder à l'attirance que nous ressentons l'un pour l'autre ?

La tentation fut si vive qu'Amélie en eut le vertige. Son corps répondait pour elle, il fondait, réclamait. Même après tout ce qui s'était passé trois ans plus tôt.

Fermant à demi les paupières, elle s'efforça de contenir les émotions contradictoires qui se bousculaient en elle.

— J'en ai entendu assez. Je vais me coucher.

Elle arrivait au milieu de la terrasse lorsque la voix de Lambis résonna dans la nuit.

— Réfléchis à ma proposition, Amélie.

9.

Amélie passa la moitié de la nuit à se tourner et à se retourner dans son lit. Même encore maintenant, alors qu'elle s'occupait de Seb, la proposition de Lambis ne cessait de la hanter.

Vivre une aventure avec lui, brûlante, passionnée — purement charnelle.

Son corps disait oui, dans ses moindres cellules. La chaleur traîtresse s'était installée partout en elle et palpitait. Son sexe frémissait, devenait moite.

Mais dans son cœur, Amélie pressentait le danger. Dès le premier regard échangé avec Lambis, elle s'était sentie attirée par lui, à tous les niveaux, jusqu'à ce qu'elle soit forcée de refouler ses sentiments.

La veille au soir, quand il lui avait avoué avoir connu un échec amoureux, elle avait partagé la souffrance qui se lisait dans ses yeux. Et ce n'était pas bon signe.

Et pourtant, la perspective de vivre une aventure avec lui la tentait, au mépris de toute logique, de toute prudence.

Elle pouvait bien se le permettre, après avoir dédié quasiment toute sa vie aux autres, non ? Son seul acte de rébellion avait été de vouloir quitter St. Galla pour suivre des études. Mais même cela lui avait été refusé. Son père avait accepté qu'elle s'inscrive dans une université à condition qu'elle ne s'éloigne pas, de façon à rester disponible pour lui et à continuer à lui servir d'hôtesse. Aussi Amélie avait-elle opté pour le campus de St. Galla, sans jamais être totalement intégrée aux autres, qui la voyaient participer à des manifestations officielles couverte de joyaux et portant des toilettes somptueuses.

Seul Jules l'avait traitée comme une jeune fille normale. Paisible étudiant en médecine, il lui avait fait la cour et l'avait séduite. Leurs étreintes charnelles étaient plus tendres que passionnées, mais Amélie avait été si éprise, si charmée par les nouvelles perspectives s'ouvrant devant elle, que cela ne l'avait pas dérangée.

Jusqu'au jour où son père était intervenu, déclarant qu'il était inconcevable qu'une princesse épouse un roturier. Amélie lui avait tenu tête, avant de découvrir que Jules avait déjà renoncé, effrayé par l'autorité et les menaces du roi. Plus tard, elle avait appris qu'il avait offert une généreuse compensation financière à son fiancé, lui permettant ainsi de s'installer dès ses études terminées.

Jules l'avait laissée tomber de façon brutale, arguant qu'il s'était trompé, que leur mariage serait voué à l'échec — qu'ils étaient trop différents l'un de l'autre.

Depuis lors, Amélie avait protégé son cœur. Et puis un beau jour, Lambis était apparu, et toutes ses bonnes résolutions s'étaient envolées en dépit de ses efforts pour nier l'attirance qu'elle ressentait pour lui.

Mais quand il l'avait rejetée à son tour, elle s'était convaincue que l'amour n'était pas pour elle. Un certain temps après, elle avait commencé à réfléchir sérieusement à la suggestion du Premier ministre, lequel était devenu de plus en plus insistant au cours des deux dernières années ; un mariage arrangé semblait être la solution idéale. Aussi avait-elle accepté de rencontrer Alex de Bengaria. Et maintenant que cette union représentait sa seule chance d'être régente, elle envisageait de l'épouser.

Pourquoi pas, après tout ? Amélie se sentait tout à fait capable de renoncer à ses rêves d'amour passionné. Par ailleurs, le roi Alex était un homme au physique plus qu'agréable et il était connu pour son raffinement, son honnêteté et sa droiture.

— Quelque chose ne va pas ?

— Non, tout va très bien, dit-elle en rosissant.

Amélie se tourna vers Seb, assis à côté d'elle à l'arrière de la grande barque.

— Tu as vu des poissons, mon chéri ?

Son neveu secoua la tête, avant de lui saisir soudain la main en désignant de l'autre les eaux transparentes.

Elle oublia aussitôt tous ses soucis. Seb s'était métamorphosé depuis qu'il avait sangloté dans les bras de Lambis. Il ne parlait toujours pas, mais il réagissait.

— Je les vois, dit-elle. Ils sont rapides, hein ? Regarde comme le soleil fait miroiter leurs couleurs…

Lambis cessa de ramer et se pencha pour admirer lui aussi les poissons.

— Tu as l'œil, dis donc, Seb. Tu aimes la pêche ?

Lentement, son neveu tourna la tête, leva les yeux vers le géant qui l'observait, immobile.

— Tu n'as jamais essayé, c'est ça ? poursuivit Lambis.

Le cœur battant, Amélie vit le petit garçon faire un signe négatif.

— Je vais te montrer un coin secret, enchaîna Lambis. Les gens d'ici disent que c'est le meilleur endroit pour pêcher.

Sans attendre la réaction de Seb, il reprit les avirons et se remit à ramer.

Ça avait été une bonne idée de les emmener en barque au lieu de sortir avec le puissant hors-bord. Seb avait même souri en voyant Lambis les rejoindre en portant l'embarcation.

Ce sourire avait bouleversé Amélie à tel point qu'elle avait eu du mal à retenir ses larmes. Ensuite, quand l'embarcation avait commencé à s'éloigner du rivage, elle n'avait pu s'empêcher de contempler la musculature de Lambis accentuée par son T-shirt moulant, ses longues jambes tendues devant lui frôlant les siennes lorsqu'elle se tournait vers Seb. Chaque fois, des étincelles brûlantes pétillaient en elle, au plus intime de son corps.

Une excitation insensée l'envahit au souvenir de la proposition de Lambis. Y pensait-il lui aussi ? Il arborait une expression particulièrement indéchiffrable, ce matin-là. Mais il ne semblait pas avoir passé la moitié de la nuit à arpenter sa chambre comme elle, avant de passer la seconde à se tourner et à se retourner dans son lit. Il paraissait en pleine forme et sûr de lui.

Il n'avait pas d'amour à lui offrir, avait-il répété. Mais ne le savait-elle pas depuis longtemps et ne l'avait-elle pas accepté ?

— Nous sommes arrivés. Garde bien tes mains à l'intérieur de la barque, Seb. Le passage est étroit.

L'embarcation se rapprocha du trou noir s'ouvrant dans la falaise blanche. Seb se serra contre Amélie.

— N'aie pas peur, mon chéri, dit-elle en lui entourant les épaules d'un bras. Lambis va nous faire une belle surprise. Ça vaut bien un petit risque, tu ne crois pas ?

Son neveu hocha la tête tandis qu'ils s'engageaient dans l'orifice. La température baissa aussitôt, et l'obscurité les enveloppa. Seb se colla tout contre Amélie.

— Regarde bien, Seb ! fit Lambis. Attention… Ça y est ! Alors, qu'est-ce que tu en penses ?

Amélie écarquilla les yeux. La barque avait bifurqué sur la gauche, et soudain la lumière avait rejailli, éclairant une nappe d'eau d'un bleu éclatant. Au-dessus de leur tête, la paroi de la grotte s'ouvrait sur le ciel azur.

— C'est merveilleux, murmura-t-elle en serrant la main de Seb dans la sienne. Fantastique…

— Je savais que cet endroit vous plairait.

L'espace d'un instant, Lambis soutint son regard, puis se tourna vers Seb.

— Cette grotte était fermée, autrefois. Et puis un jour, une partie de la paroi est tombée, laissant pénetrer la lumière. Maintenant, c'est la cachette idéale pour les pique-niques.

Lorsque la barque heurta doucement la rive, il déposa les rames. Quelques secondes plus tard, il était descendu à terre, tirait le bateau vers lui et l'amarrait à un piton rocheux.

Amélie le regarda soulever ensuite Seb dans ses bras. Dès qu'il le lâcha, le petit garçon s'aventura sur la plage minuscule. Puis, à quatre pattes, il scruta la surface de l'eau comme n'importe quel enfant de son âge l'aurait fait à sa place.

— Merci, Lambis, murmura-t-elle en lui tendant le panier contenant le repas. C'était une idée géniale, Seb est ravi.

Quand il lui prit le panier des mains, ses doigts effleurèrent les siens. Le désir fusa aussitôt en elle, ses mamelons pointèrent, la chaleur désormais familière se répandit entre ses cuisses…

— Je ne l'ai pas fait seulement pour Sébastien. Est-ce que cet endroit *te* plaît, Amélie ?

— Je n'avais jamais rien vu d'aussi beau, répondit-elle d'une voix rauque. Merci de nous avoir amenés ici, Lambis.

Elle attendit qu'il ait posé le panier sur le rivage pour descendre à son tour. Mais il se retourna d'un mouvement vif et la prit par la taille avant de la soulever comme il l'avait fait avec Seb.

Lentement, il la remit sur ses pieds. Leurs corps ne s'étaient pas vraiment touchés, mais Amélie avait senti les moindres reliefs de celui de Lambis, là, à quelques millimètres de ses seins, de son ventre…

Le désir crépitait entre eux, presque palpable. Lambis savait ce qu'il faisait, comprit-elle. Et il lisait la réponse qu'il attendait dans ses yeux.

— Tu peux me lâcher, maintenant.

À cet instant, un bruit d'éclaboussement rompit le silence. Affolée, Amélie chercha Seb des yeux. Mais tout allait bien. Il lançait simplement des pierres dans l'eau, l'air concentré, la langue entre les lèvres et le front plissé.

Elle s'appuya contre Lambis, qui la libéra aussitôt. Étourdie, elle regarda le petit garçon continuer son jeu aussi ancien que le monde et l'homme ressemblant à un géant installer le pique-nique.

Durant quelques secondes, elle se laissa aller aux fantasmes qu'elle avait nourris autrefois. Avoir des enfants, avec un homme qu'elle aimerait et qui l'aimerait pour ce qu'elle était vraiment.

Mais à quoi bon songer à ces chimères, désormais ? Pourquoi rêver à l'impossible ? Et puis, elle avait quelqu'un à aimer. Seb.

Épouserait-elle Alex de Bengaria ? Peut-être, mais pas sans s'être assurée au préalable que leur couple serait harmonieux.

Quant à Lambis, elle finirait bien par l'oublier. Cependant, quand elle le rejoignit en souriant, elle ne put refouler les regrets qui l'assaillaient.

Deux heures plus tard, alors qu'elle les regardait patauger dans l'eau ensemble, Amélie sentit une émotion inconnue s'emparer d'elle. Avant la mort brutale de ses parents, Seb avait été un petit garçon vif, mû par une curiosité insatiable et extrêmement bavard. Sa réserve et son silence avaient été provoqués par la perte de ses parents, tandis que chez Lambis ces traits de caractère semblaient inhérents à sa nature. Ou l'être devenus.

Qui avait-il aimé ? Avait-il été rejeté par cette femme ? L'avait-elle trompé ?

Amélie avait beau se répéter que cela ne la regardait pas, ces questions revenaient la hanter sans cesse.

Or, elle avait tort de s'interroger ainsi. Lambis ne s'intéressait pas vraiment à elle. Il ne désirait que son corps.

La chaleur se répandit aussitôt en elle. Le simple fait de penser à sa proposition l'embrasait. Elle n'y pouvait rien : la perspective de partager des moments de pure volupté avec cet homme superbe la faisait trembler.

Pourquoi ne pas accepter ce qu'il lui offrait ? Il avait raison, ils ne feraient de mal à personne en vivant leur désir.

— Viens voir ! Viens voir !

Elle sursauta, le cœur battant à tout rompre, avant de se précipiter vers Lambis et Seb qui, assis sur les épaules du géant, tendait le doigt vers le milieu du bassin.

— Regarde, tante Lili !

Amélie trébucha, mais continua d'avancer en fixant le petit garçon qui contemplait la surface de l'eau, fasciné.

— Tu la vois ?

Ses yeux verts croisèrent les siens.

— Tu la vois ? répéta Seb en haussant ses sourcils blonds.

Elle avait beau se concentrer, elle ne voyait rien. Puis une forme indistincte et sombre surgit de l'ombre. Amélie se pencha en avant. La silhouette se rapprocha…

— Oui, je la vois ! C'est une tortue.

Seb resta silencieux, trop occupé à suivre la progression du reptile marin. Se rendait-il compte qu'il avait parlé ? De son côté, Amélie avait encore du mal à le croire.

— Elles vont pondre leurs œufs sur la plage d'une île voisine, dit Lambis de sa voix profonde.

Il s'exprimait avec calme, comme si rien de spécial ne s'était passé.

Seb hocha la tête, mais sans faire de commentaires. Peu importait. Il avait parlé ! Et s'il avait pu le faire une fois, il recommencerait. Bientôt.

Submergée par l'émotion, Amélie sentit ses jambes flageoler et dut s'asseoir sur le sol. Un soulagement inouï l'envahit, si intense qu'elle sentit les larmes lui monter aux yeux. Elle aurait dû être ravie, exulter. Au lieu de cela, elle se sentait… déboussolée. Perdue.

Elle avait tant espéré ce moment, doutant parfois qu'il arrive jamais. Traversée par un frisson, elle referma les bras autour de son buste pour se réchauffer.

Au même instant, elle réalisa que Lambis l'observait en plissant les paupières.

— Bravo, Seb ! dit-elle d'une voix tremblante. Tu as vraiment une bonne vue ! C'est la première fois que je vois une tortue marine dans son habitat naturel.

— Je crois qu'il est temps de rentrer, répliqua Lambis. Ta tante est fatiguée, Seb.

— Oh non ! s'écria Amélie. J'aimerais rester encore un peu.

En fait, elle répugnait à quitter cet endroit magique où les miracles pouvaient avoir lieu.

— Tu es fatigué, Seb ? demanda-t-elle à son neveu.

Les yeux toujours fixés sur la tortue, il se contenta de secouer la tête. Il fallait lui laisser du temps, songea-t-elle en souriant à Lambis qui continuait de l'observer d'un air… presque inquiet.

Immobile à l'orée de la vaste terrasse et dissimulé dans l'ombre, Lambis regardait Amélie marcher sur la plage. Le soleil baissant à l'horizon nimbait sa mince silhouette d'une aura dorée, la faisait ressembler à une déesse.

Son sarong attaché entre les seins s'arrêtait au-dessus du genou, dévoilant ses épaules et sa gorge à la peau satinée, ainsi que ses mollets fins et galbés.

L'après-midi, lors de la balade en barque, elle portait déjà ce sarong, sur un bikini bleu ciel dont l'on voyait les bretelles nouées sur sa nuque. Durant plusieurs heures, Lambis avait brûlé de défaire les deux, de découvrir enfin ce corps aux formes délectables. Il avait tellement envie d'elle que son érection en était douloureuse et que dans la grotte il avait dû passer la moitié du temps immergé jusqu'à la taille pour dissimuler son excitation.

Lorsqu'ils étaient rentrés, il s'était délibérément enfermé dans son bureau, se concentrant à grand-peine sur le travail. À présent, Sébastien était au lit, et rien ne faisait plus écran entre Lambis et l'objet constant de son désir.

La veille, après ce baiser dévastateur, il l'avait attendue, espérant qu'elle changerait d'avis et viendrait le rejoindre.

Car Amélie s'était trahie. Elle s'était abandonnée contre lui, corps et âme.

Soudain, elle fit demi-tour et revint vers la terrasse, le dos légèrement voûté, la tête basse et les bras refermés autour de son buste.

L'inquiétude remonta en lui. S'était-il passé quelque chose avec Sébastien ? Avait-elle reçu de mauvaises nouvelles de St. Galla ?

Sans réfléchir, Lambis sortit de l'ombre et s'avança à sa rencontre. Il n'avait pas grand-chose à lui offrir, certes, mais il ne pouvait la laisser souffrir ainsi, seule. Il avait cru que toute tendresse était morte en lui avec Delia et Dimitri, mais elle le submergeait de nouveau, semblable à une vague gigantesque, redoutable et indomptable.

— Amélie ?

Il s'arrêta devant elle, respira son parfum de gardénia.

— Que s'est-il passé ? Sébastien a…

— Non, l'interrompit-elle avec un haussement d'épaules. Tout va bien. Je…

Lorsque sa voix se brisa, il se rapprocha encore et lui leva le menton pour la forcer à le regarder dans les yeux. Les siens brillaient étrangement, sa belle bouche tremblait.

— Dis-moi ce qu'il y a, Amélie.

Elle secoua la tête, de fines mèches dorées s'échappant de son chignon flou.

— Il n'y a rien, répliqua-t-elle avec un sourire contraint. Je suis stupide, c'est tout. J'ai bordé Seb dans son lit et je lui ai dit que je l'aimais. Et alors il… m'a passé ses petits bras autour du cou et chuchoté qu'il m'aimait aussi.

Son sourire se transforma en moue dépréciatrice.

— Et tout à l'heure, il avait déjà parlé, dans la grotte… Pour la première fois depuis l'accident. C'est vraiment ridicule ! Je devrais être folle de joie !

— Ce n'est pas ridicule du tout. Tu as porté ce fardeau trop longtemps, et seule.

Lambis s'interrompit. Ses anciens réflexes lui revenaient, mais il manquait de pratique. En outre, son instinct lui enjoignait de garder ses distances. Cependant, il était déjà trop tard. Il avait franchi le pas et ne pouvait faire marche arrière.

Les iris aux reflets d'émeraude d'Amélie demeuraient rivés aux siens. Il s'y perdit.

— Tu veux bien me prendre dans tes bras, s'il te plaît ? demanda-t-elle d'une toute petite voix. Juste une minute ?

Il ne réfléchit pas. Il l'enlaça et la serra contre lui en lui caressant les cheveux.

Quand elle se laissa aller, qu'elle lui entoura la taille des bras et appuya la joue contre sa poitrine, Lambis ferma les yeux et crispa les paupières.

Son érection le lancinait. Le désir rugissait en lui, annihilant toute pensée, toute prudence.

Puis Amélie redressa soudain la tête et plongea le regard

dans le sien. Il sentit alors quelque chose frémir au tréfonds de lui-même, une sensation incontrôlable et déstabilisante.

— Ta proposition est-elle toujours valable ? murmura-t-elle.

— Ma proposition ?

Non, il se leurrait. Elle ne pouvait pas faire allusion à…

— D'une liaison purement charnelle. Sans attaches.

Il contempla son beau visage offert, ses yeux verts étincelant de désir.

Avec Amélie, il ne pourrait s'agir d'une simple passade. Ce qu'ils partageraient serait forcément plus puissant, plus excitant, plus satisfaisant qu'une banale aventure sans lendemain.

Ignorant la voix qui lui répétait de faire attention, de se ressaisir, Lambis sourit et referma une seconde les paupières en savourant déjà le plaisir qu'ils allaient partager.

Il savait que le bonheur était fugace. Sept ans plus tôt, la vie, le destin, lui avaient tout pris, le laissant en proie à un incommensurable chagrin et à des remords atroces. Mais ce soir, il profiterait de l'instant présent.

Ce soir, il voulait vivre. Durant un bref interlude, il s'autoriserait tout ce à quoi il s'était interdit de rêver.

Sans répondre à la question d'Amélie, il la souleva dans ses bras et regagna la terrasse qu'il traversa à grandes enjambées avant de rentrer dans la villa.

10.

Amélie n'avait pas fait l'amour depuis dix longues années. Après l'abandon de Jules, elle s'était juré de ne pas se donner à un homme à moins de l'aimer et d'être certaine d'être aimée en retour.

Et pourtant, elle allait renier toutes ses promesses en échange d'une nuit de plaisir… avec Lambis.

Blottie dans ses bras, elle lui posa la main sur la poitrine et sentit les battements de son cœur s'accélérer.

— J'ai envie de toi, murmura-t-elle en enfouissant le visage dans sa chemise.

Un tressaillement le parcourut de part en part, puis, d'un coup d'épaule, il ouvrit la porte de sa suite. Amélie entrevit des murs blancs, un haut plafond, quelques touches de bleu turquoise çà et là, des meubles aux lignes épurées… et se retrouva étendue sur un lit immense.

Lambis se redressa au-dessus d'elle, les yeux étincelants.

— Déshabille-toi.

L'impatience colorant sa voix ne la choqua pas, bien au contraire.

— Pourquoi ne le ferais-tu pas pour moi ? répliqua-t-elle en écartant les bras comme si elle était parfaitement à l'aise et avait l'habitude de ce genre de situation — mais elle refusait de se laisser intimider par son relatif manque d'expérience. Une nouvelle créature avait surgi en elle, audacieuse et affamée…

— Parce que si je pose les mains sur toi maintenant, répondit-il d'une voix rauque, je ne tiendrai pas longtemps.

Elle déglutit, sentit ses joues devenir écarlates, puis son cou et sa gorge. Ses mamelons se durcirent sous le regard ardent de Lambis qui semblait les voir à travers le sarong.

— Eh bien, commence par te déshabiller pour moi.

Comment pouvait-elle afficher un tel calme alors qu'elle brûlait à l'intérieur ? Qu'elle fondait en des endroits oubliés depuis des années ?

Un petit muscle dans la mâchoire de Lambis tressaillit, et ses narines frémirent. Sans un mot, il leva les mains et tira sur les pans de sa chemise, déchirant l'étoffe.

Les boutons minuscules voltigèrent un peu partout, et le vêtement échoua sur le sol. Lambis avait un corps d'athlète, puissant et sculpté. La bouche sèche, Amélie contempla ses pectoraux parfaits, son ventre plat ; une fine toison brune recouvrait sa poitrine pour disparaître en pointe sous la ceinture de son jean…

Elle baissa les yeux sur ses hanches étroites, ses cuisses musclées. Son érection moulée par son pantalon.

Lambis était magnifique, scandaleusement viril et outrageusement sexy. Et si différent de Jules, beaucoup plus jeune et pas très costaud.

Lentement, Lambis défit la boucle de sa ceinture. Amélie était trop excitée pour ressentir de l'appréhension. Et lorsque, avec la même lenteur, il fit bientôt descendre jean et caleçon, elle serra les jambes malgré elle pour endiguer la chaleur liquide se répandant dans son intimité.

Il surprit son geste et sourit, puis repoussa ses vêtements d'un coup de pied.

Le souffle court, elle contempla l'homme superbe et nu dont la haute silhouette la dominait. Elle fit glisser son regard sur ses longues jambes fermes, s'arrêtant sur la toison brune qui entourait la formidable érection qui se dressait vers elle…

Les doigts tremblants, elle dénoua son sarong et se souleva pour l'ôter avant de le laisser choir sur le tapis. Lambis se rapprocha du lit, mais au lieu de la rejoindre il se pencha pour ouvrir le tiroir de la table de chevet et en sortit un petit sachet.

Amélie détourna les yeux. Non par pudeur, mais de crainte

de sombrer dans la jouissance en le regardant dérouler le préservatif sur son membre viril. Jamais elle n'avait été aussi excitée. Son corps palpitait, vibrait.

— Ôte ton bikini.

S'interdisant de réfléchir, elle passa le haut par-dessus la tête sans même dénouer les liens.

Le regard de Lambis se posa sur ses seins nus.

— Le reste, maintenant, ordonna-t-il d'une voix gutturale.

Cette fois, elle le regarda bien en face, puis fit glisser le bas minuscule sur ses cuisses. Les yeux flamboyant de désir, Lambis suivait le moindre de ses gestes.

— Viens.

Elle ne reconnut pas sa propre voix, rauque, pressante.

Et quand, en silence, il s'installa à califourchon sur elle, un tremblement incontrôlable parcourut Amélie. Levant les bras, elle noua les mains sur la nuque puissante de son amant et le sentit tressaillir. Il ferma les paupières, et des mots incompréhensibles franchirent ses lèvres. Et pourtant, elle en devina le sens. Parce qu'elle ressentait la même faim, la même torture.

— Amélie…

Jamais son prénom n'avait été chuchoté ainsi, comme un gémissement, une prière.

— Prends-moi, Lambis. Maintenant, dit-elle en creusant les reins.

Lorsqu'il rouvrit les yeux, ceux-ci étaient semblables à un ciel d'orage. Mais au lieu de s'installer entre ses jambes, il pencha la tête et, lentement, lui lécha le sein avec un art qui la fit haleter. Et quand il en aspira la pointe entre ses lèvres avant de la sucer goulûment, Amélie écarta les cuisses d'instinct.

Délaissant sa poitrine, il se laissa couler le long de son corps en déposant une pluie de baisers brûlants sur sa peau.

Les ongles enfoncés dans ses épaules, elle souleva les hanches et sentit ses doigts experts s'aventurer sur son sexe offert. Ils la caressaient, la fouillaient, exploraient sa chair intime. Puis la bouche de Lambis lui effleura le clitoris…

— Non !

Il redressa la tête, l'air incrédule.

— Tu n'aimes pas ça ?

— Si, au contraire. Mais je ne veux pas jouir comme ça. Je veux te sentir en moi, Lambis.

— Je suis trop excité, dit-il d'une voix rauque. Si je te prends tout de suite, je risque de…

— Peu importe, l'interrompit Amélie. Je te veux en moi, *maintenant*…

Le regard incandescent, Lambis se redressa et lui souleva les jambes, les caressa, les embrassa, puis les posa sur ses épaules.

Elle le laissa faire en retenant son souffle. Son pénis frémissait contre l'orée de son sexe, lui conférant l'impression d'être terriblement exposée, offerte.

Après l'avoir contemplée en silence, les traits tendus, il donna un vigoureux coup de reins et la pénétra. Amélie sentit ses muscles intimes se contracter autour de sa formidable érection. Lambis la fixait dans les yeux, les lèvres pincées, comme s'il souffrait.

Sa lente possession, l'éclat couvant dans son regard, grisaient Amélie. Elle découvrait un univers inconnu et merveilleux où il ferait bon se perdre à jamais.

Son amant s'enfonça plus profondément encore puis s'immobilisa, le souffle court.

Durant un long moment, ils restèrent immobiles tous les deux à savourer les sensations exquises qui ondoyaient en eux. Soudain, Lambis se retira en poussant une plainte rauque, avant de donner un nouveau coup de reins, plus puissant encore que le premier.

Une lumière blanche éblouit Amélie. Un cri lui échappa. Lambis se retira de nouveau, la pénétra encore, recommença son enivrant manège, instaurant un rythme de plus en plus soutenu.

Elle avait l'impression de ne faire plus qu'un avec lui, de s'être fondue en lui. Jamais elle n'avait ressenti pareilles sensations. Il glissa alors une main entre ses cuisses et lui caressa le clitoris. Le plaisir déferla aussitôt en elle, emportant tout sur son passage, et elle cria son prénom tandis qu'il la faisait basculer dans la jouissance. Au même instant, il se répandit en elle en même temps qu'il l'embrassait à pleine bouche, leurs corps dansant ensemble dans une harmonie parfaite.

Ensuite, tout se déroula comme dans un rêve. Amélie plongea les doigts dans les cheveux épais de son amant et sentit ses grandes mains chaudes lui caresser les hanches. Puis il redressa la tête et se retira, mais elle resserra les jambes pour l'empêcher de s'écarter d'elle. Il se dégagea néanmoins avant de se pencher pour lui lécher le bout du sein. Aussitôt, le désir renaquit en elle.

Les yeux gris de Lambis flamboyèrent, un sourire de triomphe se dessina sur sa belle bouche virile. Lentement, il lui caressa de nouveau le clitoris, le titilla, tout en aspirant un mamelon gonflé entre ses lèvres.

Stupéfaite et émerveillée à la fois, elle fut une fois de plus emportée par l'extase.

Combien de temps resta-t-elle ensuite abandonnée contre Lambis ? Amélie n'en savait rien. Peut-être avait-elle dormi. Le sentant bouger, elle se tourna vers lui. Les battements réguliers de son cœur et la sensation de ses bras musclés refermés autour d'elle la rassuraient.

La tenant serrée contre lui, il traversa la chambre. Puis tout à coup, ses talons frôlèrent… de l'eau. Ils se trouvaient dans une salle de bains spacieuse éclairée par des bougies, réalisa-t-elle en rouvrant les yeux. Lambis lui avait fait couler un bain pendant qu'elle dormait.

— C'est toi qui as acheté ces bougies ? murmura-t-elle.

— Non, c'est Sofia. Elle adore cela et en a toujours un stock en réserve, alors je me suis dit que c'était le moment ou jamais de les utiliser.

Délicatement, il la déposa dans l'eau chaude et parfumée, avant de s'installer derrière elle et de refermer les bras autour de sa taille, les mains dans les siennes.

Amélie renversa la tête en arrière et s'appuya sur son épaule, savourant cet instant irréel.

— C'est exactement ce dont j'avais besoin, chuchota-t-elle. Comment l'as-tu deviné ?

— J'ai pensé que tu aurais peut-être un peu mal. Je sais que je suis plutôt avantagé et tu étais… serrée.

Sa voix avait pris cette note basse qu'elle adorait et qui la troublait profondément.

— Amélie ? Ça va ?

— Oui.

En fait, elle se sentait légèrement meurtrie, mais ce n'était rien comparé aux sensations délicieuses qui continuaient de frémir en elle.

— C'était merveilleux, poursuivit-elle. Et tu ne m'as pas fait mal. De toute façon, je te désirais trop pour vouloir que tu sois plus doux. Et puis, ma seule expérience était plus tendre que passionnée, alors j'avais envie de quelque chose de plus… vigoureux.

Il se raidit contre elle.

— Tu n'avais fait l'amour qu'une seule fois ?

— Non. Plus d'une fois, mais avec le même homme. Jules. Et c'était il y a longtemps : dix ans.

Cette fois, il demeura silencieux, mais elle devina ses pensées.

— Et après être restée célibataire pendant dix ans, tu t'es donnée subitement à moi ?

— Ne t'inquiète pas, Lambis. Je ne m'attends pas à une déclaration d'amour. Je n'ai pas oublié qu'il s'agissait d'une aventure purement charnelle. Et je ne regrette rien.

— Qui était ce Jules ?

Un frisson la parcourut. Pourquoi ne pas le lui dire, après tout ? Jamais il ne commettrait d'indiscrétion, elle en était certaine.

— Un étudiant en médecine que j'ai connu à l'université de St. Galla.

Le souffle de Lambis lui caressa la nuque.

— Il t'a séduite au premier regard ?

— Non, ce n'était pas son genre. Mais il était gentil et drôle, et il ne me traitait pas en princesse. Je veux dire qu'il se fichait de mon titre et de mes relations. Il m'aimait pour ce que j'étais, et nous nous sommes fiancés.

Elle s'interrompit, surprise d'être allée aussi loin dans ses confidences.

— Mais vous ne vous êtes pas mariés, enchaîna Lambis.

— Non. Mon père désapprouvait notre relation. Il tenait à ce que j'épouse quelqu'un de sang royal, pas un roturier. Il a persuadé Jules de me quitter.

Silence.

— Tu t'es sentie trahie ? demanda-t-il enfin. C'est pour cela que tu n'as pas connu d'autre homme pendant dix ans ?

— Je ne pouvais pas lui en vouloir. Il était pauvre. Et puis, il n'était pas de taille à tenir tête à un roi.

Cependant, un goût amer lui monta aux lèvres au souvenir de la lâcheté de Jules. De son côté, elle avait affronté son père. Elle avait été prête à renoncer à son titre et à tout soutien financier comme l'en avait menacée celui-ci. Elle serait partie sans rien, parce qu'elle croyait en Jules, en leur couple.

— J'étais naïve, soupira-t-elle. J'étais persuadée qu'il m'aimait et qu'il resterait avec moi quoi qu'il arrive. Au lieu de cela, il m'a annoncé un jour qu'il s'était trompé et que, ayant touché un héritage inattendu, il partait s'installer ailleurs.

Elle se força à prendre un ton dégagé.

— La dernière fois que j'ai entendu parler de lui, il était marié et père de famille.

Sans dire un mot, Lambis lui souleva les cheveux et l'embrassa sur la nuque.

— Il t'a dégoûtée des hommes.

Amélie haussa une épaule. Elle détestait l'idée de passer pour une princesse au destin tragique.

— Non, ce n'est pas cela. Mais de toute façon, j'ai eu très peu d'occasions d'engager une relation intime avec quelqu'un. Où que j'aille, la presse épie mes moindres faits et gestes. D'autre part, les quelques hommes séduisants que j'ai pu rencontrer étaient mariés. Et comme les aventures sans lendemain ne m'ont jamais intéressée, je suis restée sage, voilà tout.

Lambis avait été l'exception. La seule.

— Pourquoi moi ? demanda-t-il soudain d'une voix rauque. Et pourquoi maintenant ?

Parce que, en dépit de tout ce qu'elle s'était raconté et de ses efforts pour l'oublier, elle avait été forcée de reconnaître qu'il lui plaisait toujours autant — et qu'elle avait espéré que cette aventure charnelle la guérirait de lui.

— Parce que j'ai renoncé à l'amour.

En se le répétant chaque jour, elle finirait bien par s'en convaincre.

— Mais tu désires te marier et avoir des enfants, non ? Je le vois quand tu es avec Sébastien.

Au diable sa perspicacité ! Que voulait-il ? Qu'elle le rassure et lui répète qu'elle n'attendait rien de lui, hormis du sexe ?

— Eh bien, je m'occupe déjà de lui, et si je veux devenir sa régente, il faudra que j'épouse quelqu'un, en effet. Notre Premier ministre a déjà prévu une union avec un souverain approprié.

— Toi ? Faire un mariage arrangé ? s'indigna Lambis.

— Pourquoi pas ?

— Parce que tu as besoin d'amour. D'aimer et d'être aimée. Et que tu mérites de rencontrer un homme qui te chérira et se battra pour toi, contre vents et marées.

Ses paroles la stupéfièrent. Il les avait prononcées avec une telle conviction, une telle véhémence… Ainsi, il se souciait vraiment d'elle et de son bonheur… Tout en affirmant ne pas être celui dont elle avait besoin.

Une douleur vive lui transperça la poitrine.

Vis au présent, Amélie. Savoure ces précieux instants. Avant de quitter Lambis la tête haute.

Elle posa la main sur la cuisse de Lambis, remonta de plus en plus haut.

— Tu ferais mieux d'arrêter, ma douce. J'ai déjà assez de mal à te tenir ainsi dans mes bras sans…

— Sans me faire l'amour ?

Elle sourit en sentant la puissante érection frémir au creux de ses reins.

— J'essaye de me contrôler, bon sang !

— Et si moi, je ne veux pas que tu te contrôles ?

11.

Dès qu'elle caressa son sexe, Lambis sut qu'il était perdu.

La prenant par la taille, il la souleva et la fit tourner dans ses bras. Quand elle se retrouva installée sur lui, puis qu'elle le chevaucha en renversant la tête en arrière, ses cheveux mouillés répandus sur ses seins, il la força à le lâcher.

Elle se redressa, ruisselante, ses mamelons rose vif ressortant sur sa peau claire. Lentement, il laissa glisser le bout du doigt sur son ventre doux et plat, et effleura le triangle doré affleurant au-dessus de l'eau.

Un long tressaillement la parcourut, et elle ferma les yeux.

Savait-elle qu'elle était d'une beauté stupéfiante, ainsi agenouillée devant lui ?

Quand elle rouvrit les paupières et se pencha pour lui poser les mains sur les épaules, il retint son geste. La saisissant par les hanches, il rapprocha le visage de son sexe offert et l'explora avec sa langue. Cette fois, un violent tressaillement la traversa tout entière. Il continua de la lécher, trouva son bouton secret gorgé de plaisir. Sa chaleur de femme enveloppa Lambis, son parfum unique l'enivra.

— Lambis ! soupira-t-elle en basculant vers lui.

Il l'embrassa au plus intime de sa chair, et les gémissements se transformèrent en cris qui résonnèrent dans la pièce tandis qu'elle répétait son prénom, encore et encore.

Une fois que les tremblements se furent estompés, Lambis tendit le bras pour récupérer le préservatif qu'il avait laissé à portée de main.

Après s'être protégé, il attira Amélie vers lui, prêt à la pénétrer, lorsqu'il vit des larmes briller dans ses yeux.

Une émotion irrépressible s'empara de lui.

— Ne pleure pas, ma belle. Tout va bien. Je suis là.

Un sourire tremblant s'esquissa sur ses lèvres, et elle lui effleura doucement la joue.

— Oui, tout va bien. Je suis stupide de réagir ainsi. Ces moments sont merveilleux, et je n'aurais jamais imaginé qu'un tel plaisir des sens puisse exister.

Son sourire s'effaça.

— Je sais que ce n'est que du sexe, chuchota-t-elle, mais avec toi, je me sens…

Elle secoua la tête, et la tristesse ayant traversé ses yeux disparut.

Et lui, comment se sentait-il avec elle ?

Lambis ne se le demanda pas davantage. Se pressant contre lui, Amélie l'embrassait lentement, voluptueusement, chassant toute interrogation de son esprit.

Quelques instants plus tard, ils basculaient tous les deux dans l'extase en poussant des plaintes rauques.

Allongé sur le dos, Lambis regarda les premières lueurs de l'aube apparaître dans le ciel. Amélie reposait dans ses bras, les cheveux lui enveloppant le torse et les épaules comme un voile de soie.

Au cours de cette nuit passionnée, ils s'étaient montrés aussi insatiables l'un que l'autre.

Avaient-ils réagi ainsi parce qu'ils n'avaient pas fait l'amour depuis longtemps ni l'un ni l'autre ?

Dix ans d'abstinence pour Amélie… Il n'arrivait pas à le croire. Comme il venait d'en faire l'expérience, elle débordait de sensualité et se donnait entièrement à son amant.

Elle le surprenait à chaque instant. Curieusement, il n'avait jamais soupçonné que sous l'expression sereine qu'elle affichait en toutes circonstances le feu et la passion couvaient en secret.

Sa nature ardente et fougueuse avait été une véritable révélation, ainsi que sa franchise, songea Lambis en repensant à ce qu'elle lui avait appris.

Il se rappela ses larmes. Celles-ci n'étaient pas dues uniquement à l'intensité du plaisir qu'elle venait de découvrir, il y avait autre chose. En dépit de sa détermination à toute épreuve, Amélie était vulnérable.

Par conséquent, il aurait dû mettre un terme à cette aventure. Dès maintenant. Mais il ne pouvait s'y résoudre. À présent qu'elle avait fait s'écrouler le mur de protection qu'il avait érigé autour de lui, Lambis se sentait incapable de le reconstruire.

Bientôt. Il le ferait bientôt. Il s'éloignerait d'Amélie parce que cela vaudrait mieux, pour elle comme pour lui. Mais dans l'immédiat, il prendrait ce qu'elle avait à lui offrir et lui donnerait la seule chose qu'il était en mesure de partager avec elle : du plaisir.

Au cours de cette nuit magique, il avait redécouvert des sensations, des émotions oubliées depuis la perte de Delia et Dimitri. La souffrance et la culpabilité avaient éradiqué ses plus précieux souvenirs.

En outre, avec Amélie et Sébastien, il avait commencé à se rappeler la joie éprouvée autrefois, ainsi que le bonheur de compter pour des êtres chers qui l'avait transformé.

Délicatement, il remonta le drap sur le corps abandonné dans ses bras. Amélie méritait mieux que lui. Et mieux que Jules. Dire que ce salaud… Mais il était vraiment mal placé pour juger ce lâche, il ne valait pas mieux.

— Lambis ?

— Je t'ai réveillée… Excuse-moi. Rendors-toi.

Au lieu de lui obéir, elle s'étira langoureusement contre lui. Sa libido réagit aussitôt. Lambis essaya de se concentrer sur le travail qui l'attendait — le recrutement à organiser aux USA, le problème lié au projet en Russie…

— Ça y est, dit-elle en redressant la tête. Je suis tout à fait réveillée, maintenant.

Un mélange de tendresse et de désir, et le besoin farouche

de la protéger prirent possession de lui, et cela le terrifia. Il n'avait rien ressenti d'aussi profond depuis…

— Lambis ? Ça va ?

Un halo doré entourait ses cheveux, ses seins semblaient réclamer les caresses.

— Fabuleusement bien, répondit-il d'une voix rauque.

Sans plus attendre, il la fit basculer sous lui et s'installa entre ses cuisses. Bannissant tous les doutes qui revenaient l'assaillir et les reproches de sa conscience, Lambis pénétra sa fougueuse maîtresse, déterminé à profiter au maximum de ces merveilleux moments partagés avec elle.

Le visage en partie dissimulé derrière de grosses lunettes noires, Amélie le regarda en souriant.

— Quelle bonne idée de nous avoir amenés ici, Lambis ! Je suis contente que tu m'aies persuadée que nous ne courions aucun risque.

— Si je n'en avais pas été certain, je ne te l'aurais jamais proposé, répliqua-t-il avec un haussement d'épaules.

— Cet endroit est vraiment charmant.

Ils étaient seuls sur la minuscule terrasse de l'unique café du village, situé à quelques pas du port.

— Même les bateaux sont beaux, soupira-t-elle en prenant sa tasse. Je comprends que tu aies décidé de faire construire sur cette île.

C'était complètement absurde, mais Lambis ne pouvait s'empêcher d'être heureux qu'elle apprécie le café grec et qu'elle ait savouré la nourriture simple qui leur avait été servie.

— Lambis !

— Oui ? Qu'y a-t-il ?

— Regarde Seb…, chuchota-t-elle, les yeux brillants.

Lambis tourna vivement la tête dans la direction qu'elle lui indiquait et aperçut le petit garçon qui observait avec attention les bateaux de pêche amarrés dans le port.

Il se détendit aussitôt en le voyant sourire en réponse à ce que venait de lui dire un enfant d'environ son âge, juste à côté.

— C'est Seb qui lui a adressé la parole en premier ! murmura Amélie. Alors qu'il ne le connaît même pas !

Un soulagement indicible envahit Lambis, doublé d'une excitation sans nom à la vue de Sébastien bavardant avec l'autre gamin.

— Je ne t'avais pas dit que tout s'arrangerait ? répliqua-t-il en se ressaisissant. Les spécialistes avaient raison : il avait besoin de temps, c'est tout.

Elle lui prit la main et la serra dans la sienne.

— De temps, et d'un endroit où il se sente en sécurité. Nous l'avons trouvé grâce à toi. Merci.

— Ce n'était vraiment rien. Si quelqu'un l'a aidé à guérir, c'est toi, pas moi.

Lambis s'interrompit un instant en contemplant les deux enfants.

— En plus, il améliore son grec.

Sébastien parlait le français, langue natale de son défunt père, mais également le grec maternel et l'anglais, deuxième langue pratiquée à St. Galla.

— Il pourrait revenir ici de temps en temps, histoire de ne pas le perdre, ajouta-t-il.

— Excellente idée ! s'exclama Amélie en souriant. Merci de la proposition, Lambis. Je suis sûre que Seb serait ravi de revenir te voir sur cette île paradisiaque. Toi aussi, tu l'as beaucoup aidé à guérir. Il y a toujours eu un lien particulier, entre lui et toi. Un jour, tu feras un père fabuleux.

Un goût métallique lui monta aux lèvres, fait d'amertume et de désespoir.

Il dégagea sa main d'un mouvement brusque.

— Je ne serai jamais père !

Médusée, Amélie vit le visage de Lambis se transformer. Le sourire bienveillant avait disparu ; ses traits s'étaient durcis, il fronçait les sourcils d'un air sombre, presque menaçant.

— Lambis ? Tu te sens bien ? demanda-t-elle, le cœur serré.

Question stupide. Il ne se sentait pas bien, c'était évident. Il arborait la même expression que lorsqu'elle avait débarqué chez lui sans prévenir. Mais à présent qu'elle le connaissait mieux, Amélie savait que c'était de la souffrance pure qui l'étreignait.

— Excuse-moi. Je ne voulais pas t'offenser, reprit-elle à la hâte. Je ne te demande bien sûr pas de servir de père de substitution à Seb. Je…

— Tu n'as pas à te justifier. Et je ne suis pas offensé.

Non, il était blessé. Et il se refermait complètement.

Elle avait cru qu'il avait confiance en elle, s'était imaginé que maintenant qu'ils passaient leurs nuits ensemble…

— Tant mieux, répliqua-t-elle en reposant sa tasse sur la table en bois. Je pense qu'il est temps que Seb…

— Laisse-le, l'interrompit-il d'un ton bourru. Ça lui fait du bien d'être avec un gamin de son âge.

Puis il la regarda dans les yeux avant d'ajouter :

— Quant à moi, ce n'est rien. C'est simplement que…

Il se passa la main dans les cheveux.

— Je n'aurai jamais d'enfants. Irini ne t'en a pas parlé ?

— Les commérages n'étaient pas son genre.

— Non, c'est vrai…, fit-il en tournant la tête vers Seb et son nouvel ami. J'ai eu un fils. Et une femme. Ils sont morts tous les deux.

Amélie eut l'impression de recevoir un coup de poing en pleine poitrine. Lambis avait prononcé ces mots terribles d'un ton neutre et impersonnel, le regard éteint. Elle sentit une sorte de gouffre s'ouvrir en elle, comme si une force invisible la déchirait de part en part.

— Je suis tellement désolée, Lambis.

Elle se tut, consciente de l'inanité de toute parole.

— Cela s'est passé il y a longtemps, répliqua-t-il avec un bref hochement de tête.

À présent, elle comprenait mieux l'expression torturée qu'elle avait parfois surprise dans ses yeux.

Il avait perdu femme et enfant, sans doute dans un effroyable accident. Amélie avait elle-même perdu son frère et sa belle-sœur de façon soudaine et brutale, mais perdre la compagne de sa vie et la chair de sa chair…

Le regard de Lambis croisa le sien, et cette fois il ne détourna pas la tête.

— Je ne prendrai jamais le risque de revivre cela. Je ne me remarierai jamais et n'aurai pas d'autres enfants.

Elle déglutit puis acquiesça. Était-ce à cause de cette tragédie qu'il l'avait rejetée, trois ans plus tôt ?

Peu à peu, les morceaux du puzzle se mettaient en place. Son refus initial d'aider Seb, jusqu'à l'épisode de la plage. La superbe icône reléguée dans une chambre d'amis : pour ne plus voir cette mère et son fils qui lui rappelaient forcément ceux qu'il avait perdus.

Son propre chagrin n'était rien comparé à celui de Lambis. Sans réfléchir, Amélie repoussa sa chaise et se leva, puis lui prit la main. Il serra le poing, mais peu importait.

— Viens, Lambis. Allons marcher un peu. Tu avais promis de nous faire visiter la petite chapelle que l'on aperçoit là-bas, à l'extrémité du port.

Elle ne pouvait éradiquer la souffrance qui le tenaillait, mais elle pouvait au moins essayer de lui changer les idées et lui offrir la tendresse qu'elle ressentait, jusqu'au moment où elle repartirait à St. Galla avec Seb.

Un frisson douloureux la traversa à cette idée, mais elle l'ignora.

Lambis se leva, la main toujours dans la sienne. Et quand il la domina, le visage fermé et le regard vide, Amélie s'avoua ce qu'elle refusait d'admettre jusque-là.

Elle l'aimait. Elle n'avait jamais cessé de l'aimer et l'aimerait toujours.

Alors que de son côté, une seule femme occupait son cœur et ses pensées : sa défunte épouse.

12.

Amélie reposa son portable sur la table basse en plissant le front. Tout allait bien à St. Galla, avait répété Enide avant de raccrocher, expliquant qu'elle était pressée, car elle était attendue à une réunion importante et craignait d'être en retard.

Or, sa cousine, toujours élégante, hyper organisée et respectueuse du protocole, n'était *jamais* en retard.

Devait-elle la rappeler ? Se faisait-elle du souci pour rien ? Si quelque chose clochait, Enide lui en aurait parlé, se raisonna Amélie.

— Tout va bien ? demanda Lambis en entrant dans la pièce.

Il se dirigea droit vers elle et lui passa le bras autour de la taille, la faisant fondre.

Jusqu'à quand serait-elle capable de lui cacher ses sentiments ? C'était d'ailleurs stupéfiant qu'il ne les ait pas devinés. Lorsqu'ils faisaient l'amour, elle ne se contrôlait pas et se laissait totalement aller.

Le fait de savoir qu'il aimait encore son épouse et ne pourrait jamais l'aimer, elle, ne changeait rien à ce qu'Amélie éprouvait pour lui, au contraire. Son amour augmentait sans cesse, même si elle se répétait qu'elle devait se ressaisir et regarder la réalité en face.

— Oui, je pense.

— Tu n'en as pas l'air certaine. Je peux faire quelque chose pour t'aider ?

Elle leva les yeux vers les siens, se repaissant de sa chaleur virile et consciente qu'elle en serait bientôt privée. Il fallait qu'elle prenne une décision, qu'elle fixe une date de départ, mais par moments elle avait presque l'impression que Lambis avait encore plus besoin d'elle qu'elle n'avait besoin de lui.

Ce qui était sans doute une pure illusion.

Ses iris gris fouillèrent les siens. S'il l'avait pu, il l'aurait aidée. Sans poser de questions ni se soucier des éventuelles conséquences.

Comment réagirait-il si elle lui avouait qu'elle l'aimait et lui disait que ce dont elle avait besoin, c'était qu'il se libère du passé et l'aime, elle qui était bien vivante ?

Incapable de résister à la tentation, Amélie s'abandonna aux sensations délicieuses que faisaient naître la grande main chaude errant sur son dos, ses reins, tandis que de l'autre Lambis lui caressait les cheveux.

— Non, merci, Lambis. Tout va bien, ne t'inquiète pas.

Il aurait dû être dans son bureau. Lui d'ordinaire toujours concentré sur ses affaires, il se surprenait de plus en plus souvent à négliger son travail.

Mais après tout, il pouvait bien s'accorder un peu de bon temps. Ses directeurs étaient en contact permanent avec lui, les contrats affluaient, et la firme étant solidement structurée et n'employant que du personnel hautement qualifié, elle fonctionnait quasiment en autogestion. Par conséquent, il n'avait aucune inquiétude à se faire.

Cesse de te raconter des histoires. L'entreprise ne peut se passer de toi. Tu cherches un prétexte pour ne pas être sur place, au siège, point final.

Lambis regarda Amélie, vêtue du fin sarong soulignant ses courbes ravissantes et laissant voir ses longues jambes fuselées, sa gorge à la peau soyeuse. À quatre pattes à côté d'elle et l'air très concentré, Sébastien observait un insecte qu'ils venaient de découvrir.

Tous deux faisaient maintenant partie de sa vie. Et c'était à cause d'eux qu'il négligeait ses affaires, reconnut Lambis en son for intérieur. Mais il pouvait très bien déléguer certaines responsabilités qu'il avait toujours assumées jusque-là. À quoi bon nier que ses pensées tournaient désormais principalement autour de ces deux êtres ? Sébastien, dont la réserve s'amenuisait de jour en jour, et Amélie.

Surtout Amélie.

Il s'adossa au large tronc du vieil arbre au pied duquel il s'était assis, au milieu des restes du pique-nique.

En sarong, pieds nus, elle évoluait avec la même grâce qu'en robe de soirée et talons aiguilles. Depuis le jour où il lui avait parlé de Delia et de Dimitri, elle ne lui avait plus jamais posé aucune question personnelle.

Chaque nuit, elle se donnait à lui corps et âme, et grâce à elle Lambis se sentait revivre. Et, de façon étrange, il regrettait presque qu'elle ne l'interroge pas davantage.

Il avait même failli aborder de nouveau le sujet, et ce à plusieurs reprises.

Les entendant chanter ensemble une vieille comptine grecque — sans doute apprise à Sébastien par Irini — il sourit en écoutant le petit garçon corriger sa tante qui, ne connaissant que peu le grec, se trompait souvent. Il avait entrepris de lui enseigner la langue de sa mère et prenait sa tâche très au sérieux… tout en éclatant de rire quand elle confondait des mots ou des expressions.

Un souvenir remonta soudain en Lambis — de Delia et Dimitri fredonnant la même comptine.

Il s'attendit à la souffrance habituelle, aux vains regrets, mais à sa grande surprise sa tristesse fut tempérée par une immense gratitude. Il se sentait reconnaissant de posséder de tels souvenirs, d'avoir vécu des jours aussi heureux avec sa femme et son fils.

— Lambis !

La voix d'Amélie le fit tressaillir. Levant les yeux, il les vit s'approcher tous les deux, main dans la main.

Son cœur se serra douloureusement. Que lui arrivait-il ? Était-il en train de trahir la mémoire de Delia ?

Il se redressa d'un mouvement rapide, bouleversé. Puis il se rendit compte que Sébastien le dévisageait d'un air perplexe, presque effarouché. Il tendit la main pour lui ébouriffer les cheveux, mais sans réussir à sourire au petit garçon.

— Excusez-moi, fit-il, plus durement qu'il ne l'aurait souhaité. Je n'ai pas entendu ce que vous avez dit.

À en juger par le sourire poli d'Amélie, elle n'était pas dupe. Lambis se força à prendre une expression neutre, comme il avait appris à le faire du temps où il était garde du corps.

— Ce n'était rien d'important, répliqua-t-elle d'un ton détaché.

Elle baissa brièvement les yeux sur son neveu avant de poursuivre :

— Ce qui est important, en revanche, c'est que j'aie dit à Seb que tu avais proposé de l'aider à entretenir son grec et qu'il pourrait toujours compter sur toi, comme il peut compter sur moi. J'ai eu raison, n'est-ce pas ?

Lambis savait ce qu'il devait répondre, ce que Sébastien avait besoin d'entendre. Mais l'idée que celui-ci compte sur lui raviva sa souffrance.

Il inspira à fond, hocha la tête.

— Bien sûr que tu peux compter sur moi, acquiesça-t-il en posant la main sur l'épaule de Sébastien. Je suis ton parrain, non ?

Sur ces paroles, il recula d'un pas.

— Je regrette de devoir vous abandonner, mais j'ai un coup de fil urgent à passer, poursuivit-il en évitant le regard d'Amélie.

Sans attendre sa réaction, il se tourna et se dirigea vers la villa.

Il n'aurait pas dû laisser croire à Sébastien qu'il serait toujours là pour le protéger, se reprocha Lambis en s'éloignant. Mais qu'aurait-il pu dire d'autre ?

Ne restait plus qu'à espérer qu'une fois adolescent, puis jeune homme, Sébastien n'ait plus jamais besoin de son parrain.

— Tu désires en parler ?

— Parler de quoi ?

Cette balade au clair de lune était une erreur.

Tout en bavardant de tout et de rien avec lui, Amélie l'avait observé durant toute la soirée, l'air détendu, mais Lambis savait qu'elle était inquiète à cause de son changement d'humeur survenu après le pique-nique.

— De ce qui te fait souffrir, répondit-elle sans le regarder. J'aimerais t'aider.

— Il n'y a rien que tu puisses faire pour m'aider.

— Parfois, ça fait du bien de parler.

Lambis pinça les lèvres. Rien ne pourrait jamais l'aider à atténuer sa peine et ses regrets. À quoi bon, de toute façon ? Et pourtant, Amélie méritait de connaître la vérité. Il le lui devait. Ne serait-ce que pour lui éviter d'entretenir de vaines illusions.

— Tu as dit à ton neveu qu'il pouvait compter sur moi.

L'affreux goût métallique lui emplit de nouveau la bouche.

— C'est vrai, poursuivit-il, mais il vaudrait mieux ne pas lui laisser croire que je serai toujours là pour le protéger.

Elle trébucha légèrement.

— Tu envisages de le laisser tomber ?

— Non. Mais toi non plus tu ne devrais pas compter sur moi. Ce ne serait pas raisonnable.

Amélie s'arrêta et le regarda tourner les yeux vers la mer éclairée par la lune. Comment auraient-ils pu cesser de compter sur lui maintenant ? Lambis était important pour eux deux et, oui, ils dépendaient de lui. Avait-elle eu tort de lui faire confiance ?

— Je ne suis pas doué pour protéger les gens.

Un rire dur et amer s'échappa des lèvres de Lambis.

— Ironique, n'est-ce pas ? pour un homme qui dirige une entreprise de sécurité et de protection rapprochée. Je suis capable de garantir la protection d'inconnus, mais quand il s'agit d'êtres chers…

Les mâchoires crispées, il s'interrompit un instant, le regard perdu au loin.

— J'aurais dû veiller sur Irini, reprit-il d'une voix sourde. Je venais de faire un audit pour le palais, bon sang !

— Tu n'aurais pas pu lui sauver la vie, répliqua Amélie avec calme. Tu n'étais même pas là.

— Non, mais j'avais vu ton frère conduire son précédent hors-bord et je savais que le nouveau était encore plus puissant. Michel n'était pas assez expérimenté pour ce genre d'engin. Je lui ai dit qu'il avait besoin de se perfectionner auprès d'un professionnel avant de l'utiliser.

— Je l'ignorais, murmura Amélie, abasourdie. Mais il n'aurait jamais pris de risques avec Irini à côté de lui !

— Et j'avais recommandé à Irini de ne pas sortir en mer avec lui tant qu'il n'aurait pas consulté un pro, enchaîna-t-il sans tenir compte de ses paroles. J'aurais dû *exiger* qu'elle me le promette. Et obliger Michel à m'écouter !

Amélie se rappela la réticence d'Irini à accompagner son mari ce jour-là. S'était-elle souvenue du conseil de Lambis ?

— Personne ne l'a forcée à partir avec lui, répliqua-t-elle. C'était *sa* décision. Ils étaient adultes tous les deux, et tu n'aurais pas pu les empêcher de monter sur ce hors-bord.

Elle lui prit la main, glissa les doigts entre les siens.

— J'étais présente, Lambis. Je les ai vus. Michel conduisait vite, mais pas de façon imprudente. C'était un accident. Et tu n'y es pour rien.

Sans dire un mot, il continua de regarder au loin.

— Il adorait Irini et ne l'aurait jamais mise en danger. C'était un *accident*, insista-t-elle.

— Je sais de quoi je parle, Amélie, riposta-t-il sèchement. L'amour et la protection sont deux choses différentes. J'aimais ma femme et mon fils, mais ils sont morts à cause de moi.

Amélie le regarda en retenant son souffle. Il y avait une telle haine de soi dans sa voix, une telle amertume… et surtout, une incommensurable souffrance.

— Je refuse d'imaginer que tu aies fait quoi que ce soit qui ait pu mettre leur existence en péril, Lambis, martela-t-elle avec conviction, le connaissant trop bien à présent pour en douter.

— Crois ce que tu veux, mais c'est vrai.

Un pli dur se forma sur ses lèvres.

— On peut même dire que j'ai porté malheur dès ma naissance, puisque ma mère est morte en me mettant au monde.

— C'est complètement absurde ! s'écria Amélie, n'en croyant pas ses oreilles. Ce n'était pas ta faute !

— Pour Delia et Dimitri, si. C'était *ma* faute.

Delia et Dimitri. C'était la première fois qu'il utilisait leurs prénoms.

— Comment étaient-ils ? chuchota-t-elle.

Un sourire triste passa sur la bouche de Lambis.

— J'avais seize ans quand je suis tombé amoureux de Delia, mais nous avons attendu d'avoir un peu d'argent pour nous marier.

Il resta silencieux un instant, perdu dans ses souvenirs.

— Delia avait un rire… Tout le monde se retournait en souriant, quand elle riait. Et elle avait toujours un mot gentil pour chacun. Dimitri lui ressemblait trait pour trait : cheveux noirs et lisses, yeux brun foncé, presque noirs, et ce sourire… Il ne tenait jamais en place, il bouillonnait d'énergie.

— Ce devait être un petit garçon adorable.

Comme Seb avant le tragique accident. Son cœur se serra quand elle pensa à Delia, disparue si jeune. Lambis avait dû être fou amoureux d'elle. À sa grande honte, Amélie ressentit un pincement de jalousie.

Jamais il ne parlerait d'elle avec une telle émotion dans la voix.

Elle se secoua mentalement. Ce genre de réaction ne lui ressemblait pas. Elle se conduisait comme une idiote !

— C'était l'hiver, et nous séjournions à la montagne. Il y a eu un problème concernant un contrat très important, et j'ai dû emprunter l'hélicoptère pour me rendre à Athènes. Je n'aurais jamais dû partir. Mes assistants auraient très bien pu gérer la situation sans moi, mais j'étais habitué à prendre les décisions majeures moi-même…

Une fois encore, il s'interrompit, les yeux dans le vague.

— Nous ignorions que Dimitri était allergique aux noix. Anna m'a expliqué plus tard qu'il avait subi un choc anaphylactique. Delia a voulu l'emmener à l'hôpital, mais sa voiture était au garage, alors elle a pris la mienne. Elle n'avait jamais conduit un véhicule aussi puissant, surtout sur une route enneigée.

Il dégagea la main que tenait toujours Amélie.

— Ils ont quitté la route dans un virage. Les autorités ont dit que tout avait dû aller très vite, que la mort avait été quasi instantanée.

— Oh ! Lambis ! Je suis tellement désolée… Ça a dû être…

— Ça aurait pu être évité, l'interrompit-il d'un ton tranchant. Je suis responsable de leur mort. J'ai persuadé Delia d'aller passer l'hiver dans cet endroit isolé, pour la seule raison que ma famille avait vécu dans la région autrefois. Je les ai abandonnés, au lieu de rester avec eux en laissant mes assistants régler le problème.

— Tu ne pouvais pas prévoir ce qui est arrivé. Tu n'es pas fautif, Lambis. Personne ne soupçonnait l'allergie de ton fils.

— J'aurais dû être là, répliqua-t-il en secouant la tête. Si je n'étais pas parti à Athènes, j'aurais emmené Dimitri à l'hôpital en hélicoptère, et cet accident n'aurait pas eu lieu.

— Tu ne peux pas continuer à ressasser ces regrets, Lambis. Tu finirais par devenir fou.

— Tu ne comprends donc pas qu'ils étaient sous ma responsabilité et que j'ai failli à mon devoir ? Comme je l'ai fait plus tard avec Irini ?

Son obstination effraya Amélie et la mit en colère.

— Tu n'es pas Dieu ! Tu n'es pas tout-puissant ! Tu n'es qu'un homme, Lambis.

Elle lui secoua le bras, jusqu'à ce qu'il tourne les yeux vers elle.

— Ceux qui t'ont aimé, ta femme, ton fils, seraient horrifiés de savoir que tu es hanté par la culpabilité alors que tu n'es pour rien dans ce qu'il leur est arrivé !

Voyant qu'il ne réagissait pas, elle le lâcha et recula.

— C'est plus facile de se complaire dans les regrets et de se lamenter sur son sort que d'affronter le présent et le futur, poursuivit-elle. Surtout quand il y a des gens qui ont besoin de toi *maintenant*. Tu crois que Delia serait heureuse de te voir te morfondre et t'accabler de reproches ?

Était-elle allée trop loin ? Peut-être, mais elle n'avait pas le choix. Elle devait faire quelque chose pour le secouer.

Voyant qu'il demeurait silencieux, Amélie se tourna et reprit le chemin de la villa en songeant à tout ce qu'elle venait d'apprendre.

À présent, elle comprenait mieux l'attitude de Lambis vis-à-vis d'elle et de Sébastien, mais elle avait par ailleurs acquis la certitude absolue qu'il ne pourrait jamais l'aimer.

— Amélie ?

Se retournant dans le grand lit, elle se redressa en s'appuyant sur un coude.

— Je ne pensais pas te trouver ici.

Il y avait eu de la surprise, dans la voix grave de Lambis, mais aussi de l'hésitation et… une note d'espoir. Amélie reprit courage. En fait, elle avait failli réintégrer la chambre d'amis, mais elle n'avait pu supporter l'idée de le quitter.

— Veux-tu que je m'en aille ?

— Non ! Je suis étonné, c'est tout. Tu avais l'air en colère, tout à l'heure.

— Je déteste te voir te torturer, Lambis. Tu as tant de choses à offrir.

Après avoir rassemblé tout son courage, elle poursuivit :

— J'espère qu'un jour tu trouveras quelqu'un qui t'aidera à le comprendre. Quelqu'un qui te donnera envie de prendre des risques.

Amélie était sincère, tout en sachant que ce quelqu'un ne serait pas elle.

— Je ne veux pas penser à l'avenir.

Sa haute silhouette se découpait dans la lumière diffusée par la lune. Il semblait si fier et si fort, immobile à côté du lit.

Elle repoussa le drap et lui tendit les bras.

— Concentrons-nous sur le présent, alors.

Allait-il la rejeter ? Se retourner et… Elle n'eut pas le temps de s'interroger davantage. Lambis la renversait déjà sur le matelas, lui embrassait les paupières, les lèvres, le cou, la gorge…

Aucuns préliminaires, cette fois-ci. Il remonta la chemise de nuit sur son buste avant de se débarrasser rapidement de ses propres vêtements, lui écarta les cuisses et la pénétra d'un vigoureux coup de reins.

Une émotion indicible envahit Amélie, si intense qu'elle battit des cils pour refouler ses larmes. Ce qu'ils partageaient était la seule réalité possible, pour lui comme pour elle. C'était *leur* réalité.

S'accrochant à ses robustes épaules, elle referma les jambes autour de ses hanches, puis toute pensée la déserta tandis qu'il prenait possession de sa bouche et l'embrassait avec fièvre.

Leurs cœurs battaient à l'unisson. Leurs corps ondulaient ensemble dans une danse éternelle, en harmonie parfaite.

La jouissance les emporta en même temps. Étroitement enlacés, ils poussèrent tous deux de longues plaintes qui semblèrent résonner dans toute la villa, avant de retomber sur le matelas épuisés, pantelants et heureux.

À moins qu'elle ne soit la seule à se sentir comblée, songea fugacement Amélie en fermant les yeux.

13.

Quand elle entendit le rire de Seb monter de la piscine, suivi de la voix enjouée de Lambis, Amélie tressaillit douloureusement alors que d'ordinaire elle aurait souri.

Elle se força à ne plus penser à celui dont elle était tombée éperdument amoureuse. Mieux valait se concentrer sur le problème colossal qui venait de surgir.

Se passant la main sur le front, elle tourna le regard vers l'écran de son ordinateur portable. Alex de Bengaria était à St. Galla, au palais, chez elle, s'apprêtant à participer aux cérémonies qu'elle avait demandé au Premier ministre d'annuler. Celui-ci avait opiné du chef et promis de faire le nécessaire.

Amélie ferma un bref instant les yeux en essayant de se souvenir de la date prévue initialement pour l'événement. N'était-ce pas cette semaine ? Elle cliqua sur un autre onglet et vit apparaître des photos.

Le monde sembla s'arrêter. Elle battit des cils, se croyant victime d'une illusion d'optique, mais c'était bien le roi Alex sortant d'un centre de recherches scientifiques situé à St. Galla… et à côté de lui, l'air un peu ailleurs, se tenait la princesse Amélie de St. Galla !

Elle se posa la main sur la poitrine dans l'espoir d'apaiser les palpitations erratiques de son cœur et cligna des yeux. C'était insensé ! Absurde ! Impossible ! Elle n'avait *jamais* rencontré Alex.

Par conséquent, il ne s'agissait pas d'une image ancienne mais toute récente. Et Amélie avait un sosie.

Une femme lui ressemblant comme deux gouttes d'eau se faisait passer pour elle !

Car il ne s'agissait pas uniquement de maquillage et de perruque : cette femme aurait pu être son double. Elle *était* son double !

Le fait de se trouver face à une photo de soi-même et de savoir en même temps que ce n'était pas soi produisait un effet troublant.

Amélie repensa soudain aux rumeurs d'infidélité ayant couru à propos de son père. Dès qu'elle avait été en âge de comprendre ce genre de choses, elle s'était bien sûr rendu compte que le mariage de ses parents n'était pas harmonieux, mais sans aller jusqu'à accorder foi à ces rumeurs, les considérant comme de vulgaires ragots.

Tandis qu'à présent…

Se forçant à contrôler sa respiration, elle prit son téléphone et appela Enide.

Vingt minutes plus tard, elle avait la tête qui tournait, et n'arrivait toujours pas à croire ce que sa cousine avait fini par lui avouer, avec la plus grande réticence.

Loin d'annuler la visite du roi Alex, le Premier ministre l'avait au contraire maintenue, allant jusqu'à affirmer qu'Amélie avait déjà accepté de l'épouser !

Amélie serra les mâchoires, atterrée par ces odieux mensonges.

Eh bien, le Premier ministre allait voir à qui il avait affaire ! Il était hors de question qu'elle cède à ses répugnantes machinations.

En outre, il lui avait trouvé un sosie, une certaine Catherine, ou Cat, Dubois. D'après Enide, celle-ci n'était pas la créature intéressée qu'elle avait imaginée. En fait, le Premier ministre l'avait dupée elle aussi : il ne lui avait pas parlé de la visite du roi Alex, ni ne l'avait prévenue qu'elle devrait se faire passer pour Amélie et jouer le rôle de la fiancée.

Par ailleurs, Alex et elle devaient apparaître en public ce soir-là. La réception aurait lieu dans quelques heures !

Avec un peu de chance, Amélie arriverait à temps. Combien

de temps fallait-il pour aller à St. Galla en hélicoptère, puis en avion ?

Lambis ayant disparu avec Seb, elle ne pouvait lui poser la question.

Incapable de chasser l'anxiété qui avait pris possession d'elle, Amélie repensa aux autres précisions données par Enide : Cat Dubois était sa demi-sœur. La mère de son sosie avait travaillé autrefois au palais comme femme de chambre, peu après le mariage des parents d'Amélie. Ce qui signifiait que son père avait trompé sa mère quasiment dès leur retour de lune de miel. Un goût de bile lui monta aux lèvres. La déloyauté lui avait toujours répugné, mais la trahison du roi dépassait l'abjection…

Décidément trop agitée pour rester inactive, elle bondit de sa chaise. En dépit de cet abominable gâchis, elle ressentait un mélange de joie et d'excitation. Elle avait une sœur ! La sœur dont elle avait tant rêvé enfant et n'avait jamais eue ! Après avoir perdu Michel, cette nouvelle inespérée lui mettait un peu de baume au cœur. Qui sait, Cat et elle se découvriraient peut-être des points communs, voire des affinités.

Son portable vibra sur la table basse. Sans doute était-ce Enide qui la rappelait comme promis.

Amélie se laissa choir dans un fauteuil et saisit l'appareil.

— Je suis vraiment désolée, Amélie…, entama aussitôt sa cousine.

— Ne vous en faites pas, Enide, la coupa-t-elle. Ce n'est pas votre faute. Catherine Dubois est avec vous ?

— Elle est ici… Je vous la passe. Et vous, tout va bien ?

— Absolument. Tout va bien de mon côté, Enide, concentrez-vous plutôt sur le Premier ministre. Il est encore plus dangereux que je ne le pensais.

— Oui, bien sûr… Mais faites attention à vous.

— Je vous le promets.

Amélie entendit sa cousine s'adresser à quelqu'un, puis un petit halètement lui parvint à l'oreille.

— Allô ! fit une voix teintée d'un léger accent américain

— Miss Dubois ? C'est Amélie.

— Votre Altesse, répliqua Cat, manifestement mal à l'aise.

— Amélie, s'il vous plaît. Je peux vous appeler Cat.

Elle s'interrompit un instant, émue. Elle avait hâte de rencontrer sa demi-sœur, en chair et en os.

— Bien sûr.

— Je viens d'apprendre que vous me remplacerez lors de la réception de ce soir. Ça va aller, Cat ?

— Euh oui. Je… Je ne suis pas très douée pour jouer les princesses, mais je pense pouvoir me débrouiller.

Amélie sourit en dépit de son anxiété. Cat s'était retrouvée face à un défi de taille, mais elle semblait avoir une forte personnalité et se débrouiller très bien, en effet.

— Même en présence du roi Alex ?

Pas de réponse. Sa demi-sœur avait-elle une mauvaise nouvelle à lui annoncer ? Comme des fiançailles confirmées, ou des relations internationales perturbées ?

— Il connaît la vérité. Il l'a devinée peu après son arrivée à St. Galla.

— Et il est tout de même resté ? répliqua Amélie, interloquée.

Elle n'avait jamais entendu que des éloges sur son compte, mais pourquoi n'était-il pas reparti dès qu'il avait découvert la supercherie ?

— Il a préféré agir comme si de rien n'était pour éviter le scandale.

Cat s'interrompit brièvement.

— Autre chose… Il sait que vous n'êtes pour rien dans cette histoire, mais il ne veut pas se marier. Pas encore.

Amélie poussa un soupir de soulagement.

— Tant mieux ! Voilà un souci de moins…

— Vous êtes contente ? J'avais tellement peur que vous le preniez mal.

Amélie étouffa un petit rire amer à l'idée d'échapper à ce mariage arrangé. Dire qu'elle était contente était faible…

— C'est gentil de vous inquiéter pour moi, Cat. Il est vrai que les choses ne se sont pas passées tout à fait comme je l'espérais, mais je rentre à St. Galla, poursuivit-elle avec chaleur.

Il en était grand temps. Elle avait trop repoussé l'échéance, espérant toujours que sa liaison avec Lambis deviendrait davantage qu'une relation purement physique, en pauvre idiote sentimentale qu'elle était…

— J'aimerais beaucoup vous rencontrer, reprit-elle en redressant les épaules. Je ne connaissais pas votre existence jusqu'à ce qu'Enide me parle de vous.

— Moi aussi, je serais heureuse de vous rencontrer.

— Parfait. J'attends ce moment avec impatience. Et maintenant, concernant la réception de ce soir, je crains de ne pouvoir arriver à temps.

— Ça ira. Avec l'aide de lady Enide et d'Alex, je peux me débrouiller.

Alex… Cat l'avait appelé par son prénom, avec une inflexion presque…

— Alex ? répéta-t-elle, songeuse.

— Je veux dire le roi Alex. Il a été très… prévenant.

Après un léger silence, elle ajouta :

— J'espère que le prince Sébastien va bien.

— Il va bien, dit Amélie en souriant. Beaucoup mieux.

— Amélie ?

La voix grave de Lambis la fit tressaillir. Tournant la tête, elle le vit immobile sur le seuil, grand, magnifique…

— Désolée, on m'attend. Pour ce soir, vous êtes sûre que ça ira, Cat ?

— Sûre et certaine ! répéta sa demi-sœur d'un ton ferme.

— Merci. Ça me laisse un peu de temps pour essayer d'arranger les choses. À très bientôt.

Amélie reposa son portable avec calme. Lambis était-il conscient des émotions qui se bousculaient en elle ?

— Que se passe-t-il ? demanda-t-il d'une voix tendue. Il est arrivé quelque chose ?

Le cœur en lambeaux, mais un sourire serein aux lèvres, elle soutint le regard pénétrant de Lambis.

— Il est temps que nous rentrions à St. Galla, Seb et moi.

Rentrer à St. Galla ? Et elle le lui disait avec son fichu sourire poli et artificiel ? Lambis avait envie de l'effacer d'un baiser, jusqu'à ce qu'elle fonde dans ses bras. Il brûlait de la supplier de ne pas le quitter.

— Vous ne pouvez pas partir maintenant. Seb n'est pas encore complètement guéri.

Un tressaillement imperceptible passa sur ses lèvres pulpeuses.

— Cela prendra sans doute du temps, pour lui comme pour moi, dit-elle en soutenant son regard sans ciller.

À quoi faisait-elle allusion ? Lui reprochait-elle d'avoir profité de sa détresse et de son chagrin ?

Elle avait raison. Il avait perdu tout contrôle, de lui-même comme de la situation. Sa résistance avait fini par céder.

— Seb a retrouvé l'usage de la parole, c'est le plus important, poursuivit-elle. Il sera en mesure de prononcer les paroles rituelles lors de la cérémonie officielle.

Quand elle détourna les yeux, Lambis se sentit abandonné, à la dérive.

Qu'avait-il espéré ? Qu'elle parle du lien qui s'était développé entre eux ? Qu'elle dise que lui, Lambis, comptait pour elle ?

Il l'avait déjà perdue. Toutes les pensées d'Amélie étaient désormais concentrées sur St. Galla.

L'espace d'un instant absurde, il faillit lui prendre le menton pour la forcer à le regarder, à reconnaître qu'ils…

À reconnaître quoi ? Aucun avenir n'était possible pour eux.

Mais il avait beau en être certain, il souffrait atrocement.

— Que s'est-il passé ? demanda-t-il à nouveau.

— C'est long à expliquer.

— J'ai le temps, répliqua-t-il en croisant les bras.

Quand elle tourna les yeux vers lui, Lambis y lut une telle confusion qu'il frémit intérieurement.

— Amélie…

— C'est le chaos, l'interrompit-elle. Au lieu de reporter la visite du roi Alex de Bengaria comme je le lui avais réclamé, le Premier ministre l'a maintenue. Le roi Alex est à St. Galla et…

Elle secoua la tête.

— C'est trop compliqué.

— Je le connais. Nous avons travaillé pour lui à Bengaria.

Lambis se souvenait d'un homme intelligent, raffiné et ouvert, et très séduisant.

— C'est le souverain que tu comptes épouser ? demanda-t-il d'une voix dure.

Un tressaillement la parcourut.

— Oui. Mais tout est remis en question, à présent.

— C'est pour cela que tu es pressée de rentrer ? Pour arranger les choses avec lui ?

— Ne me regarde pas de cette façon ! protesta-t-elle en se levant de son fauteuil. Il y a des complications, et je dois être sur place pour essayer de trouver des solutions.

Une ombre noire fondit sur Lambis, lui étreignant la poitrine, lui obscurcissant la vision. C'était de la fureur, près d'exploser — Amélie lui préférait un monarque de sang noble comme elle, naturellement. Qu'avait-elle à faire d'un roturier venant en plus d'un milieu des plus modestes ? Il n'avait pas le droit de s'en indigner. Il lui avait répété maintes et maintes fois qu'il n'avait rien à lui offrir. Alors qu'Alex…

— Tu vas vraiment te donner à cet homme ?

Quand il l'imagina dans les bras d'un autre, dans son lit, Lambis sentit quelque chose se déchirer dans sa poitrine.

Amélie le regarda en plissant le front.

— Je t'ai dit que ce mariage était compromis, dit-elle en redressant le menton d'un air hautain.

Son attitude le pétrifia, et la rage qui bouillait en lui menaça de l'étouffer.

— Tu as besoin d'un homme qui *t'aime*, riposta-t-il, le cœur lui martelant les côtes. Qui soit prêt à se battre pour toi. Pas d'un individu qui t'épouse par intérêt diplomatique.

Lui-même ne serait jamais celui dont elle avait besoin, mais il ne pouvait supporter l'idée qu'elle se lie avec quelqu'un qui finirait par la négliger, voire la détruire.

— Eh bien, répliqua-t-elle, les yeux étincelants. Si jamais tu trouves cette perle rare, dis-le-moi. Cela m'évitera de la chercher.

Elle s'interrompit un bref instant avant d'ajouter d'un ton altier où perçait une pointe de condescendance :

— En attendant, serait-il possible d'utiliser ton hélicoptère ? Je désire rentrer à St. Galla demain. Je dédommagerai le pilote, naturellement, et…

— Non !

Lambis se força à contrôler sa respiration. S'il ne se reprenait pas, il risquait fort de commettre une erreur monumentale.

— Je vous emmènerai moi-même. Laisse-moi m'occuper de tout.

14.

Lambis regarda Amélie du coin de l'œil. Assise à l'extrémité de la banque arrière, elle était tendue, même lorsqu'elle se tourna vers son neveu et dit en souriant :

— Nous arriverons bientôt au palais, mon chéri. Tu vas retrouver tous tes jouets et ce soir tu dormiras dans ton lit.

Sébastien hocha la tête en serrant M. Bernard contre lui. Depuis qu'ils étaient descendus du jet privé, il n'avait pas prononcé un seul mot.

Durant le trajet en hélicoptère, il était resté silencieux aussi, mais une fois dans l'avion il avait un peu discuté avec sa tante et avec lui.

— Tu pourras peut-être me montrer le meilleur endroit où se baigner à St. Galla, dit Lambis sans réfléchir. Cela fait une éternité que je n'ai pas nagé !

Le petit garçon éclata de son rire clair.

— Lambis ! Tu as nagé hier ! Avec moi !

— Ah oui ! c'est vrai ! Quel imbécile je suis ! J'avais déjà oublié… Alors, tu m'emmèneras dans tes coins préférés ?

À vrai dire, il parlait davantage pour détendre Amélie que son neveu, lequel ne semblait pas affecté de rentrer au palais. Pour l'instant, du moins.

Quant à elle, il l'avait sentie crispée dès le départ. Appréhendait-elle de se retrouver face à ce salopard de Premier ministre ? Était-elle en colère contre lui, Lambis ?

La veille au soir, après le dîner, il avait organisé leur voyage dans les moindres détails, puis était allé marcher sur la plage. Pendant tout le repas, Amélie était restée distante et polie tandis qu'ils bavardaient de choses insignifiantes, comme des étrangers.

Il détestait la voir se retrancher ainsi et dresser une barrière invisible, mais bien réelle, entre eux.

Tout en errant sur le rivage, Lambis avait soudain pris conscience qu'il ne voulait pas qu'elle et Sébastien s'en aillent, qu'il se sentait maintenant incapable d'imaginer l'avenir sans eux.

La gorge serrée, il s'était arrêté, face à la mer. Depuis quand la solitude ne représentait-elle plus un havre de paix pour lui ? Son seul refuge ?

Depuis qu'Amélie et Sébastien lui avaient redonné goût à la vie.

Mais aussitôt, ses vieux démons avaient refait surface, lui rappelant qu'il avait failli aux êtres qui lui étaient chers.

Il ne pouvait pas répéter la même erreur. Il ne pouvait pas faire ça à Amélie, elle méritait mieux qu'un homme comme lui.

Par conséquent, elle lui était interdite, à jamais, avait-il admis une fois pour toutes. Aussi devait-il la laisser partir.

À St. Galla, il s'entretiendrait avec Alex et lui ferait bien comprendre que si jamais il délaissait son épouse, il aurait affaire à lui.

Le cœur atrocement lourd, il avait fini par faire demi-tour et regagner la villa, mais lorsque, se croyant seul, il s'était avancé dans la chambre plongée dans la pénombre, il s'était soudain rendu compte qu'Amélie était là, dans son lit.

L'entendant s'approcher, elle s'était redressée sur son séant. Le drap avait glissé dans le mouvement et découvrait ses seins nus. Ses longs cheveux ruisselaient sur ses épaules. Dans la semi-obscurité, Lambis ne pouvait distinguer son expression ni voir son regard, mais il avait perçu quelque chose de terriblement vulnérable en elle, comme si elle s'attendait qu'il la rejette.

La douleur lui étreignant la poitrine s'était alors muée en un désir si puissant qu'il était resté cloué sur place. Il aspirait à sa tendresse autant qu'à son corps. À ses sourires, à ses…

Il avait repoussé les pensées qui affluaient dans son esprit comme les sensations qui s'insinuaient dans son cœur. Amélie allait rentrer à St. Galla, et tout s'arrangerait entre Alex et elle ; ils se marieraient…

Incapable de résister davantage au désir qui le consumait, Lambis s'était avancé vers le lit, s'était déshabillé à la hâte tandis qu'elle le regardait faire en silence.

Quelques instants plus tard, il caressait son corps superbe et doux avec ses mains, ses lèvres, mais aussi avec son cœur et son âme, de façon qu'ils gardent tous deux de merveilleux souvenirs qui resteraient gravés en eux longtemps après leur séparation.

L'aube les avait trouvés enlacés entre les draps, rassasiés et pleinement réveillés. Amélie lui avait alors parlé des sordides machinations du Premier ministre et de la présence à St. Galla d'un sosie qui était en fait sa demi-sœur.

Ce détail n'avait pas vraiment surpris Lambis, car comme il l'avait expliqué à Amélie — mais sans lui donner de précisions — c'était justement lui qui avait rencontré Cat Dubois quelques années plus tôt. Sidéré par la ressemblance entre les deux jeunes femmes, il avait signalé l'existence de Cat aux autorités de St. Galla, au cas où ils auraient besoin un jour d'un sosie pour la princesse Amélie. À ce moment-là, il ignorait bien sûr leur lien de parenté. Et s'il avait su que le Premier ministre s'en servirait de cette façon…

Ensuite, ils étaient restés silencieux, conscients de vivre leurs derniers instants d'intimité. Puis ils s'étaient écartés l'un de l'autre à regret. Lambis avait dû faire un effort surhumain pour ne pas la supplier de rester, mais il s'était levé en s'interdisant de céder aux émotions qui tourbillonnaient en lui.

Se forçant à revenir au présent, il réalisa que la limousine venait de franchir de hautes grilles et se dirigeait vers le palais se dressant majestueusement au bout de l'allée.

Quelques minutes plus tard, Enide les accueillait dans le hall immense pavé de marbre blanc et chuchotait quelques mots à l'oreille d'Amélie. Celle-ci acheva alors de subir la métamorphose commencée la veille.

Son visage avenant se changea alors en masque, dénué de toute expression. La femme chaleureuse et sensuelle redevenait la princesse sur les épaules de laquelle reposait un écrasant fardeau.

Une jeune femme élégante vint les rejoindre, sans doute une secrétaire, et s'adressa à Amélie qui hocha brièvement la tête. Il était question d'une réunion importante et imminente, comprit Lambis.

Se tournant vers Sébastien qu'il tenait par la main, il s'accroupit devant celui-ci et lui demanda quel était l'endroit du palais offrant la meilleure vue… Mais sans quitter Amélie du regard.

— Tu viens, Seb ? lança-t-elle en souriant.

Et en évitant son regard à lui, constata Lambis, la mort dans l'âme.

Il les vit s'éloigner, quelques autres personnes s'étant jointes au petit groupe, puis leva les yeux vers l'énorme lustre en cristal, contempla les tableaux de maîtres ornant les murs, les œuvres d'art disposées çà et là.

C'était l'univers d'Amélie, sa maison. Et pourtant, il savait au plus profond de lui-même qu'elle ne s'était jamais sentie aussi seule que maintenant.

— Attendez !

Sa voix résonna dans le vaste espace. Des visages surpris se retournèrent vers lui.

Et si tu demandais plutôt à tante Enide de t'emmener dans ta chambre, Seb ? Je suis sûr que M. Bernard est pressé de vérifier que personne n'a dormi dans son lit. Ensuite, je te rejoindrai, et nous irons nager tous les deux, tu veux bien ?

Sébastien le regarda durant quelques instants, baissa la tête sur son ours en peluche, et sourit.

— D'accord ! Mais ne sois pas trop long.

Des murmures stupéfaits parcoururent l'assistance. Tous étaient surpris d'entendre la voix du jeune prince.

— Je désire te parler, dit Lambis à Amélie.

— Plus tard. Je dois…

— Je sais, la coupa-t-il en la fixant dans les yeux. Mais j'ai quelque chose à te dire d'abord.

Après l'avoir regardé d'un air confus et interrogateur, elle finit par hocher la tête, puis adressa quelques mots aux personnes qui l'entouraient. Enide prit alors Sébastien par la main et s'éloigna ; les autres disparurent dans un couloir.

— Viens, suis-moi, dit Amélie en se dirigeant vers une porte située au fond du hall.

Lambis referma bientôt celle-ci derrière lui et regarda Amélie s'arrêter devant l'une des hautes fenêtres du salon meublé avec goût. Dans ce tailleur vert d'eau, elle était d'une beauté racée et délicate à la fois, songea-t-il, le cœur serré.

Mais quand il s'avança vers elle, elle l'interrompit d'un geste de la main. Il avait beau savoir qu'elle se protégeait, qu'elle ne pouvait pas faire autrement si elle voulait faire face aux problèmes qui l'attendaient, il fulmina intérieurement.

— Épouse-moi.

Les mots avaient jailli d'eux-mêmes.

Elle le dévisagea en écarquillant les yeux, porta la main à sa gorge, referma les doigts sur son pendentif.

— Je suis sérieux, Amélie, reprit-il d'une voix rauque. Épouse-moi et laisse-moi t'aider.

Lentement, il se rapprocha d'elle en s'interdisant de la toucher.

— M'aider ? chuchota-t-elle, le visage livide.

Lambis fit un nouveau pas vers elle, respira les effluves de gardénia auxquels se mêlait son parfum de femme.

— Oui, murmura-t-il en fixant sa bouche. Pourquoi épouser un étranger puisque je suis là ? En devenant ton mari, je pourrai te…

Le mot « protéger » resta coincé dans sa gorge. Non, il ne pouvait lui mentir.

— Je pourrai t'aider, répéta-t-il. Et notre mariage te permettra de devenir régente et d'assurer l'avenir de Seb.

Amélie contempla les yeux gris de Lambis en silence. Elle s'était trompée, admit-elle, le cœur battant douloureusement. La souffrance lui labourait la poitrine, lancinante, insupportable.

Comment avait-elle pu croire un seul instant que Lambis allait lui dire qu'il l'aimait ? Ne comprendrait-elle donc jamais qu'il n'y avait aucun espoir ?

Elle déglutit avec peine. Il avait donné son cœur à sa femme, Delia. Pour toujours. Mais il était suffisamment honnête, loyal et chevaleresque pour l'épouser en s'engageant à… *l'aider.* Quelle ironie ! Il n'y avait qu'une petite lettre de différence, mais Lambis ne prononcerait jamais le mot qu'elle attendait.

Et pourtant, elle brûlait d'accepter, à tel point qu'elle devait se mordre la langue pour ne pas dire oui.

— Je te remercie, Lambis, dit-elle d'une voix sans timbre. Mais je dois refuser.

Rien ne transparut sur son beau visage viril. Il la regarda en silence durant un moment qui lui parut interminable, puis entrouvrit les lèvres, mais Amélie ne lui laissa pas le temps de parler.

— Ta proposition est très généreuse, et je t'en suis extrêmement reconnaissante, poursuivit-elle. Ton dévouement et ton respect me touchent profondément, et je ne doute pas un instant que tu te battrais pour Seb et moi, mais…

Elle s'arrêta pour reprendre son souffle, serra les mains devant elle pour les empêcher de trembler.

— Mais je désire davantage que du dévouement et du respect. Je ne veux pas non plus que l'on se sacrifie pour moi. Je veux que l'on m'aime. Et puisque tu as aimé autrefois, tu dois me comprendre.

La souffrance était si intense qu'elle dut s'interrompre.

— Tu seras toujours le bienvenu à St. Galla, poursuivit-elle après s'être ressaisie. Seb t'aime beaucoup, tu le sais, et j'espère que tu ne l'oublieras jamais.

Lambis continuait de la dévisager en silence, les traits impénétrables. Peut-être souffrait-il lui aussi. Dans son orgueil.

— Maintenant, je dois vraiment te laisser. Le Premier ministre et le roi Alex m'attendent.

15.

— Merci du fond du cœur, Alex. Vous vous êtes montré incroyablement compréhensif.

Lorsque l'homme qui se tenait en face d'elle sur la terrasse secoua la tête en souriant, de minuscules rides auréolèrent ses yeux bleus, rehaussant encore son charme.

Si elle n'avait pas été follement éprise d'un homme qui ne l'aimerait jamais, Amélie aurait très bien pu tomber amoureuse d'Alex de Bengaria. Il possédait toutes les qualités qu'elle appréciait chez un homme… Mais il n'était pas Lambis.

— Vous n'y étiez pour rien, répliqua-t-il. Vous ignoriez tout des machinations du Premier ministre et de la comédie jouée par Cat.

Ils avaient passé l'après-midi ensemble à discuter de la situation et fait comprendre au Premier ministre qu'il n'avait plus aucun avenir à la tête de la nation. Ou bien il donnait sa démission, avait déclaré Amélie d'une voix ferme, ou bien sa duplicité était rendue publique. Il n'avait pas hésité, et son départ supprimait tous les obstacles se dressant devant elle. Désormais, plus rien ne l'empêcherait de devenir régente. Et comme Seb avait retrouvé l'usage de la parole, la cérémonie officielle ne serait qu'une formalité.

— Je me sens néanmoins responsable, reprit-elle. Vous allez vous en aller avec l'impression que nous sommes tous des menteurs et des traîtres, à St. Galla.

— Au contraire, répliqua en secouant la tête. Durant ce bref séjour, je me suis découvert un faible pour votre île et ses habitants.

— Et pour Cat, n'est-ce pas ?

Cela ne la regardait pas, mais Amélie avait appris que sa demi-sœur et Alex avaient passé beaucoup de temps ensemble. Ensuite, voyant l'inquiétude de celui-ci à l'annonce du départ subit de Cat pour New York, elle n'avait pu s'empêcher de s'interroger. Et puis, elle se souvenait du coup de fil échangé avec Cat.

— En effet, répondit-il en cessant de sourire. Mais elle ne pense pas comme moi. Elle a même quitté St. Galla sans me laisser la possibilité de m'entretenir avec elle. Et maintenant, elle refuse mes appels téléphoniques.

Amélie posa doucement la main sur la sienne.

— Eh bien, allez la rejoindre. Forcez-la à vous écouter.

Baissant la voix, elle ajouta :

— L'amour est trop important pour y renoncer.

Il la regarda en plissant les yeux.

— Vous parlez d'expérience, n'est-ce pas ?

— Oui, répondit-elle après un bref moment d'hésitation. Mais disons que mon expérience n'a pas été très concluante.

Alex ne commettrait pas d'indiscrétion, elle en était certaine.

— Vous n'avez aucun espoir que cela s'arrange ? demanda-t-il d'une voix douce en serrant sa main dans la sienne.

Amélie refoula la souffrance désormais familière qui lui étreignait le cœur.

Non, hélas ! Il est amoureux d'une autre femme.

— Ah ! Je suis vraiment désolé.

À cet instant, elle vit deux silhouettes, l'une imposante et l'autre minuscule, se diriger vers eux, celles de Lambis et Seb, qui gambadait avec insouciance à côté de son parrain.

Alex lui lâcha la main et suivit son regard, puis se tourna vers elle et lui sourit gentiment.

— Si cela ne vous dérange pas, je vais vous laisser.

— Je vous en prie, répliqua-t-elle en se forçant à sourire. Bonne chance avec Cat. Je compte lui rendre bientôt visite à New York.

— Si tout se passe comme je l'espère, vous viendrez peut-être plutôt la voir à Bengaria.

— Je vous le souhaite, acquiesça-t-elle avec chaleur. Je vous raccompagne.

— Non, merci. Ne vous donnez pas cette peine.

Amélie resta silencieuse et le regarda disparaître à l'intérieur du palais. Alors qu'elle s'apprêtait à le suivre, elle entendit la voix d'Enide et se retourna. L'instant d'après, sa cousine s'éloignait avec Seb tandis que Lambis s'avançait vers elle à grands pas.

Le cœur d'Amélie se mit à battre la chamade, mais elle se força à maîtriser les émotions traîtresses qui s'emparaient d'elle.

Dans ce pantalon noir et cette chemise anthracite faisant ressortir la teinte de ses yeux, une mèche de cheveux rebelle lui tombant sur le front, Lambis était d'une beauté renversante.

Sans doute venait-il lui annoncer son départ. Plus rien ne le retenait à St. Galla, à présent.

Il s'arrêta devant elle — beaucoup trop près d'elle. Amélie se raidit, mais ne recula pas. Elle se montrerait polie, lui souhaiterait bon voyage, et tout serait terminé.

— Vous en êtes où, le roi Alex et toi ? demanda-t-il sèchement.

— Pardon ?

— Vous aviez l'air de bien vous entendre, répliqua-t-il d'un ton franchement accusateur. Je t'ai vue lui prendre la main.

Comment *osait*-il ? Il refusait de l'aimer, mais il lui en voulait de s'approcher d'un autre homme ?

— Je ne vois pas en quoi cela te regarde, riposta Amélie, furieuse.

Il fit un nouveau pas vers elle, la forçant à pencher la tête en arrière pour soutenir son regard.

— Et si moi, j'estime que cela me regarde ?

Une telle colère vibrait dans ses iris qu'Amélie ne put réprimer un frisson de pur ravissement. Avant de se rappeler qu'il réagissait ainsi par orgueil, et non par amour.

— Nous n'avons plus rien à nous dire, Lambis.

Il fit un signe négatif en la fixant avec intensité, et soudain quelque chose bascula entre eux, et elle comprit la nature de l'éclat étincelant maintenant dans les yeux de Lambis.

— Lambis ? murmura-t-elle.

Tremblant de tout son corps, elle tendit le bras, posa la main sur son torse musclé et chaud, sentit son cœur battre violemment sous sa paume…

— N'épouse pas cet homme, Amélie, dit-il d'une voix rauque. Il n'est pas celui qu'il te faut.

— Alex est…

Elle se tut.

— Il ne te rendra pas heureuse, poursuivit Lambis en la prenant par les épaules.

— Comment peux-tu le savoir ? chuchota-t-elle.

— J'en suis certain. Parce que tu m'appartiens, Amélie.

Incapable d'en supporter davantage, elle voulut reculer, mais il resserra les doigts sur elle.

— Lâche-moi, Lambis… Laisse-moi partir.

— Jamais.

Sans lui laisser le temps de réagir, il l'attira dans ses bras et l'embrassa. Avec fermeté et tendresse à la fois.

— Ne pleure pas, mon amour, murmura-t-il en écartant son visage du sien.

Avec une douceur exquise, il essuya sous ses pouces les larmes qu'Amélie ne pouvait plus retenir.

— Pardonne moi de t'avoir fait souffrir, ma chérie, chuchota-t-il en lui caressant la joue.

Puis il la serra contre lui et la berça dans ses bras comme une enfant.

— Je n'étais qu'un idiot. Je n'ai compris que lorsqu'il était trop tard.

— Qu'as-tu compris ? murmura-t-elle, le visage blotti contre sa poitrine.

— Que je t'aimais.

Amélie redressa vivement la tête.

— Qu'est-ce que tu as dit ?

— Je t'aime, Amélie.

— Non, tu aimes ta femme, chuchota-t-elle.

— Delia et Dimitri occuperont toujours une place particulière dans mon cœur, répliqua-t-il avec calme. Mais je t'aime depuis longtemps ; dès le premier instant où je t'ai vue apparaître dans ce salon où je bavardais avec Irini. Et je t'aimais quand je t'ai rejetée. Ici même, à St. Galla.

Rêvait-elle ? Venait-il bien de dire qu'il l'aimait depuis leur première rencontre ?

— Mais, pourquoi m'avoir repoussée, alors ?

— Parce que j'étais un pauvre imbécile. Je t'aimais, mais j'ai préféré rester emmuré dans ma culpabilité et mes regrets.

Amélie contempla son visage aux traits sculptés, ses yeux brillant d'espoir.

Il l'aimait. Lambis…

— Moi aussi je t'aime, Lambis. Depuis si longtemps…

Il la serra contre lui à l'étouffer avant de prendre possession de sa bouche avec passion.

Ce baiser ne ressemblait à aucun autre. C'était une pure merveille, d'une tendresse infinie, éternelle.

Un long moment plus tard, Lambis écarta les lèvres des siennes et demanda avec un petit sourire en coin :

— Pourras-tu supporter d'épouser un roturier ?

— Je n'y vois aucun inconvénient, mon chéri. Au contraire — tu es la lumière de ma vie.

Leurs regards restèrent soudés, puis il murmura en plissant les yeux :

— Amélie Evangelos, ça sonne bien, tu ne trouves pas ?

— J'adore cette association ! répliqua Amélie en riant.

Épilogue

— N'aie pas peur, Lambis, je t'aiderai.

Lambis baissa les yeux sur son filleul qui le regardait, l'air sérieux, mais les yeux pétillant de malice.

— Tu peux compter sur moi, poursuivit-il. Je sais comment il faut se comporter dans ce genre de circonstances.

En effet. Une semaine plus tôt, il avait prononcé les mots rituels devant le Parlement. Et le même jour, Amélie avait été nommée régente.

— Merci, Votre Altesse. J'ai beaucoup de chance de vous avoir comme garçon d'honneur.

— Tu sais bien que tu ne dois m'appeler « Votre Altesse » qu'en public, protesta l'enfant en plissant le front.

Il glissa sa menotte dans la grande patte de Lambis.

— Je te tiens la main pour que tu n'aies pas peur, expliqua-t-il.

— Merci, Seb, répliqua Lambis, profondément ému.

Les trompettes sonnèrent, lui faisant battre le cœur. Il se retourna lentement.

Au premier rang de l'assistance, à côté du nouveau Premier ministre et d'autres dignitaires, il reconnut Cat Dubois, plus ravissante que jamais, et le roi Alex, en uniforme d'apparat. Sa future belle-sœur lui sourit et lui adressa un clin d'œil. Quant à Alex, il n'avait d'yeux que pour elle.

Lambis aperçut ensuite ses propres amis, installés derrière les officiels, lorsque les trompettes entonnèrent une musique plus jubilatoire.

Le cœur battant à un rythme sauvage, il regarda les deux silhouettes s'avancer dans l'allée centrale. Lady Enide, magnifique et radieuse comme Lambis ne l'avait encore jamais vue, avec Amélie à son bras.

Vêtue d'une robe longue traditionnelle digne d'une princesse de conte de fées, elle irradiait d'une beauté sublime, presque irréelle. Le bustier de dentelle ajusté faisait ressortir sa taille fine et ses seins haut perchés, la jupe s'ouvrait en corolle. Amélie n'avait pas voulu de voile, mais portait un diadème dont les diamants étincelaient au moindre mouvement.

Son regard croisa celui de Lambis, et la chaleur désormais habituelle se répandit en lui, mêlée de fierté. La merveilleuse princesse régente de St. Galla était à lui. Il lui sourit avec tout son amour et tressaillit de bonheur en la voyant sourire à son tour.

— Pas de regrets ? demanda-t-il quand elle s'arrêta devant lui.

— Aucun, murmura-t-elle.

Faisant fi du protocole, il se pencha pour lui chuchoter à l'oreille :

— Tant mieux, parce que je ne te laisserai jamais partir.

Après lui avoir effleuré la joue du bout des lèvres, il redressa la tête, ravi de voir ses iris verts scintiller avec plus d'éclat encore que ses diamants.

Puis il referma la main gauche sur celle d'Amélie, la droite tenant toujours celle de Sébastien, et tous trois levèrent les yeux vers l'archevêque qui attendait patiemment de prendre la parole pour ouvrir la cérémonie.

Retrouvez prochainement,
dans votre collection

AZUR

Les vœux d'Alexandros, de Clare Connelly - N°4587

« Épouse-moi, Alex. » C'est avec une audace insoupçonnée que Tessa propose un mariage d'affaires à Alexandros Zacharidis. Si quatre ans plus tôt cet homme l'a brutalement chassée de sa vie après leur nuit de passion, il est aujourd'hui le seul à pouvoir sauver sa réputation. Qu'importe si ce nabab est incapable d'aimer, leur union platonique restera sans danger. Du moins Tessa le croit-elle avant qu'Alexandros exige qu'elle partage ses nuits et lui donne un héritier !

Pacte avec un époux, de Jadesola James - N°4588

Entre Tobilola, princesse de Gbale, et Akil, héritier de Djoboro, les choses sont parfaitement claires. Le mariage arrangé conclu entre leurs deux puissantes familles est le moyen qu'ils attendaient pour être libres ! Un pacte secret les lie davantage que cette alliance d'un autre âge : dans un an, tous deux divorceront. Si Tobi se réjouit d'abord de cette situation, elle est brusquement confrontée à un obstacle inattendu. Son tout nouvel époux l'attire dangereusement – au point qu'elle enfreint la règle qu'elle s'était fixée de ne pas tomber amoureuse de lui…

Détestable séduction, de Millie Adams - N°4589

Désirer l'homme qu'on déteste : cette étrange sensation, Olive ne la connaît que trop bien ! Chaque fois qu'elle est en présence de Gunnar Magnusson, c'est la même chose, elle hésite entre lui tordre le cou et l'embrasser. Jusqu'au jour où, emportée par la passion, Olive se retrouve dans le lit de son rival en affaires. Une folie dont elle mesure toutes les conséquences lorsqu'elle se découvre enceinte…

L'amant d'un bal, de Bella Mason - N°4590

Ce soir-là, à Melbourne, un somptueux bal masqué est donné. Et pour la timide Emma, qui n'a pas l'habitude des mondanités, c'est un moment féerique ! Alors, quand elle heurte par mégarde un sublime inconnu aux yeux bleus, la magie opère de plus belle. Son cœur s'emballe, ses sens s'éveillent… Le coup de foudre la conduit même à passer la nuit entre les bras de cet homme mystérieux ! Or, dès le lendemain, Emma déchante. Son amant, Alexander Hastings, est un impitoyable homme d'affaires et non pas le prince charmant qu'elle avait imaginé…

Liaison en Écosse, de Cathy Williams - N°4591

Celia dessine des robes de mariée, pièces maîtresses des contes de fées. Hélas, sa dernière création vient d'être abandonnée par une fiancée en fuite. Alors qu'elle se résout à ranger la précieuse étoffe, le futur époux éconduit se présente dans son atelier. Loin d'être anéanti par la désertion de sa promise mais contrarié que ses plans soient perturbés, Leandro exige que Celia l'accompagne à sa place en Écosse. Une escapade aussi imprévue que la passion qui flambe soudain entre eux…

**Mystérieuses retrouvailles,
de Rachael Stewart - N°4592**

Felicity est sous le choc. Revoir Sebastian dans la petite ville où ils ont grandi, chez elle, lui fait l'effet d'un mirage. Seize ans plus tôt, il l'a quittée sans laisser d'adresse, sans lui permettre de le retrouver. Que lui dire aujourd'hui, alors que le temps a creusé un tel fossé entre eux ? Tandis qu'il parcourait le monde sans songer à elle, Felicity chérissait le souvenir de leur idylle à travers leur enfant. Une fille prénommée Angel, dont Sebastian ignore encore l'existence…

Baiser à un Grec, d'Abby Green - N°4593

Un baiser. C'est tout ce que l'innocente Sofie a l'intention de voler au magnifique inconnu endormi dans la chambre d'hôpital où elle travaille. Depuis qu'il a été retrouvé au cœur de la montagne de Gallinvach, il est demeuré inconscient. Seulement voilà, à peine a-t-elle frôlé ses lèvres chaudes et fermes qu'il ouvre les yeux. Ce miracle trouble Sofie au plus haut point. Se pourrait-il que cet homme dont elle ne connaît pas même le nom lui soit destiné ?

Ce lien irrésistible, de Lucy King - N°4594

SÉRIE : *LES FILS PERDUS D'ARGENTINE* - 1/3

Finn est abasourdi. Lui qui a toujours tout contrôlé vient de découvrir qu'il a été adopté. Et il n'est pas au bout de ses surprises, hélas ! Georgie, la sublime avocate avec qui il a connu une brève aventure, est de retour dans sa vie avec une révélation de taille. Leur unique nuit de passion les a liés à jamais : tous deux sont désormais parents !

La souveraine déchue, de Caitlin Crews - N°4595

SÉRIE : *ROYALEMENT SCANDALEUSE* - 2/2

Amalia est encore sous le choc : elle n'est pas la princesse héritière d'Île d'Montagne comme le monde entier le croyait. Alors qu'elle se prépare depuis l'enfance à une vie de devoir, la voilà soudain dans la peau d'une femme ordinaire. Que faire quand on est libre ? Pour trouver une réponse à cette question existentielle, elle s'envole pour Cap Morat, en Espagne. Un paradis chargé du souvenir de la liaison brûlante qu'elle a entretenue avec le ténébreux Joaquin Vargas…

Le secret du Cambodge, de Maisey Yates - N°4596

Le trou noir. Quand elle se réveille après un grave accident, Riot a tout oublié de l'année écoulée. Tout, y compris Kravann Valenti, l'homme à son chevet, qui déclare être son fiancé et le père de son bébé ! Tous deux se seraient rencontrés au Cambodge et, après une fabuleuse liaison, ne se seraient plus quittés. Alors qu'elle n'a aucune raison de douter des paroles de Krav, Riot ne peut se défaire de l'étrange impression d'être flouée… Jusqu'à ce que la vérité éclate…

La fiancée oubliée, de Natalie Anderson - N°4597

Comment Tomas Gallo a-t-il pu l'oublier ? En apprenant que l'arrogant milliardaire a été victime d'un accident de la route et se retrouve désormais amnésique, Zara sent une tristesse inattendue l'envahir. Certes, Tomas et elle n'ont été mariés que vingt-quatre heures – un pur mariage de convenance ayant pour seul but de libérer Zara des griffes de son oncle –, mais les sensations qu'elle a connues entre ses bras sont encore vivaces en elle. Et savoir qu'il ne se rappelle rien la trouble plus que de raison. Aussitôt, une idée folle naît dans son esprit. Et si, en passant une dernière nuit avec Tomas, elle réveillait en lui la mémoire des sens ? Celle qui grave à jamais le souvenir d'une peau, d'un toucher, d'un regard…

PASSIONS

Rêve. Trahison. Tentation.

Un homme et une femme.
Deux héros que tout oppose.
Ils n'ont rien en commun…
Ils ne croient plus en l'amour…
Ils sont amants… Ils sont rivaux…
Ils n'étaient pas censés s'aimer.
Et pourtant…
Ils vont renouer avec la passion.

6 livres à découvrir tous les mois.

RESTEZ CONNECTÉ AVEC HARLEQUIN

Harlequin vous offre un large choix de littérature sentimentale !

Sélectionnez votre style parmi toutes les idées de lecture proposées !

www.harlequin.fr

écouvrez toutes nos actualités, clusivités, promotions, parutions venir...

rtagez vos avis sur vos dernières tures

ez gratuitement en ligne

trouvez vos abonnements, vos nans dédicacés, vos livres et vos ooks en précommande...

L'application Harlequin

- Des **ebooks gratuits** inclus dans l'application
- **50 nouveautés tous les mois** et + de 7 000 ebooks en téléchargement
- Des **petits prix** toute l'année
- Une **facilité de lecture** en un clic hors connexion
- Et plein d'autres avantages...

Téléchargez notre application gratuitement

Télécharger dans l'App Store

DISPONIBLE SUR Google Play

VEZ-NOUS !

facebook.com/HarlequinFrance
twitter.com/harlequinfrance

VOTRE COLLECTION PRÉFÉRÉE DIRECTEMENT CHEZ VOUS

Vous souhaitez découvrir nos collections ? Une fois votre 1er colis à prix mini reçu, si vous souhaitez continuer à recevoir nos livres, cela se fera automatiquement. Vous n'avez aucune obligation d'achat et cette offre est sans engagement de durée !

Dans votre 1er colis, 2 livres au prix d'un seul
+ en cadeau le 1er tome de la saga *La couronne de Santina*.
8 tomes sont à collectionner !

☛ COCHEZ la collection choisie et renvoyez cette page au
Service Lectrices Harlequin – CS 20008 – 59718 Lille Cedex 9 – France

Collections	Prix 1er colis	Réf.	Prix abonnement (frais de port compris)
❑ **AZUR**	4,75€	AZ1406	6 livres par mois 31,49€
❑ **BLANCHE**	7,30€	BL1603	3 livres par mois 24,85€
❑ **LES HISTORIQUES**	7,30€	LH1202	2 livres par mois 17,49€
❑ **PASSIONS**	7,80€	PS0903	3 livres par mois 26,49€
❑ **BLACK ROSE**	7,90€	BR0013	3 livres par mois 26,79€
❑ **HARMONY***	5,99€	HA0513	3 livres par mois 20,76€
❑ **SAGAS***	7,99€	SG2303	3 livres tous les 2 mois, 29,46€
❑ **VICTORIA**	7,80€	VI2115	5 livres tous les 2 mois 42,09€
❑ **GENTLEMEN***	7,50€	GT2022	2 livres tous les 2 mois 17,95€
❑ **NORA ROBERTS***	7,90€	NR2402	2 livres tous les 2 mois prix variable**
❑ **HORS-SÉRIE***	7,70€	HS2812	2 livres tous les 2 mois 18,45€

*livres réédités / **entre 18,35€ et 18,75€ suivant le prix des livres

F23PDFM

N° d'abonnée Harlequin (si vous en avez un) ________

Mme ❑ Mlle ❑ Nom : ________

Prénom : ________ Adresse : ________

____

Code Postal : ________ Ville : ________

Pays : ________ Tél. : ________

E-mail : ________

Date de naissance : ________

e limite : 31 décembre 2023. Vous recevrez votre colis environ 20 jours après réception de ce bon. e soumise à acceptation et réservée aux personnes majeures, résidant en France métropolitaine, dans nite des stocks disponibles. Prix susceptibles de modification en cours d'année. Vous pouvez demander céder à vos données personnelles, à les rectifier ou à les effacer. Il vous suffit de nous écrire en nous quant vos nom, prénom et adresse à : Service Lectrices Harlequin CS 20008 59718 LILLE Cedex 9. vice Lectrices disponible du lundi au vendredi de 9h à 17h : 01 45 82 47 47.